शिखर तक चलो

शिखर तक चलो

डॉ. कुसुम लूनिया

विद्या विहार, नई दिल्ली

प्रकाशक : **विद्या विहार**

19, संत विहार (पहली मंजिल) गली नं. 2, अंसारी रोड, नई दिल्ली–110002

सर्वाधिकार : सुरक्षित / संस्करण : 2025 / मूल्य : पाँच सौ रुपए

मुद्रक : यश प्रिंटोग्राफिक्स, नोएडा ISBN 978-93-80186-96-2

SHIKHAR TAK CHALO

novel by Dr. Kusum Lunia ₹ 500.00

Published by **VIDYA VIHAR**

19, Sant Vihar (First Floor), Street No.2, Ansari Road, New Delhi-2

पुरोवाक्

‘शिखर तक चलो’ उपन्यास वैसा नहीं है जैसे प्राय: सभी उपन्यास होते हैं। इस उपन्यास की खूबी यह है कि इसमें कहीं भी मर्यादा का उल्लंघन नहीं होता और फिर भी यह आद्योपांत रोचक और पठनीय बना रहता है। यह एक ऐसी श्रेष्ठ कृति है, जिसे आप चाहें तो किसी नवयुवक या किसी संन्यासी को भी पढ़ने के लिए निस्संकोच भेंट कर सकते हैं।

विदुषी लेखिका डॉ. कुसुम लूनिया ने शिवा नामक पात्र के चारों ओर ऐसा कथानक बुना है, जो पाठक के हृदय में करुणा, दया, वीरता, अहिंसा, अपरिग्रह आदि सद्‌गुणों का संचार करता है। ये सद्‌गुण पात्रों के चरित्र में ऐसी कलात्मकता के साथ चित्रित किए गए हैं कि वे कहीं भी उपदेशों की तरह बोझिल नहीं लगते हैं। एक के बाद एक घटनेवाली घटनाएँ पाठक को शिवा के भवितव्य के साथ बाँध देती हैं।

उपन्यास के नायक शिवा के साथ बँधा-बँधा पाठक न जाने कितने संसारों का रमण कर आता है। देश और काल की कोई सीमा नहीं रहती। महावीर से नक्सलवादियों तक और राजनीति, पत्रकारिता व समाज-सेवा के अनेक ज्ञात-अज्ञात पहलुओं का ऐसा मनोहारी चित्रण इस लघु उपन्यास में हुआ है कि समाज के विभिन्न वर्गों से संबंध रखनेवाले पाठक भी इसमें अपने लिए पर्याप्त रोचक सामग्री पा सकते हैं। ‘अणुव्रत आंदोलन’ का प्रतिपादन शिवा के चरित्र में उन्होंने इतनी चतुराई से किया है कि वह कहीं भी आरोपित प्रतीत नहीं होता। उलटे, शिवा का आचरण ही अणुव्रत का जीवंत दस्तावेज बन जाता है। इस दृष्टि से यह उपन्यास आदर्शोन्मुखी यथार्थवाद का उत्तम उदाहरण है।

उपन्यास की भाषा सरल, सुबोध और वेगवती है। इसका स्वागत अणुव्रत के महान् आंदोलन से जुड़े लाखों कार्यकर्ता तो करेंगे ही, मुझे आशा है कि साहित्य-

प्रेमी सुधीजन भी इसे पसंद करेंगे। यह उपन्यास देश–विदेश के हिंदीभाषियों तक तो पहुँचेगा ही, यदि इसका अनुवाद अन्य देशी व विदेशी भाषाओं में भी हो जाए तो उनके पाठक भी इसका स्वागत करेंगे।

—डॉ. वेदप्रताप वैदिक

अध्यक्ष

भारतीय भाषा सम्मेलन,

भारतीय विदेश नीति परिषद

राष्ट्रीय चेतना से पूर्ण

डॉ. कुसुम लूनिया ने अपने एक उपन्यास की पांडुलिपि मुझे पढ़ने को दी तो सुखद अनुभूति हुई, क्योंकि वे एक सुखी गृहिणी हैं तथा दर्शन एवं जैन धर्म की छात्रा रही हैं और जैन धर्म व दर्शन पर उन्होंने पी-एच.डी. की उपाधि प्राप्त की है। साहित्य में आने पर लेखक का दर्शन-शास्त्र तथा मनोविज्ञान का ज्ञान उसे पात्रों की मनोरचना तथा जीवन की समस्याओं को समझने में बड़ी मदद करता है। डॉ. कुसुम लूनिया काफी समय से साहित्य की दुनिया से जुड़ी हैं और उनकी रचनाओं ने सुधी पाठकों का ध्यान आकर्षित भी किया है, यद्यपि उनके कृतित्व में घर-परिवार की व्यवस्था के साथ शिक्षा व समाज के विभिन्न कार्यों का दायित्व भी विशेष रूप से महत्त्वपूर्ण है। अत: ऐसी संस्कारित, प्रबुद्ध एवं भारतीयता से ओत-प्रोत महिला जब साहित्य-जगत् में प्रवेश करती है और निरंतर अपनी रचनाओं से साहित्य-भंडार को भरती रहती है तो साहित्य-संसार को उसका स्वागत करने के लिए आगे आना चाहिए।

डॉ. कुसुम ने बताया कि यह उपन्यास नक्सलवादी आंदोलन पर है यह सुनकर मैं थोड़ा चौंका और मैंने पूछा कि क्या उनके समर्थन में लिखा गया है, तो उन्होंने स्पष्ट उत्तर न देकर केवल इतना कहा कि आप इसे पढ़ेंगे तो आपको इसका उत्तर मिल जाएगा। मैं समझ गया कि वे अपने उपन्यास की कुंजी खोलकर मेरी उत्सुकता कम नहीं करना चाहती थीं। परंतु मेरे मन में यह बात बैठ गई कि यदि यह उपन्यास नक्सलवाद पर है तो यह बड़े साहस की बात है कि एक भारतीय लेखिका एक ऐसे विषय को उठा रही है, जिससे सारा देश पीड़ित है और देश की सुरक्षा व विकास की बड़ी समस्याएँ हमारे सामने आ खड़ी हुई हैं।

यह उपन्यास यद्यपि प्रमुख रूप से नक्सली समस्या को उठाता है, किंतु इसकी मूल आत्मा देश व समाज की सेवा और राष्ट्र-भाव की महत्ता की स्थापना है।

डॉ. कुसुम लूनिया ने अपने देश-प्रेम के कारण इस उपन्यास की रचना की है और

उनके इस रचनात्मक दृष्टिकोण का स्वागत होना चाहिए। लेखिका का दृष्टिकोण स्पष्ट है कि नक्सलवाद एक अंतरराष्ट्रीय षड्यंत्र है, जो माओ के दर्शन पर चलकर बंदूक से सत्ता हथियाना चाहता है। नक्सल क्षेत्रों के विकास की समस्याएँ हैं, परंतु उनका हल नक्सलियों के सशस्त्र संघर्ष से नहीं हो सकता है। नक्सलवाद की समस्या की यह विडंबना है कि उनका अफसर ही अपने बेटों को नक्सलवादी नहीं बनाना चाहता है। लेखिका ने नक्सल समस्या का गंभीर अध्ययन करके ही इसकी रचना की है, तभी नक्सलवादियों का देशद्रोही चेहरा उसके सामने रहता है। उपन्यास में यद्यपि घटनाओं की अधिकता है, कुछ चमत्कार एवं अलौकिक-सी घटनाएँ तथा प्रसंग भी हैं; किंतु लेखिका का उद्‌देश्य पवित्र है और राष्ट्रीय चेतना से पूर्ण है। उपन्यास लेखिका पर जैन धर्म का भी प्रभाव है। उसकी यत्र-तत्र झलक मिल जाती है।

अंत में, यह उपन्यास अपनी राष्ट्रीय चेतना, देश-भक्ति, सेवा-भाव तथा नक्सलवाद के विरुद्ध संघर्ष करने के कारण पाठकों में लोकप्रिय होगा, ऐसा मेरा विश्वास है।

लेखिका को मेरी हार्दिक शुभकामनाएँ!

—डॉ. कमल किशोर गोयनका

परामर्शक
दिल्ली हिंदी साहित्य सम्मेलन,
ए-९८, अशोक विहार, फेज I,
दिल्ली

अपनी बात

समाचार-पत्रों की सुर्खियों में रहे नक्सलवाद को वर्तमान प्रधानमंत्री ने देश की आंतरिक सुरक्षा के लिए सबसे बड़ा खतरा बताया। केंद्रीय गृहमंत्री ने कहा कि देश में आतंकवाद के मुकाबले वामपंथी उग्रवाद सबसे बड़ी चुनौती है। किसी अन्य आंदोलन के विपरीत यह आंदोलन अत्यंत भयानक और बर्बर विचार से संचालित होता है। इसका उद्देश्य संसदीय लोकतंत्र को उखाड़ फेंकना है। इन कथित क्रांतिकारियों की गतिविधियों से जनता त्राहि-त्राहि कर रही है। सुरक्षा बल और पुलिस के सैकड़ों जवानों सहित अनगिनत निर्दोष लोग इस आंदोलन के शिकार हुए हैं। नक्सल-प्रभावित इलाकों में सबसे बड़ी समस्या संपर्क साधनों की है। इनमें सड़कें, दूर-संचार, डाकघर और बैंकों की अनुपलब्धता से हालात ज्यादा गंभीर हो रहे हैं। आदिवासी आबादी का बहुसंख्य हिस्सा आज भी अशिक्षा, कुपोषण और खून की कमी का शिकार है।

विगत वर्षों में बहुलता से बढ़ रही इस हिंसक महामारी प्रसरण में दोष किसका है? समसामयिक परिस्थितियों का, विदेशी ताकतों का, सरकारी कार्य-प्रणाली का, बुद्धिजीवियों का, साम्यवादियों का, आतंकवादियों का या आदिवासियों का, सबका या किसी का नहीं? किसी एक इकाई को बलि का बकरा बनाना व्यर्थ है। सार्थक है समस्या को समझकर उसका रचनात्मक विश्लेषण करना और समाधान खोजना।

'शिखर तक चलो' यत्किंचित् इसी समस्या को छूने का प्रयत्न मात्र है। इसके अलावा प्रगाढ़ परिग्रह, अनैतिकता, भ्रष्टाचार, बाल एवं युवा पीढ़ी में अवसाद, जाति प्रथा, रेगिंग एवं आतंकवाद जैसी समसामयिक समस्याओं को भी उल्लेखित किया है। मन के अंतस्तल में उतरकर मनोवैज्ञानिक विश्लेषण संभवतया इसमें नहीं मिलेगा; केवल सहज रूप में घटित घटनाओं व पात्रों की झाँकी देखी जा सकेगी। कुछ पात्रों के व्यक्तित्व की विशेषताएँ जीवंत संवाद रूप में स्वत: प्रकट होती हैं। कहीं पर परिस्थितिजन्य विवशता, कुछ में दृश्य की वास्तविकता, कुछ में अदृश्य की अनुभूति तो कहीं कल्पना की उड़ान परिलक्षित होती है।

उपन्यास का अंत अनेक भ्रमों को तोड़ता है। दिशा-संकेत भी करता है कि अगर हिंदुस्तान का प्रत्येक नागरिक अपने कर्तव्य का ईमानदारी से पालन करे तो वह इतिहास गढ़ सकता है। अत: देशद्रोही ताकतों के विरुद्ध लड़ाई में निर्णायक ढंग से पूरी तरह देश के साथ होने का निर्णय निर्विकल्पिक और अकाट्य होना अभीष्ट है।

अब यह संवेदन पुन: जाग्रत् करना ही होगा कि लोकतंत्र की बुनियाद नागरिकों का कल्याण है। नक्सलवाद की जमीनी हकीकत समझकर उन क्षेत्रों के विकास के लिए व्यावहारिक हल खोजने, विकास योजनाओं को तेजी से क्रियान्वित करने एवं भ्रष्टाचार से मुक्त रखने से ही आदिवासियों का कल्याण संभव है। माओवादियों को वापस मुख्यधारा में लाने हेतु आसान पुनर्वास पैकेज एवं विशेष प्रोत्साहन राशि के साथ युवा प्रोफेशनल की विशेष सेवाएँ एक नया पथ-दर्शन प्रस्तुत कर सकती हैं। मूल बात यह है कि आदिवासियों को हर क्षेत्र में प्रतिनिधित्व का समान अवसर मिले और विकास का लाभ उन तक पहुँचे। आदिवासी विकास मंत्रालय, ग्रामीण विकास, स्वास्थ्य, ऊर्जा, पंचायती राज, पर्यावरण एवं मानव संसाधन विकास मंत्रालय, राज्य सरकार एवं केंद्र सरकार का सुंदर समन्वय ही काम्य है। यही इस उपन्यास का मंतव्य है।

यह पुस्तक समर्पित है उन तमाम भारतीय जाँबाजों को, जिन्होंने इस समस्या से जूझते हुए अपनी जान कुर्बान कर दी और जो जवान आज भी प्राण हथेली पर लिये राष्ट्र की सुरक्षा हेतु प्रतिबद्ध हैं।

अणुव्रत अनुशास्ता परम पूज्य आचार्यश्री महाश्रमणजी का आशीर्वाद मेरे साहित्य पथ का आलोक है। महाश्रमणी साध्वी प्रमुखा कनकप्रभाजी द्वारा प्रदत्त वात्सल्यमयी मंगलकामनाएँ मेरे पथ एवं इस उपन्यास को प्रशस्त करती रहेंगी, ऐसा मेरा विश्वास है। विनम्र कृतज्ञता पूज्यवरों के प्रति।

पूज्य पिताजी श्री जतनलाल बोथराजी एवं माँ किस्तूरी देवी के शुभाशीष, पति डॉ. धनपत लूनिया की प्रेरणा और पुत्र वतन एवं विशाल का युवा परामर्श मेरी लेखनी से नि:सृत 'शिखर तक चलो' की वास्तविक शक्ति है।

डॉ. वेदप्रताप वैदिकजी को मैं अपना साहित्यिक पथ-प्रदर्शक मानती हूँ। उन्होंने अपने नयन-कमलों से इसके प्रत्येक पृष्ठ को स्पर्शित ही नहीं किया बल्कि इस उपन्यास के व्यापक प्रसार संबंधी प्रकल्पों से भी परिचित करवाया है। अंतस की गहराइयों से आपका हार्दिक आभार व्यक्त करती हूँ।

सम्माननीय शिक्षा मंत्री श्री अरविंदर सिंहजी द्वारा प्रदत्त विशेष संदेश मेरे लिए अनमोल है। प्रो. नामवर सिंहजी, डॉ. अशोक वाजपेयीजी, प्रो. नरेंद्र कोहलीजी, डॉ. कमल किशोर गोयनकाजी, डॉ. नरेंद्र शर्माजी, श्री सुरेंद्र शर्माजी एवं श्री गजेंद्र सोलंकी द्वारा प्रदत्त शुभाशंसा मेरे जीवन की अमूल्य निधि हैं। डॉ. देवेंद्र आर्यजी का पुरोवाक्

एवं डॉ. सोमदत्त शर्माजी की समीक्षात्मक भूमिका मेरे लिए मूल्यवान् रही है। आप सभी महानुभावों की मैं विशेष आभारी हूँ।

इस उपन्यास को लिखते समय मुझे जिस अनिर्वचनीय आनंद की अनुभूति हुई, वह अव्यक्त है। आशा है, पाठक इस आनंद सागर में निमज्जित हुए बिना नहीं रहेंगे। उपन्यास पढ़ते समय प्रति क्षण चैतन्य के संस्पर्श का अनुभव कर सकें, समस्या की गहनता का अंकन कर सकें और नव-जागृति अँगड़ाई ले सके, तभी इस श्रम की सार्थकता होगी। इसी विश्वास के साथ सुधी पाठकों के हाथों में यह कृति सविनय सौंपती हूँ।

—डॉ. कुसुम लूनिया

२०१, पंकज टावर,
लोकल शॉपिंग कॉम्प्लेक्स (एल.एस.सी.)
सविता विहार, दिल्ली-११००९२

~ एक ~

सपने भी क्या कभी अपने हो सकते हैं? उसने आँखें मल-मलकर देखा, सामने सागर की उत्ताल तरंगें उत्साही उमंगों से साहिल संग अठखेलियाँ कर रही थीं। हिंद महासागर की ये लहरें दूर से इठलाती-बल खाती, जोशो-जुनून में दौड़ लगाती और किनारे के पास आते-आते उनका उफान हलका सा कम हो जाता था। सफेद फेनों से लकदक लहरें बेहद लुभावनी लग रही थीं। कुछ समय बाद अंशुमाली की अरुणिम आभा से आप्लावित होकर इन उर्मियों में अनोखा आकर्षण पैदा हो जाता था।

मध्याह्न के तेजस्वी सूर्य की प्रखर किरणों में इन लहरों के उफनते हुए झाग यूँ लगते थे मानो रत्नाकर ने रत्नों के अंबार लगा रखे हों। हवाएँ भी मनोविनोद हेतु इनसे मित्रवत् हास-परिहास कर रही थीं। ये हठीले बालक की तरह लहरों को ठेलकर कभी आगे लातीं, कभी पीछे ले जाती थीं।

तिरंगे रंग में रँगा हिंद महासागर का ऐसा रंगीन मिजाज यहीं दिखाई दे रहा था। दूर क्षितिज पर आसमानी रंग दिखाई दे रहा था। जहाँ तक दृष्टि पहुँचे, वहाँ तक बस महासमुद्र और नीला आकाश एकाकार नजर आ रहे थे। महासागर के मध्य का जल मोरकंठी रंग का था। किनारे के समीप की जल संपदा मनोहारी हलके हरे रंग को धारण किए जल-भूषण (हवा) के संग झूम रही थी।

सागर तट पर बसे आलीशान बँगले समुद्र की मर्यादा के साक्षी थे। इन बँगलों के पार्श्व में आकाश छूने के आकांक्षी अनुपम वृक्ष मनभावन दृश्य प्रस्तुत कर रहे थे।

बहुत समय से सँजोया सपना साकार देखकर सीमा और सोमेश की खुशियों का ठिकाना न था। अंडमान निकोबार द्वीप समूह के इस विश्व-प्रसिद्ध सागर तट पर पहुँचकर सोमेश अपने आपको रोक न पाया और सीमा को खींचते हुए उन लहरों के समीप ले गया। अपने पति के साथ इस शीतल जल के स्पर्श से सीमा का भी रोम-रोम आह्लादित हो गया। दोनों जल-क्रीड़ा करने लगे। जी भरकर जल-विहार करने के

पश्चात् जब वस्त्र-परिवर्तन के लिए जाने लगे, तब अचानक सोमेश को याद आया कि उन्हें महात्मा गांधी मैरीन नेशनल पार्क भी जाना है। अत: शीघ्रातिशीघ्र तैयार होकर दोनों वहाँ के लिए रवाना हो गए।

लगभग पंद्रह छोटे-बड़े द्वीपों को समाहित करते हुए बना यह मैरीन पार्क दुनिया के उत्कृष्ट सामुद्रिक उद्यान में से एक था। यहाँ के गहरे तलीय जल-जीवन के स्पंदन का अवलोकन भी अपने आप में अद्भुत प्रतीत होता था। इसका पूरा आनंद पाने हेतु उन्हें महात्मा गांधी मैरीन नेशनल पार्क में स्कूबा डाइविंग और स्नोरकलिंग भी करनी थी। इसके लिए वे कई दिनों से विधिवत् प्रशिक्षण भी ले रहे थे।

कुछ समय पश्चात् वहाँ पहुँचकर दोनों ने तैराकी पोशाक पर जीवन-रक्षक जॉकेट पहनी, पानी के अंदर दिखाई देनेवाले चश्मे लगाए, ऑक्सीजन सिलेंडर एवं मास्क पहनकर कुछ देर उथले जल में स्नोरकलिंग करते रहे और नयनाभिराम नदीश्वर को नितांत निकट से निरंतर निहारते रहे। फिर बाहर आकर उन्होंने लाइफ जॉकेट उतारी और फिर अपने प्रशिक्षक के संग चल पड़े सिंधु की गहराइयों में गोते लगाने के लिए।

सीमा अच्छी तैराक थी। तैराकी में स्वर्ण-पदक भी उसने प्राप्त किया था। किंतु इस असीम समुद्र की अतल गहराई में जाते हुए उसे डर लग रहा था। सोमेश उसकी स्थिति समझ गया और सीमा का हाथ पकड़कर डुबकी लगाने लगा। कुछ समय पश्चात् सीमा सामान्य हो गई। नीचे जाकर उन्होंने देखा कि यहाँ तो अलग ही रंग-रँगीली दुनिया थी। अद्भुत आकार-प्रकार की वनस्पतियाँ, जो उन्होंने सिर्फ टेलीविजन में डिस्कवरी चैनल में ही देखी थीं। कोई ब्रोकली का बड़ा सा फूल लग रहा था तो कोई एलोवेरा और बोगेन बिलिया का मिश्रण दिख रही थी; और दूसरी तरफ के नारंगी-नीले फूल आर्किड को भी मात दे रहे थे।

स्फटिक सदृश पारदर्शी स्वच्छ जल में तैरती रंग-बिरंगी मछलियाँ इन दृश्यों की वास्तविक नायिकाएँ थीं। निर्लिप्त भाव से वे गति कर रही थीं। आधुनिक युगीन मानव की गलाकाट प्रतिस्पर्द्धा की भागमभाग से विपरीत उन्होंने सिर्फ चलते जाने का नाम जीवन और रुक जाने का अर्थ मृत्यु समझ रखा था।

नीली-पीली डॉल्फिन जब सीमा की तरफ आती तो वह खुशी से चिहुँक उठती। एक बड़ी सी मछली को आते देख सीमा सोमेश के पीछे हो गई। इस प्रकार वे इन मनभावन जलचरों से लुका-छिपी खेलते रहे। अचानक सीमा को एक बड़ी सी सीपी दिखी। वह उस ओर बढ़ी तो उसे गुलाबी आभा से चमकता कुछ दिखा। उसने हाथ बढ़ाकर उठाया तो देखा, एक बहुमूल्य मोती था। सीमा ने उसे अपने जॉकेट की जिपवाली पॉकेट में डाल लिया। खुशी से उसका चेहरा चमक उठा। सोमेश ने नजरों से

कहा, 'चलें!' दोनों धीरे-धीरे तैरते-तैरते पुनः ऊपर आ गए। मछलियों के मध्य समुद्री सतह छूने का उनके जीवन का प्रथम रोमांचकारी अनुभव हुआ था।

सीमा के रोमांच का अंत ही न था। सोमेश भी बेहद प्रफुल्लित था। दोनों ने किनारे पहुँचकर ऑक्सीजन सिलेंडर, मास्क, चश्मे सबकुछ उतारे और वहीं सफेद रेत पर धम्म से पसर गए। गहरी साँसों के संग विश्राम करते हुए सोमेश ने सीमा का हाथ अपने हाथ में लेकर कहा, "प्रिये! यहाँ तो स्वर्ग है, स्वर्ग...।"

सीमा भावुक होकर बोली, "सोमेश, तुम्हारा साथ तो स्वर्ग से भी बढ़कर है।"

कुछ समय पश्चात् दोनों वहाँ से निकलकर गांधी सामुद्रिक पार्क पहुँचे, जहाँ पर आधुनिक जल-क्रीड़ाओं की भरमार थी।

सोमेश बोला, "चलो, पहले पैरासीलिंग करते हैं!"

सीमा चलने को उद्यत हुई और दोनों पैरासीलिंग स्टेशन पर पहुँच गए। वहाँ बने प्लेटफॉर्म पर पैराशूट से जुड़ी हुई कुरसियों पर उन्हें बैठाकर जीवन-रक्षक जॉकेट पहनाकर कमरपेटी बाँध दी गई। पैराशूट से बँधी रस्सी का एक किनारा स्पीड बोट से जुड़ा हुआ था। इधर बोट का इंजन आरंभ हुआ उधर इन्हें प्लेटफार्म पर दौड़ने को कहा गया—दौड़ते हुए सीमा सोमेश जैसे ही प्लेटफॉर्म से उतर हवा में उड़े, एक बार तो सीमा घबराकर सोमेश से लिपट गई।

कुछ सेकेंड बाद सामान्य होते हुए उसने आँखें खोलीं तो नीचे का अनुपम दृश्य देखकर वह रोमांचित हो उठी। अथाह जल-राशि को ऊपर से देखना भी अविस्मरणीय अनुभव था। नीला, मोरकंठी और हरा रंग लिये उद्‌धि वियोगी मोर सदृश लग रहा था, जो अपनी प्रिय मोरनी के इंतजार में खूबसूरत पंख फैलाए बढ़ा चला जा रहा हो, क्या होगा...मिलन...या वियोग...?

इतने में ही स्पीड-बोट धीमी हुई, विचारधारा टूट गई। धीरे से इनका पैराशूट समुद्री सतह पर गिरा, धुप्प! पानी से डुबकी लगा दोनों ने मुँह बाहर निकाले और बोट ने गति तेज कर दी, जिससे इनका पैराशूट फिर हवा से बातें करने लगा। करीब दस मिनट की पैरासीलिंग बेहद रोमांचकारी यात्रा रही।

सोमेश अब हाथ पकड़कर सीमा को 'बनाना बोट' सवारी के लिए ले गया। तैराकी पोशाक पर जीवन-रक्षक जैकेट पहने अन्य पाँच सवारियों के साथ सीमा और सोमेश भी केले की आकृति में बनी बोट पर दोनों तरफ पैर फैलाकर बैठ गए। आगे 'स्पीड-बोट' से रस्सियों से जुड़ी 'बनाना बोट' स्पीड बोट के प्रारंभ होते ही तेजी से चल पड़ी। अथाह जल-राशि पर खुले में सवारी करना बड़े जिगरे की बात थी।

ज्यों-ज्यों उनकी 'बनाना बोट' दूर समुद्र के अंदर पहुँच रही थी, सीमा की धड़कनें

बढ़ रही थीं। अचानक उसका दिल धक्क रह गया; यह क्या? सोमेश उछलकर बोट से नीचे समुद्र में गिर गया। 'सोमेश-सोमेश' चिल्लाते हुए बिना कुछ सोचे-समझे पागल-सी सीमा भी कूद पड़ी।

सहयात्री घबरा गए, अब क्या होगा? आगे से स्पीड बोट से दो प्राणरक्षक कूदे। दोनों तैरकर सीमा और सोमेश तक पहुँचे। उन्हें अपने संग स्पीड बोट में ले जाकर बैठाया।

स्पीड बोट में बैठते ही सोमेश ने सीमा को गले लगा लिया—''पगली, मेरे पीछे तुम क्यों कूदीं?'' सीमा कुछ बोल न सकी, बस उसकी आँखें डबडबा आईं। सोमेश की आँखें भी नम हो गईं। लगभग १०-१५ मिनट तक दोनों इसी प्रकार एक-दूजे की भावनाओं को सहेजते रहे। तब तक किनारा आ गया था। उनका गला भी सूख रहा था, अत: किनारे पहुँचकर दोनों ने नारियल पानी पिया।

तनिक विश्राम के पश्चात् सोमेश बोला, ''स्केटिंग करोगी या स्कूटर रेसिंग?''

''पानी में स्कूटर रेसिंग कैसे होती है?'' सीमा के पूछने पर सोमेश उसे हाथ पकड़कर कुछ दूर ले गया।

जहाँ कॉलेज के कुछ विद्यार्थी समुद्री सतह पर स्कूटर से सरपट दौड़ कर रहे थे। उनका एक-दूसरे से आगे बढ़ना, जोर-जोर से चिल्लाना सीमा को बड़ा भला लग रहा था। आज वह जीवन का भरपूर आनंद लेना चाह रही थी।

सीमा के चेहरे की रौनक को सोमेश ने पढ़ लिया। आगे बढ़कर स्कूटर रेसिंग की दो टिकटें खरीद लीं। सोमेश ने अपने स्कूटर पर उसे बैठा लिया। प्रारंभ का झटका खाकर सीमा ने सोमेश को पीछे से कसकर पकड़ लिया। दोनों की सवारी जलीय सतह पर उड़ चली। दोनों ओर से उठती पानी की बौछारों में भीगते हुए उन्हें विचित्र प्रकार के रोमांच की अनुभूति हो रही थी। अचानक जोश में आकर सोमेश जिगजॉग ड्राइविंग करने लगा। सीमा चिल्लाने लगी, ''नहीं-नहीं, ऐसे नहीं।'' वह जितना चिल्लाती, सोमेश को उतना ही मजा आता। अकस्मात् सोमेश ने दाहिने स्कूटर मोड़ा। इतने में पीछे से आता स्कूटर सवार इनसे तेजी से भिड़ा, संतुलन बिगड़ा और सब समुद्री सतह पर गिरे धड़ाम। सीमा को लगा कि आज तो वह डूबेगी और यहीं उसकी जल-समाधि बनेगी।

सोमेश ने ढाढस बँधाते या दिलासा देते हुए कहा, ''घबराओ नहीं, प्राणरक्षक परिधान पहना है, डूबोगी नहीं।''

किनारे से वे काफी दूर पहुँच गए थे। सामने अंबुपति की अथाह जलराशि को देख सीमा को चक्कर आ रहे थे। लेकिन हिम्मत जुटाकर उन्होंने किनारे की दिशा में तैरना प्रारंभ किया। दूसरे स्कूटर सवार की हालत और खराब थी। उसे तो तैरना भी नहीं आता

था। वह तो लाइफ जैकेट के सहारे एक ही जगह तैर रहा था। सोमेश उनकी सुरक्षा की तरकीब सोच ही रहा था, इतने में जीवनरक्षक नौका के इंजन की गड़गड़ाहट सुनाई दी। इस समुद्र-तटीय पर्यटन-स्थल पर सुरक्षा के बड़े पुख्ता इंतजाम थे। तटरक्षक सुरक्षा गार्ड ने पहले सीमा, फिर सोमेश व अन्य सवारों को खींचकर बोट में बिठाया—फिर दोनों स्कूटरों में हुक फँसाकर रस्सी से बोट में बाँधा। लगभग दस-पंद्रह मिनट में सब सकुशल किनारे पहुँच गए।

बोट से उतरकर चलते हुए सोमेश ने मजाकिया अंदाज में पूछा, ''चलोगी कुछ और जल-क्रीड़ाएँ करने? है कोई तमन्ना बाकी?''

सीमा अब तक सामान्य हो चुकी थी। मुसकराकर बोली, ''तुमने मेरी कोई तमन्ना बाकी छोड़ी ही नहीं है। मेरी आत्मा अब तृप्त है। और कुछ भी नहीं करना, चलो जलपान करते हैं।''

सोमेश भी यही चाहता था। उसे बड़े जोरों से भूख लगी थी।

वहीं किनारे पर अन्नपूर्णा कैफेटेरिया में हलका-फुलका नाश्ता लेकर दोनों होटल सिटी पैलेस पहुँचे। भूतल पर 'स्वागत कक्ष' के पास बाल-देखभाल कक्ष था। उसके दरवाजे पर तीन-चार वर्ष का एक प्यारा सा गोल-मटोल बालक खड़ा था। उसकी बड़ी-बड़ी आँखों में किसी की प्रतीक्षा बसी थी। गोरा रंग, गुलाबी गाल, घुँघराले बाल, गालों में प्यारे से गड्ढे। यह बालक उदास-सा एकाकी खड़ा था। पीछे अनेक बच्चे खेल रहे थे। सीमा तेज-तेज चलकर दरवाजे तक पहुँची ही थी कि वह बच्चा 'माँ-माँ' करके सीमा से लिपट गया।

~ दो ~

सोमेश एवं सीमा बालक को लेकर अपने कक्ष संख्या नं. ५०४ में पहुँचे। बालक सोमेश की गोद में था। सीमा ने कमरे का दरवाजा खोला तो खुशी से चिल्ला उठी, ''आ…हा…'' पूरा कमरा रंग-बिरंगे गुब्बारों से सजा हुआ था। केंद्रीय मेज पर केक रखा था। उस पर सुंदर लिखावट में लिखा था—'हैप्पी बर्थ डे टू शिवा'। वहीं पर मोमबत्तियाँ, माचिस, चाकू, प्लेटें, चम्मच सबकुछ सजा हुआ था। पार्श्व की मेज पर पूरा भोजन लगा हुआ था।

शिवा पापा की गोद से उतरकर गुब्बारों से खेलने लगा। प्रशंसात्मक प्रश्नवाचक निगाहों से सीमा ने सोमेश की ओर देखा। उसने अदा से सिर झुकाते हुए कहा, ''भूल गईं श्रीमतीजी, आज आपके राजदुलारे का चौथा जन्मदिन है। यह उसी उत्सव की तैयारी है।

आओ, केक कटवाएँ—मुँह मीठा करवाएँ।''

सीमा पति की सचेतनता और सहृदयता पर कुर्बान हो गई। बेटे को गोद में उठाकर मेज तक लाई। दोनों ने शिवा का दाहिना हाथ पकड़वाकर केक कटवाया। पहले दोनों ने राजा बेटा को खिलाया। फिर शिवा ने एक हाथ से मम्मी को तथा दूसरे हाथ से पापा को एक साथ केक खिलाया और बोला, ''माँ, मेरा उपहार कहाँ है?''

सागर की अतल गहराइयों से जो गुलाबी आभायुक्त बेशकीमती मोती सीमा लाई थी, वह लाल कपड़े में लपेटकर, धागे में बाँधकर उसके गले में पहना दिया। सीमा ने शिवा को बताया कि आज समुद्र के तल में उन्हें मोती कैसे मिला था! उसने यह भी कहा कि अपने गाँव जाकर वह इसे सोने में लॉकेट बनवा देगी।

शिवा ने माँ के पैर छुए। सीमा ने उसे कलेजे से लगा लिया और बोली, ''इस मोती की तरह सुंदर सा आभावान रहना। खूब आगे बढ़ना। माँ-बाप का नाम रोशन करना। यह मोती तुम्हारी रक्षा करेगा।''

पापा ने उसके हाथ में एक प्यारी सी इलेक्ट्रॉनिक घड़ी पहना दी, जिसमें सुइयों के पार्श्व में उन तीनों का चित्र लगा था और अपने लाल को गले से लगा लिया। इतने प्यारे उपहार पाकर शिवा बेहद खुश था।

खाना खाते हुए बाल सुलभ जिज्ञासा से शिवा ढेरों सवाल पूछ रहा था। सोमेश उसे आज की मछलियों वाली सारी फोटो दिखा रहा था। शिवा बोला, ''पापा, मुझे भी देखना है। कब चलेंगे?''

सोमेश ने कहा, ''हाँ, बेटे, कल हम बाल जलक्रीड़ा उद्यान चलेंगे। कल का पूरा दिन तुम्हें कछुए, मछलियाँ, डॉल्फिन सब दिखाएँगे, चिड़िया टापू भी घुमाएँगे। वहाँ बहुत सुंदर-सुंदर पक्षी और तितलियाँ भी हैं—हम यहाँ पर और भी अच्छी-अच्छी जगह देखने चलेंगे। अभी सब सो जाओ।'' कहकर भोजन के पश्चात् तीनों रात्रि विश्राम हेतु लेट गए।

शिवा मम्मी-पापा के बीच में था—उनका राजदुलारा, आँखों का तारा।

दूसरे दिन प्रात: ६.३० बजे के करीब सोमेश की आँख खुली। उसने फटाफट पानी डालकर बिजली की चाय केतली का स्विच खोला। शिवा और सीमा को उठाया। सीमा ने शिवा का दूध और दोनों की चाय बनाई। तीनों ने तैयार होकर होटल में प्रात: का नाश्ता किया, फिर घूमने निकल गए। सर्वप्रथम वे पोर्टब्लेयर स्थित सेलुलर जेल देखने पहुँचे। यह राष्ट्रीय स्मारक देश-प्रेमियों के लिए तीर्थयात्रा से भी बढ़कर होता है। स्वतंत्रता-प्राप्ति के लिए दीर्घकाल तक सतत संघर्ष करनेवाले और अपने प्राणों को भी भारत माता के चरणों में न्योछावर करनेवाले स्वतंत्रता सेनानियों के बलिदान का यह

मूक साक्षी था। सोमेश स्वयं बंगाल के प्रसिद्ध स्वतंत्रता सेनानी का पुत्र था। उसकी रगों में भी देशभक्ति का लहू दौड़ रहा था।

क्रांतिकारियों की जीवन-गाथा का एक चलचित्र यहाँ पर चल रहा था। अपनी जान पर खेलकर जिस रूप में उन्होंने मातृभूमि का ऋण चुकाया, उसे सजल नेत्रों से सीमा एवं सोमेश देख रहे थे। शिवा बाल सुलभ जिज्ञासु दृष्टि से देख रहा था। इस पवित्र भूमि को वंदन करके वे लोग रोज आइलैंड को देखने निकल पड़े।

तत्पश्चात् उन्होंने उत्कृष्ट कोटि के अनेक संग्रहालय देखे। फिर वे लोग चिड़िया टापू पर पहुँचे। यहाँ की रंग-बिरंगी तितलियों एवं विभिन्न प्रकार के पक्षियों को देखकर शिवा बेहद प्रसन्न था। यहाँ के प्रसिद्ध 'दावत' रेस्तराँ में भोजन करके उनकी तबीयत खुश हो गई।

यहाँ से जलीय फैरी लेकर फिर वे लोग मधुबन पहुँचे। यहाँ के सर्वोच्च शिखर माउंट हेरीयट के भी दर्शन किए। अंत में शिवा को मिनी जू दिखाकर पूरा परिवार पुनः अपने होटल लौट आया। रात्रि भोजन वहीं होटल सिटी पैलेस में ही किया। रात के करीब १० बजे अपने कमरे में पहुँच गए।

सोमेश ने टेलीविजन चालू किया। उस पर बच्चों की फिल्म आ रही थी। एक प्यारी सी नन्ही मछली 'चैनो' अपने माँ-बाप, बहन-भाइयों के साथ सुंदर से घर में मजे से रह रही थी। अचानक दैत्याकार ह्वेल मछली आई—इनको खाने को दौड़ी। 'चैनो' की माँ अपने बच्चों को बचाने के लिए बीच में आई तो ह्वेल उसे और उसके बच्चों को खा गई। 'चैनो' अपने पापा के साथ घूमने गई हुई थी। लौटते ही उन्होंने देखा, ह्वेल ने उनके घर को ध्वस्त कर दिया था और परिवार को भी खा गई थी। ह्वेल इन बाप-बेटी की तरफ भी झपटी। इतने में पानी की एक तेज लहर आई। 'चैनो' की जान तो बच गई, पर वह अपने मम्मी और बहन-भाइयों के बिना जिएगी कैसे?"

शिवा यह देख उदास हो गया। सीमा उसका मन बहलाने के लिए गोद में उठाकर स्नान घर ले गई। रात्रि पोशाक में उसे तैयार करके बिस्तर पर सोमेश के पास बिठा दिया। स्वयं रात्रि पोशाक पहनने चली गई। सोमेश शिवा के सिर पर हाथ फेरकर बोला, "बड़ा होनहार है मेरा राजा बेटा। बड़े होकर क्या बनोगे?"

खड़ा होकर फौजी की तरह सैल्यूट मारते हुए शिवा बोला, "फौजी।" गद्‌गद होकर सोमेश ने उसे कलेजे से लगा लिया। पूछा, "फौजी बनकर क्या करोगे?"

"देश के दुश्मनों को गोली से उड़ाऊँगा...ठाँय-ठाँय-ठाँय..."

उसने हाथ से बंदूक चलाने का इशारा किया।

सोमेश ने पुनः पूछा, "तुम्हें डर नहीं लगेगा?"

शिवा बोला, "पापा, मैं बहादुर बच्चा हूँ—आपका बेटा! मैं दुश्मनों से नहीं डरता, उलटा वे मुझसे डरेंगे।"

सोमेश का सीना अपने होनहार बेटे को देखकर गर्व से फूल गया।

इतने में सीमा आ गई और सोमेश स्नान करने चला गया। शिवा आज तक माँ की लोरी के बिना नहीं सोया था। वह कहने लगा, "माँ, लोरी सुनाओ ना।"

सीमा बोली, "पहले हमेशा की तरह णमोकार महामंत्र सुनाओ।"

शिवा ने दोनों हाथ जोड़े, आँखें मूँदीं और अपनी मिश्री-सी मीठी बोली में बोलने लगा—

"णमो अरिहंताणं
णमो सिद्धाणं
णमो आयरियाणं
णमो उव्वझायाणं
णमो लोए सव्वसाहूणं।"

माँ ने उसे बाँहों में भींच लिया और बोली, "बेटा, यह बहुत प्रभावशाली महामंत्र है। इससे पवित्रता और ओज प्राप्त होता है। इसे कभी भूलना नहीं। अपनी संघर्ष क्षमता बढ़ाने के लिए, अपने आपको सशक्त बनाने के लिए एवं विजय प्राप्त करने के लिए सुख-दुःख में हमेशा सबसे पहले बोलना।"

शिवा ने कहा, "हाँ माँ, मैं हमेशा याद रखूँगा। अब तो लोरी सुना दो ना।"

सीमा धीरे-धीरे उसके सिर पर हाथ फेरती हुई लोरी सुनाने लगी—

"धीरे से आ जा री अँखियन में
निंदिया आ जा री आ जा...
धीरे से आ जा...
मेरे मुन्ना को सुला जा
निंदिया आ जा री आ जा
धीरे से आ जा...
राजा बेटा वीर बनेगा
वीर बनेगा, धीर बनेगा
बड़ा हो महावीर बनेगा
निंदिया आ जा री आ जा
धीरे से...
पापा के प्राणों से प्यारा

मम्मी के दिल का दुलारा
चमकेगा बनकर चाँद-सितारा
निंदिया आ जा री आ जा
धीरे से आ जा…"

शिवा की पलकें लोरी सुनते-सुनते बोझिल होने लगीं। कुछ ही देर में वह गहन निद्रा में चला गया।

गुलाबी लिबास में सीमा बहुत कमनीय रूपसी लग रही थी। सोमेश का मन मचलता जा रहा था। जिंदगी में ऐसे रोमांटिक, रोमांचकारी, भावुक पल आज तक नहीं जिए थे। आज का अहसास अनिर्वचनीय था।

कुछ समय पश्चात् मदहोश-सा सोमेश बोला, "चलो, सागर तट पर चलें।"

सीमा चौंकी, "रात का एक बजा है, अभी कहाँ जाएँगे? कल चलेंगे।"

सोमेश का मन मचल रहा था। बोला, "अभी चलते हैं। यहाँ रात्रि-भ्रमण में कोई डर नहीं होता, समुद्री किनारे सुरक्षित हैं।"

सीमा ने अंतिम हथियार छोड़ा, "शिवा सो गया, कैसे करेंगे?"

सोमेश बोला, "वह भी व्यवस्था हो जाएगी, तुम तैयार हो जाओ।"

अनमनी-सी सीमा ने एक बैग में दरी डाली, वस्त्र बदले।

रात्रि ड्यूटी पर तैनात जूनियर मैनेजर केशव को बुलाया। सोमेश ने उसे अपने कमरे की चाबी देते हुए कहा, "हम लोग सागर तट पर जा रहे हैं। अभी दो-तीन घंटे में आ जाएँगे। यहाँ हमारा बच्चा शिवा सोया हुआ है। यूँ तो यह सुबह ही उठता है, फिर भी आप कृपया चेक करते रहें।"

केशव ने कहा, "सर, आप किसी तरह की चिंता न करें, मैं अपना बच्चा समझकर इसका खयाल रखूँगा। हाँ, आप अपने सामान को कृपया ताला लगा दें।"

सोमेश बोला, "केशव, आप हमारे भाई हैं। जब हम अपने जिगर के टुकड़े को आपको सौंपे जा रहे हैं तो भौतिक वस्तुओं का मूल्य ही क्या है!"

केशव बोला, "थैंक्यू सर! मैं आपके विश्वास को बनाए रखने का प्रयास करूँगा। थोड़ा तूफानी मौसम हो सकता है, अतः सावधान रहिएगा, हो सके तो जल्दी लौट आएँ।"

सोमेश बोला, "यहाँ से है ही कितनी दूर? सिर्फ एक घंटे का ही तो रास्ता है। मौसम का मिजाज बिगड़ा तो हम तुरंत लौट आएँगे। हाँ, शिवा का खयाल अवश्य रखना।"

"ओ.के., सर" कहता हुआ केशव निकल गया।

सीमा शिवा के पास गई। गहरी नींद में सोया वह और भी प्यारा लग रहा था। उसने उसके मस्तक पर प्यार भरा चुंबन अंकित किया तो अनजानी आशंका से उसका दिल

तेजी से धड़क उठा। उसके अंतस्तल से आवाज आ रही थी, 'शिवा को यूँ सोता छोड़कर न जाओ।'

सोमेश बेहद रोमांटिक मूड में था, "सीमा, कितनी देरी है?" कहते हुए उसने पुन: कमरे में प्रवेश किया तो देखा, सीमा शिवा के पास बैठी भावुक हो रही थी।

वह झुका, सोए हुए अपने राजदुलारे के सिर पर हाथ फेरा और बाँहों में भरकर सीमा को खींच लिया, "चलो भी, देर हो रही है।"

न जाने क्यों सीमा सोच रही थी कि अपने प्राणेश्वर के संग जाते हुए आज उसका हृदय इतना उद्वेलित क्यों है?

चहल कदमी करते हुए कुछ समय पश्चात् वे 'रामनगर' बीच पर पहुँच गए। इस समुद्री तट पर जहाँ दिन में सैकड़ों जल-प्रेमी क्रीड़ा कर रहे थे, वहीं इतनी रात गए तो इक्का-दुक्का गिनती के लोग नजर आ रहे थे। जो समुद्र दिन में गुस्सैल नौजवान की तरह उफन-उफनकर जोशीली जवानी दिखा रहा था वह अभी नवपरिणीता की तरह धीर-गंभीर नजर आ रहा था। नीले रंग की चादर ताने उनींदा-उनींदा-सा लग रहा था। वहीं एक किनारे दरी बिछाकर वे दोनों लेट गए।

ऊपर देखा तो आसमान दूधिया रोशनी से नहाया हुआ था। आज पूर्णिमा की रात जो थी। आज का चंद्रमा आम दिनों से बहुत बड़ा एवं बेहद चमकीला नजर आ रहा था। ज्योतिषियों ने इसे 'सुपर मून' का नाम दिया। वैज्ञानिकों का कहना था कि आज चंद्रमा धरती के सबसे करीब आया था। सोमेश और सीमा भी एक-दूजे के बेहद करीब थे। सामने हिंद महासागर था। यहाँ प्रेम का सागर मचल रहा था।

सीमा ने लजाती-सी आवाज में कहा, "सोमेश, तुम कितने अच्छे हो। मैं तो सात जन्मों में तुम्हें ही पति-रूप में पाना चाहती हूँ।"

"प्रियतमे, मैं तो तुम्हें सात जन्मों का प्यार अभी इसी वक्त करना चाहता हूँ।" सोमेश रसीले स्वर में डूबता सा बोला।

प्यार-मुहब्बत की गुफ्तगू में सीमा और सोमेश ऐसे खोए कि उन्हें वक्त का पता ही नहीं चला। रात के लगभग २.३० बजे थे। दोनों प्रेमपाश में बँधे एक-दूजे में समाए थे।

अचानक तेज गड़गड़ाहट की आवाज सीमा के कानों में पड़ी, जैसे कहीं दूर ज्वालामुखी फटा हो। सीमा को वहम लगा। वह नादान क्या जाने, यह वहम नहीं भयावह सच्चाई थी। आवाजें और तेज होती जा रही थीं, जैसे लगातार बिजली गिर रही हों। सोमेश भी चौंक गया। दोनों उठ बैठे। अचानक बदले मौसम के मिजाज को देख दोनों हतप्रभ हो गए।

आँखें खोलते ही उन्होंने सामने देखा, कुछ समय पूर्व जो शांत समुद्र समस्त विश्व

को मर्यादा का संदेश देते हुए दिव्य दृश्य उत्पन्न कर रहा था वही अब मर्यादा भंग कर विकराल हो उठा था। सुरसा-सा मुँह बाए भयंकर दानवी लहरें सीमाओं को लाँघ बढ़ी चली आ रही थीं। सोमेश चिल्लाया, "सीमा, जल्दी चलो!"

सीमा इधर बैग उठाने मुड़ी उधर काली लहर बढ़ी चली आ रही थी।

सोमेश ने सीमा को खींचा, "छोड़ो बैग, निकलो यहाँ से!"

आव देखा न ताव, चप्पल पहने न स्नीकर—हाथ पकड़कर दोनों अपने होटल की दिशा में दौड़े। लेकिन सीमा के पैर तो पत्थर सरीखे हो गए थे, दौड़ा ही नहीं जा रहा था।

पीछे लहरों का शोरगुल भयंकर तेज हो गया था। लग रहा था जैसे प्रलय आने वाला हो। एक के बाद एक ऊँची लहर उनका पीछा कर रही थी। अपनी समस्त जीवनी शक्ति लगाकर सोमेश और सीमा तेजी से दौड़ पड़े।

सोमेश और तेजी से सीमा को खींचने लगा, सीमा भी तेजी से दौड़ने का प्रयास करने लगी। लगभग आधा रास्ता तय हो गया था—होटल बस कुछ ही फर्लांग दूर था। दोनों के दिलों में ढाँढ़स-सा बँधा—चलो, जान बची तो लाखों पाए। सीमा मन-ही-मन सोचने लगी, अब कभी शिवा को छोड़कर नहीं जाएगी।

तभी उनके कानों में लहरों का क्रूर अट्टहास पुनः सुनाई दिया...और यह क्या? '१५ फीट ऊँची लहर...और यह २० फीट ऊँची लहर और यह २५ फीट ऊँची लहर... ।'

सीमा ने मुड़कर पीछे देखा, कुपित समुद्र साक्षात् काल बन मुँह बाए लीलने को बेताब था। मौत को इतना करीब पाकर वह सिसक पड़ी, "सोमेश बचो...सोमेश... प्लीज...शिवा का ख्याल...र...ख...ना... सो...मे...श... ।" उसके मुँह से चीख निकली।

सोमेश विलाप कर उठा, "सी...मा...सी...मा......सी...मा... ।"

प्राणहंता यह मायावी लहर यमदूत बनकर विद्युत् गति से आई और दोनों के पैरों के नीचे से जमीन फिसल गई। बहुत कोशिश की एक-दूजे को बचाने की, संग-संग जीने की; लेकिन हाय री बदकिस्मती, सात जन्मों तक साथ निभाने के ख्वाब देखनेवाला प्रेमी युगल इस जन्म में संग मर भी न सका। उनकी मुहब्बत का ताजमहल धराशायी हो गया। खौफनाक लहरों के भयंकर विनाशकारी वेग ने हमेशा-हमेशा के लिए सीमा और सोमेश को जुदा कर दिया।

प्रकृति के रौद्र रूप के समक्ष मानवीय शक्तियाँ बौनी हो गईं।

सुनामी के इस खौफनाक मंजर ने निर्दयतापूर्वक इस द्वीप को तहस-नहस कर दिया। समुद्री किनारे का क्षेत्र पूरी तरह से ध्वस्त हो गया। वहाँ जीवन का, निर्माण का चिह्न भी नहीं बचा। चारों ओर बस जल-ही-जल था। समुद्र की अतल गहराइयाँ अनगिनत मासूमों का समाधि-स्थल बन गईं—

व्यक्ति के सुखद स्वप्न और उल्लास भरी उमंगें,
विषाद और क्रंदन का रूप ले लेती हैं।
कामनाओं का उजाला धूमिल अंधकार में
परिवर्तित हो जाता है,
यही है नश्वर संसार की नियति।

तीन

होटल सिटी पैलेस के पाँचवें तल पर रात्रिकालीन ड्यूटी कर रहे सहायक मैनेजर केशव आकाशवाणी से समाचार सुन रहे थे।

अकस्मात् अपने आपको प्रकंपित पाकर वह विस्मित हो गए। दृष्टि उठाकर सामने देखा तो उनकी मेज और उस पर रखा सामान भी तेजी से कंपित था। अपने पाँवों के नीचे प्रकंपित होती धरती को महसूस कर वह भूकंप की तीव्रता को ताड़ गए। काँपती दीवारें किसी भीषण प्राकृतिक आपदा का पूर्वाभास दे रही थीं।

कुछ सेकंडों की सनसनी के पश्चात् सबकुछ सामान्य हो गया। पुनः केशव का ध्यान रेडियो की ओर गया। अचानक उसने समाचारों में हिंद महासागर के इस समुद्री क्षेत्र में सुनामी आने की संभावना के बारे में सुना। वह चिंतित हो उठा।

केशव ने तुरंत होटल में इमरजेंसी अलार्म बजा दिया। इंटर ब्रॉडकास्टिंग सिस्टम से उद्घोषणा करवा दी कि कृपया सब शीघ्रातिशीघ्र होटल छोड़कर दूर-दराज में सुरक्षित स्थान की ओर कूच करें।

अचानक केशव को ध्यान आया, अरे, शिवा कमरे में अकेला सोया है। उसका तो दरवाजा भी बंद है। फ्लोर के इस छोर पर लॉबी थी। अंतिम छोर पर कमरा नंबर ५०४ था। केशव ने उसकी चाबी उठाई, तेजी से दौड़ते हुए कमरे के दरवाजे पर पहुँचा। कँपकँपाते हाथों से दरवाजा खोल ही नहीं पा रहा था। फिर क्षण भर के लिए संयमित होकर उसने जैसे ही चाबी लगाई, दरवाजा खुल गया और तभी भयंकर शोर सुनाई दिया। केशव को लगा, आज सबकुछ खत्म हो जाएगा।

होटल की इमारत हिल उठी शोर इतना तेज था कि शिवा भी झिझककर उठ बैठा। उसने देखा कि पास में न मम्मी है, न पापा···वह रोने लगा, मम्मी···मम्मी···।''

केशव ने बिना एक क्षण गँवाए शिवा को गोद में लिया, वहीं रखी पानी की बोतल उठाई और लिफ्ट की तरफ दौड़ा। भूतल पर पहुँचकर पिछले द्वार से बाहर भागा। दौड़ते-दौड़ते वह बहुत दूर निकल गया। शोरगुल काफी पीछे छूट गया। सामने एक छोटा सा

यात्री निवास दृष्टिगत हुआ। केशव ने वहीं शरण लेने का सोचा।

एक दिन बीता, दो दिन बीते, तीसरे दिन भी केशव ने बहुत ढूँढ़ा, बहुत खोजा, बची हुई इमारतों में, राहत शिविरों में, उनके हुलिए का उल्लेख करके भी लोगों से पूछा; किंतु उसकी सारी मेहनत बेकार गई। सीमा एवं सोमेश की कोई खबर न थी।

इधर शिवा का रो-रोकर बुरा हाल था। उसे मम्मी की बहुत याद आ रही थी। इन तीन दिनों में उसने बिस्कुट का एक टुकड़ा भी मुँह में नहीं डाला था, बस एक ही रट थी—मम्मी पास जाना है...पापा पास जाना है... । किसी तरह बहला-फुसलाकर केशव ने थोड़ा-बहुत दूध जबरदस्ती पिलाया।

आज थोड़ी देर के लिए बिजली की सप्लाई प्रारंभ हुई थी। टेलीफोन लाइनें अभी ठीक नहीं थीं। वह सोच रहा था, उसके लिए परिवार में सब चिंतित होंगे। लेकिन खबर करे तो कैसे करे। कुछ दिनों पश्चात् टेलीफोन लाइनें ठीक हुईं तो उसने माँ-पिताजी से बात की। सबको अपने कुशल-क्षेम के समाचार प्रेषित करके केशव शिवा के बारे में चिंतन करने लगा। अब इसका क्या किया जाए? अभी हफ्ता भर पहले ही उसने अंग्रेजी अखबार में यू.एस.ए. के एक निस्संतान दंपती की अपील देखी थी। वह ऐसा ही बच्चा चाहते थे और इसके लिए हजारों डॉलर पेमेंट करने को तैयार थे। इस समय इतनी बड़ी राशि उसके लिए बहुत मायने रखती थी।

शिवा को लेकर वह अपने बिस्तर पर आ गया, उसने देखा कि शिवा की आँखों से नींद कोसों दूर थी। केशव ने कहा, "शिवा बेटे, सो जाओ।"

शिवा बोला, "अंकल, लोरी सुनाओ ना...मम्मी मुझे हमेशा लोरी सुनाती थी, उसके बिना मुझे नींद नहीं आती।"

लोरी से केशव को याद आया, वह भी तो हमेशा अपनी बड़ी बहन सावित्री दीदी से लोरी सुनकर ही सोता था। सावित्री दीदी को बच्चों का बहुत चाव था। सिजेरियन होने के बावजूद वह बेटा पाकर बहुत खुश थी। लेकिन दीदी की खुशियाँ क्षणिक थीं। इन्फेक्शन होने से छठे दिन ही उनका बेटा चल बसा। डॉक्टर ने दुबारा चांस लेने के लिए पहले ही साफ मना कर दिया था, क्योंकि इससे दीदी की जान को खतरा था। तभी से सावित्री दीदी गहरे अवसाद की शिकार होकर बीमार रहने लगी थीं। शरीर भी सूखकर काँटा हो गया था। जीजाजी भी इन हालात में अपने व्यापार पर पूरा ध्यान नहीं दे पा रहे थे।

केशव ने सोचा कि शिवा को पुत्र रूप में पाकर सावित्री दीदी कितनी खुश होगी! अगर उनका बेटा जिंदा होता तो आज इतनी ही उम्र का होता। एक तरफ हजारों डॉलर का लालच, दूसरी तरफ अपनी प्रिय बहन की खुशियाँ। केशव भयंकर अंतर्द्वंद्व में फँस

गया। वह शिवा की मासूम सूरत देखने लगा। देखते-देखते उसे अपनेपन की अनुभूति होने लगी।

आखिर पैसे पर प्यार की विजय हुई। केशव ने शिवा को सावित्री दीदी को सौंपने की ठान ली। क्या सावित्री दीदी शिवा की सही तरीके से परवरिश कर पाएँगी? क्या शिवा सावित्री दीदी को अपना पाएगा?

चार

अंडमान निकोबार द्वीप-समूह में आई इस सुनामी से भयंकर विनाश हुआ। सहस्रों मनुष्यों का अवसान हो गया। हजारों की संख्या में लोग लापता हो गए। एक द्वीप की दो तिहाई आबादी ही जल-समाधिस्थ हो गई। वहाँ के स्थानीय एयरबेस में वायुसेना के सौ से ज्यादा सदस्य सपरिवार सुनामी की लहरों से तबाह हो गए। भारतीय जाँबाज, जीवन-रक्षा में महारत प्राप्त जवान क्या इस तरह की विडंबना के हकदार थे? उन्होंने इस प्रकार के भयावह अंत की तो कल्पना भी न की होगी।

वास्तव में मृत्यु एक महात्रासदी है, जो एक क्षण में मनुष्य को मिट्टी की ढेरी बना देती है।

यहाँ आकर ही जीवन की नश्वरता का बोध होता है। कुशाग्र पर टिके जलकण का अस्तित्व जितना संदिग्ध रहता है उतना ही संदिग्ध है मानव जीवन का स्थायित्व। काल के क्रूर प्रहार से चेतन ही नहीं, जड़ भी विखंडित हो जाते हैं।

सुनामी के इस तांडव से निकोबार द्वीप-समूह के कई छोटे-छोटे द्वीप संपूर्णतया जल निमग्न हो गए। उनका अस्तित्व ही अदृश्य हो गया। कुछ द्वीपों का आकार-प्रकार बदल गया। कई द्वीप दो-दो भागों में भी विभक्त हो गए। समुद्र के खारे पानी ने आकर यहाँ की कृषि योग्य भूमि को लील लिया, पीने योग्य मीठे ताजे पानी के स्रोतों को नष्ट कर दिया।

हजारों मछुआरों की नावें भी टूट गईं। बड़ी-बड़ी इमारतें भरभराकर ध्वस्त हो गईं। सड़कें और रनवे तक नष्ट हो गए। मौतों के इस महामंजर से महामारी के प्रकोप की आशंका होने लगी।

ध्वंस और निर्माण दो विरोधी धाराएँ हैं, फिर भी सापेक्ष हैं। इस महाविनाश के मध्य एक चमत्कार भी परिलक्षित हुआ। सुनामी के कारण एक स्थान पर लगभग १,५०० वर्ष पूर्व का शहर, वहाँ के भग्नावशेष, कुछ मूर्तियाँ, कुछ आकृतियाँ भी दृष्टिगोचर हुईं। समुद्र की दिशा से इस शहर की सीमा भी विस्तृत हो गई।

काल के इस करिश्मे से स्थानीय निवासी विस्मय विमुग्ध थे। वास्तव में काल में परिवर्तन नाम की ऐसी अलौकिक शक्ति विद्यमान है, जिसके कारण वह पुरातन को नवीन और नवीन को पुरातन में परिणत करता सदा अपना अस्खलित चक्र घुमाता रहता है।

इसी काल के वशीभूत माउंट हैरियट की तलहटी में शवों के ढेर लगे थे। बचाव दल के सदस्य सेवा भाव से मौत में जिंदगी के अंश खोज रहे थे। राहतकर्मियों ने भी वहाँ पहुँचकर इस सामूहिक शव-संस्कार हेतु अग्नि-दाह को अतिशीघ्र ही प्रारंभ कर दिया।

अनल के आतप का स्पर्श पाकर एक शरीर में किंचित् हलचल होने लगी। वहीं पास खड़े राहतकर्मी की नजर उस पर पड़ी। वह घबरा गया, कहीं कोई भूत तो नहीं। उसने अपने साथी को इशारा किया। वह भी आश्चर्यचकित रह गया। फिर दोनों ने मिलकर तुरंत उसे लाशों के मध्य से उठाकर दूर किया⋯। आवश्यक प्राथमिक चिकित्सा प्रारंभ कर दी। धीरे-धीरे उसे होश आने लगा। पूरी तरह सचेत होते ही वह आँखें फाड़-फाड़कर चारों तरफ देखने लगा। आस-पास के इस अप्रीतिकर वातावरण को देख उसकी चेतना लौटी। सीमा से विछोह का दर्द भरा दृश्य उसके मानस-पटल पर उभर आया। वह पागलों की तरह प्रलाप करने लगा। उसकी नाजुक हालत देखकर उस बचावकर्मी ने शीघ्रातिशीघ्र उसे राहत शिविर में पहुँचाया, लेकिन अभी शारीरिक और मानसिक दोनों रूपों से वह बेहद अस्वस्थ था।

वहाँ की चिकित्सा से लाभान्वित होकर वह धीरे-धीरे स्वस्थ होने लगा। कुछ दिनों बाद उससे रहा नहीं गया। वह गिरते-पड़ते अपनी पत्नी और पुत्र की तलाश में निकल पड़ा। वह खोजते-खोजते, पूछते-पूछते किसी तरह सिटी पैलेस होटल के पास पहुँचा। वहाँ पहुँचकर वह अवाक् रह गया। होटल की इमारत के ध्वंसावशेष यत्र-तत्र बिखरे थे। केशव का कहीं अता-पता नहीं था।

अपनी प्राणप्रिया और आत्मज की स्मृति में वह बिलख-बिलखकर रोने लगा। वहाँ कोई न था, जो उसके अश्रुओं को पोंछता, उसके घावों पर सहानुभूति का मरहम लगाता। सोमेश स्वयं ही स्वयं को दिलासा दे रहा था। संभवत: अपने आपसे बल प्राप्त कर रहा हो। वास्तव में हृदय की सन्निधि ही सबसे बड़ा संबल होता है।

इसी संबल के सहारे अनेक आरोहों-अवरोहों को तय करता हुआ सोमेश किसी प्रकार अपने गाँव नक्सलबाड़ी पहुँच गया।

भरी दोपहर में उसके अपने मोहल्ले में मौत का सन्नाटा छाया हुआ था। घर के मुख्य द्वार पर लगा ताला उसे मुँह चिढ़ा रहा था। वह सोचने लगा, आखिर उसके माँ-पिताजी कहाँ गए?

काल के कराल की करारी थपेड़ खाकर वह किंकर्तव्यविमूढ़ हो गया। निस्तब्ध हो

उसने दोनों हाथों से अपना सिर पकड़ लिया और वहीं घुटनों के बल निश्चेष्ट होकर बैठ गया। क्या करे, कहाँ जाए?

कुछ समय पश्चात् उसकी सुधबुध लौटी। वह अपने पड़ोसी चटर्जी चाचा से मिलने पहुँचा। वहाँ चाचा तो नहीं दिखे, लेकिन चाची वहीं थी। सोमेश को देखते ही वह दहाड़ें मारकर रोने लगी। किसी अनिष्ट की आशंका से उसका अंतर्मन काँप उठा; किंतु ऊपर से वह चाची को दिलासा देता रहा। जब दुःख का गुबार कुछ कम हुआ तब चाची ने बताया कि उसका सबकुछ लुट गया। बरबाद हो गया, उसके माँ-बाप अब इस दुनिया में नहीं रहे।

किसी पुत्र को अकस्मात् एक साथ माँ-बाप का वियोग सहना पड़े, इससे भयंकर त्रासदी क्या होगी? सोमेश इस सदमे को सहन नहीं कर पाया और दहाड़ें मारकर रोने लगा। करुण क्रंदन करने लगा, "ऐसा नहीं हो सकता, ऐसा कभी नहीं हो सकता...मैं गया, तब वे एकदम अच्छे थे...दोनों एक साथ कैसे जा सकते हैं...ऐसा कैसे हो सकता है?" विलाप करते-करते वह बेहोश होकर वहीं गिर गया।

घबराकर चाची ने चाचा को बुलाया। उन्होंने उसके चेहरे पर शीतल जल के छींटे मारे, किंतु सोमेश को होश न आया। चाचा ने एक हाथ से उसके दोनों नासाग्र बंद किए, दूसरे हाथ से उसके मुँह में चम्मच द्वारा जल डालना प्रारंभ किया। कुछ ही क्षणों में उसकी चेतना लौट आई। पुनः वह भयंकर विलाप करने लगा। चाचा-चाची दोनों सांत्वना देते रहे, बीच-बीच में उसे दो-दो बूँद पानी पिलाते रहे। धीरे-धीरे सोमेश की स्थिति में सुधार हुआ। कोई चाहे या न चाहे मृत्यु एक सच्चाई है। व्यक्ति को नियति के अपरिहार्य रूप में इसे स्वीकारना ही होगा।

सोमेश स्वयं मृत्यु के मुँह से लौटा था। पत्नी और बेटे को खोकर आया था। यहाँ आया तो माँ-बाप न मिले। एक के बाद एक झटके को वह कैसे झेले? वह उनकी मृत्यु का कारण जानना चाह रहा था। वे उसे ढाढ़स बँधा रहे थे।

इस समय भी इन्होंने ही उसे सांत्वना दी, सँभाला। फिर बड़ी मुश्किल से उसे चाय भी पिलाई, तब सोमेश की स्थिति कुछ सामान्य हुई। चाची उसके घर की चाबी उठा लाई और उसे देते हुए बोली, "दरवाजे पर ताला हमने ही लगाया था। यह चाबी ले लो। अपना घर सँभालो। जब भी कोई आवश्यकता हो, बता देना।"

सोमेश उठ खड़ा हुआ। वे दोनों भी उसके साथ-साथ आए।

सूने घर में प्रवेश करते ही सोमेश चाचा के सीने से लगकर पुनः बिलख उठा।

सांत्वना देते हुए चाची ने कहा, "बहू और शिवा को बुला लो, तुम्हारा मन लग जाएगा।"

इन शब्दों ने जले पर नमक छिड़क दिया। सुबकते हुए उसने सारी स्थिति स्पष्ट की कि किस प्रकार काल के क्रूर अट्टहास से उसका परिवार उजड़ गया। स्थिति की गंभीरता समझ वे भी वहीं उसके साथ बैठ गए।

गमगीन स्वर में सोमेश ने चाचा से अपने माता-पिता के देहावसान के बारे में जानना चाहा। उन्होंने ठंडे स्वर में बताना शुरू किया, ''पिछले दिनों हमारे शांत नक्सलबाड़ी कस्बे में भूचाल आ गया। सामाजिक आंदोलन के रूप में सी.पी.एम. पार्टी के कुछ कार्यकर्ता भूमिहीन गरीब किसानों एवं जमींदारों तथा रईसों में मुठभेड़ हो गई। उसके कुछ समय पश्चात् ही सिलीगुड़ी में 'किसान सभा' ने हथियार सहित आंदोलन की उद्घोषणा कर दी। यहीं आदिवासियों ने उग्र होकर एक पुलिस इंस्पेक्टर की तीर मारकर हत्या भी कर दी। माओवाद से प्रभावित होकर यहाँ के चारु मजूमदार, हरेंद्र कोगर एवं कनु सान्याल भी इस खूनी संघर्ष में कूद पड़े।

''अपने यहाँ के युवकों का यह आक्रामक हिंसक रवैया देख हम सभी हतप्रभ थे; किंतु किसी में भी इतनी हिम्मत न थी कि उन्हें रोक सके। तुम्हारे पिताजी सुप्रसिद्ध स्वतंत्रता सेनानी रहे थे। उनमें अप्रतिम साहस था, प्रबल आत्मबल था, इसलिए उन्होंने इन माओवादी युवाओं को समझाने का बहुत प्रयत्न किया, उनसे हिंसा का रास्ता छोड़ने की अपील की और कहा कि लूटपाट, रक्तपात, हिंसा और शस्त्रास्त्र के सहयोग के बिना अहिंसक क्रांति से भी सृजनात्मक, सकारात्मक परिवर्तन संभव है।

''अपने गाँव के ये नवयुवक भी उन्हें बहुत सम्मान देते थे, आदर से उन्हें सुनते थे। एक शाम यहीं घर पर उन्हीं से संगोष्ठी थी। यह उनकी अंतिम अपील थी। अगली सुबह तुम्हारे माता-पिता दोनों गोलियों से छलनी मृत पाए गए।

''हमने तुम्हें सूचना देने का बहुत प्रयास किया, किंतु तुम से संपर्क नहीं हो पाया। जन-कल्याण और देश-हित में उन्होंने अपना बलिदान कर दिया।''

सोमेश के नेत्रों से जहाँ अविरल अश्रु प्रवाहित हो रहे थे, वहीं हृदय के अंतस्तल से वह उनकी महान् शहादत को नमन कर रहा था।

पाँच

सर्दियों की गुनगुनी धूप थी। सावित्री अपने घर के आँगन में बैठी सब्जियाँ साफ कर रही थी। पहले सारे मटरों के दाने निकाले, फिर गाजर कद्दूकस करने लगी। शाम को गाजर का हलवा बनाना था। इतने दिनों की मायूसी से आज वह उबरी थी। उसका प्रिय भाई केशव जो आने वाला था। वह अपने खयालों में डूबी अपने काम में इतनी

तन्मय थी कि सत्यवान कब आया, उसे पता ही नहीं चला।

सत्यवान ने उसे देखा और देखता ही रह गया—सद्य:स्नाता, लाल साड़ी, लाल बिंदी, कमर तक झूलते चमकीले काले बाल—सदा मायूस रहनेवाली सावित्री के चेहरे पर आज हलकी सी खुशी की रेखाएँ देख उसे संतोष की अनुभूति हुई। वह हौले से वहीं सावित्री के पास बैठ गया।

अचानक पति को आया देखकर वह चौंक गई। साड़ी का आँचल सँभालते हुए बोली, "अरे, आज इस वक्त आपका आना कैसे हुआ?"

सत्यवान ने असली बात छुपाते हुए कहा, "भयंकर सिर दर्द हो रहा था तो मैं घर चला आया।"

सावित्री तुरंत गाजर छोड़कर खड़ी हो गई और बोली, "चलो, मैं दवाई लगा देती हूँ और अदरक की चाय पिलाती हूँ।"

अंधा क्या चाहे—दो आँखें। सत्यवान को मुँहमाँगी मुराद मिल गई। वह अंदर जाकर खटिया पर आँखें मूँदकर लेट गया। कुछ क्षणों में सावित्री बाम की शीशी ले आई। तनिक सा अँगुली के पौर पर निकाला और स्नेह भाव से पति के सिर पर लगाने लगी। पत्नी के कोमल करों के स्पर्श ने सत्यवान के अंदर सुलगती आग को और तेज कर दिया। उसने हाथ पकड़कर सावित्री को अपनी ओर खींच लिया।

"अरे-अरे, यह क्या कर रहे हो?" सावित्री बोली।

सत्यवान ने उसका हाथ हौले से पकड़कर अपने सीने पर रखा और बोला, "असली दर्द तो यहाँ हो रहा है।"

वह पति के मनोभावों को ताड़ गई। उसने कोई प्रतिरोध नहीं किया। महीनों बाद आज उनके घर में खुशियों का आगमन जो हो रहा था।

लगभग रात के नौ बजे केशव उनके घर पहुँचा। अपने भाई के साथ चार-पाँच वर्ष के बच्चे को देखकर सावित्री अचंभित थी। अभी तक तो इसने ब्याह भी नहीं किया था तो यह बच्चा कौन था?

केशव उनके मनोभावों को ताड़ गया और पहेलियाँ बुझाते हुए बोला, "दीदी, यह बच्चा कैसा लग रहा है?"

सावित्री ने एक गहरी नजर बच्चे पर डाली। वह बेहद मासूम एवं सुंदर था। वह बोली, "यह तो बहुत प्यारा बच्चा है। लगता है, बिलकुल तुम पर गया है।"

"हाँ दीदी, मुझ पर नहीं होगा तो किस पर होगा? मुझे एक पुरानी कहावत याद आ गई—'नर ननिहाल पर होते हैं।' अत: मेरा भानजा मुझ जैसा होगा ही।" सावित्री भौचक्की रह गई। वह अपलक उसे देखने लगी, क्योंकि वह अपने भाई की इकलौती बहन थी।

अब केशव ने सभी शंकाएँ मिटाते हुए अपनी बात रखना ही उचित समझा। उसने अंडमान निकोबार में आई सुनामी, शिवा का उसके मम्मी-पापा से बिछुड़ना, अमेरिकन दंपती को शिवा को देने का विचार आदि बातों से सत्यवान एवं सावित्री को परिचित करवाया। और अंत में बोला, ''दीदी, आज से आप ही इसकी माँ हो। सँभालो अपने शिवा को।''

सावित्री एकदम भावुक हो गई। खुशी के मारे उसकी आँखों से आँसू बह निकले। वह भगवान् के रूप में अपने भाई केशव को समझ रही थी और उसके उसी स्वरूप को अनंत कृतज्ञता ज्ञापित कर रही थी।

सबने मिलकर खुशी-खुशी भोजन किया और गपशप करने लगे। करीब रात के ग्यारह बजे शिवा को नींद आने लगी। वह बोलने लगा, ''केशव अंकल, लोरी सुनाओ ना!''

केशव ने सावित्री दीदी को इशारा किया। सावित्री उठकर उधर ही आ गई और शिवा को गोद में सुलाकर लोरी सुनाने लगी—

''सो जा मेरे राजदुलारे
सो जा मेरी आँख के तारे
धरती सोई...
अंबर सोया...
सपने सजाकर तू भी सो जा
सो जा मेरी आँख के तारे
सपनों की परियाँ तुझको बुलातीं
चाँद हिंडोला लेकर झुलातीं
निंदिया तुझको रह-रह पुकारे
सो जा मेरे राजदुलारे
सो जा मेरी आँख के तारे।''

एक बार तो शिवा अचकचाया, किंतु सावित्री दीदी की मीठी लोरी से वह शीघ्र ही निद्राधीन हो गया। तत्पश्चात् वे तीनों अपनी बातचीत करते रहे।

इसी तरह तीन-चार दिन गुजर गए। शिवा की हर छोटी-से-छोटी बात का सावित्री बड़ा खयाल रखती। प्यार से नहलाना, चिड़िया-कबूतर के किस्सों के साथ मनपसंद भोजन करवाना, दिन में उसके साथ खेलना और विशेषकर रात्रि में मीठी लोरी सुनाकर सुलाना। केशव ने देखा, शिवा कभी-कभी तो 'मम्मी के पास जाऊँगा' की रट लगाता, मगर अधिकांश उसका मन लग गया था।

पाँचवें दिन मध्याह्न में उसे प्रस्थान करना था। बहन के साथ-साथ शिवा से विदाई लेना उसे भारी लग रहा था। किंतु भावनाओं के साथ-साथ जिम्मेदारियाँ भी निभानी आवश्यक थीं। उसने दीदी से विदा ली तो बहन की आँखें बहुत कुछ कह रही थीं।

सावित्री सिर्फ इतना ही बोल पाई, "केशव, तुम्हारे इस अहसान का बदला मैं कैसे चुकाऊँगी?"

केशव भी रुआँसा हो गया, कुछ न बोल सका।

अब शिवा की बारी थी। केशव ने शिवा को गोद में उठाया और बोला, "मैं तुम्हारे लिए चॉकलेट्स एवं खिलौने लाने जा रहा हूँ। तुम अपनी मम्मी के पास यहाँ आराम से रहना।"

शिवा बोला, "यह मेरी मम्मी नहीं हैं, यह तो आंटी हैं।"

तब उसने उसे समझाते हुए पूछा—

केशव—शिवा, क्या आंटी तुमसे प्यार नहीं करतीं?

शिवा—हाँ, आंटी तो बहुत प्यार करती हैं।

केशव—शिवा, इतना प्यार करनेवाली तो मम्मी ही होती हैं।

शिवा—लेकिन मेरी मम्मी तो सीमा मम्मी थीं।

केशव—शिवा, सीमा मम्मी ने ही इनको तुम्हारे पास भेजा है।

शिवा—ऐसा कैसे हो सकता है?

केशव—हाँ बेटा, कभी-कभी ऐसा हो भी सकता है।

शिवा—अच्छा अंकल, बताइए, कौन करता है ऐसा?

केशव—बेटे, भगवानजी कर सकते हैं, और कोई नहीं कर सकता।

शिवा बोला तो कुछ नहीं, पर वह पूरी तरह संतुष्ट भी नहीं हुआ था। केशव ने बड़ी सी चॉकलेट शिवा के हाथ में पकड़ाई। अपनी दीदी एवं जीजाजी के चरण छुए और गमगीन नेत्रों से चुपचाप निकल गया।

सावित्री बड़े दुलार से कह रही थी, "शिवा, खाना खा लो।"

शिवा टस-से-मस नहीं हो रहा था। उसे अपनी सीमा मम्मी की बहुत याद आ रही थी। सावित्री समझ गई। वह कुछ खिलौने उठा लाई, जो कल ही खरीदकर लाई थी। बहला-फुसलाकर धीरे-धीरे उसे भोजन करवा दिया। फिर उसके साथ खिलौने से खेलने लगी। वह बंदूक से सबसे ज्यादा खेल रहा था।

उसकी रुचि परखने हेतु सावित्री ने पूछा, "इसका क्या करेगा शिवा?"

"देश के दुश्मनों को इससे गोली मार दूँगा।" उसका ऐसा जवाब सुनकर उसने उसे सीने से लगा लिया। दिन-प्रतिदिन इन दोनों का स्नेह बढ़ता गया।

सत्यवान भी शिवा का खूब खयाल रखता; घुमाता-फिराता, चीजें लाकर देता, अच्छी-अच्छी कहानियाँ सुनाता, उसे कविताएँ सिखाता। शिवा की प्रतिभा देखकर माँ-बाप दोनों प्रसन्न थे। उन्होंने अपने घर के पास सर्वोदय विद्यालय में उसे दाखिला दिला दिया। इस प्रकार शनैः-शनैः वक्त गुजरता गया। शिवा इसी परिवेश में पलता-बढ़ता जा रहा था, उसी में समाता जा रहा था। वह अपने जन्मदाता को भूल गया और पालनकर्ता ही उसे याद रहे।

प्रतिभा का उन्मेष नैसर्गिक भी होता है, किसी का प्रयत्नपूर्वक भी। प्रतिभा परिष्कार में संस्कारों की भी अहम भूमिका है। वास्तव में जीवन को संस्कारित-परिमार्जित करने की प्रक्रिया का नाम ही संस्कार है। सत्संस्कार हमारे जीवन की थाती होते हैं। शिक्षा के साथ संस्कारों का समायोजन जीवन की वास्तविक दिशा को स्पष्टता प्रदान करता है। अतः शिक्षा में सत्संस्कारों की अनिवार्यता स्वतः सिद्ध होती है। सत्संस्कारों के बिना शिक्षा उसी प्रकार भारभूत बन जाती है, जिस प्रकार गधे पर चंदन का गट्ठर लादने से गधा भार का तो अनुभव करता है, सुगंध का नहीं।

अपने माँ-बाप की सुसंस्कारी शिक्षाओं की सुगंध को शिरोधार्य कर शिवा अपने जीवन के प्रत्येक क्षेत्र में उन्नति कर रहा था। सीमित साधनों में भी प्रतिभा कैसे विकास कर सकती है, उसने साबित कर दिखाया था। अपने स्कूल में प्रत्येक कक्षा में प्रथम स्थान प्राप्त करते हुए आखिर उसने मैट्रिक बोर्ड की परीक्षाएँ दे दीं। अब उसके मस्तिष्क में एक नया चिंतन चल रहा था। क्या था वह चिंतन?

छह

सोमेश की आँखों से नींद कोसों दूर थी। अतीत की घटनाएँ चलचित्र की भाँति उसके स्मृति-पटल पर एक-एक करके उभरती जा रही थीं। उसे अपना बाल्यकाल याद आने लगा। किस तरह माँ उसे अपनी ममता की छाँव में स्नेह से, वात्सल्यपूर्वक खिलाती-पिलाती, बहलाती, खेल-खेल में अच्छे संस्कार देती और रात में लोरी गाकर सुनाती। अभी भी जब तक वह भोजन नहीं कर लेता, माँ खाना नहीं खाती। पिताजी का अनुरागपूर्वक अनुशासन, आत्मीयता, संपूरित मार्गदर्शन रह-रहकर याद आ रहा था। वह अपने आपको सामान्य नहीं कर पा रहा था।

कभी शिवा की बाल-क्रीड़ाएँ और उसका 'पापा-पापा' कहकर लिपट जाना याद आता। बिछोह की अंतिम शामवाला जन्म-दिवस का दृश्य उसे बेहद भावुक कर रहा था। जिस हाव-भाव से उसने कहा था कि वह बड़ा होकर फौजी बनेगा, उसे याद करके

सोमेश की आँखों से पुन: आँसू बहने लगे—कौन उसके आँसुओं को पोंछे? वह किसके कंधे पर सिर रखकर रोए?

अब उसे अपनी प्राणप्रिया के अगाध प्रेम की, उसके समर्पण की एवं उसके स्नेहिल साहचर्य की याद आने लगी। अंतिम रात का मधुर साथ और उसके पश्चात् निष्ठुर वियोग को याद करके वह फूट-फूटकर रोने लगा। दीवारों पर सिर पटकने लगा, पागलों की तरह इस कमरे से उस कमरे में चक्कर लगाने लगा। शयनकक्ष में रखी उसकी फोटो को दिल से लगाकर बिलखता रहा। इस प्रकार उसकी पूरी रात विलाप में कट गई। सुबह का हलका-हलका प्रकाश होने लगा। सीमा की तसवीर को सीने से लगाए-लगाए उसे हलकी सी झपकी आ गई।

उसे लगा कि उसके दादा अपनी गोद में सुलाकर उसे सांत्वना भरे स्पर्श से थपथपा रहे हैं। आत्मीय स्पर्श की अनुभूति से उसकी आँखें खुल गईं। उसने देखा, सचमुच वह किसी बुजुर्ग की गोद में सोया है। उसने ध्यान से देखा। अरे, यह तो उसके मित्र चारु मजूमदार के पिता थे! उन्हीं की उम्र के दो-तीन व्यक्ति भी उनके साथ थे।

वह स्तब्ध रह गया और तुरंत उठकर बैठ गया। बोला, "अरे, आप सब लोग कब आए?"

चारु के पिता बोले, "आज प्रात: भ्रमण हेतु जब हम इधर से निकले तो देखा, तुम्हारा घर खुला हुआ है। संभवत: तुम लौट आए हो, यही सोचकर तुम्हीं से मिलने हम आ गए। बेटा, बहुत बुरा हुआ। तुम्हारे माँ-पिताजी का अंतकाल सिर्फ तुम्हारी ही नहीं, पूरे गाँव की अपूरणीय क्षति है। तुम्हारी पत्नी और बेटे के बारे में भी सुनकर बहुत दु:ख हुआ। बेटा, धीरज रखो। भगवान् तुम्हें यह दु:ख सहन करने की क्षमता दें।"

सहानुभूति पाकर सोमेश पुन: बिलख उठा। रोते-रोते उसने पूछा, "चारु और उसके साथियों ने मेरे माँ-बाप को क्यों मारा?"

चारु के पिताजी हतप्रभ रह गए। उन्होंने कहा कि "उसने उन्हें नहीं मारा? वह क्यों मारता। वह तो अपनी मित्र-मंडली के संग उनसे घंटों मार्गदर्शन लिया करता था। तुम्हारे पिताजी इनके मध्य बेहद लोकप्रिय हो गए थे। उनकी बढ़ती लोकप्रियता ने ही उनकी जान ले ली। उस दिन सुबह से ही गहन चिंतन-मनन और विचार-विमर्श चल रहा था। रात को सब युवक अपने-अपने घर लौट गए। दूसरे दिन प्रात: तुम्हारे माता-पिता गोलियों से छलनी मृत पाए गए। गाँववालों का विचार है कि जमींदारों ने ऐसा करवाया था। सारे युवक तो ये खबरें सुनकर भी बहुत रोए थे।

"उनके देहावसान के पश्चात् इन युवकों को कोई सही मार्गदर्शन देनेवाला नहीं रहा। अत: जो आंदोलन गरीबों, भूमिहीनों एवं किसानों के सामाजिक-आर्थिक उत्थान

के लिए हुआ था, वह हिंसक गुरिल्ला युद्ध में बदल गया। मेरे बेटे चारु को पुलिस पकड़कर ले गई। तभी वह आज यहाँ नहीं आया।'' ऐसा कहते-कहते उनकी आँखें भी नम हो गईं। एक नीरव स्तब्धता चहुँ ओर छा गई।

अन्यमनस्क सोमेश तात्कालिक स्थितियों पर चिंतन करते हुए हिंसा के रूपों के बारे में सोचने लगा, 'दूसरों के प्रति द्वेष की भावना, उन्हें गिराने का मनोभाव और उनकी बढ़ती हुई प्रतिष्ठा को रोकने के सारे प्रयत्न भी हिंसा में अंतर्गर्भित हैं। हिंसा की स्थिति पैदा करनेवाला कोई भी व्यक्ति अच्छा नहीं है। जो व्यक्ति एक बार हिंसा के घेरे में उतर जाता है, वह फिर सहज ही उस वलय से बाहर नहीं निकल पाता। वह जिधर देखता है, उधर हिंसा-ही-हिंसा दिखाई देती है। हिंसा की इस शक्ति का प्रयोग संसार में कहीं भी हो, उसका दुष्परिणाम समूची मानव जाति को भोगना पड़ता है, और जब जनतंत्र में 'जन' पीछे छूट जाता है और 'तंत्र' आगे आ जाता है, तब हिंसा अवश्य भड़कती है और नई-नई समस्याएँ खड़ी हो जाती हैं। उसके माता-पिता इसी हिंसा का शिकार हो असमय प्राण गँवा बैठे। अब वह क्या करे? माँ-पिताजी के हत्यारों का कैसे पता लगाए और कौन सा रास्ता अपनाए?'

ऐसा चिंतन करते हुए उसके मानस-पटल पर अपने मित्र चारु का भी चित्र उभर आया। चिंतित स्वर में उसने उसके पिताजी से पूछा, ''वह वहाँ कैसा है? उसे कब तक रिहाई मिलेगी?''

अपने पुत्र की याद में दुःख, उदासी, सूनापन व इंतजार के अलावा उनके पास सोमेश के इस प्रश्न का कोई जवाब न था।

काफी समय तक सब लोग वहाँ बैठे रहे, फिर एक-एक करके धीरे-धीरे चले गए। इसी प्रकार संवेदनाएँ प्रकट करने हेतु लोगों का आने-जाने का क्रम कई दिनों तक बना रहा। सोमेश को लोगों से सभी प्रकार की सूचनाएँ मिलती रहती थीं। कभी किसी व्यापारी के पैसे लूट लेना, कभी निर्दोषों की हत्या कर देना, कभी किसी सरकारी अधिकारी को अगवा करके चारु को छुड़वाने की शर्तें रखना, कभी कुछ तो कभी कुछ··· दिशाहीन युवक माओवादी बनकर इस प्रकार के क्रियाकलाप कर रहे थे।

एक दिन खबर मिली कि पुलिस की हिरासत में चारु मजूमदार की मौत हो गई। उसका साथी सान्याल आंध्र प्रदेश भाग गया। कुछ ही दिनों में केंद्रीय पुलिस बल की बढ़ती दबिश से अनेक नक्सली नेता या तो मारे गए या कैद कर लिये गए। अनेक नक्सली नेता समाज की मुख्यधारा से जुड़ गए तथा कइयों ने राजनैतिक पार्टियों की भी सदस्यता ग्रहण कर ली।

इस प्रकार से कुछ समय पश्चात् बंगाल में नक्सलवादी आंदोलन ठंडा पड़ गया।

सात

सत्रह-अठारह वर्ष की आयु में वह पाँच फीट चार इंच का गोरा-चिट्टा, गोल-मटोल किशोर बन गया था, जिसके चेहरे पर किसी तपस्वी जैसा तेज, आँखों में आत्मविश्वास की चमक थी। सादा-सुरुचिपूर्ण लिबास पहने जब वह नए स्कूल में पहुँचा तो एक अनोखी आभा से आलोकित इस किशोर को वहाँ के प्रिंसिपल साहब देखते ही रह गए। उसने दुबारा पूछा, "मे आई कम इन सर।" "यस, कम इन" प्रिंसिपल साहब ने चित्रलिखित अंदाज में जवाब दिया। वह उनकी मेज के सम्मुख आकर खड़ा हो गया।

प्रिंसिपल साहब ने स्नेहासिक्त स्वर में कहा, "बैठो, बेटा!"

वह सामने कुरसी पर बैठ गया।

"क्या नाम है तुम्हारा?" प्रिंसिपल साहब ने पूछा।

"सर, शिवमंगल सिंह, घर में सब मुझे 'शिवा' कहते हैं।" किशोर ने उत्तर दिया।

प्रिंसिपल—घर में और कौन-कौन हैं?

शिवा—मेरे पिताजी व माताजी।

प्रिंसिपल—क्या नाम है तुम्हारे माताजी व पिताजी का?

शिवा—सावित्री देवी एवं श्री सत्यवानजी।

प्रिंसिपल—पिताजी क्या करते हैं?

शिवा—परचून की एक छोटी सी दुकान है।

प्रिंसिपल—बोलो, यहाँ कैसे आना हुआ? मुझसे क्या चाहते हो?

शिवा—सर, मैंने सर्वोदय विद्यालय से दसवीं की परीक्षा दी है। ग्यारहवीं में आपके विद्यालय में प्रवेश लेना चाहता हूँ।

प्रिंसिपल—हमारे विद्यालय में ही क्यों प्रवेश लेना चाहते हो?

शिवा—सर, आपके विद्यालय का बारहवीं का परीक्षा परिणाम बहुत अच्छा रहता है। अत: मैं भी यहीं से अध्ययन करना चाहता हूँ, ताकि मेरा भी बारहवीं कक्षा का परीक्षा परिणाम श्रेष्ठतम रहे और मैं अच्छे कॉलेज में प्रवेश ले सकूँ।

प्रिंसिपल—क्या तुम्हारे पिताजी विद्यालय को किसी प्रकार का आर्थिक अनुदान दे पाएँगे?

शिवा—नहीं सर, वे तो मेरी फीस की भी व्यवस्था नहीं कर पाएँगे।

प्रिंसिपल—फिर शिवा, इस विद्यालय में पढ़ने का सपना छोड़ दो।

शिवा—सर, मेरे होने से आपके स्कूल को भी बहुत लाभ हो सकता है।

प्रिंसिपल—तुम इतने विश्वास से ऐसा कैसे कह सकते हो?

शिवा—सर, मैं पढ़ाई, खेल-कूद व अन्य प्रतियोगिताओं में विद्यालय का नाम रोशन करने में आपकी मदद कर सकता हूँ।

प्रिंसिपल—वह कैसे?

शिवा—प्रत्येक क्षेत्र में प्रथम आकर।

प्रिंसिपल—तुम इतने आत्मविश्वास से कैसे कह सकते हो?

शिवा—सर, आत्मविश्वास ही तो सफलता की सच्ची कुंजी होती है। आत्मा के विश्वास के सहारे ही तो इनसान हिमालय की चोटी पर चढ़ सकता है, महासागरों की गहराई माप सकता है।

शिवा के सम्मोहन से छूटकर एकाएक प्रिंसिपल साहब यथार्थ में लौटे। वे उससे बहुत प्रभावित हुए। उन्होंने शिवा से उसका पुराना रिकॉर्ड माँगा और उस पर एक नजर डाली। वास्तव में उसका प्रगति विवरण शानदार था। परीक्षा के प्रमाण-पत्र देखे, पहली से लेकर नौवीं कक्षा में प्रथम, चित्रकला में प्रथम, कविता-पाठ में प्रथम निबंध, सुलेख, सामान्य ज्ञान एवं भाषण प्रतियोगिता में प्रथम; ऊँची कूद, भाला-फेंक एवं बाधा दौड़—इनके अलावा भी अनेक प्रमाण-पत्र शिवा की फाइल में थे। कक्षा पाँच से आज तक सरकार से उसे निरंतर स्कॉलरशिप मिल रही थी।

शिवा से प्रभावित होने के बावजूद प्रिंसिपल साहब ने इंटरव्यू जारी रखते हुए पूछा, "वह तो सरकारी विद्यालय था। यह प्रथम श्रेणी का विद्यालय है। क्या तुम अपना स्तर यथावत् रख पाओगे?"

"सर, मैं इससे भी ज्यादा करके दिखाऊँगा।" शिवा ने वादा किया।

प्रिंसिपल साहब के पास की कुरसी पर विद्यालय मैनेजिंग कमेटी के महासचिव बैठे थे। शिवा की बातचीत के अंदाज से वे काफी प्रभावित हुए। उन्होंने शिवा से पूछा, "चाय, कॉफी, कोल्ड ड्रिंक या आइक्रीम, क्या लोगे बेटे? आपके लिए क्या मँगवाएँ?"

शिवा ने सादगी से उत्तर दिया—"धन्यवाद सर! अभी कुछ भी आवश्यकता नहीं है। बस एक ही तमन्ना है—इस विद्यालय में प्रवेश प्राप्त करना।"

महासचिव—मैंने तुम्हारी सारी बातचीत सुनी है; किंतु हमारी मजबूरी है, बिना चंदा लिये यहाँ किसी भी विद्यार्थी को प्रवेश नहीं दे सकते।

शिवा—यह हमारी सामर्थ्य से बाहर है। उसके बिना भी मुझे एक मौका देकर तो देखिए। प्लीज सर!

महासचिव—अगर वास्तव में तुम असाधारण बुद्धिमान हो तो अपने विद्यालय में पढ़ते हुए ही अच्छे नंबर लाओ। श्रेष्ठ स्कोर के लिए विद्यालय परिवर्तन आवश्यक नहीं है।

शिवा—सर, सर्वांगीण क्षमताओं के प्रस्फुटन के लिए उचित वातावरण भी बहुत आवश्यक है। गुलाब रेगिस्तान में पैदा नहीं हो सकते। हर बीज उचित वातावरण पाकर ही पुष्पित, पल्लवित एवं परिवर्धित हो सकता है।

विद्यालय के महासचिव शिवा के तार्किक संवादों से बेहद संतुष्ट हुए। उन्होंने प्रिंसिपल को नजरों से इशारा कर दिया।

प्रिंसिपल साहब ने कहा, ''ठीक है, हम विचार करेंगे। तुम अपनी फाइल, एप्लीकेशन यहीं छोड़ जाओ। कल प्रातः १० बजे आकर स्वागत कक्ष पर मिसेज त्रिवेदी से मिल लेना।''

''थैंक्यू सर!'' कहते हुए शिवा खड़ा हो गया। फिर खड़े-खड़े ही बोला, ''सर, मुझे विश्वास है कि कल मुझे आपकी स्वीकृति ही मिलेगी। बॉय सर!'' कहते हुए वह बाहर निकल गया।

प्रिंसिपल ने एक बार पुनः शिवा की फाइल पर नजर डाली। पूर्ण संतुष्टि के पश्चात् उस पर अपनी स्वीकृति लिखकर प्रशासनिक विभाग में भिजवा दिया। दूसरे दिन नियत समय पर आकर शिवा त्रिवेदी मैडम से मिला। उनसे स्वीकृति पाकर शिवा ने स्कूल में प्रवेश की सारी औपचारिकताएँ पूर्ण कर दीं। उसे ग्यारहवीं 'सी' कक्षा बैठने को मिली।

इस कक्षा में ज्यादातर कमजोर बच्चे थे। एक महीने बाद यूनिट टेस्ट हुए। हिंदी में बीस में से उन्नीस नंबर आए, बाकी सभी विषयों में बीस में बीस आए। शिवा कक्षा ग्यारहवीं 'सी' से उन्नत होकर कक्षा ग्यारहवीं 'ए' में आ गया। इस कक्षा में सब कुशाग्र विद्यार्थी थे।

स्वतंत्रता दिवस के उपलक्ष्य में दिल्ली क्रीड़ा बोर्ड की ओर से अंतरविद्यालय टूर्नामेंट आयोजित होने जा रहा था। इस हेतु इच्छुक विद्यार्थी नाम लिखा दें, ऐसी सूचना शिवा की कक्षा में भी पहुँची। शिवा ने १०० मीटर, १००×४ मीटर रिले, हर्डल रेस और ४०० मीटर रेस में अपना नाम लिखवाया। सभी प्रत्याशियों व खिलाड़ियों को अगले हफ्ते क्वालिफाइंग राउंड क्लीयर करना था। शिवा ने बड़ी आसानी से चारों प्रतियोगिताओं हेतु क्वालिफाइंग राउंड क्लीयर किया।

पी.टी.आई. व ट्रेनर नियमित रूप से सभी को ट्रेनिंग देते। शिवा प्रतिदिन नियत समय से १० मिनट पूर्व पहुँच जाता। खूब एकाग्रता से मन लगाकर अपनी योग्यता बढ़ाता, हर दूसरे दिन अपने पहले दिन का रिकॉर्ड तोड़ने का प्रयास करता। इस प्रकार अभ्यास करते-करते वह दिन आ ही गया, जिसका शिवा को इंतजार था।

इंदिरा गांधी इंडोर स्टेडियम में टूर्नामेंट का आयोजन किया गया। सबसे पहले १०० मीटर रेस का आयोजन हुआ। तीस स्कूलों के प्रतिनिधित्त्व करनेवाले साठ बच्चे भाग ले

रहे थे। छह-छह का ट्रैक बना था। शिवा का पाँचवीं 'बार' में नंबर आया। नमस्कार महामंत्र पढ़कर उसने अपने आपको वार्मअप किया। रेफरी ने सभी को अपनी पोजीशन लेने को कहा—ओन योर मार्क गेट, सेट, गो…के साथ सीटी बजी और शिवा के पैरों में पंख लग गए। शुरुआती बढ़त के साथ सबसे काफी आगे रहते हुए उसने पहला राउंड जीत लिया।

दूसरे राउंड में आए बच्चों को पाँच-पाँच में बाँटकर सेमीफाइनल राउंड होना था। पहले टर्न में पाँचवें नंबर पर शिवा खड़ा था। पूरी तरह से चुस्त व तैयार। रैफरी ने पुनः रेस शुरू करवाई, "ओन योर मार्क गेट सेट गो…" पर यह क्या? 'गो' के साथ ही शिवा जोर से अटका।

उसका सीधे पैर का अँगूठा मुड़कर जमीन से टकराया और वह जोर से लड़खड़ाया। शिवा के दोस्तों की साँसें रुक गईं। इतने में देखा, शिवा पुनः अपनी ताकत सँजोकर दौड़ रहा है। सब धावकों को पछाड़ते हुए पुनः उसने प्रथम स्थान प्राप्त किया। उसके दोस्त खुशी से चिल्लाने लगे, "शिवा, शिवा!"

शिवा ने एक तरफ में आकर देखा तो अँगूठे का नाखून टूटकर अँगूठे की चमड़ी में धँस गया था और लगातार खून बह रहा था। पी.टी.आई. ने तुरंत प्राथमिक चिकित्सा करके एक दर्दनिवारक टैबलेट शिवा को दी तथा उसे विश्राम करने की सलाह दी।

इसी बीच रेस के फाइनल राउंड की उद्घोषणा हो गई। सर ने शिवा से कहा कि अगर तुम्हें दिक्कत हो रही हो तो स्कूल के दूसरे धावक को उसकी जगह दौड़ा दें। शिवा ने पूरे मनोबल व आत्मविश्वास के साथ कहा, "सर, अपने स्कूल के लिए दौड़ने की पर्याप्त सामर्थ्य अभी भी मुझमें है। कृपया मुझ पर विश्वास करें, मुझे एक मौका दें।"

सर ने दो-चार सेकंड शिवा के मुख की ओर देखा। आत्मविश्वास की आभा से शिवा का मुख आलोकित हो रहा था। तुरंत उन्होंने उसे दौड़ने की इजाजत दे दी। आगामी दस मिनट में १०० मीटर रेस के फाइनल राउंड की घोषणा हो गई। सेमीफाइनल के पाँचों स्कूलों के विद्यार्थी ट्रैक के पास दोनों तरफ अपने दोस्तों का हौसला बढ़ाने के लिए जमा हो गए। सब धड़कते दिल से भगवान् का नाम ले रहे थे। पाँचों बच्चों ने अपनी-अपनी पोजीशन ले ली।

पैर को हिला-डुलाकर देखा तो शिवा को लगा, पैर सुन्न हो रहा है। वहीं खड़ा वह जल्दी-जल्दी पैर को उठाकर घुमाने लगा। दर्द के मारे मुँह से चीत्कार निकल गई। उसने भगवान् से प्रार्थना की—

"भगवान्, आज मुझे अपने आपको साबित करना है। आप मेरी मदद करें।"

इतने में ही रेफरी की आवाज आई 'सब तैयार'—"जी सर, तैयार!",

"टेक पोजीशन।"

सबने अपनी-अपनी पोजीशन ली। शिवा ने भी पूरी शक्ति एवं तन्मयता तथा एकाग्रता से गहरा श्वास भरा। इतने में ही रेफरी बोला, "ओन योर मार्क, गेट सेट गो…"

बंदूक से निकली गोली लक्ष्य पर जाकर ही दम लेती है, ऐसा ही चमत्कार किया शिवा ने। पलक झपकते ही शिवा समापन रेखा पर खड़ा था। सब चिल्ला रहे थे—'शिवा-शिवा।' रेफरी ने नाम एवं समय नोट किया। बधाई दी—१. शिवा—भारतीय विद्या भवन। २. अमन—मॉर्डन स्कूल। ३. लक्ष्य—दिल्ली पब्लिक स्कूल।

अब भाला फेंक प्रतियोगिता थी। इसके बाद गोला फेंक, फिर ऊँची कूद। उसके बाद पुनः रेसेज थीं।

४×१०० मीटर रिले रेस में शिवा की टीम द्वितीय रही। बाधा दौड़ में शिवा पुनः फर्स्ट रहा। अब बारी थी ४०० मीटर लंबी रेस की। अभी प्रतियोगिता शुरू होने में दस-पंद्रह मिनट की देरी थी।

लक्ष्य शिवा के पास आया और बोला, "ढेरों बधाइयाँ। पहले दिन ही इतने मेडल जीतने के लिए।"

शिवा ने विनम्रता से धन्यवाद कहा। लक्ष्य बोला, "जहाँ तक मेरा सोचना है, ४०० मीटर का मेडल भी तुम्हें ही मिलेगा।"

शिवा बोला, "तुम्हारे मुँह में घी-शक्कर।"

लक्ष्य ने पुनः कहा, "अगर तुम चाहो तो अभी इसी वक्त एक लाख रुपए कमा सकते हो।"

शिवा ने पूछा, "कैसे?"

लक्ष्य ने कहा, "तुम्हारी जीत पक्की है। अगर तुम पीछे हट जाओ तो मैं तुम्हें एक लाख रुपए दे सकता हूँ। दस हजार अभी तुरंत अग्रिम।"

शिवा एक क्षण के लिए सकते में आ गया। उसने तो अपने पूरे जीवन में एक लाख रुपए एक साथ देखे भी नहीं थे। यह एक बहुत बड़ी राशि थी। घर की छत टपक रही थी। उसकी मरम्मत करवानी थी। माँ को पिछले कई दिनों से लगातार खाँसी आ रही थी, उन्हें अच्छे अस्पताल में दिखाना था। पिताजी की घड़ी खराब हो गई थी, उन्हें नई घड़ी चाहिए थी। इससे उसकी समस्त आवश्यकताएँ पूरी हो सकती थीं। वह साइकिल भी खरीद सकता था।

शिवा का मन विचलित हो गया। उसने लक्ष्य से पूछा, "क्या सचमुच तुम मुझे एक लाख रुपए दे दोगे?"

"हाँ, क्यों नहीं!" उसने तुरंत हजार-हजार के दस नोट निकाले और उसकी तरफ

बढ़ाते हुए कहा, ''यह रखो दोस्त! क्यों, अब तुम मेरा विश्वास कर सकते हो?''

शिवा को आसमान घूमता नजर आया। जैसे बड़ी प्रसन्न मुद्रा में गणेश भगवान्, लक्ष्मीजी रुपए बरसा रहे हैं, वह झोली में समेट रहा है। उसने अपना हाथ आगे बढ़ाया। इतने में उसे माँ की शिक्षा याद आ गई—'जिंदगी में कभी गलत काम नहीं करना, न ही गलत ढंग से पैसे कमाना।'

शिवा झिझका। उसने अपने को सँभाला और बोला, ''नहीं-नहीं लक्ष्य! मैं अपने स्कूल से गद्दारी नहीं कर सकता। मेरी आत्मा ऐसा पैसा नहीं स्वीकार सकती। मैं नहीं बिक सकता। मैं अपनी पूरी क्षमता से अपने विद्यालय के लिए दौड़ूँगा। कृपया तुम यहाँ से चले जाओ।''

लक्ष्य ने पुनः कहा, ''सोच लो।''

शिवा बोला, ''हाँ, मैंने सोच लिया है, नहीं...नहीं...।''

अब क्या करे? लक्ष्य सिर नीचा करके वहाँ से निकल गया।

इतने में माइक पर उद्घोषणा हुई, ''मे आई हेव योर अटेंशन प्लीज, कृपया ध्यान दें। ४०० मीटर की दौड़ प्रारंभ होने जा रही है। सभी प्रतियोगी ट्रैक पर पहुँचें।''

जो भी इधर-उधर थे, वे सब पाँच मिनट में वहीं पहुँच गए। रेफरी ने सारे नियम एक बार पुनः सभी को बताए। सभी को पोजीशन लेने का निर्देश दिया—

''यस... रेडी... ओन योर मार्क गेट, सेट, गो...''

सीटी की आवाज के साथ धावक दौड़ पड़े।

लक्ष्य सभी से आगे दौड़ रहा था। अमन उसके ठीक पीछे था। शिवा सधे कदमों से धावकों के मध्य स्थिति में था। १०० मीटर पार हुए कि शिवा अपने साथी धावकों से आगे निकल आया। २०० मीटर क्रॉस करते हुए अमन अंकुश से भी आगे निकल गया। किंतु अभी लक्ष्य काफी बढ़त बनाए था। ३०० मीटर आते-आते लक्ष्य थोड़ा सा पीछे रहा और देखते-ही-देखते शिवा लक्ष्य के समकक्ष पहुँचा। भीड़ पूरी उत्तेजना से 'लक्ष्य-लक्ष्य' चिल्लाने लगी। हूटिंग से उत्साहित होकर लक्ष्य और तेज दौड़ने लगा। शिवा को लगा, उसका चोटिल अँगूठा पैर से अलग हो जाएगा। उसने अपनी समग्र शक्ति को एकत्र किया, विनर साइन की ओर देखा और संपूर्ण आत्मबल लगाकर दौड़ा। लक्ष्य के बराबर पहुँचा...और यह क्या, लक्ष्य को पछाड़ते हुए अगले ही क्षण वह विजयदायिनी रस्सी के उस पार था।

४०० मीटर रेस को भी उसने जीत लिया। तुरंत प्रशिक्षक दौड़कर आए। उन्होंने शिवा को गले लगाकर खूब शाबाशी दी। आज की सारी रेस में शिवा ने अपने स्कूल के लिए चार स्वर्ण-पदक जीते।

शाम को जब घर पहुँचा तो उससे दाएँ पैर से चला ही नहीं जा रहा था। पूरा अँगूठा नीला पड़ गया था। ऐसा लग रहा था जैसे मांस फट गया है। घर पहुँचते ही वह खटिया पर धम्म से गिर गया।

शिवा ने माँ को आज की रिपोर्ट देते हुए सारी बातें बताईं। एक साथ इतने स्वर्ण पदक जीतने के लिए माँ ने शिवा को गले से लगा लिया। जब एक लाख रुपए रिश्वतवाली बात बताई तो माँ ने कहा, "बेटा, आज सचमुच तुमने मेरा सिर गर्व से ऊँचा किया है। जिंदगी में कितना भी बड़ा प्रलोभन क्यों न आए, हमेशा सत्य व ईमानदारी के रास्ते पर चलना। अंतिम विजय तुम्हारी ही होगी।"

फिर माँ ने शिवा के अँगूठे पर गरम पानी से बोरिक एसिड डालकर सिंकाई की। खाना खिलाया और रात में गुड़ व गेहूँ के आटे का हलवा बनाकर गरम-गरम ही अँगूठे पर बाँधकर शिवा को सुला दिया। सुबह तक उसे काफी आराम आ गया।

आज विद्यालय की छुट्टी थी। अगले दिन विद्यालय पहुँचा तो उसे खूब बधाइयाँ मिलीं। प्रिंसिपल सर ने शिवा को अपने ऑफिस में बुलाकर कहा, "मुझे तुम पर गर्व है, इसे बनाए रखना।"

विनम्रता से 'थैंक्यू' कहकर शिवा पुनः अपनी कक्षा में आ गया।

कक्षा में मैडम एक महत्त्वपूर्ण सूचना दे रही थीं—अक्तूबर में स्काउट गाइड का राष्ट्रीय शिविर होगा। यह प्रत्येक पाँच वर्ष में एक बार आयोजित होता है। जो भी विद्यार्थी भाग लेने के इच्छुक हों, वे अपना नाम सोनाक्षी मैडम को लिखा दें। योग्यता के आधार पर चुनाव करके स्कूल से पाँच लड़के व चार लड़कियों को ले जाया जाएगा।

शिवा को रहस्य, रोमांच व साहस भरे कारनामे शुरू से पसंद थे। वह चाहता था कि उसे कहीं अवसर मिले तो बर्फीले पहाड़ों पर चढ़ना सीखे। तूफानी नदियाँ पार करना सीखे। जंगलों में भटके हुए को रास्ता बताए। आग से जलती इमारतों से मनुष्यों को बचाए। दीन-दुखियों की सेवा करे। स्काउटिंग का सहज संयोग मिला। हिम्मत एवं साहस को सँवारने का मौका मिला और शिवा का राष्ट्रीय शिविर के लिए चयन हो गया।

अगले महीने अर्थात् ९ जनवरी को उन्हें शिविर के लिए रवाना होना था। स्काउट्स एवं गाइड्स की पूरी स्पेशल ट्रेन बुक थी। पाँच लड़के व पाँच लड़कियों का एक ग्रुप था। उनके साथ एक शिक्षिका और एक अध्यापक। इस तरह के पूरे सौ ग्रुप उस ट्रेन में थे।

लड़कियाँ खाना बनातीं, लड़के दूसरी सारी व्यवस्थाएँ करते, टीचर्स देखभाल करते। एक तरह से कहा जाए तो वह ट्रेन ही उनका घर बन गई थी। एक गंतव्य स्टेशन आता। वहाँ सब उतरते, उस शहर के ऐतिहासिक एवं दर्शनीय स्थलों का अवलोकन करते, पुनः ट्रेन में बैठ जाते और उनकी रेल अगले गंतव्य के लिए रवाना हो जाती। भोपाल और

हैदराबाद रेलवे स्टेशन पर इन बच्चों का भव्य स्वागत हुआ। सबको मालाएँ पहनाई गईं। मिठाइयों के पैकेट बाँटे गए। कुछ भाषण-जलसा भी हुआ। सबको बहुत आनंद आ रहा था।

विशाखापट्टनम रेलवे स्टेशन पर इनकी स्पेशल ट्रेन रुकी हुई थी। रेलवे स्टेशन पर शिवा के ग्रुप की लड़कियाँ खाना बना रही थीं। पास में ही संस्कृति पब्लिक स्कूल की लड़कियाँ भी खाना बना रही थीं। उनके साथी लड़के वहीं सामान वगैरह पकड़ाने में उनकी मदद कर रहे थे। तभी वहाँ से कुछ लोकल गुंडे टाइप के लड़के निकले। उन्होंने शिवा के स्कूल की लड़कियों पर फब्तियाँ कसीं, फिर आगे जाकर संस्कृति पब्लिक स्कूल की लड़कियों से छेड़छाड़ करने लगे। उनके साथी लड़कों से यह बरदाश्त नहीं हुआ और उन्होंने मारपीट करके लोकल लड़कों को वहाँ से भगा दिया। लगभग एक घंटे में सबका खाना-पीना समाप्त हो गया और ट्रेन पूरी पैक होकर पुनः रवाना हो गई। पर यह क्या? रेलवे स्टेशन से बाहर निकलते ही खिड़कियों-दरवाजों पर भयंकर पत्थरों की बौछार शुरू हो गई। संस्कृति स्कूल के लड़कों ने जिन स्थानीय लड़कों को पीटा था, वह अपने साथ गुंडों की पूरी फौज ले आए, जो पत्थर, हॉकियाँ, पेट्रोल से भरे केन हाथ में लिये हुए थे।

बड़ी विकट स्थिति पैदा हो गई थी। पूरी ट्रेन में खिड़कियों के शीशे एवं शटर तुरंत लगवाए गए। आनन-फानन में प्रवेश द्वार बंद करवाए गए। शिवा ने एक साथी को साथ लिया और दूसरे को कान में कुछ कहकर अंदर-ही-अंदर ड्राइवरवाली बोगी की ओर दौड़ पड़ा।

लगभग नौ डिब्बे पार करके ड्राइवर का केबिन था। वहाँ पहुँचकर शिवा ने देखा, ड्राइवर तो एकदम सुरक्षित था, लेकिन ट्रेन के सामने बीच पटरियों पर कुछ लड़के लाल झंडा लिये ट्रेन रुकवाने की मंशा से खड़े थे। ट्रेन चलती रहती तो इनमें से किसी-न-किसी लड़के का कटना भी हो सकता था और अगर रुकती तो वे गुंडे ट्रेन में आग लगा देते।

अपनी प्रत्युत्पन्नमति से बेहद जोखिम भरा निर्णय लेते हुए शिवा ने कहा, ''ड्राइवर अंकल, आपको ट्रेन किसी भी हालत में रोकनी नहीं है। बस इन लड़कों के पास पहुँचते हुए हलकी सी धीमी करिएगा। हम दोनों दोस्त नीचे कूदेंगे, इन लड़कों को पटरी से हटाएँगे और पुनः ट्रेन में चढ़ जाएँगे।''

ड्राइवर बोला, ''बेटा, तुम्हारी जान को बड़ा खतरा है—ट्रेन से कूदते हुए दुर्घटना का तथा इन गुंडे लड़कों से मौत का…तुम ऐसा जोखिम मत उठाओ।''

शिवा अपने साथी से बोला, ''तुम शीघ्रता से तीसरे-चौथे डिब्बे के गेट हमारे लिए

खुलवाने की व्यवस्था करो और अगले पाँच मिनट में हम नीचे कूदकर इन लड़कों की जान बचाने का प्रयास करेंगे। इन्हें ट्रैक से हम हटाएँगे, ट्रेन चलती रहेगी। हम फिर जो डिब्बा हाथ आएगा, चढ़ जाएँगे।''

साथी सोचने लगा कि खतरा तो बहुत है, अब क्या किया जाए? आखिर वह भी शिवा को सहयोग देने के लिए तैयार हो गया। लाल झंडे लिये ट्रैक पर खड़े लड़कों से दस कदम दूर ट्रेन पर ब्रेक लगे। उन शोहदों ने सोचा कि ट्रेन रुक रही है। इतने में दोनों ओर से शिवा व उसका साथी नीचे कूदे। उन लड़कों को खींचकर रेलवे ट्रैक से अलग फेंका। विद्युत् की गति से पुनः ट्रेन में चढ़ने के लिए दौड़े। शिवा के ऊपर से पत्थरों की बौछार आई। सामने कंपार्टमेंट का दरवाजा बंद। एक क्षण के लिए शिवा घबराया, लेकिन हलकी सी खिड़की खोले एक लड़की दिल थामकर यह सब देख रही थी। वह दौड़कर गई—दरवाजा खोलने के लिए हाथ बढ़ाने लगी। इतने में पीछे से एक मजबूत मरदाना हाथ बाहर निकला और शिवा व उसके साथी को तुरंत अंदर खींच लिया। उस लड़की ने पुनः दरवाजा-खिड़की बंद कर ली। ट्रेन ड्राइवर ने एकदम गति बढ़ा दी। गुंडे-शोहदे पीछे छूट गए थे। अब सब खतरे से बाहर थे।

शिवा ने आँखें खोलकर देखा—उसे अंदर किसने खींचा? यह तो उसके अपने सर थे! वे उसे बुरी तरह डाँट रहे थे, ''कितना बड़ा जोखिम उठाया तुमने! कहीं कुछ हो जाता तो मैं तुम्हारे माता-पिता को, प्रिंसिपल सर को कैसे मुँह दिखाता?''

शिवा ने धीरे से, ''सॉरी सर!''

हालाँकि उसकी बुद्धि, साहस एवं विनम्रता ने अध्यापक को मुग्ध कर दिया। उन्होंने शिवा को सीने से लगा लिया और बोला, ''शिवा, मुझे तुम पर गर्व है।''

शिवा ने ट्रेन ड्राइवर, अपने साथियों, उस अनजान लड़की और अपने सर के साथ भगवान् का भी शुक्रिया अदा किया, जिससे उनकी टीम इस समस्या से निजात पा सकी।

इस घटना ने शिवा को सबके बीच एक पहचान दिला दी। उसे हीरो बना दिया। लेकिन वह यथावत् ही सब कामों में ईमानदारी और मनोयोग से जुटा रहता। लेकिन खान-पान, गाना-बजाना, नाचना-कूदना, इनमें भी पूरी मस्ती करता।

आखिरकार तमिलनाडु पहुँच गए।

वहाँ प्रशिक्षण शिविर में तंबुओं में रहना, खाना स्वयं बनाना, रातों को जागकर पहरा देना, कैंप फायर में नृत्य, गीत, संगीत आदि की सांस्कृतिक प्रस्तुति देना—कुल मिलाकर वह घंटों लगातार श्रम करता। सोना तपकर कुंदन बन गया। दिल्ली के एक हजार बच्चों के मध्य शिवा का प्रदर्शन सर्वश्रेष्ठ था। अतः तमिलनाडु में उसने सिर्फ अपने स्कूल का ही नहीं बल्कि अपने राज्य का भी शानदार प्रतिनिधित्व किया।

आठ

हर शैक्षणिक प्रतियोगिता में शिवा प्रथम रहता। खेलकूद में सर्वाधिक पदक जीतता। साहित्यिक गतिविधियाँ, कविता-पाठ, भाषण प्रतियोगिता, निबंध लेखन हो या उत्प्रेरक लेखन हो, चित्रकला प्रतियोगिता या गीत-गायन—शिवा सब में छाया रहता। पूरे मनोयोग से परिश्रम करके वह सबका प्रिय विद्यार्थी बन गया था।

बाल दिवस वाले दिन विद्यालय का वार्षिकोत्सव आयोजित था। जोर-शोर से तैयारियाँ की गई थीं। दिल्ली के राज्यपाल मुख्य अतिथि थे। बहुत भव्य आयोजन था। अनेक सम्मान-पुरस्कार बच्चों को दिए गए। चारों तरफ उत्साह व उल्लास का माहौल था। अब अंतिम लेकिन महत्त्वपूर्ण उद्घोषणा बाकी थी—सर्वश्रेष्ठ विद्यार्थी की। कुछ लोग बारहवीं कक्षा की टॉपर चयनिता को सोच रहे थे। कुछ लोग ओलंपियाड विजेता विशाल के बारे में सोच रहे थे। कुछ का अंदाज क्रिकेट टीम के कप्तान वतन के बारे में था।

अचानक सबकी साँसें थम गईं। प्रिंसिपल महोदय स्वयं खड़े हुए। उद्घोषणा मंच के पास पहुँचे। माइक सँभालते हुए बोले, "जिसका आप सभी को बेसब्री से इंतजार है...'बेस्ट स्टूडेंट ऑफ द इयर' यह अवार्ड कक्षा ग्यारह के विद्यार्थी शिवमंगल सिंह को प्रदान किया जाएगा।"

चारों तरफ शोर मच गया, "शिवा, शिवा!"

उसके दोस्तों ने उसे घेर लिया। अपने कंधों पर उठाकर मंच तक उसे लेकर आए। गवर्नर महोदय ने स्वयं अपने हाथों से शिवा को प्रतीक-चिह्न व प्रशस्ति-पत्र भेंट किया।

प्रसन्न हृदय से उसने भविष्य में और अधिक दायित्व बोध के रूप में इस सम्मान को स्वीकार किया। मुख्य अतिथि व प्रिंसिपल महोदय के पैर छूते हुए उसने कहा, "सर, यह तो आपकी विशेष कृपा-दृष्टि है। मैं किन शब्दों में शुक्रिया अदा करूँ?"

प्रिंसिपल सर भावुक होकर बोले, "अच्छे बच्चों के संग हमेशा आशीर्वाद बना रहता है। शिवा, खूब आगे बढ़ो और विद्यालय का नाम और रोशन करो।"

सब शिक्षकों ने एवं सहपाठियों ने बधाइयों की झड़ी लगा दी। शिवा ट्रॉफी एवं सर्टिफिकेट लेकर घर पहुँचा। बाहर से ही चिल्लाने लगा, "माँ, माँ! देखो, क्या लाया हूँ?"

सावित्री दौड़कर बाहर आई। बच्चे की उपलब्धि देख उसकी आँखों में पानी आ गया। पीछे-पीछे सत्यवान भी बाहर आ गए।

शिवा ने माँ के हाथ में ट्रॉफी पकड़ाई, पिताजी को प्रशस्ति-पत्र पकड़ाया और भावुक स्वर में बोला, "यह तो आपके आशीर्वाद का फल है।"

पिताजी हर्षातिरेक से बोले, ''हमारा नाम ऊँचा बहुत किया है। बता बेटा, क्या इनाम लेगा?''

सावित्री ने बेटे का मुँह मीठा करवाते हुए कहा, ''पापा से बड़ा-सा इनाम लेना।''

शरारत से शिवा बोला, ''मेरा इनाम आपके पास जमा रहा। जब जरूरत होगी, मैं ले लूँगा।''

तीनों हँसी-खुशी अंदर बैठ गए।

सत्यवान ने कहा, ''बेटा, अब बारहवीं कक्षा की पढ़ाई है। यूँ तो विद्यार्थी के लिए हर कक्षा ही महत्त्वपूर्ण होती है, प्रथम कक्षा से लेकर वह पढ़े तब तक; किंतु कुछ पड़ाव भविष्य की दिशाएँ निर्धारित करते हैं। ये विद्यार्थी जीवन के दिशा-परिर्वतन बिंदु होते हैं। ऐसी ही है कक्षा बारह। इसके लिए तुम्हें विशेष योजनाबद्ध परिश्रम करना होगा।''

सावित्री आध्यात्मिक प्रवृत्ति की पूजा-पाठी महिला थी। उसने कहा, ''शिवा, बारहवीं कक्षा की जंग जीतने के लिए तुम्हें विशेष शारीरिक एवं मानसिक क्षमताओं की आवश्यकता है। मानसिक शक्ति विकास के लिए मैं तुम्हें कुछ विशेष प्रयोग बताती हूँ। सर्वप्रथम तो शिक्षा की अधिष्ठात्री देवी सरस्वती माँ हैं। अतः इनकी आराधना के लिए इन्हें याद करते हुए प्रतिदिन प्रातः एक माला 'ऐं नमः' की करनी है। सत्-संकल्प ही अपने आप में महामंत्र होता है।

''जब भी तुम अध्ययन करने बैठो, महाप्राण ध्वनि का नौ बार उच्चारण करना है। इसके लिए सर्वप्रथम सुखासन में (आलथी-पालथी मारकर) बैठो। दायाँ हाथ नीचे, बायाँ हाथ ऊपर, अँगूठे आपस में मिले हुए... (वीतराग मुद्रा) आँखें कोमलता से बंद, गहरा श्वास भरो और भौंरे की तरह गुंजन की ध्वनि करते हुए श्वास बाहर निकालो। इसी दौरान अनुभव करना है कि...तुम्हारे मस्तिष्क के न्यूरोंस जाग्रत हो रहे हैं...तुम्हारी स्मरण-शक्ति बढ़ रही है। तुम्हारी एकाग्रता बढ़ रही है... । यह महाप्राण ध्वनि की एक आवृति है—ऐसी नौ आवृत्तियाँ करते ही तुम्हारी मस्तिष्कीय क्षमता बढ़ने लगेगी। इसी स्थिति में आँखें मत खोलो। बंद आँखों से ललाट पर लिखा देखो। तुम भारत में प्रथम आ रहे हो (ओटोसजेशन)। अपने आपको सुझाव दो, यह तुम्हारे अवचेतन और अर्द्धचेतन मस्तिष्क में जाकर स्मृति-कोष में जम जाएगा। फिर लक्ष्य-प्राप्ति में मस्तिष्क निश्चित रूप से विशेष जागरूकता से तुम्हारा सहयोग करेगा।''

शिवा ने पूरी तन्मयता से माँ के मार्गदर्शन को ग्रहण किया।

वह आगे बोली, ''शारीरिक शक्ति बढ़ाने के लिए तुम्हें नियमित पौष्टिक भोजन ग्रहण करना है, ताकि शरीर में आलस्य के बजाय स्फूर्ति रहे। मस्तिष्क को भी बराबर खुराक मिलती रहे।''

शिवा बोला, "माँ, तू जो भी देगी, खा लूँगा, कभी इनकार किया है! पर बता तो दे, क्या-क्या खिलाएगी?"

सावित्री ने कहा, "बादाम, मिसरी, हलकी काली मिर्च मिलाकर दूँगी। अखरोट खिलाऊँगी। दूध का नियमित सेवन करना है। रात को उनींदा लगेगा तो ग्रीन टी या कॉफी भी पिलाऊँगी। मूल रूप से हरी सब्जियों एवं फलों का ज्यादा सेवन करना है।"

सत्यवान ने कहा, "बेटा, तू अपने आप ज्यादा अच्छी योजना बना सकता है।"

शिवा बोला, "पिताजी, अनुभवी अतीत से जुड़कर ही वर्तमान उज्ज्वल भविष्य बनाता है।"

वास्तव में शिवा बड़े व्यापक दृष्टिकोण से गंभीर चिंतन करता था। उसी रात उसने पूरी योजना बना डाली। संपूर्ण वर्ष में उसे कैसे अध्ययन करना है, प्रतिदिन उसे कितने घंटे पढ़ना है और क्या पढ़ना है। पूरी दिनचर्या बना ली।

माँ ने उसकी पढ़ाई की मेज इस प्रकार सेट कर दी थी कि बैठते समय शिवा का मुँह पूर्व दिशा की ओर रहता। पीठ के पीछे ठोस दीवार थी। सामने खुली जगह थी। सामने की खुली जगह विद्यार्थी के सामने खुले अवसरों को प्रस्तुत करती है।

शिवा ने इस एक वर्ष के लिए माँ से टेलीविजन नहीं देखने का व्रत ले लिया था। अन्य गतिविधियों के बजाय उसने अध्ययन को अधिक महत्त्व दिया। दोस्तों के संग घूमना और गपशप भी एकदम कम कर दिया था। जितनी भी बातचीत होती, बस पढ़ाई से संबंधित। करते-करते बारहवीं की परीक्षाएँ नजदीक आने लगीं। उसके विद्यालय में भी कभी का कक्षा अध्ययन संपूर्ण समाप्त हो गया था, चौथी बार पुनरावृत्ति चल रही थी। हर महीने टेस्ट पेपर होते थे। परीक्षा के बाद बच्चों का काम देख उसकी कमजोरी दूर करने का प्रयास होता था। ऐसी तैयारी बहुत कम स्कूलों में होती है।

शिवा ने अपने सारे विषयों के नोट्स बना लिये थे कि परीक्षा के पहले दिन क्या-क्या पढ़ना है और पेपर से दो घंटे पहले क्या दोहराना है। उसने गत वर्षों के प्रश्नपत्र भी एकत्र किए थे। उन्हें वह समय सीमा के भीतर हल करके घर में ही बोर्ड की परीक्षाओं के प्रश्नपत्र हल करने का पूर्वाभ्यास किया करता।

माँ-बाप भी कोशिश करते, वह स्वयं भी पूरी कोशिश करता कि किसी तरह का तनाव न रहे, हरदम प्रसन्नचित्त और हलका माहौल उसके आसपास रहे। सिर्फ अपनी क्षमताओं के सर्वश्रेष्ठ प्रदर्शन का स्वप्न उसने सँजो रखा था, न कि निन्याबे प्रतिशत या सौ प्रतिशत का। प्रातः सूर्योदय से पूर्व उठकर प्रतिदिन आधा घंटा वह ध्यान, योगासन और प्राणायाम अवश्य करता।

परीक्षा देने जाने से पूर्व अपने पेन व पेंसिल से लेकर प्रवेश-पत्र तक को सँभालकर

तैयार रखता। माता-पिता को प्रणाम करके पेपर देने जाता।

परीक्षा हॉल में भी कोई घबराहट नहीं। सर्वप्रथम नमस्कार महामंत्र को बोलकर पेपर को हाथ लगाता। पूरे प्रश्नपत्र को पढ़कर निश्चित समय-सीमा के अंदर उन्हें हल करता। ज्यादा नंबरों के प्रश्नों को ज्यादा समय, कम अंकों के प्रश्नों के उत्तर को कम समय। अंतिम सात मिनट से पूर्व पूरा पेपर समाप्ति करके वह पुर्न परीक्षण में लग जाता। शांतचित्त से हल की गई उत्तर-पुस्तिका की लिखावट दर्शनीय होती। इस प्रकार परीक्षाएँ सानंद संपन्न हो गईं।

विद्यालय में बड़ी हलचल थी। बारहवीं का परीक्षा परिणाम आना था। सब बच्चे अपने-अपने इष्ट को याद कर रहे थे। ये पल सभी को भारी लग रहे थे।

अचानक तहलका मच गया। चारों तरफ खुशियाँ छा गईं। स्कूल में ढोल बजने शुरू हो गए। आज विद्यालय के इतिहास का स्वर्णिम दिन था। स्थापना के पैंतालीस वर्षों बाद यहाँ के विद्यार्थी शिवमंगल सिंह ने संपूर्ण भारत में द्वितीय स्थान और पूरी दिल्ली में प्रथम स्थान प्राप्त किया। गणित में सौ में से सौ अंक, एकाउंट्स में सौ में से सौ अंक, इकोनॉमिक्स में सत्तानबे, बिजनेस स्टडीज में निन्यानबे और बस अंग्रेजी में पचानबे अंक रह गए और ऑल इंडिया टॉप करने में दो नंबर से पिछड़ गया।

इतने बड़े चमत्कार की उम्मीद किसी को न थी। प्रिंसिपल साहब ने उसे अपने कक्ष में बुलाया। प्रवेश करते ही शिवा ने प्रिंसिपल साहब के चरण छुए। वे गद्गद हो गए। उन्होंने उसकी पीठ थपथपाई, ''वाकई तुमने अपना वादा पूरा कर दिखाया है। हमें तुम पर नाज है। जाओ बेटा, अब अच्छे-से-अच्छे कॉलेज में प्रवेश लो। कभी हमारे लायक काम हो तो याद कर लेना। मेरे जीवन में यादगार विद्यार्थियों में से तुम हो।''

''ओ.के. सर, थैंक्यू सर।'' कहता हुआ शिवा प्रशंसा सुन सकुचा रहा था।

विद्यार्थी जीवन के इस महासंग्राम में विजयश्री का वरण कर गले में माला पहने जब वह घर पहुँचा तो वहाँ का दृश्य देख हैरान रह गया। पूरा घर सजा हुआ था। सारा मोहल्ला इकट्ठा हो गया था। कई मीडियावाले भी पहुँचे हुए थे। माँ ने आरती की थाली सजा रखी थी। माँ ने तिलक लगाया, आरती की, पिताजी मिठाई का डिब्बा लिये खड़े थे। उन्होंने मिठाई खिलाई। शिवा ने दोनों के चरण छुए। दोनों ने उसे गले लगा लिया। प्रेसवाले दनादन फोटो खींच रहे थे। वास्तव में शिवा के दोस्तों ने उससे पूर्व घर पहुँचकर सारी तैयारियाँ करवा दी थीं।

दूसरे दिन के अखबारों में मुख पृष्ठ पर शिवा की तसवीरें छपी थीं। टी.वी. पर उसका और उसके माता-पिता एवं प्रिंसिपल का इंटरव्यू भी दिखा।

नौ

साधारण परिवार के बालक की असाधारण सफलता एक मिसाल बन गई। बहुत सारे बधाई के फोन भी आ रहे थे। सफलता का आदि बिंदु, मध्य बिंदु और चरम बिंदु है—संकल्प-शक्ति का विकास। आत्मा की क्षमता विकसित होने के बाद संकल्प व्यक्ति का स्वभाव बन जाता है और जिसकी संकल्प-शक्ति जग जाए, उसे शक्ति का अक्षय स्रोत प्राप्त हो जाता है; क्योंकि संकल्प का नियमित एवं दीर्घकालिक अभ्यास शरीर और मन पर चमत्कारिक असर दिखाता है। संकल्पों की दृढ़ता से सफलता स्वयं हमारे सामने आ जाती है। वास्तव में संकल्पबद्धता, दूरदर्शिता एवं योजनाबद्धता से किया गया कार्य जीवन को ज्योतिर्मान कर देता है।

शिवा के साथ भी ऐसा ही हुआ। उसको अपना सपना सच होता नजर आया। बचपन से ही वह श्रीराम कॉलेज ऑफ कॉमर्स में पढ़ने का सपना देखता था। यह महाविद्यालय केवल भारत का ही नहीं, एशिया महाद्वीप का नंबर एक वाणिज्य विषयक (कॉमर्स) प्रतिष्ठित कॉलेज रहा है। ९५ प्रतिशत से कम प्राप्तांक के विद्यार्थियों को तो वहाँ प्रवेश ही नहीं मिलता।

उसने श्रीराम कॉलेज में अपना प्रवेश फॉर्म भर दिया। थोड़े ही दिनों में प्रवेश की सूची लगी तो प्रथम 'कट ऑफ लिस्ट' में ही शिवा का नाम था। उसने श्रीराम कॉलेज की फीस वगैरह का पूरा विवरण प्राप्त किया। हॉस्टल सुविधा का भी पता किया। सब कुछ अच्छा था। कुल मिलाकर उसे एक साथ १८ हजार रुपयों की जरूरत थी। उसके पास तो १८०० भी नहीं थे। कितनी मुश्किल से माँ-बाप उसे पढ़ा रहे थे, उससे छिपा न था। अब क्या करे? वह गंभीर चिंतन में था। उसे कोई मार्ग नजर नहीं आ रहा था। सहसा उसे अपने स्कूल के प्रिंसिपल की याद आई। उसने उनसे मिलने का निश्चय किया।

दूसरे दिन प्रातः स्कूल में प्रिंसिपल से मिलने पहुँचा। शिवा जैसे मेधावी विद्यार्थी को देखते ही उनका रोम-रोम पुलकित हो उठा। अपने स्थान पर खड़े होकर स्वागत करते हुए बोले, "आओ बेटा, बैठो। कैसा चल रहा है सबकुछ? कौन से कॉलेज में प्रवेश ले रहे हो?"

शिवा ने बताया, "सबकुछ ठीक है, मैं श्रीराम कॉलेज में प्रवेश लेने का सोच रहा हूँ।"

प्रिंसिपल सर ने कहा, "एकदम सही सोचा है। तुम्हें अपनी प्रतिभा से इतना अच्छा कॉलेज मिल गया, और तुम्हें चाहिए ही क्या? फिर भी कभी हमारे लायक काम हो तो बताना और मिलते रहना।"

शिवा बोला, ''सर, आपके पास एक विशेष कार्यवश ही आया था। मेरे घर से कॉलेज बहुत दूर पड़ता है। रोज आने-जाने से समय तथा पैसे की बरबादी होगी। इसलिए मैं वहीं हॉस्टल में रहना चाहता हूँ। कॉलेज तथा हॉस्टल की फीस की राशि मेरे पास नहीं है, सर।''

''कितने रुपए चाहिए?'' प्रिंसिपल ने पूछा।

''सर, आपसे मैं व्यक्तिगत कोई आर्थिक सहायता नहीं चाहता। मैं सोचता हूँ, नौवीं, दसवीं या ग्यारहवीं की कोई अच्छी ट्यूशन आप मुझे दिला दें, जो मुझे एडवांस रुपए देकर मेरी मदद कर सके।'' शिवा ने उत्तर दिया।

शिवा के आदर्शवादी विचारों ने एक बार पुन: प्रिंसिपल साहब को अंदर तक प्रभावित किया। वह गद्‌गद हो उठे।

उन्होंने दो मिनट सोचा, फिर फोन उठाया, ''हैलो कुलभूषणजी! आप खरबंदा साहब की लड़की के लिए अच्छे ट्यूटर की खोज कर रहे थे न, मेरे पास है—मिस्टर शिवमंगल सिंह। बहुत ही योग्य शिक्षक…। जी, बहुत अच्छा…। कब भेजूँ, कल भेज दूँ आपके पास? प्रात: ग्यारह बजे… ठीक है…। ओ.के. भूषणजी, कल उन्हें आपके पास भेजता हूँ।''

फोन रखकर प्रिंसिपल साहब बोले, ''शिवा, पर्यटन मंत्री खरबंदा साहब की पुत्री सुचित्रा इस वर्ष दसवीं की परीक्षा देगी। उसका सहायक अध्यापक सुधीर बहुत अच्छा शिक्षक था। अचानक उसके सिर में तेज दर्द हुआ और पता चला कि ब्रेन ट्यूमर था, कैंसर की अंतिम स्थिति। मृत्यु से लड़ रहा था बेचारा।

''अब उन्हें बेहद विश्वासी एवं योग्य अध्यापक चाहिए। मैं समझता हूँ, तुम उनकी अपेक्षाओं पर खरे उतरोगे। अगर वहाँ तुम्हारी ड्यूटी लग गई तो वारे-न्यारे हैं और तुम्हें पैसे की कभी कोई कमी नहीं रहेगी। मैं अपने मित्र को बोल दूँगा। हाँ, एक और बात है, मंत्रीजी का निवास भी श्रीराम कॉलेज के परिसर के निकट ही है। भगवान् ने चाहा तो तुम्हारी समस्या का कल समाधान हो जाएगा।''

''धन्यवाद सर! आप मुझे उनका पता व फोन नंबर दे दीजिए।'' शिवा खड़ा होते हुए बोला।

प्रिंसिपल साहब ने कुलभूषणजी का विजिटिंग कार्ड निकालकर शिवा को दे दिया।

''सर, आपका अहसान जिंदगी भर नहीं भूलूँगा।'' शिवा बोला।

प्रिंसिपल सर बोले, ''इसमें अहसान कैसा? विद्यार्थियों की मदद करना हमारा कर्तव्य है। वैसे तुम तो भारत के स्वर्णिम भविष्य हो। कभी-कभी मिलते रहना।''

दूसरे दिन प्रात: ग्यारह बजे से दस मिनट पूर्व ही शिवा उक्त पते पर पहुँच गया।

कुलभूषणजी बाहर ही मिल गए। शिवा की समय की पाबंदी का प्रथम प्रभाव बहुत अच्छा रहा। अंदर ले जाकर उसे बिठाया, फिर पूछा, ''आप तो स्वयं अभी बहुत छोटे लग रहे हैं। क्या दसवीं के विद्यार्थी को पढ़ा पाएँगे?''

शिवा ने पूर्ण आत्मविश्वास से कहा, ''जी, मैं अवश्य पढ़ा पाऊँगा।''

कुलभूषणजी ने परखने के हिसाब से शिवा से पूछा, ''आपका शिक्षा के बारे में क्या विचार है?''

शिवा बोला, ''राजनीति का क्षेत्र हो या साहित्य का, समाज विज्ञान का विषय हो या इतिहास का, भाषा विज्ञान हो या तकनीकी विज्ञान, शिक्षा के बिना किसी भी क्षेत्र में प्रवेश और गति नहीं हो सकती। साथ-ही-साथ शिक्षा हो और साधना न हो तो बौद्धिक विकास खतरा बनकर मँडराने लगता है। शिक्षा की सार्थकता आस्था, संकल्प और आचरण की युति में है। महत्त्वपूर्ण तथ्य यह भी है कि व्यक्ति की अंतर्निहित पूर्णता की अभिव्यक्ति ही शिक्षा है। शिक्षा व्यक्ति का मौलिक अधिकार है। शिक्षा से ही व्यक्ति ज्ञान-विज्ञान से लाभ प्राप्त कर अपना जीवन सुखी बना सकता है। शिक्षित व्यक्ति की जीवन-शैली, भाषा-शैली एवं व्यक्तित्व विशिष्ट प्रकार का होता है।''

कुलभूषण—अच्छा, परीक्षा परिणाम प्राप्ति में पुरुषार्थ की क्या भूमिका है?

शिवा—मेरा मानना है कि पुरुषार्थ की महत्त्वपूर्ण भूमिका है। विद्यार्थी योजनाबद्ध तरीके से सकारात्मक सोच के साथ नियमित अध्ययन करने का पुरुषार्थ करे तो भाग्य भी बदल सकता है। विद्यार्थी श्रेष्ठतम प्रदर्शन कर सकता है।

आत्मविश्वास से परिपूर्ण शिवा की मधुर वाणी ने भूषणजी पर जादू का-सा असर किया। वे तुरंत उठकर अंदर गए। एक लिफाफे में २० हजार रुपए रखकर बाहर आए और बोले, ''यह रखो, तुम्हें इसकी जरूरत थी ना। इस वर्ष का पूर्व भुगतान।''

शिवा एकदम हतप्रभ रह गया। उसको यह राशि तुरंत प्राप्त होने की बिलकुल भी उम्मीद नहीं थी। उसकी आँखों में खुशी से पानी आ गया। बोला, ''सर, इतनी जल्दी भी क्या थी? पहले मुझे परख तो लेते।''

कुलभूषणजी बोले, ''हम एक नजर में आदमी परखते हैं।''

''अच्छा सर, मैं आपकी अपेक्षाओं पर खरा उतरने का प्रयास करूँगा। अभी चलूँ? इजाजत है?'' कहते हुए शिवा खड़ा हो गया।

पैसों का लिफाफा वहीं रखा था। कुलभूषणजी भी शिवा को बाहर तक छोड़ने आए। उसे रुपयोंवाला लिफाफा पकड़ाया और कहा कि ''इसमें २० हजार रुपए एवं मंत्रीजी के आवास का पता लिखा है। कल से सायं ४ बजे प्रतिदिन वहाँ आ जाना। रविवार को छुट्टी रहेगी। कल वहीं मिलते हैं।''

शिवा ने कृतज्ञ भाव से लिफाफा स्वीकार कर लिया।

रुपए लेकर वह सबसे पहले मंदिर गया। वहाँ भगवान् को प्रसाद चढ़ाया, फिर बाजार गया।

अपनी पहली कमाई से उसने माँ के लिए सुंदर-सी साड़ी खरीदी और पिताजी के लिए कुरता-पाजामा खरीदा। खुशी-खुशी घर पहुँचा। माँ व पिताजी घर पर इंतजार कर ही रहे थे। उसने माँ के चरण छुए, हाथों में साड़ी का पैकेट पकड़ाया। पिताजी के चरण छुए और उनका पैकेट पकड़ाया। बोला, ''अपनी पहली कमाई से आपके लिए उपहार लाया हूँ।''

दोनों ने अपने-अपने पैकेट से निकालकर देखा तो आँखों में खुशी के आँसू आ गए। सावित्री ने कहा, ''बेहद सुंदर साड़ी है। अपनी बहू के लिए रखूँगी।''

शिवा बोला, ''मेरे जीवन की प्रथम खरीदी हुई साड़ी तो माँ ही पहनेगी। फिर अभी बहू तो बहुत दूर है, माँ।''

माँ ने शिवा को कलेजे से लगा लिया। पिताजी ने भी उसकी पीठ थपथपाई और कहा, ''बेहद उम्दा डिजाइन है। मैंने तो आज तक इतना महँगा कुरता-पाजामा नहीं पहना।''

शिवा की आँखों में खुशी की चमक और बढ़ गई। फिर उसने कहा, ''आपका बेटा भी तो अभी काबिल हुआ है।'' तत्पश्चात् उसने अपनी ट्यूशन, कॉलेज सबके बारे में उन्हें विस्तार से बताया।

दूसरे दिन चार बजने से पाँच मिनट पूर्व शिवा मंत्रीजी के निवास पर पहुँच गया। वहाँ स्वागत-कक्ष पर ही भूषणजी खड़े थे। उन्होंने सुरक्षा अधिकारियों से शिवा का परिचय करवा दिया कि अब यह रोज आया करेगा। फिर शिवा को अंदर ले गए। वहाँ सुचित्रा अपनी मम्मी के संग बैठी थी। शिवा के प्रथम दर्शन ने ही माँ-बेटी को बहुत प्रभावित किया।

शिवा के पढ़ाने की शैली और समझाने का तरीका बहुत अच्छा था। उसकी भाषा पर पकड़, विषय के गहन ज्ञान के साथ पूर्ण आत्मविश्वास से समझाना सुचित्रा को बहुत पसंद आया। सुचित्रा के अध्ययन के स्तर के साथ कक्षा-परीक्षा के अंकों में भी निखार आता जा रहा था। शिवा का बातचीत का सलीका इतना गरिमामय था कि सुचित्रा अपने अध्ययन विषयों के अलावा भी अनेक सामयिक मुद्दों पर उससे चर्चा करती।

अपनी अनेक शंकाओं के विषय में समाधान पाती। कभी-कभी मंत्रीजी भी शिवा से मिल लिया करते थे। इस प्रकार व्यवस्थित क्रम से शिवा का अध्यापन कार्य चलने लगा।

अध्यापन एक बहुमूल्य कला है। यह सिर्फ पाठ्य-पुस्तकों का ही नहीं, जीवन की

समग्र विधाओं का होता है। अध्यापन के लिए द्रव्य लेना बुरा नहीं है। यह उसकी आवश्यकता है। किंतु बुद्धि के साथ सौदा करना भी उचित नहीं है, क्योंकि अध्यापक पर बहुत बड़ा उत्तरदायित्व है। वह केवल वेतनभोगी कर्मचारी नहीं, अपितु राष्ट्र का सबसे ज्यादा जिम्मेदार रक्षक है। अतएव, अध्यापक उस शक्ति का नाम है, जिसका प्रभाव सहज ही राष्ट्र की भावी संतति पर पड़ता है। प्राय: विद्यार्थी यह नहीं देखते कि अध्यापक क्या कहते हैं, बल्कि वे यह देखते हैं कि वह क्या करते हैं। अस्तु, अध्यापक का जीवन जितना कर्मठ, पवित्र, उन्नत, कर्तव्य-परायण और चरित्र-संपन्न होगा, विद्यार्थी उतना ही कृतज्ञ, कर्मठ और चरित्रवान होगा। निष्कर्षत: अध्यापक का दायित्व निभानेवालों में तीन बातें होनी अत्यंत आवश्यक हैं—गंभीर ज्ञान, पवित्र चरित्र और सेवा-भावना।

दस

सूना घर सोमेश को खाने दौड़ता। निस्तब्धता इतनी कि उसे अपनी साँसों के स्वर भी दीवारों से टकराकर प्रतिध्वनित होते-से सुनाई पड़ते। किसी प्रकार दिन तो लोगों की आवाजाही में कट जाता, लेकिन रात पहाड़-सी प्रतीत होती। प्रिय पुत्र शिवा की छवि आँखों से हटती ही न थी। जिस घर में उसकी बाल-सुलभ किलकारियाँ गूँजती थीं, अब नीरव सन्नाटे में झींगुरों की आवाज सुनाई पड़ती थी।

सीमा के बिना उसके मन का कोना-कोना वीरान था, घर का कोना-कोना सुनसान था। उन लोगों की खोज करवाने में उसने कोई कसर नहीं छोड़ी; किंतु उसके सारे प्रयत्न व्यर्थ गए। धीरे-धीरे उनके मिलने की आशा भी धूमिल होती चली गई।

घर की सार-संभाल कामवाली बाई के जिम्मे थी। जैसे ही वह भोजन लाकर सामने रखती, सोमेश की आँखों के सामने माँ की मूरत उभर आती। उसका भोजन करना दूभर हो जाता। जबरदस्ती दो-चार निवाले जल के साथ गटकता और उठ खड़ा होता। पिताजी के बिना वह अपने आपको बेहद कमजोर व अकेला महसूस करता।

वह धीरे-धीरे पता लगाने की कोशिश कर रहा था कि उसके माँ-पिताजी की हत्या किसने की। कौन था वह हिंसक संहारक, जिसने उसके माँ-बाप को मार डाला? अनेक युक्तियों पर उसने विचार किया। अंतत: उसे एक तरकीब सूझी। वह अपने गाँव के समीपस्थ किसानों, दलितों, भूमिहीनों एवं आदिवासियों से मेल-जोल बढ़ाने लगा। नियमित रूप से वह प्रतिदिन एक निश्चित समय उनके साथ व्यतीत करता। उनके साथ उठता-बैठता। उनके साथ बातचीत करता, उनके साथ खाता-पीता और उनकी समस्याएँ सुनता।

जहाँ भारत की अधिकांश आबादी विकास के सोपान तय कर रही थी, वहीं ये

भोले-भाले आदिवासी देश की मुख्य धारा में शामिल होने से वंचित रह गए। इन्हें प्रशासन से प्रोत्साहन तो नहीं मिला, उलटा वन अधिकारियों का जुल्म सहना पड़ता। इनकी अपनी खेती-बाड़ी, महुआ-टोरा जैसी दैनिक आवश्यकताओं की वनोपज से लेकर झाड़ियों की ओट में नित्य क्रिया निपटाने जैसे नैसर्गिक अधिकारों पर बंदिशें लग गईं। यहाँ तक कि अपने पाले-पोसे आश्रयदाता जंगलों में घुसने के लिए भी उन्हें वन कर्मियों के रहमोकरम पर निर्भर होना होता। वह मनमाना व शोषक व्यवहार करते।

जब से अपने पास से मौत को छूकर जाते हुए सोमेश ने महसूस किया था, तब से उसका हृदय अधिक संवेदनशील हो गया था। प्रशासन से पिसते आदिवासी, व्यापारियों से ठगे जाते आदिवासी, शिक्षा के अभाव में पिसते आदिवासी, विकास से वंचित आदिवासी और चिकित्सा सुविधा के अभाव में मरते आदिवासियों की अवस्था वास्तव में चिंताजनक थी। सोमेश अपनी पीड़ा भूलकर उनके दुःख-दर्द दूर करने लगा। उसकी सहृदयता ने अतिशीघ्र उनका दिल जीत लिया। आसपास के क्षेत्र के आदिवासी कबीलों के सरदार उसे अपना सरताज मानने लगे। सोमेश ने चारु मजूमदार के छोटे भाई राजा को अपना विशेष सहयोगी बना रखा था।

गंभीर-से-गंभीर रोग हो या प्रशासन से परेशानी अथवा अन्य किसी से शिकायत हो, सोमेश तुरंत आदिवासियों की समस्या निपटाने का प्रयास करता। सोमेश की लोकप्रियता का लाभ उठाकर राजा इन आदिवासियों में राष्ट्र-विरोधी माओवादी विचार फैलाने लगा, उन्हें जमींदारों के खिलाफ भड़काने लगा। उसका लक्ष्य था—अधिकाधिक आदिवासियों को नक्सलवादी बनाना। वह एक संगठन की संरचना तैयार करके पुलिस से अपने भाई चारु मजूमदार की मौत का बदला भी लेना चाह रहा था।

सोमेश जब राजा की इन हिंसा-प्रसारक गतिविधियों को देखता तो सोचता, 'यह हिंसा के हथियार क्यों तैयार कर रहा है ? संभवतया हमें अहिंसा से भी रास्ता मिल जाए।' अगले ही क्षण उसके मन में विचार आता, 'अहिंसा और सत्य से सुख-शांति मिल सकती है, किंतु धन-दौलत नहीं। फिर अहिंसा का रास्ता भी बहुत लंबा है और निस्तेज अहिंसा हिंसा से भी गई-गुजरी होती है।...दुनिया भले ही जय-पराजय माने, लेकिन अहिंसा द्वारा हिंसा को रोकना अहिंसक कार्य है।...तो क्या वास्तव में अहिंसा द्वारा हिंसा का रुक पाना संभव है ?...'

ग्यारह

शिवा का आज कॉलेज में पहला दिन था। दिल्ली विश्वविद्यालय का यह परिसर क्षेत्र नहीं बल्कि फैशन शो का रैंप नजर आ रहा था। किसी लड़की ने छोटी सी

हाफ पैंट, गहरे गले की टी-शर्ट के साथ एक कान में बाली पहनी हुई थी तो किसी ने छोटा स्कर्ट, छोटा टॉप और बड़ा सा धूप का चश्मा लगा रखा था। किसी ने जींस-शर्ट के साथ एक हाथ में ढेर सारे रंग-बिरंगे कड़े डाल रखे थे तो किसी ने स्टाइलिश बैग ले रखा था। रंग-बिरंगी हवाई चप्पलें भी नया फैशन लग रहा था।

फैशन में लड़के भी लड़कियों से पीछे नहीं थे किसी ने चेक के बरमुडा एवं शर्ट डाल रखी थी तो किसी ने फेडेड नीटेड जींस और स्लोगन की टी शर्ट डाल रखी थी। किसी ने एक कान में पीयरसिंग करा रखा था तो किसी ने बाजू पर ड्रैगन का टैटू बनवाया हुआ था। किसी ने बाल की दो लटें ब्राउन करा रखी थीं तो किसी लड़के ने पीछे लंबे बालों में रबर बैंड लगा रखा था।

स्कूल के अनुशासित वातावरण से निकलकर इस खुली हवा में मानो जी भर के उड़ने को आतुर हर लड़का परिंदा और हर लड़की तितली नजर आ रही थी।

साधारण जींस व चेक की शर्ट में सहमा हुआ-सा शिवा भी अपनी कक्षा की ओर बढ़ रहा था। सीनियर्स का एक ग्रुप आया और उसे घेर लिया।

"अरे ओ देवदास, कहाँ चला?"

शिवा चुपचाप वहीं रुक गया, कुछ नहीं बोला।

दूसरा बोला, "अरे, तेरी पारो कहाँ है?"

इतने में सामने से एक सहमी-सी सलवार-सूट पहने दुपट्टा लगाए लड़की जाती दिखी। उसे भी घेरकर ये इधर ले आए।

"यह आ गई तेरी पारो। अब जरा रियलिटी शो तो दिखा दे। इस पारो को तू कैसे गले लगाएगा।"

शिवा जहाँ था वहीं खड़ा रहा।

सीनियर जोर से चिल्लाकर बोले, "आगे बढ़ता है कि नहीं।"

शिवा ने एक नजर चारों तरफ देखा। १५-२० मुस्टंडे लड़के खड़े थे। बीच में असहाय-सी भोली-भाली लड़की नजर नीचे किए खड़ी थी।

शिवा अपनी जगह से टस-से-मस नहीं हुआ।

तभी एक सीनियर ने लड़की से कहा, "तेरा देवदास रूठा खड़ा है। तू आधुनिक पारो है। जा, तू लग जा उसके गले।" लड़की एकदम घबरा गई, दूसरी दिशा में दो कदम उठाकर चलने लगी।

इतने में एक दादा टाइप लड़के ने आगे आकर उसके दुपट्टे का एक छोर पकड़ लिया। लड़की ने अपने हाथ से दुपट्टा पकड़े रखा। वह लड़का माना नहीं और पूरा खींचते हुए उसे धकेलते हुए बोला,

"चल, बढ़ आगे।"

शिवा जो इतनी देर शांत था, अब चुप रह न सका, आगे बढ़कर एक हाथ से पूरी ताकत से सीनियर को धकेलते हुए बोला, "छोड़ो इसे।" दूसरे हाथ से लड़की का दुपट्टा छुड़वाया और जोर से बोला, "तुम यहाँ से अपनी क्लास में जाओ।"

सीनियर भड़क उठे। वे लड़की की तरफ झपटते। इतने में उसने अपने दोनों बाजुओं को फैलाया, सबको रोक लिया। लड़की को निकल जाने दिया। अब तो हालात खतरनाक हो गए। सबके क्रोध का केंद्रबिंदु वह अकेला हो गया। शिकार को हाथ से निकलता देखा तो शिकारियों को तो गुस्सा आना स्वाभाविक ही था। ऊपर से यह लगा कि कल का यह छोकरा, कॉलेज का फ्रेशर हमें ललकार रहा है। पहले दस दिन तो बड़े-बड़े सूरमा भी सँभलकर चलते हैं, यह नादान दादागीरी दिखा रहा है।

बीच में घेरकर सब शिवा को पीटने लगे। बचाव करते-करते शिवा गिर गया। अब तो हाथों से, लातों से मारने लगे। शिवा की कमीज फट गई। जगह-जगह खून आने लगा, लेकिन दरिंदों को दया कहाँ!

यह भी कोई रैगिंग हुई! कॉलेज में नए-पुराने छात्रों के परिचय का यह कैसा वीभत्स अंदाज? किसी के घर का चिराग हमेशा के लिए बुझ सकता है। देश की कोई बहुत बड़ी भावी प्रतिभा असमय ही समाप्त हो सकती है। किसने प्रारंभ की यह घिनौनी रैगिंग प्रथा? शिवा को लगा, आज मेरी हड्डियाँ टूटना निश्चित है। लेकिन उसने हिम्मत नहीं हारी। अचानक सामनेवाले आक्रमणकारियों को पटकनी देकर पीछे दौड़ा। वहाँ पीपल के पेड़ का चबूतरा जैसा बना था। उससे थोड़ी दूर दो-एक पुलिसवाले भी उसे खड़े दिख गए।

चबूतरे पर खड़े होकर उसने जोर से चिल्लाना शुरू कर दिया।

"मेरे महान् अग्रज भाइयो!" कुछ लड़के आगे बढ़े। इतने में शिवा पुनः बोला, "प्लीज, रुक जाओ। आप इतने हो, मैं अकेला। आप चाहो, मुझे अभी जान से मार सकते हो। आज इसी वक्त या कल, परसों। जब भी मैं इस कॉलेज में आऊँगा। मैं तो एकदम नया हूँ। मेरा तो इस कैंपस में पहला दिन है। आप तो इसी कॉलेज के सिरमौर हो। लेकिन इतने पढ़े-लिखे समझदार पंचानबे प्रतिशत से ज्यादा अंकधारक क्या किसी लड़की का दुपट्टा हटाकर जबरदस्ती गले लगाना हमारी संस्कृति है? क्या यह हमारी सभ्यता का हिस्सा है? माना कि रैगिंग हँसी-मजाक द्वारा सीनियर-जूनियर परिचय की एक नई परंपरा है; पर किसी लड़की की इज्जत का मखौल उड़ाना कहाँ की वीरता है? कैसी मित्रता है? मैं गलत हूँ तो सौ जूते मारें, नहीं तो प्लीज आगे से किसी भी लड़की से खिलवाड़ न करें।"

कहाँ तो सब लड़कों के सिर पर खून सवार था, कहाँ काटो तो खून नहीं। सब

स्तंभित थे। इस बच्चे के साहस पर, इसकी हिम्मत पर, इसके बुलंद इरादों पर!

इतने में दादा टाइप के लड़के ने कहा, ''बड़ा अच्छा भाषण दे लेता है, जरा अपना नाम तो बता।''

शिवा ने सहजता से संक्षिप्त उत्तर दिया, ''शिवमंगल सिंह।''

उसने हाथ बढ़ाते हुए कहा, ''मेरा नाम है राजा। आज से हमारी दोस्ती पक्की।''

शिवा ने पूर्ण सतर्कता के साथ हाथ आगे बढ़ा दिया। राजा झटका देकर शिवा को पटकना चाहता था, लेकिन राजा का हाथ टस से मस नहीं हुआ, क्योंकि शिवा ने पूरे दम से उसके हाथ को दबा रखा था।

हाथ की पकड़ से शिवा की ताकत का अंदाज राजा को हो गया। शिवा दूसरी परीक्षा में भी पास हो गया। शिवा ने विनम्रता से कहा, ''राजा भैया, आप अपने दूसरे भाइयों का भी परिचय करवाओ प्लीज!''

पंकज, कृष्णा, अहमद, जॉन, तुषार, विभोर, लोकेश सबके नामों के साथ चेहरों को भी शिवा ने अपने जेहन में अच्छे से बिठा लिया। 'पुनः-पुनः प्रेम, प्यार व दोस्ताना अंदाज में मिलते रहेंगे' के विश्वास के साथ शिवा प्राथमिक चिकित्सा कक्ष में चला गया।

सब लड़के आपस में बात करने लगे। कृष्णा राजा से बोला, ''यार, बंदे में दम है।''

अहमद बोला, ''हम इसे अपनी पार्टी में ले लेते हैं।''

लोकेश ने कहा, ''हाँ, इसको अभी सदस्य बना लेते हैं। यह भविष्य में बहुत काम आएगा। अगर ए.बी.वी.पी. वालों से भिड़ गया तो वे इसे तुरंत अपना लेंगे। इसे हमें हाथ से नहीं जाने देना है।'' इस प्रकार कुल मिलाकर शिवा सबके दिल में बस गया।

अपने गुणों व अच्छे व्यवहार के कारण शीघ्र ही शिवा कॉलेज में लोकप्रिय हो गया। कॉलेज में इस महीने के आखिरी रविवार को कवि सम्मेलन आयोजित हुआ। बड़े-बड़े प्रतिष्ठित कवि आए। इनके मध्य प्रथम वर्ष के एक लड़के व एक लड़की को भी स्वरचित कविता-पाठ का अवसर मिलना था। शिवा ने सबसे पहले अपना नाम लिखा दिया। करीब पच्चीस विद्यार्थियों के नाम आए थे। शुक्रवार को सबका ऑडीशन हुआ। हिंदी भाषा पर अच्छा अधिकार, मधुर कंठ, आत्मविश्वास भरी प्रस्तुति से सहज ही शिवा का चयन कविता-पाठ हेतु हो गया। रविवार को प्रातः ग्यारह बजे कॉलेज का ग्राउंड खचाखच भर गया। मंच पर एक-से-एक मँजे हुए कविगण विराजित थे।

संचालक कवि महोदय ने उद्घोषणा की, ''अब आपके समक्ष कविता-पाठ हेतु आमंत्रित कर रहा हूँ आप ही के कॉलेज के उदीयमान कवि शिवमंगल सिंह को, जो आपके ही साथी हैं। कृपया इनका जोरदार तालियों से स्वागत करें···आइए आपका स्वागत

है शिवमंगल सिंह जी।''

शिवा मंच पर आया—''आदरणीय मुख्य अतिथि महोदय, अध्यक्ष महोदय, कॉलेज के प्रिंसिपल सर! सभी को सादर नमस्कार। साथियो, मैंने अपने दिल की आवाज को शब्दों से साज दिया है। अगर आपके हृदय-तंत्रों के तार जरा भी झंकृत हों तो मैं आपकी तालियों से समर्थन चाहूँगा। मेरी कविता का शीर्षक है—

वतन के सिपाही

''मंदिर, मसजिद, गुरुद्वारों से आती है आवाज यही,
लालकिले की उन दीवारों से आती है आवाज यही,
गंगा-यमुना धवल धारों से आती है आवाज यही,
अमृतसर के गलियारों से आती है आवाज यही।
अमर शहीदों का लहू बदनाम नहीं होने देंगे,
वतन के सिपाही वतन नीलाम नहीं होने देंगे॥
जिसके खातिर ही प्रताप ने घास की रोटी खाई थी,
जिसके खातिर वीर शिवा ने तलवार उठाई थी।
जिसके खातिर भगतसिंह ने रँगा बसंती चोला था,
फाँसी के फंदे को चूमकर वंदे मातरम् बोला था,
हम अपनी आजादी का कत्लेआम नहीं होने देंगे,
वतन के सिपाही वतन नीलाम नहीं होने देंगे।।
जिसके खातिर महावीर ने मैत्री राह दिखाई थी।
बुद्धं शरणं गच्छामि संग संतों की टोली आई थी।
जिसके खातिर टेरेसा करुणा की देती दुहाई थी,
जिसके खातिर बापू गांधी ने सीने पे गोली खाई थी,
हम उस भारत माँ को बदनाम नहीं होने देंगे
वतन के सिपाही वतन नीलाम नहीं होने देंगे।।
धन्यवाद! जय हिंद!''

तालियों की गड़गड़ाहट से कॉलेज का ग्राउंड गूँज उठा। कुछ लोग 'वन्स मोर, वन्स मोर' भी चिल्लाने लगे।

शिवा ने शालीनता से कहा—

''बहुत-बहुत धन्यवाद साथियो! आओ, आज मिलकर हम संकल्प करें, जब भी

देश को हमारी आवश्यकता होगी, हम वतन के लिए अंतिम साँस तक, खून की अंतिम बूँद तक अपनी जान लड़ा देंगे; लेकिन देश पर आँच नहीं आने देंगे। जय हिंद!'' धन्यवाद!'' तालियों की गड़गड़ाहट ने कॉलेज की सरहदें लाँघ दीं।

संचालक महोदय ने बड़े आदर से कहा, ''प्रिंसिपल सर! आपके कॉलेज के प्रतिभाशाली कवि तो हमें टक्कर दे रहे हैं। हमें तो अपनी आजीविका खतरे में नजर आती है।''

सुनकर सभी हँसने लगे। इसके बाद तो शिवा कॉलेज में और प्रसिद्ध हो गया। उसके अनेक मित्र बन गए।

शिवा को हॉस्टल में कमरा नंबर ४०५ मिला। दो विद्यार्थियों के साथ रहने की व्यवस्था थी।

शिवा का अभिन्न मित्र सुजश उसका कक्ष साथी बना। वह भी सर्वांगीण व्यक्तित्व का धनी था। शिवा जहाँ शारीरिक खेल-कूद प्रतियोगिताओं में आगे रहता, वहीं सुजश लॉन टेनिस में प्रतीक-चिह्न जीतता। सुजश की गर्लफ्रेंड सुजाता ने भी राष्ट्रीय तैराकी प्रतियोगिता में खिताब जीता था।

पढ़ाई के अतिरिक्त गतिविधियों का शिवा पढ़ाई पर असर नहीं आने देता। बी. कॉम. प्रथम वर्ष में उसने ८१ प्रतिशत अंक प्राप्त किए। अंक तालिका लेकर घर गया। माँ-पिताजी के चरण छूकर उन्हें दिखाई तो पिताजी ने गले लगा लिया और बोले, ''सच्चे सपूत हो तुम।''

माँ तो देखती-देखती भावुक हो गई और बोली, ''बेटा, मेरा विश्वास है, एक दिन तुम हमारा नाम बहुत ऊँचा करोगे। बस बेटा, पूरा घर तुम्हारे बिना वीरान और हर कोना सूना लगता है। हम दोनों नितांत अकेले रहते हैं। मेरा तो दिन कटना मुश्किल हो जाता है। क्या बनाऊँ, किसके लिए बनाऊँ? तुम जब आते हो तभी हर दिन त्योहार होता है। आज भी मैंने तुम्हारी मनपसंद खीर जलेबी बनाई है। आओ, पहले मुँह व हाथ धोकर खा लो।''

शिवा बच्चे की तरह चिपटकर बोला, ''माँ, भावुक क्यों होती हो? मैं कहीं दूर थोड़े ही गया हूँ, यहीं तो हूँ। जब कभी याद आए, बुला लेना। आ जाया करूँगा। अब बताओ, आपकी तबियत कैसी रही? घुटनों का, कमर का दर्द कैसा है?''

''ऐसे तो ठीक ही रहता है। पूरा ठीक तो जब तू बहू लाकर देगा, तभी होगा।'' माँ बोली।

''बेटा जब पैदा होता है, तभी से माँ कल्पना करना शुरू कर देती है, मैं चाँद जैसी बहू लाऊँगी, जो लड्डूगोपाल-सा पोता दे।''

"माँ, आपको बहू के सिवा कुछ सूझता ही नहीं क्या? अरे माँ, बहुत हो गया बहू का गुणगान, अब जरा पिताजी के भी तो हाल बताओ। रक्तचाप ज्यादा बढ़ा तो नहीं?" शिवा ने पूछा।

"ये तो अपने नियम से चलनेवाले इनसान हैं। सुबह पार्क की सैर, दोस्तों से मुलाकात, दिन में दुकान सँभालना, रात को भोजन के पश्चात् थोड़ा टी.वी. देख लेना। हाँ, शाम को घर आते हैं, तब तुम्हें बहुत याद करते हैं।"

माँ की बातें सुनकर शिवा का दिल भर आया। वह भी तो छात्रावास में माँ को कितना याद करता है। यहाँ तो माँ उसकी हर चीज तैयार रखती है। न कपड़े धोने देती है, न जूते साफ करने देती है, यहाँ तक कि पानी का गिलास भी नहीं उठाने देती। वहाँ तो सब उसे ही करना होता है। वहाँ कहाँ परिवारवाली सुख-शांति है। वह वहीं माँ के समीप ही बैठा रहा। सावित्री उसके सिर पर हाथ फेरती रही। उसका मन किया कि माँ-बाप को छोड़कर कहीं न जाए। विचारों की तरंगों में तरंगित वह झकझोले खा रहा था, इतने में उसकी नजर दीवार पर टँगी घड़ी पर गई।

अरे, ढाई बज गए। खाना खाकर तीन बजे तक तो निकलना होगा। सुचित्रा ट्यूशन का इंतजार कर रही होगी।

"माँ-माँ, भूख लगी है, जल्दी खाना दे।" शिवा चिल्लाया।

इन शब्दों को सुनते ही माँ की बाँछें खिल गईं। कब से तरस रही थी, उसका लाल आए और उसे अपने हाथों से भोजन खिलाए।

बड़े दिनों बाद माँ के पास में बैठकर उसके हाथों का बना भोजन ग्रहण कर शिवा की आत्मा संतुष्ट हो गई।

"माँ, तेरे हाथों जैसा स्वाद तो दुनिया में कहीं नहीं। अभी मैं ट्यूशन पढ़ाने जा रहा हूँ, छह बजे तक लौटूँगा।"

शिवा समय पर मंत्रीजी के निवास पहुँचा। देखा, आज सुचित्रा अकेली बैठी इंतजार कर रही है। प्राय: सुचित्रा की माँ या छोटी बहन साथ हुआ करती थीं।

वह सकुचाती-सी बोली, "नमस्ते सर! छोटी बहन की सहेली का आज जन्मदिन है। वह इंडिया गेट गई हुई है। माँ धार्मिक प्रवचन सुनने गई हैं।

"सर, मेरे मन में एक जिज्ञासा है। मैं इस विषय में आपका मार्गदर्शन चाहूँगी कि हमें धर्म कब करना चाहिए? माँ को धार्मिक क्रिया-कलाप करते देख मैं सोचती हूँ कि क्या प्रौढ़ावस्था ही इस हेतु उपयुक्त अवस्था होती है?"

शिवा ने गंभीरता से उत्तर देना प्रारंभ किया, "मेरा मानना है कि धार्मिक होने के लिए कोई उम्र नहीं होती। इसके लिए कभी भी अंतिम दिन की प्रतीक्षा न करें। जब शरीर

में सामर्थ्य हो, इंद्रियाँ परिपूर्ण हों और मन ऊर्जा से भरा हो, तभी धर्म को साधना चाहिए। क्योंकि वास्तव में धर्म तो उन्हीं की संपदा है, जो चित्त से युवा हैं। धर्म बुढ़ापे की औषधि नहीं है वरन् युवा होने का दु:साहस है। धर्म और अध्यात्म जीवन का अंतिम चरण नहीं बल्कि मंगलाचरण होना चाहिए। धर्म समय की सीमा में आबद्ध नहीं है। वह जीवन के क्षण-क्षण और कण-कण में होता है। धर्म कोई क्रिया नहीं, अंतर्वृत्ति है, जो हर क्रिया से संयुक्त होकर उसे नई अर्थवत्ता एवं प्रयोजनीयता से मंडित कर सकती है। धर्म सदा सूर्य की तरह प्रकाश और चाँद की तरह शीतलता प्रदान करता है।''

सुचित्रा बोली, ''सर, मैं भी ऐसा ही सोचती हूँ। मैं जानना चाहती हूँ कि क्या व्रत, पूजा, माला, जप आदि के कर्मकांड बिना भी धर्म हो सकता है?''

शिवा ने पुन: कहा, ''सुचित्रा, धर्म रूपी पक्षी के दो पर हैं—अध्यात्म और नैतिकता। तुम ऐसे समझो, व्रत, उपवास, माला या जप आदि आध्यात्मिक प्रवृत्तियों से ही सिर्फ धर्म नहीं होता, बल्कि धर्म तो व्यक्ति के प्रत्येक क्रिया-कलाप से दृष्टिगोचर होता है। हम कैसे सोचें, कैसे चलें, कैसे उठें, कैसे बैठें, कैसे बोलें, इसी में सजगता एवं सावधानी रखकर, किसी का अहित न कर धार्मिक हो सकते हैं। असत् की निवृत्ति और सत् की प्रवृत्ति का नाम ही धर्म है।''

सुचित्रा ने पुन: अपनी जिज्ञासा रखी, ''सर, फिर धर्म के नाम पर दंगे क्यों होते हैं?''

शिवा ने समझाया, ''धर्म अमृत भी है और अफीम भी। प्रेम और मैत्री की बुनियाद पर खड़ा हुआ धर्म अमृत है तो सांप्रदायिक उन्माद से ग्रस्त धर्म अफीम का काम करने लगता है। सच कहूँ तो जहाँ विवेक, वहाँ धर्म है। जहाँ विवेक नहीं वहाँ धर्म नहीं।''

सुचित्रा ने कहा, ''धन्यवाद सर, आज आपने मुझे नई दिशा दी है। इस पर चिंतन-मनन व अनुसरण करने का मेरा प्रयास रहेगा। अभी 'वर्तमान भारत' विषय पर निबंध लिखना है। कृपया इस विषय पर भी मेरा मार्गदर्शन करें।''

शिवा ने बोलना प्रारंभ किया, सुचित्रा अपनी नोटबुक में नोट करने लगी।

''प्राचीन समय के भारत का इतिहास बड़ा सुनहरा रहा है। संपन्नता और समृद्धि की दृष्टि से यह देश 'सोने की चिड़िया' कहलाता था। अध्यात्म और ज्ञान के क्षेत्र में यह देश सबका गुरु रहा है। ज्ञान की परिपक्वता और अनुभवों की सर्वांगीणता के लिए सभी देशों के लोग यहाँ आते थे। यहाँ की कला, संस्कृति और शालीनता विश्वविख्यात रही है। अनुसंधानकर्ताओं के अनुसार यहाँ के खून में वे जीन रहे हैं, जो बड़ों का आदर करना और इज्जत करना सिखाते हैं।

''लेकिन आज जमाने का विपरीत असर हम पर आ रहा है।

"यद्यपि विज्ञान और तकनीकी में भारत ने अद्‌भुत प्रगति की है, लेकिन जीवन-मूल्यों का बड़ा ह्रास हुआ है।

"आज यहाँ राजनेता, अधिकारी, कर्मचारी, व्यापारी, डॉक्टर, वकील, यहाँ तक कि न्यायाधीश और सेनापति तक अपना कर्तव्य भूलकर विलासिता एवं भ्रष्टाचार की अंधी दौड़ में लगे हैं। जो रक्षक हैं वे ही भक्षक बनते जा रहे हैं। जो आतंकवादी हमारे देश की जड़ें खोखली कर रहे हैं, वे उनके साथ मिलकर देशद्रोहियों का काम कर रहे हैं।

"विश्व का युवा देश भारत वर्तमान में पुन: विश्व गुरु बन सकता है। कुछ सूत्रों पर त्वरित कार्यवाही हो—सुदृढ़ कानून व्यवस्था, राजनीतिक शुद्धीकरण, अनुशासन, समयबद्धता, पुरुषार्थ, ईमानदारी एवं प्रत्येक क्षेत्र में पारदर्शिता। वर्तमान में देश की अखंडता सर्वोपरि है। राष्ट्रीय एकता के तीन मुख्य घटक हैं—राष्ट्रीय चरित्र, सांप्रदायिक सद्‌भाव और अहिंसा प्रधान जीवन-शैली।

"आज राष्ट्र के लिए सर्वाधिक प्राप्तव्य कोई वस्तु है तो वह है राष्ट्रीय चरित्र, क्योंकि सबसे अधिक पतन इसी का हुआ है। जब तक राष्ट्रीय चरित्र का उत्थान नहीं होगा तब तक कोई भी योजना सफल नहीं हो सकती। राष्ट्रीय चरित्र को विकसित करनेवाली दो शक्तियाँ हैं—कानून और व्यवस्था, जिसके द्वारा प्रयत्नजनित जन-जन का विश्वास घनीभूत होकर राष्ट्रीय चरित्र को उजागर कर सकता है। राष्ट्रीय चरित्र-निर्माण के महायज्ञ में समस्त भारतवासियों को अपनी आहुति देनी होगी और इस हेतु आज भारत के प्रत्येक नागरिक को अपने कर्तव्य याद रखने की आवश्यकता है। जय हिंद!"

सुचित्रा इतनी देर तक मंत्रमुग्ध सुन रही थी। प्रभावित होकर बोली, "वाकई गजब की विश्लेषण क्षमता है आपकी; उतना ही प्रभावी प्रस्तुतीकरण है। सर, आप राजनीति में आना चाहें तो पिताजी से चर्चा करूँ?"

शिवा ने उत्तर दिया, "नहीं सुचित्रा, मैं तो भारत माता का छोटा सा पुत्र हूँ और मेरी भावना इसी माँ भारती की सेवा की है। इससे आगे मेरी कोई महत्त्वाकांक्षाएँ नहीं हैं।"

इतने में शिवा की नजर घड़ी पर पड़ी, "अरे, आज तो बात-बात में पता ही नहीं चला! समय बहुत हो गया। माँ इंतजार कर रही होगी, चलता हूँ।..."

बारह

सावित्री अनमनी सी बैठी थी। शिवा के पसंद का भोजन तो उसने कभी का तैयार कर लिया था। शिवा को जरा भी विलंब हो जाता तो वह चिंतित सोचने लगती, आजकल दिल्ली में अपराध कितने बढ़ गए हैं। रोज हत्या, अपहरण एवं सड़क दुर्घटनाओं

के कितने किस्से सुनने में आते हैं!

बार-बार प्रवेश द्वार की ओर ताकती माँ को जैसे ही शिवा दिखा, उसकी जान में जान आई—माँ ने कहा।

"बेटा, कहाँ था? बड़ी देर लगा दी?"

अपनी बाजू की मांसपेशियाँ (मसल्स) दिखाता हुआ शिवा बोला, "माँ, तेरा बेटा कमजोर नहीं है। बड़ी मजबूत जान बनाई है तूने। फिर क्यों घबराती है?"

"आजकल जमाना बड़ा खराब है। चिंता होने लगती है। मेरा जी घबरा रहा था पता नहीं क्यों?" माँ ने कहा।

शिवा—"अब तो मैं आ गया, चिंता मिट गई?"

माँ ने कहा, "हाँ-हाँ! बता, कितनी देर बाद भोजन करेगा? अभी लगा दूँ।"

शिवा—"नहीं माँ, पिताजी के साथ ही खाएँगे। मैं तब तक आपकी दवाई लेने जा रहा हूँ।"

कुछ देर बाद पिताजी आए। कॉलेज के सारे समाचार पूछे और पूछा, किसी तरह की परेशानी तो नहीं है न? रुपए-पैसे कुछ चाहिए तो बता दो।

शिवा ने कहा, "सब व्यवस्थित काम चल रहा है। इस प्रकार हँसी-खुशी, चैन से छुट्टियाँ गुजर गईं। द्वितीय वर्ष में भी उसने अपने अध्ययन को प्राथमिकता देते हुए विशेष मेहनत जारी रखी। इसी के परिणामस्वरूप द्वितीय वर्ष में भी शिवा ने ७९ प्रतिशत अंक प्राप्त किए थे। कॉलेज में एन.एस.एस. (राष्ट्रीय सामाजिक सेवा योजना) में वह एक सक्रिय सदस्य के रूप में भी अनेक काम कर रहा था। आई.आई.टी., दिल्ली से आज पाश्चात्य नृत्य में उसकी टीम की प्रतियोगिता थी। उसमें पहला स्वर्ण पदक जीतने के बाद सब दोस्तों ने मिलकर खूब मस्ती की।

तत्पश्चात् शाम को छात्रावास में अपने कमरे में गया तो देखा, सुजश बेहद चिंता में था।

शिवा—क्या हुआ दोस्त, हमेशा गुलाब सा खिलता हुआ चेहरा आज मुरझाया कैसे?

सुजश बताऊँ या न बताऊँ की उधेड़बुन में था। उसकी यह हालत देख शिवा उसके पास बैठा और पुनः बोला, "बता मेरे यार, क्या हुआ?"

सुजश बोला, "सुजाता का तैराकी प्रतिस्पर्धा के लिए यू.के. जाना कैंसिल हो गया है।"

शिवा ने कहा, "तो इतना टेंस होने की कौन सी बात है? अगली बार चली जाएगी।"

सुजश बोला, "मामला इतना सीधा नहीं है। राष्ट्रीय तैराकी बोर्ड ने उसके पाँच वर्ष तक किसी भी तैराकी प्रतियोगिता में भाग लेने पर प्रतिबंध लगा दिया है।"

शिवा ने कहा, ''अरे, उसने ऐसा क्या अपराध किया है, जो इतनी कड़ी सजा मिली है?''

सुजश—क्या कहूँ, बताते हुए भी घिन आती है। नेशनल स्विमिंग बोर्ड के चेयरमैन ने उसे स्विमिंग पूल पर देखा था। तब से उसके पीछे पड़ गया। कभी स्विमिंग पूल पर, कभी मीटिंग, कभी इंटरव्यू, कभी क्वालिफाई राउंड के लिए अकेली बुलाता तथा उसे परेशान करता। एक दिन तो हद ही कर दी। अपने ऑफिस में बुलाकर उसने अंदर से दरवाजा बंद कर लिया और उसके वस्त्रों से छेड़छाड़ करने लगा। जैसे ही वह जबरदस्ती पर आमादा होता, वह किसी प्रकार छूटकर बाहर निकल भागी।

''अब बिफरे शेर की भाँति सरेआम उसने धमकी दे डाली कि या तो मेरी इच्छापूर्ति करो, नहीं तो तुम्हारा निलंबन है...।

''तब से सुजाता एकदम गहरे अवसाद में आ गई। चेयरमैन का उसने कोई प्रस्ताव नहीं स्वीकारा, अतः उसे निलंबित कर दिया गया।''

सुजश अपने आपको निस्सहाय समझ रहा था। इसमें शिवा भी क्या करे?

शिवा का दिमाग झन्ना गया। उसे कानों पर विश्वास नहीं हुआ। क्या ऐसा भी होता है? सबकुछ सामने था। कड़वी हकीकत थी। एक तरफ राजबल, धनबल, बाहुबल और शक्तिबल था तो दूसरी तरफ सिर्फ आत्मबल, सीमित संसाधनों से शत्रु पर विजय कैसे प्राप्त करें?

शिवा सुजश को लेकर अपने सीनियर राजा व कृष्णा के पास गया। उन्हें सारी वस्तुस्थिति से परिचित करवाया। मामले की गंभीरता को देखते हुए राजा ने स्टूडेंट यूनियन प्रेसीडेंट आलोक को बुलाया। सब गहन चिंतन करके इस निष्कर्ष पर पहुँचे कि पहले चेयरमैन को सुजाता को पुनः नियुक्त करने हेतु प्रार्थना-पत्र दिया जाए। अगर वे मान जाते हैं तो सुजाता के साथ उसकी एक सहेली हरदम रहेगी और वह पहले की तरह अपनी राष्ट्रीय एवं अंतरराष्ट्रीय प्रतिस्पर्द्धाओं में उतरेगी।

शिवा ने कहा, ''दस प्रतिशत चांस है कि चेयरमैन माने। नब्बे प्रतिशत चांस है वह नहीं मानेगा। तब हम क्या रणनीति बनाएँगे?''

राजा ने कहा, ''हम कानून की मदद ले सकते हैं।''

कृष्णा ने कहा, ''हम सत्याग्रह कर सकते हैं।''

आलोक ने कहा, ''अगर सीधी अँगुली से घी नहीं निकलेगा तो अँगुली टेढ़ी करनी ही होगी। चेयरमैन छोटी-मोटी हस्ती नहीं है। ऊपर तक पहुँच है उसकी। जंग का अटल नियम है, अगर विजयश्री का वरण करना है तो शत्रु की खूबियों-खामियों को जानो। अपनी शक्ति का उसी के अनुरूप उपयोग करो।''

शिवा बोला, ''आलोक भैया, आपने एकदम सटीक आकलन किया है। हम एक काम करते हैं, अपनी टीम में काम बाँट लेते हैं। सुजश राजा भैया के मार्गदर्शन में प्रार्थना-पत्र व कानूनी मदद का काम करेगा। कृष्णा भैया मीडिया का पूरा सहयोग लेंगे। इनके बड़े भाई पी.टी.आई. के प्रमुख हैं, अतः कृष्णा भैया को मीडिया की पूरी समझ है और इनका संपर्क भी तगड़ा है। आजकल तो सब काम संपर्क के बूते पर ही आसानी से निष्पादित हो पाते हैं।''

शिवा ने आगे कहा, ''आलोक भैया, मैं आपके साथ जन-जागृति अभियान में संलग्न रहना चाहता हूँ। अगर चेयरमैन नहीं माना तो हम सत्याग्रह करेंगे, हड़ताल करेंगे, जुलूस निकालेंगे, मार्च करेंगे, जरूरत पड़ी तो गृहमंत्री व प्रधानमंत्री तक को ज्ञापन देंगे।''

अब सुजश की जान में जान आई। उसे लगा, इस प्रकार अगर उनका अभियान सफल होता है तो सुजाता को नई जिंदगी मिल जाएगी। उसने कहा, ''ठीक है, मैं प्रार्थना-पत्र लिखकर सुबह राजा भैया को दिखा देता हूँ। वे 'ओ.के.' कर देंगे, फिर हम प्रार्थना-पत्र देने चलेंगे।''

शिवा ने सबको बहुत-बहुत धन्यवाद देकर चलने की इजाजत चाही।

राजा और आलोक ने उनकी पीठ थपथपाते हुए कहा, ''हम सच्चाई के साथ हैं, तुम्हें घबराने की कोई जरूरत नहीं है, बस निरंतर खबर करते रहना।''

सुजश ने रात को देर तक बैठकर प्रार्थना-पत्र लिखा। शिवा को दिखाया। शिवा ने पढ़ा, एकदम सटीक था। पास ही शक्तिनगर में सुजाता का घर था। प्रातः लगभग दस बजे शिवा और सुजश वहाँ पहुँचे। पूरे घर में अजीब सी खामोशी छाई हुई थी। सबके मुँह लटके हुए थे। सुजश ने सुजाता के भाई से पूछा कि ''क्या बात है, सब ठीक तो है न? तुम्हारी दीदी कहाँ है?''

वह बालक कुछ नहीं बोल पाया, फफक-फफककर रो पड़ा।

सुजश को अपने पाँवों के नीचे से धरती खिसकती नजर आई। चक्कर खाकर खड़ा-खड़ा जैसे ही गिरने लगा, शिवा की मजबूत बाँहों ने उसे थाम लिया। झकझोरते हुए कहा, ''सुजश, सुजश! होश में आओ, अपने आपको सँभालो। सुजश, हमें सुजाता को बचाना है।''

शिवा के इन शब्दों ने रामबाण का काम किया।

सुजश की चेतना लौटने लगी। शिवा ने उस बालक के आँसू पोंछे और बोला, ''सुजाता दीदी के हम दोस्त हैं। क्या हमें उनसे नहीं मिलवाओगे?''

बालक सुजश को पहचान गया। रुँधी आवाज में बोला, ''रात को दीदी ने ढेर

सारी नींद की गोलियाँ खा ली थीं। अभी सर गंगाराम अस्पताल के गहन चिकित्सा कक्ष में हैं।''

शिवा ने पूछा, ''खतरे की तो कोई बात नहीं?''

बालक बोला, ''अभी कुछ नहीं कह सकते।''

शिवा ने कहा, ''चलो भाई, गंगाराम अस्पताल चलो।''

वहाँ वे आई.सी.यू. में सुजाता से मिलने पहुँचे। उन्होंने देखा, वह पूरी पीली पड़ी हुई, हड्डियों का ढाँचा लग रही थी। वहाँ ड्यूटी पर तैनात डॉक्टर से शिवा ने पूछा, ''डॉक्टर साहब, मरीज कैसी है?''

डॉक्टर ने कहा, ''भगवान् का शुक्र है, समय रहते अस्पताल ले आए। यदि जरा सी लेट हो जाती तो ये कोमा में चली जाती।''

सुजश की आवाज सुनकर सुजाता ने धीरे से आँख खोली। शिवा व सुजश की जान में जान आई—चलो जान बची तो लाखों पाए!

शिवा ने कहा, ''सुजाता, तुम तो बहादुर हो। यूँ हथियार मत डालो। गुनहगार को सजा मिलेगी। हम न्याय प्राप्त करके रहेंगे। तुम बस इस प्रार्थना-पत्र पर हस्ताक्षर कर दो।''

सुजाता बोली, ''मुझे कुछ नहीं चाहिए। प्लीज, मुझे मेरे हाल पर छोड़ दें। मैं जीना नहीं चाहती। मेरे लिए आप कतई परेशान मत हों।'' और सुजाता फफक-फफककर रो पड़ी।

शिवा वहाँ से एक तरफ हो गया। सुजश को हस्ताक्षर करवाने का इशारा किया। सुजाता की स्थिति देख शिवा ने संकल्प कर लिया कि इस समस्या का समाधान करवाकर रहेगा। इस लड़की को इसका न्याय दिलाने में पूरी सहायता करेगा। सुजश सुजाता को सांत्वना देने लगा।

सहानुभूति पाकर सुजाता के धैर्य का बाँध टूट गया। उसके दिल का दर्द आँसुओं का सैलाब बनकर बह निकला। वह बड़बड़ा उठी, ''आखिर मेरा कसूर क्या है? मुझे किस गलती की सजा दी जा रही है? क्या लड़की होना अपराध है? पिताजी की उम्र का वह पिशाच क्यों मेरे पीछे पड़ा है?''

सुजश के पास इन मासूम सवालों का कोई जवाब न था। वह तो बस एक ही बात कह रहा था, ''सुजाता, धैर्य रखो, सब ठीक होगा। भगवान् के घर देर है, अंधेर नहीं। हम पर भरोसा करो, हम निश्चित रूप से सफल होंगे। तुम पहला कदम उठाने में तो सहयोग करो। इस प्रार्थना-पत्र पर अपने हस्ताक्षर कर दो। चींटी छोटी होती है, पर हाथी की नाक में घुस जाए तो प्राणहंता बन जाती है। एक छोटा सा छेद बड़े से जहाज को डुबो

देता है। चेयरमैन ने तुम्हें छोटा समझने की भूल की है, यह उसे महँगी पड़ेगी। जल्दी स्वस्थ होकर इस जंग में हमारा साथ दो।''

सुजाता ने उस प्रार्थना-पत्र पर हस्ताक्षर कर दिए। सुजश ने उस प्रार्थना-पत्र की फोटोकॉपी करवाकर अपने पास रख ली और प्रार्थना-पत्र देने के लिए शिवा एवं सुजश नेशनल स्विमिंग बोर्ड के ऑफिस पहुँचे। चेयरमैन ने पहले तो बड़ी मुश्किल से मिलने का समय दिया। जैसे ही प्रार्थना-पत्र दिखाया तो एकदम उखड़ गया। उसने प्रार्थना-पत्र के टुकड़े-टुकड़े करके फेंक दिया।

''कौन होते हो तुम उसकी तरफदारी करनेवाले? मैं उस लड़की को तो ऐसा मजा चखाऊँगा कि वह जिंदगी भर के लिए स्विमिंग भूल जाएगी।''

शिवा चुप नहीं रह सका—''कृपया जबान सँभालकर बात करें। आप किसी लड़की के भविष्य से इस प्रकार कैसे खिलवाड़ कर सकते हैं?''

शिवा की सलाह ने आग में घी का काम किया और अब तो उसका गुस्सा सातवें आसमान पर पहुँच गया—''यहाँ से निकलो! तुरंत निकल जाओ यहाँ से, नहीं तो धक्के मारकर निकलवाऊँगा।''

शिवा सुजश दोनों खड़े हो गए—''सर, एक बार फिर सोच लीजिए। अगर आत्मसम्मान की आग से निकली चिनगारी भड़क उठी तो आपको सर्वनाश से कोई नहीं बचा पाएगा।''

''दो टके के छोकरों की यह हिम्मत! मैं अभी सुरक्षाकर्मियों को बुलवाकर तुम्हें निकलवाता हूँ।''

जैसे ही सुरक्षाकर्मी शिवा-सुजश को ढकेलने लगे, शिवा एकदम कड़ककर रोबदार आवाज में बोला, ''खबरदार! जो एक कदम भी आगे बढ़ाया। हमें छूने की जरूरत नहीं है, हम खुद जा रहे हैं। सर, देख लेना, आपको बहुत महँगा पड़ेगा'' जाते-जाते शिवा बोला।

राठौर बोला, ''तुम नालायकों की धमकी की मुझे कोई परवाह नहीं है। जाओ, तुमसे जो होता है, कर लो।''

शिवा सीधा राजा भैया के पास गया। उन्हें आज की सारी स्थिति बता दी।

राजा ने कहा, ''लातों के भूत बातों से नहीं मानेंगे। अब हम सबको अपना मोरचा सँभालना ही है। प्रधानमंत्री, खेलमंत्री और महिला एवं बाल विकास मंत्री को हम ज्ञापन देंगे। तुम पत्र तैयार करके मुझसे विचार-विमर्श कर लेना।''

''शिवा, तुम छात्र संघ के नेता आलोक को लेकर दिल्ली विश्वविद्यालय के सारे कॉलेजों में, इस घटना को संक्षेप में बता के, यह नोटिस लगवा दो कि परसों सुबह हम

इंडिया गेट से संसद् भवन तक 'मोमबत्ती मार्च' करेंगे। फिर वहीं जंतर-मंतर पर भूख हड़ताल करेंगे।

"शिवा, इस क्षेत्र के सांसद और विधायक को भी हमें अपने साथ रखना है। फिल्म अभिनेत्री शबाना आजमी भी आई हुई हैं। वह मेरी मौसी की घनिष्ठ सहेली हैं। उन्हें भी ले लेंगे।

"कृष्णा को मैं अभी सारी जानकारी दे देता हूँ। मीडिया में कल ही सबको निमंत्रण देने होंगे। सारी जानकारी की एक प्रेस विज्ञप्ति भी तैयार करके कल ही सारे पत्रकारों को दे देंगे।"

शिवा ने पूछा, "मेरे मित्र जॉन के चाचा दिल्ली पुलिस के डी.सी.पी. हैं। हमें उन्हें भी सूचना देनी चाहिए क्या?"

राजा बोला, "सिर्फ सूचना नहीं बल्कि हम पुलिस सुरक्षा माँग लेंगे। फिर कोई हमारे विद्यार्थियों का बाल भी बाँका नहीं कर सकता। हाँ, इस क्षेत्र के एक-दो बड़े समाजसेवी संगठनों व महिला संगठनों से भी तुरंत संपर्क करो। मामला संगीन है। राठौर भी बहुत ऊँची पहुँचवाला है। हम उससे भी ऊँचे पहुँचेंगे, तब वह दबाव में आएगा।"

पूरी बात सुनकर शिवा बोला, "राजा भैया, क्या दिमाग पाया है आपने! वाकई मुझे गर्व है आप जैसा अग्रज पाकर। एक आवश्यकता मुझे और महसूस हो रही है। मैं एक चीज और चाहता हूँ कि हम अपना एक कानूनी सलाहकार भी रख लें। जब पुलिस, कानून व मीडिया हमारे साथ होगा तब प्रशासन को झुकना ही पड़ेगा।"

राजा ने कहा, "हाँ, ठीक है। मिस नीति खरे सुप्रीम कोर्ट की एडवोकेट हैं। वह मेरी बहन की बहुत अच्छी मित्र हैं। मैं उन्हें आज शाम को आमंत्रित कर वस्तुस्थिति से अवगत करवा देता हूँ।"

राजा ने पूरी टीम को बुलाकर सबको उनके काम उसी वक्त सौंप दिए। दूसरे दिन गति प्रति की रिपोर्ट भी ले ली। अपनी-अपनी जिम्मेदारियाँ ग्रहण कर बहुत सुलझे हुए तरीके से सबने अपना कार्य प्रारंभ कर दिया।

सोमवार की सुबह। इंडिया गेट पर विद्यार्थियों का इतना बड़ा हुजूम आज तक नहीं देखा गया था। सब अनुशासित, पंक्तिबद्ध, जलती मोमबत्ती हाथ में, कुछ के हाथों में पट्टियाँ, तख्तियाँ थीं—सुजाता निर्दोष है, सुजाता का निष्कासन रद्द करो—राठौर अपराधी है, राठौर को सजा दो। मानव मंदिर मिशन, अणुव्रत सेवा भारती, रोटरी इंटरनेशनल, लॉयंस क्लब, मारवाड़ी युवा मंच जैसे एन.जी.ओ. एवं महिला मंडल, महिला मोरचा जैसे सशक्त महिला संगठन भी जोशीले नारे लगाते हुए उनके साथ थे।

तीन ओ.बी.सी. (आउटडोर ब्रॉड कास्टिंग) वैन जुलूस को कवर करते हुए साथ

चल रही थीं। प्रिंट व इलेक्ट्रॉनिक मीडिया के २०-२५ लोग भी वहीं थे। शिवा ने सबसे आगे रहकर जुलूस की व्यवस्था बहुत अच्छे से सँभाली। राठौर ने कुछ गलत तत्त्वों को हिंसा फैलाने के लिए जुलूस में शामिल होने भेजा। लेकिन शिवा के कार्यकर्ताओं ने सुरक्षा घेरा इतना मजबूत कर रखा था कि उन तत्त्वों को तुरंत संग चल रही पुलिस के हवाले कर दिया। ऐसे वक्त में पुलिस का सहयोग वास्तव में बड़ा उपयोगी होता है। प्रेस कॉन्फ्रेंस में उसने मीडिया के समक्ष राठौर का वास्तविक चेहरा सुबूतों के साथ प्रस्तुत कर दिया।

सारे न्यूज चैनल मोमबत्ती जुलूस को विद्यार्थी सत्याग्रह यात्रा की तरह दिखा रहे थे। हर चैनल पर सुजाता का निलंबन रद्द करने की माँग हो रही थी। किन्हीं चैनलों पर राठौर की गिरफ्तारी की जोर-शोर से माँग हो रही थी।

दूसरे दिन सारे अखबारों के मुख पृष्ठ इन्हीं समाचारों से पटे पड़े थे। प्रधानमंत्री, राष्ट्रपति, खेलमंत्री, राष्ट्रीय महिला आयोग, महिला एवं बाल विकास मंत्रालय के अधिकारियों को ज्ञापन देता शिवा, सुजश, राजा, कृष्णा व आलोक की बड़ी-बड़ी फोटो समाचार-पत्रों ने छापी। इनसाफ के लिए हुई लड़ाई में सुजाता को न्याय दिलाने कई राजनीतिक व सामाजिक संगठन भी आगे आ गए।

सुजाता का निष्कासन रद्द कराना, उसे न्याय दिलाना और राठौर पर मुकदमा चलाना ही उनका मुख्य मुद्दा था। इन लोगों की संगठित शक्ति से सुजाता प्रकरण राठौर के गले की हड्डी बन गया। हाईकमान से नोटिस मिल गया। उसकी कुरसी हिलने लगी। आखिर राठौर ने कोर्ट में जाकर सजा पाने के बजाय सुजाता को बहाल करने में ही अपनी भलाई समझी। अत: उसने सुजाता को पुन: नियुक्ति-पत्र भेज दिया।

इतिहास वह नहीं होता, जो अक्षरों में लिखा जाता है, पाषाणों में उकेरा जाता है, कथाओं में पिरोया जाता है और कल्पनाओं में सँजोया जाता है, अपितु इतिहास उन क्षणों की दृश्य, श्रव्य या पाठ्य अभिव्यक्ति है, जो किसी व्यक्ति, समाज या देश द्वारा जीवटता से जिए गए हैं। ऐसे पल प्रबल इच्छा-शक्ति से, पुरुषार्थ के सही नियोजन द्वारा लक्ष्य के रूप में प्राप्त किए जाते हैं। इसमें ईमानदारी की भी महत्त्वपूर्ण भूमिका होती है, क्योंकि ईमानदारी व्यक्तित्व का एक अभिन्न गुण है, जो सामाजिक विश्वास का आधार बनता है। इससे सामाजिक जीवन निश्चित रूप से सफल हो सकता है।

तेरह

परिस्थितियों के गलियारों से उठता हुआ धुआँ व्यक्ति को आँख मूँदने को विवश करता है; किंतु जो व्यक्ति उस धुएँ में आँखें खोले रखने का साहस कर लेता है, वह

बिना किसी अवरोध के आगे बढ़ जाता है। एक सुपुत्र के रूप में सोमेश अपने माता-पिता के हत्यारों को खोज रहा था। इसी उद्देश्य से वह आदिवासियों से हिल-मिल गया था। किंतु जब से उसने आदिवासियों की दयनीय दशा देखी, तभी से उसका एक लक्ष्य और बन गया। वह था आदिवासियों को न्याय दिलाना, उनका हक दिलाना।

अकस्मात् एक दिन राजा मजूमदार खबर लेकर आया कि सोमेश के माता-पिता की हत्या सरपंच के दामाद छेदीलाल ने अपने ससुर के इशारे पर की थी। सोमेश को अपने कानों पर विश्वास नहीं हुआ, क्योंकि सरपंच तो हमेशा सोमेश से मधुर व्यवहार ही रखता था और दुःख के समय संवेदनाएँ प्रकट करने भी आया था। राजा की खबर सौ प्रतिशत सही थी। सोमेश चिंतन में डूब गया—'क्या अपने माँ-बाप के हत्यारों को सजा दे अथवा उनको क्षमा कर दे समाज में छिपे ये भेड़िए, जिन्होंने इन देशभक्तों को अकारण असमय मौत की नींद सुला दिया, क्या देशद्रोही नहीं हैं? क्या इन्हें जीने का हक है?'

राजा ने सोमेश की दुविधा को उसकी मूक सहमति समझा और छेदीलाल को छलपूर्वक जंगल में ले जाकर उसकी हत्या कर दी।

सरपंच के आदमियों ने आदिवासियों के चार मासूम बच्चों को मौत के घाट उतार दिया। नन्हे-मुन्नों की नृशंस हत्या से आदिवासी भी अपना आपा खो बैठे और पूरे दल-बल के साथ राजा के नेतृत्व में उन पर धावा बोल दिया। भयंकर मार-काट मच गई। दोनों पक्षों के अनेक लोग मारे गए। जीत किसी की भी नहीं हुई।

यद्यपि सोमेश इन परिस्थितियों में बहुत असहज था। उसके मन और मस्तिष्क में द्वंद्व चल रहा था। मन द्रवित था, दिल कह रहा था कि संन्यास की ओर प्रस्थान करो। दिमाग कह रहा था कि यही उपयुक्त समय है, नेतृत्व का निर्माण करो।

उसी रात सोमेश के निवास पर एक अत्यंत गोपनीय बैठक हुई, जिसमें गहन विचार-विमर्श करने के पश्चात् राजा मजूमदार को मुखिया प्रधान बना दिया गया।

धीरे-धीरे राजा के नेतृत्व की सीमाएँ विस्तृत होती चली गईं। दलित-वंचित उत्थान हेतु एक राष्ट्रीय संगठन के साथ-साथ अनेक क्षेत्रीय संगठनों का निर्माण होता गया। स्थानीय जनजातियों के त्वरित हित-संरक्षण से वे उनके हितैषी बनते गए। शनैः-शनैः इस सुधारवादी आंदोलन की दिशाएँ परिवर्तित हो रही थीं। माओवादी विचारधारा हिंसा की अजस्रधारा लेकर इसमें समाहित हो गई।

अराजकता का विस्तार हो रहा था। आक्रामक युवाओं को अनुशासित रख पाना टेढ़ी खीर हो गई थी। बेसिर-पैर की विचारधारा लादना और सिरफिरी हिंसा करना भी प्रारंभ कर दिया। इनका संगठन राष्ट्रीय विकास कार्यों में भयंकर रोड़े अटकाने लगा। सड़कें नहीं बनने देना, बनानेवाली कंपनियों को धमकाना, उनका सामान जला देना और

कामगारों की हत्या जैसे काम होने लगे। 'दलित-वंचित' नाम के इस आंदोलन ने हत्या, लूटपाट, बम-विस्फोट, फिरौती और अपहरण का बाना पहन लिया।

परिस्थितियों के नियंत्रण हेतु पुलिस बल की भूमिका बढ़ती जा रही थी। नक्सलियों को पकड़ने हेतु पुलिस धावा बोलती तो वे आदिवासियों को ढाल बना लेते। मौत भोले-भाले आदिवासियों की होती और असली अपराधी फरार हो जाते। इधर नक्सलियों की गतिविधियाँ बढ़ रही थीं, उधर पुलिस कार्यवाही भी बढ़ रही थी। रात को बारह बजे भी उनकी तलाश में पुलिस नागरिकों के दरवाजे खटखटा देती। इसी प्रकार से उपजे संघर्ष में कई निरपराधों की मौत भी हो गई। एक प्रसिद्ध कॉलेज का मेधावी विद्यार्थी, जो राष्ट्र का उज्ज्वल भविष्य हो सकता था, इस संघर्ष की भेंट चढ़ गया।

उसकी स्मृति सभा में उसके प्रोफेसर ने जब उसकी याद में कविता का पाठ किया तो सबकी आँखें नम हो गईं। क्रिया की प्रतिक्रिया-स्वरूप पूरी-की-पूरी कक्षा नक्सली बन गई निहत्थे नागरिकों की रक्षा करने के लिए।

तपन दा गांधीजी के भक्त थे, पक्के अहिंसावादी। पुलिस फायरिंग में एक गोली ने उनके प्राण हर लिये। कार्यकारण-स्वरूप उनका पुत्र नक्सली बन गया।

एक युवक, जिस पर नक्सली होने का संदेह था, उसे पुलिस ने इतना पीटा कि हिरासत में उसकी मौत हो गई। उसकी माँ अकेली विधवा ने पुलिस थाने के न जाने कितने चक्कर लगाए, किंतु उसे अपने इकलौते पुत्र की लाश जलाने को भी नहीं मिली।

इस तरह की परिस्थितियों से यह हिंसक आंदोलन आम जनता की सहानुभूति प्राप्त करते हुए गहरे तक पैठ भर रहा था। बुद्धिजीवियों का भी खुलेआम समर्थन मिल रहा था। ये बुद्धिजीवी वातानुकूलित कमरों में बैठकर योजनाएँ बनाते, सहानुभूति बटोरकर देश-विदेश से इस आंदोलन के लिए धन मुहैया करवाते।

कुल मिलाकर इस आंदोलन की ताकत बढ़ती जा रही थी। परदे के पीछे से मास्टर माइंड योजनाओं को प्रस्तुत करता और राजा मजूमदार मुखिया प्रधान अपने संगठनों के साथ इनको अमली जामा पहनाता।

भारत के विभिन्न प्रांतों के अनेक जिलों में यह आंदोलन जड़ें जमा चुका था।

मानव की अनैतिकता को मिथ्या दृष्टिकोण, भौतिक आकांक्षाएँ और परिस्थितियाँ उद्दीप्त करती हैं। इसलिए हर युग में आंदोलन आवश्यक है। जिन आंदोलनों के साथ अध्यात्म की शक्ति नहीं, वे किसी एक व्यक्ति को भी बदलने में सहायक नहीं होते; किंतु आध्यात्मिक शक्ति के साथ उपस्थित आंदोलन युगधारा को मोड़ सकने में समर्थ होते हैं।

चौदह

अपने आंदोलन की सफलता के पश्चात् शिवा ने मीडिया से लेकर पुलिस तक अपने सभी सहयोगियों को धन्यवाद दिया, आभार-पत्र भी भेजे। यूँ तो अनेक समाज-सेवी संगठन आंदोलन में इनके साथ थे, लेकिन मानव मंदिर मिशन व अणुव्रत सेवा भारती ने विशेष मदद की थी। शिवा एवं सुजश उन्हें भी धन्यवाद कहने पहुँचे।

अणुव्रत सेवा भारती के अध्यक्ष अब्दुल्ला साहब शिवा से बहुत प्रभावित थे। उन्होंने कहा, "देखिए, धन्यवाद की कोई बात नहीं है। यह तो हमारा कर्तव्य था। समाज की विकृतियों को सुधारने का हमने बीड़ा उठाया हुआ है। औपचारिकताओं में हमारा विश्वास नहीं है। अगर आप सचमुच कृतज्ञ हैं तो हमारे साथ जुड़िए, हमारे संग समाज-सेवा करिए।"

शिवा के पास अपनी पढ़ाई, ट्यूशन और कॉलेज की गतिविधियों के अलावा समय बचता ही नहीं था, जो उस एन.जी.ओ. की मदद करता और इस बार बी.कॉम. ऑनर्स का अंतिम वर्ष भी था—कैसे होगा सबकुछ, वह सोचने लगा। किंतु राठौर सजा केस में उनकी महत्त्वपूर्ण भूमिका को देखते हुए शिवा मना नहीं कर सका।

अध्यक्ष ने स्वयं कहा कि हम आपकी स्थिति बेहतर समझते हैं, अत: जहाँ आपकी वास्तविक आवश्यकता होगी, वहीं पर आपको आमंत्रित करेंगे; लेकिन तब आप अवश्य आइएगा। अपनी स्वीकारोक्ति प्रदान कर शिवा एवं सुजश वहाँ से निकल गए।

तमाम व्यस्तताओं के बावजूद शिवा नियमित सुचित्रा को ट्यूशन पढ़ाने जाता। इससे सुचित्रा का शैक्षणिक स्तर भी निरंतर निखरता जा रहा था। सुचित्रा सारी गतिविधियों के बारे में शिवा से पूछती, रुचि से सुनती। उसने कई बार अपनी तरफ से किसी सेवा का भी इशारा किया। लेकिन शिवा जैसा आदर्शवादी मंत्री की पुत्री से आर्थिक एवं राजनीतिक मदद कैसे ले सकता था!

अणुव्रत सेवा भारती के पाठकजी ने इस शुक्रवार आयोजित सर्व-शिक्षा अभियान में मुख्य वक्ता के रूप में शिवा को आमंत्रित किया। उन्होंने कहा, "तुम्हें आना है। अपनी अभिव्यक्ति देकर चाहे तुम तुरंत चले जाना, पर आना जरूर।"

शुक्रवार को नियत समय पर पाठकजी द्वारा बताए हुए पते पर शिवा पहुँचा। उसने देखा, झुंड-के-झुंड लोग वहाँ बैठे थे। सबके सब झुग्गी-झोंपड़ीवाले। समाज का वंचित वर्ग, जिन्हें ठीक से दो वक्त रोटी भी पूरी नसीब नहीं होती, उनसे शिक्षा की बात कैसे की जाए?

अपने मन को मजबूत कर शिवा ने बोलना प्रारंभ किया—

"सेवा भारती के पदाधिकारीगण एवं आजाद भारत के निवासियो! हमें गर्व है कि हम स्वतंत्र देश के निवासी हैं। यहाँ के संविधान ने हमें शिक्षा का मौलिक अधिकार दिया है। भारत के प्रत्येक नागरिक को शिक्षा प्राप्त करने का अधिकार है। आप इससे वंचित क्यों?

"आप सोचते होंगे कि हम शिक्षा ग्रहण करने चले जाएँगे तो दो जून की रोटी की व्यवस्था कैसे होगी? महानुभावो! शिक्षित होकर आप रोजी की बेहतर व्यवस्था कर पाएँगे। साथ में अपना जीवन भी उन्नत बना पाएँगे। सरकार ने सर्व-शिक्षा अभियान चला रखा है, प्रौढ़ शिक्षा अभियान चला रखा है। 'शिक्षा का अधिकार' कानून हाल ही में बना है। ६ से १४ वर्ष तक के हर बच्चे को शिक्षा देनी ही होगी।

"भाइयो! मैं देख रहा हूँ कि यहाँ सैकड़ों ऐसे मासूम हैं, जो अपने खेलने-पढ़ने के दिनों में दुनियादारी के बोझ तले दबकर रह गए हैं। स्कूल जाने के बजाय उनका पूरा दिन दो जून की रोटी जुटाने की मशक्कत में ही गुजर जाता है। शिक्षा के सारे अभियान भी आप जैसे लोगों के आगे लाचार हैं।

"परंतु अब समय आ गया है! जागो बंधुओ, जागो, अभिभावक स्वयं काम करने की आदत डालें। मासूम बच्चों से भीख मँगवाना व बेगार कराना छोड़ें। यह बहुत आसान नहीं है। इसके लिए भी एक अभियान की आवश्यकता है, तभी हम मासूमों का बचपन बचा पाएँगे, उन्हें प्राथमिक स्कूली शिक्षा दिला पाएँगे। जय हिंद! और अंत में मैं यह कहना चाहूँगा...

इनसान को इनसानियत सिखाता है सर्व-शिक्षा अभियान,
विद्या विवेक का चिराग जलाता है सर्व-शिक्षा अभियान।
प्रशिक्षण के साथ ही जुड़ा होता है प्रयोग का उपक्रम,
रोजगार से सुखी जीवन बनाता है सर्व-शिक्षा अभियान॥

"मेरी शुभकामना है कि यहाँ का प्रत्येक बच्चा अवश्य स्कूल जाकर शिक्षा ग्रहण करे, साक्षर बने। धन्यवाद!"

तालियों की गड़गड़ाहट से आसमान गूँज उठा।

पाठकजी ने शिवा का आभार प्रकट किया तो वह भाव-विभोर हो गया। सेवा भारती के कार्यकर्ता शिवा को मुख्य सड़क तक छोड़ने आए।

अगले हफ्ते अणुव्रत सेवा भारती वालों ने चुनाव-शुद्धि अभियान आयोजित किया। उसमें भी शिवा की सेवाएँ लीं। उसने व्यवस्थित एवं योजनाबद्ध तरीके से 'चुनाव-शुद्धि अभियान' के २० हजार परचे एक दिन में बँटवा दिए। मतदान केंद्र पर, सार्वजनिक संस्थानों पर 'मतदाता ध्यान दें', ऐसे जागृति मूलक पोस्टर लगवा दिए। सेवा भारती

वालों को आश्वासन दिया कि जब चुनाव नजदीक आ जाएँगे तब वह अपने साथियों के साथ गोष्ठियाँ, नुक्कड़ नाटक, सभाएँ आदि का काम युद्ध स्तर पर चलाकर उनकी मदद करेगा। शिवा ने वास्तव में फिर उनकी मदद की। इसका परिणाम भी बहुत अच्छा रहा।

अब्दुल्ला साहब ने शुक्रिया अदा करने हेतु शिवा को अपने कार्यालय में आमंत्रित किया। शिवा व सुजश जब वहाँ पहुँचे तो बेहद स्वागत-सत्कार हुआ। औपचारिकताओं की समाप्ति के पश्चात् बातचीत का दौर चल निकला।

शिवा ने पूछा, ''यह अणुव्रत क्या है?''

तब पाठकजी ने बताया कि ''देश की राजनीतिक स्वतंत्रता-प्राप्ति के साथ ही नैतिक क्रांति के शंखनाद से अणुव्रत आंदोलन का सूत्रपात राष्ट्रसंत आचार्य तुलसी ने सन् १९४९ में किया।''

अणुव्रत की इस पृष्ठभूमि ने शिवा की उत्सुकता और बढ़ा दी। उसने अब्दुल्ला साहब से इस विषय में अधिक जानकारी उपलब्ध करवाने का अनुरोध किया।

अब्दुल्ला साहब ने शिवा की जिज्ञासा को समाहित करते हुए कहा कि ''लोक हिताय आयोजित इस महायज्ञ के लिए अणुव्रत आचार संहिता भी बनी है। इसके ग्यारह नियम मानवमात्र के लिए बेहद उपयोगी हैं। ये नियम इस प्रकार हैं—

- मैं किसी निरपराध प्राणी का संकल्पपूर्वक वध नहीं करूँगा।
- आत्महत्या नहीं करूँगा।
- भ्रूण-हत्या नहीं करूँगा।
- मैं आक्रमण नहीं करूँगा।
- आक्रमण-नीति का समर्थन नहीं करूँगा।
- मैं हिंसात्मक तोड़-फोड़ मूलक प्रवृत्तियों में भाग नहीं लूँगा।
- मैं मानवीय एकता में विश्वास करूँगा।
- जाति, रंग के आधार पर किसी को ऊँच-नीच नहीं मानूँगा।
- किसी को अस्पृश्य नहीं मानूँगा।
- मैं धार्मिक सहिष्णुता रखूँगा।
- सांप्रदायिक उत्तेजना नहीं फैलाऊँगा।
- मैं व्यवसाय और व्यवहार में प्रामाणिक रहूँगा।
- मैं ब्रह्मचर्य की साधना और संग्रह-सीमा का निर्धारण करूँगा।
- मैं चुनाव के संबंध में अनैतिक आचरण नहीं करूँगा।
- मैं सामाजिक कुरीतियों को प्रश्रय नहीं दूँगा।

- मैं व्यसन-मुक्त जीवन जीऊँगा।
- मादक व नशीले पदार्थों—शराब, गाँजा, हेरोइन, भाँग, तंबाकू आदि का सेवन नहीं करूँगा।
- मैं पर्यावरण की समस्या के प्रति जागरूक रहूँगा।
- हरे-भरे पेड़ नहीं काटूँगा।
- पानी का अपव्यय नहीं करूँगा।

"कैसे लगे ये नियम तुम्हें, शिवा?" कहते हुए अब्दुल्ला साहब ने अपनी बात समाप्त की।

"लगता है, काफी दूर-दृष्टि से तैयार किए गए हैं ये नियम। निश्चित रूप से अणुव्रत आचार संहिता युवाओं की भी मार्गदर्शक सिद्ध होगी, ऐसा मेरा मानना है। अब्दुल्ला साहब, अब अणुव्रत सेवा भारती के लिए मैं अधिक-से-अधिक समय देने का प्रयास करूँगा।" शिवा बोला।

सुजश, जो इतने समय से चुपचाप सारा वार्त्तालाप सुन रहा था, बेहद संजीदा स्वर में बोला, "अब्दुल्ला भाईजान, आपकी बातों को सुनकर तो ऐसा लगता है कि अणुव्रत तो मानवीय गुणों का भंडार है। इसके माध्यम से मानवता की सच्ची सेवा हो सकती है। शिवा के संग मैं भी आपकी संस्था अणुव्रत सेवा भारती से जुड़ना चाहता हूँ।"

अब्दुल्लाजी, पाठकजी एवं उपस्थित सभी लोगों के चेहरों पर स्निग्ध मुसकान छा गई।

अणुव्रत सेवा भारती ऐसे कर्मठ कार्यकर्ताओं को पाकर बेहद प्रसन्न थी। वर्तमान में उनका एक मुख्य मुद्दा नशा-मुक्ति अभियान भी था। यह दो रूपों में संचालित होता था—एक तो बच्चों, युवा एवं प्रौढ़ को व्यसन-मुक्त रहने का व्रत दिलवाना, दूसरा नशेड़ियों का नशा छुड़ाकर उन्हें जीवन की मुख्य धारा में लाना, उनके परिवार की खुशहाली लौटाना था।

अणुव्रत सेवा भारती शिवा की अद्भुत अभिव्यक्ति कौशल का अपने इस प्रोजेक्ट में भरपूर उपयोग करना चाहती थी। सेवा भारती के मोहम्मद अब्दुल्ला साहब ने शिवा से पूछा, "शिवा, क्या तुम किसी तरह का तंबाकू उत्पाद लेते हो? जर्दा, गुटका, बीड़ी, सिगरेट, सिगार या ताड़ी, दारू, रम इत्यादि?"

शिवा ने कहा, "सर, मैं इन्हें मानव शरीर के लिए अनुपयोगी मानता हूँ। ये इनसान के स्वस्थ जीवन के लिए मित्र नहीं, अपितु खतरनाक शत्रु हैं। ये धीरे-धीरे इनसान के पूरे जीवन को दीमक के रूप में समाप्त कर देते हैं। नशा स्वयं के नाश का प्रतीक है और समाज के पतन का कारण भी। मैं अकसर सोचता हूँ कि नशे से आक्रांत और कुंठित

प्रतिभाएँ देश का हित कैसे साध सकती हैं? अत: लेना तो दूर, मैं ऐसा सोच भी नहीं सकता।''

अब्दुल्ला साहब को लगा, तीर सही निशाने पर बैठा है। वह बोले, ' जब तुम्हारी ऐसी विचारधारा है तो तुम जीवनपर्यंत के लिए व्रत लो कि किसी भी परिस्थिति में तुम व्यसनों के धीमे जहर को नहीं अपनाओगे।''

शिवा ने कहा, ''क्यों नहीं! मैं आज से ही व्यसन-मुक्त जीवन जीने का संकल्प करता हूँ।''

अब्दुल्ला साहब ने गरम लोहे पर चोट मारते हुए कहा, ''शिवा, व्यसन-मुक्ति कार्यशाला में हम तुम्हारा सहयोग चाहते हैं। प्रथम तो तुम युवा वर्ग को प्रेरित करनेवाली संगोष्ठियाँ आयोजित करने में हमारी मदद करो। क्या कर पाओगे?''

शिवा ने कहा, ''क्यों नहीं, मैं इसी हफ्ते हमारे कॉलेज के ऑडिटोरियम में आपकी कार्यशाला लगवा सकता हूँ। एन.एस.एस. के हमारे प्रोजेक्ट में ऐसे कार्यों का विद्यार्थियों की अंक तालिका में भी मूल्यांकन होता है। अत: विद्यार्थियों को इकट्ठा करने का जिम्मा हमारा; अच्छे वक्ता, अनुभवी डॉक्टर तथा सभी प्रतिभागियों के लिए सर्टिफिकेट व नाश्ते की व्यवस्था का दायित्व आपका।''

अंधे को चाहिए केवल दो आँखें! भारत ही नहीं, एशिया के सर्वश्रेष्ठ कॉमर्स कॉलेज में 'व्यसन-मुक्ति कार्यशाला' आयोजन की योजना से ही अब्दुल्ला साहब की बाँछें खिल गईं। उन्होंने सोचा कि इसकी सफलता में हमारा संगठन अपनी जान लगा देगा। शिवा से उन्होंने कहा, ''इसी हफ्ते के गुरुवार को दोपहर एक से दो बजे का समय तय कर लो। हम बहुत अच्छी तैयारी से आएँगे। तुम्हारे साथियों को अच्छा ही लगेगा। हाँ, विद्यार्थियों की अच्छी उपस्थिति अवश्य होनी चाहिए।

''शिवा, दूसरी मदद तुमसे चाहिए, जोकि वर्षों से नशा करते आ रहे हैं, उनका नशा छुड़ाने के लिए।''

शिवा ने कहा, ''सर, इस काम का मुझे कोई अनुभव नहीं है। मुझे करना क्या होगा?''

अब्दुल्लाजी ने बताया कि हम ऐसे व्यक्तियों की सूची बनाकर रखते हैं। कई तो शुरुआती दौर में हैं तो बस बराबर उनसे बातचीत की प्रेरणा से काम चल जाता है। कुछ बहुत वर्षों से नशे की गिरफ्त में हैं। उनके स्नायुमंडल में नशा रच-बस गया है। उन्हें नशा-मुक्ति केंद्रों में, अच्छे चिकित्सकों की देखरेख में रखा गया है। इन्हीं लोगों के मनोबल को मजबूत करने में तुम जैसे प्रभावशाली वक्ता की सहायता चाहिए।''

शिवा ने दो मिनट आँखें मूँदकर सोचा। उसने स्वयं के वजन को तौला। उसकी

आत्मा ने कहा, 'शिवा, आगे बढ़ो! यह तुम्हारी रुचि का सेवा कार्य है।' उसने आँखें खोलकर सिर हिलाकर अब्दुल्ला साहब को अपनी मौन स्वीकृति दे दी।

गुरुवार को नशा-मुक्ति कार्यशाला का सफल आयोजन हुआ। अनेक विद्यार्थियों ने नशा-मुक्त रहने का व्रत लिया। कॉलेज के प्रिंसिपल मुख्य अतिथि थे। उन्होंने खुले दिल से अणुव्रत सेवा भारती, एन.एस.एस. एवं शिवा की टीम की सराहना की।

दूसरे दिन शिवा और सुजश सेवा भारती के कार्यालय गए। वहाँ अब्दुल्ला साहब के सामने एक बुजुर्ग बैठे थे। दीन-हीन, दुबले-पतले, वर्षों के बीमार, बढ़ी हुई दाढ़ी, झुकी हुई कमर एवं दयनीय अवस्था उनके दुःखी जीवन की कहानी बयान कर रही थी।

अब्दुल्ला साहब ने उनसे शिवा का परिचय करवाते हुए बताया, ''ये हरिसेवकजी हैं। पिछले १२ वर्षों से शराब ने इनके स्वास्थ्य को निगल लिया है। गत वर्ष से स्मैक के नशे ने रही-सही कसर पूरी कर दी। जमा-पूँजी, व्यापार, जेवर सब नशे की भेंट चढ़ गए। सिर्फ सिर छुपाने को एक छत रही, उसे भी ये गिरवी रख देते। तभी घरवालों ने इनके अत्याचारों से तंग आकर इन्हें नशा-मुक्ति केंद्र छोड़कर राहत की साँस ली।

''छह महीनों से ये अणुव्रत सेवा भारती की देखरेख में हैं। पूरी तरह से शराब व स्मैक को तिलांजलि दे चुके हैं, किंतु इनका परिवार इन्हें स्वीकारने को तैयार नहीं है। अगर यह स्थिति यथावत् बनी रही तो इन्हें पुनः शराब के गम में डूबने से कोई नहीं रोक सकता। अतः इन्हें अपने घर में सम्मानजनक स्थान दिलाने की जिम्मेदारी तुम लो, शिवा!''

''सर, यह काम मैं कैसे कर सकता हूँ?'' शिवा बोला।

''शिवा, मैं तुम्हारी व्यवहार-कुशलता, तुम्हारी कार्यशैली, वक्तृत्व कला व सही समय पर सही निर्णय लेने की क्षमता से बहुत प्रभावित हूँ। अगर इन्हें नया जीवन मिल सकता है तो सिर्फ तुम्हारे प्रयत्नों से। शिवा, तुम्हारी स्वीकृति या अस्वीकृति पर इनका भविष्य निर्भर है।''

शिवा के पास 'हाँ' के अलावा कोई विकल्प ही नहीं बचा। बोला, ''सर, कब पहुँचाना है इन्हें इनके घर?''

अब्दुल्ला साहब ने कहा, ''अगर तुम्हारे पास समय हो तो अभी, इसी वक्त।''

शिवा ने घड़ी देखी, दिन के एक बजे थे। उसने उनके घर का पता माँगा और देखा—जनकपुरी, अर्थात् दो घंटे जाने-आने में लगने थे। उसने सुजश से पूछा, ''बोलो दोस्त, क्या विचार है?''

सुजश ने कहा, ''नेकी और पूछ-पूछ! चलो, अभी चलते हैं।''

हरिसेवकजी को लेकर दोनों साथी एक नए सफर पर चल पड़े थे।

पंद्रह

लगभग पौन घंटे में ही तीनों जनकपुरी पहुँच गए थे। हरिसेवकजी स्कूल से भागकर आए बच्चे की तरह उनके पीछे मुँह छिपाए चल रहे थे। उसने उनसे पता पूछा और पहुँच गए मकान नंबर बी-१४२ पर। शिवा ने दरवाजे की घंटी बजाई। अंदर से मधुर आवाज आई, "कौन?"

मैं शिवमंगल सिंह।" शिवा बोला।

"कौन शिवमंगल?" अंदर से पुनः उसी आवाज ने पूछा।

"अरे मैडम, दरवाजा खोलेंगी तभी तो पता चलेगा। हाँ, इतना अवश्य निश्चित कर लें हम आपके दोस्त हैं, दुश्मन नहीं।" शिवा बोला।

इस बात पर तुरंत दरवाजा खुल गया। चेहरे पर गुलाबी रंग की आभा, तीखे नैन-नक्श, हरे रंग की आँखोंवाली, बेहद आकर्षक युवती दरवाजे पर खड़ी थी। शिवा तो उसे देख पलकें झपकाना ही भूल गया। यही स्थिति कन्या की थी। छह फीट का गोरा-चिट्टा तेजस्वी नौजवान। दोनों की हालत देख सुजश ने स्थिति सँभाली, "मैडम—यह है शिवमंगल सिंह, मैं हूँ सुजश। क्या हम अंदर आ सकते हैं?"

सम्मोहित हुई सी कन्या ने एक तरफ होकर रास्ता छोड़ते हुए कहा, "हाँ-हाँ, क्यों नहीं। आइए, कृपया बैठिए।" सामने कक्ष की ओर वह ले चली।

बैठक कक्ष साफ-सुथरा था। बेंत की चार कुरसियाँ और एक मेज रखी थी। एक तरफ चारपाई थी। सामनेवाली दीवार पर राधा-कृष्ण का कैलेंडर और दूसरी ओर दीवार पर घड़ी २ बजे का समय दिखा रही थी। पीछे-पीछे हरिसेवकजी सिर झुकाए आ रहे थे। युवती की आँखों में एक क्षण के लिए चमक आई, दूसरे क्षण ही विषाद की रेखाएँ उभर आईं, "पिताजी, आप!"

उनके बोलने से पहले ही शिवा बोल पड़ा, "हम अणुव्रत सेवा भारती एन.जी.ओ. से आए हैं। आप निश्चिंत रहें। अब आपके पिताजी कभी भी नशीले पदार्थों का सेवन नहीं करेंगे।"

युवती ने तल्खी से पूछा, "आपके पास इसकी क्या गारंटी है?"

"देखिए, मैं अभी आपके सामने खड़ा हूँ। अगले पल ही इस शरीर में प्राण रहेंगे ही, इसकी क्या गारंटी है? गारंटी तो उस अदृश्य अलौकिक शक्ति की है, जो हमें आपस में किसी निमित्त से मिला रही है। आध्यात्मिक शक्ति का संदेश है कि आपके पिताजी को अब आपकी सेवा, सम्मान, सहानुभूति, संवेदना व विश्वास चाहिए। उसके बाद भी कभी यह शराब की ओर कदम बढ़ाएँगे तो मुझे खबर करिएगा, इनकी खबर मैं लूँगा।"

एक लिखित परची उसकी ओर बढ़ाते हुए कहा, ''यह मेरा पता है और फोन नंबर भी। कभी भी आवश्यकता पड़े तो बेझिझक याद कर लीजिएगा। वैसे, इधर से निकला तो मैं खुद मिल लूँगा। अब हम चलें? क्या आपकी माताजी से मुलाकात हो सकती है?''

''पिताजी के गम में माताजी की हालत काफी नाजुक है। वे टूट गई हैं। आप चाहें तो मिल लें।''

शिवा व सुजश युवती के पीछे दूसरे कक्ष में आए। एक बेहद शालीन, सौम्यता की प्रतिमूर्ति महिला चादर ओढ़े चारपाई पर लेटी थीं। इन्हें देखकर उठ बैठी और बोलीं, ''ये कौन है बेटा?''

''माँजी, मैं हूँ शिवमंगल सिंह और यह है मेरा मित्र सुजश।''

माँ कमजोर स्वर में बोलीं, ''धन्य भाग्य हैं मेरे, जो आज शिव और मंगल एक साथ मेरे द्वार आए हैं। लगता है, अब मेरे पापकर्मों की कारा कट गई। बैठो बेटे!''

शिवा व सुजश ने पैर छुए और बोले, ''माँजी, हम अणुव्रत सेवा भारती से आए हैं।''

यह नाम सुनते ही माँजी की आँखें उत्सुकता से फैल गईं।

शिवा आगे बोला, ''हम हरिसेवकजी को लेकर यहाँ आए हैं। उन्होंने दुर्व्यसनों को हमेशा के लिए छोड़ दिया है। अब आपका संबल, स्नेह व विश्वास ही इनमें नवजीवन का संचार करेगा।''

माँ कुछ नहीं बोलीं, बस अपलक उस देवदूत सरीखे कुमार को देखती रहीं और आशीर्वाद की मुद्रा में हाथ उठा दिया। बेटी से इशारे से बोलीं—कुछ खिला-पिलाकर भेजना। उसने चाय-पानी के लिए पूछा, लेकिन युवकों ने इनकार में सिर हिला दिया।

दोनों वहाँ से रवाना होने को उद्यत हुए। युवती को लगा जैसे उसके दिल का कोई कोना खाली हो गया है। कोई अपना बहुत दूर जा रहा है। उससे रहा नहीं गया, बोली, ''कृपया एक बार आप पुनः पिताजी को समझा दें कि नशा करके हमें परेशान न करें।''

शिवा पुनः हरिसेवकजी के पास आया और बोला, ''वैसे तो आप बुजुर्ग हैं, सबकुछ समझते हैं, फिर भी मैं कहना चाहूँगा कि जिस व्यक्ति, परिवार, समाज या राष्ट्र में शराब पीने का नशा लग जाता है, वहाँ बहुमुखी पतन का रास्ता खुल जाता है। आदमी को बेजान करनेवाली यह शराब वास्तव में जहर के समान है। यह मनुष्य को राक्षस बना देती है और अंधकार में ले जाती है। कुल मिलाकर शराब एक ऐसा बंधन है, जिससे व्यक्ति अपने जीवन तथा परिवार को दुःखमय बना लेता है। आप तो भुक्तभोगी हैं और देखिए, इतनी अच्छी पत्नी और पुत्री भाग्यवान को ही प्राप्त होती है। आप कृपया इन देवियों का अनादर न करें। इनके सामने मुझसे वादा करें, चाहे मौत भी सामने

आए, आप शराब नहीं पिएँगे।''

हरिसेवक आगे बढ़े, युवती के सिर पर हाथ रखकर बोले, ''आज तक मैंने कभी कोई कसम नहीं खाई, आज इस बच्ची की कसम! मैं मर जाऊँगा, पर कभी नशा नहीं करूँगा।''

सब संतुष्ट हो गए। युवती की ओर उन्मुख होते हुए शिवा ने पूछा, ''क्या मैं आपका नाम जान सकता हूँ?''

लड़की ने सकुचाते हुए कहा, ''मुझे शालिनी कहते हैं। आप कृपया पिताजी को जरूर देखने आते रहिएगा।''

शिवा ने सहमति में सिर हिलाया और वे दोनों वहाँ से निकल गए। छात्रावास पहुँचकर उसने घड़ी देखी तो टाइम बहुत हो चुका था। मुँह-हाथ धोकर भोजन के रूप में बस दो बिस्कुट लिये और ट्यूशन पढ़ाने निकल गया, क्योंकि पूरा खाना खाने जितना समय ही नहीं था।

वह नियत समय पर मंत्रीजी के निवास पहुँच गया। आज सुचित्रा एक उपन्यास पढ़ रही थी। शिवा ने देखा, उसका नाम 'द सीक्रेट' था।

शिवा को देखते ही सुचित्रा अचकचाकर खड़ी हो गई।

शिवा बोला, ''बैठिए-बैठिए, आज किस विषय के अध्ययन में व्यस्त हैं आप?''

शिवा के प्रश्न का जवाब न देते हुए प्रतिप्रश्न करते हुए सुचित्रा बोली, ''सर, कई बार मैं कई विचित्र घटनाएँ देखती हूँ। पचास-साठ वर्ष तक जिस व्यक्ति का जीवन यशस्वी रहा, जिस व्यक्ति का पूर्वार्ध पूर्ण तेजस्वी रहा, वही व्यक्ति जीवन के उत्तरार्ध में पतित हो गया, नष्ट हो गया। मुझे आश्चर्य होता है कि यह हुआ कैसे है? मैं सोचती हूँ कि जो व्यक्ति पचास-साठ वर्ष तक यशस्वी और तेजस्वी जीवन जी लेता है, वह आगे के वर्षों में पतन की ओर कैसे जा सकता है?''

शिवा कुछ देर गंभीर मुद्रा में सोचता रहा, फिर बोला, ''ये घटनाएँ अकारण नहीं होती हैं। ऐसा घटित होने के पीछे भी सूक्ष्म कारण अवश्य होते हैं। अगर हम गहराई से सोचें तो यह तथ्य स्पष्ट होगा कि कभी वह बीज बोया गया था। उसका प्रायश्चित्त नहीं हुआ तो वह वृक्ष बन गया। घटना घटित हो गई।

''उदाहरणत: जिस क्षण मन में राग यानी मोह का संस्कार पैदा हुआ, जिस क्षण द्वेष का संस्कार उत्पन्न हुआ, उसे उसी समय धो डाला, प्रायश्चित्त कर लिया तो वह सताएगा नहीं। प्रायश्चित्त नहीं होगा तो बीज को कालांतर में अंकुरित होकर वृक्ष बनने का अवसर मिल जाएगा। उस वृक्ष की जड़ें जम जाएँगी, फल लग जाएँगे तो उन फलों को भुगतने के लिए हमें बाध्य होना पड़ेगा।''

इस दार्शनिक चर्चा में सुचित्रा को आज आनंद की अनुभूति हो रही थी।

सुचित्रा—क्या इन बीजों की बुआई को रोक पाना इनसान के वश में है?

शिवा—हाँ, क्यों नहीं! बड़े-बड़े संत-महात्माओं ने अपनी इंद्रियों को वश में किया है।

सुचित्रा—हाँ, महर्षियों ने तो किया है, पर क्या हम आम आदमी भी ऐसा करने में सक्षम हो सकते हैं?

शिवा को भी आज की चर्चा बड़ी रुचिकर लग रही थी। उसकी वाणी से सरस्वती निःसृत हो रही थी। गंभीर स्वर में वह बोला, ''हाँ, क्यों नहीं, यह अध्यात्म का बहुत बड़ा रहस्य है। हम उस क्षण के प्रति जागरूक रहें, जब राग और द्वेष की बुआई होती है। शरीर में दो केंद्र हैं। नीचे का स्थान काम-केंद्र, वासना-केंद्र है और ऊपर मस्तिष्क ज्ञान-केंद्र है। हमारे शरीर में ऊर्जा का एक ही प्रवाह है। जहाँ मन जाएगा वहाँ ऊर्जा जाएगी, वहीं प्राणशक्ति जाएगी। हमारी ऊर्जा का जिसे सिंचन मिलेगा, वह फलेगा, फूलेगा, बढ़ेगा और पुष्ट होगा।

''हमारा लौकिक चित्त सदा कामना को पुष्ट करता है, काम-केंद्र को सिंचन देता है, बलवान बनाता है। यह तुम भलीभाँति समझ लो कि मनुष्य के जीवन में जितना कामना का तनाव है, उतना किसी का नहीं है। यह मनोवैज्ञानिक दृष्टि से निरंतर रहनेवाला तनाव है। जब हमारी चेतना काम-केंद्र की ओर बढ़ने लगती है तो सहज ही ज्ञान-केंद्र की शक्तियाँ क्षीण होने लगती हैं।''

सुचित्रा—विलक्षण! सर, आपको दर्शनशास्त्र का भी गहन ज्ञान है। कृपया मेरी एक जिज्ञासा का अवश्य समाधान करें। क्या ज्ञान द्वारा इस प्रक्रिया को उलटना संभव है? क्या हमारी चेतना का उर्ध्वारोहण हो सकता है?

शिवा—हाँ-हाँ, अवश्य।

''गौर से सुनो, सुचित्रा! साधना से ही इसे उलटना संभव है। जो साधक, जो व्यक्ति अपने ज्ञान का विकास चाहता है, निर्मलता चाहता है उसे अपनी चेतना के प्रवाह को मोड़ना होगा—अर्थात् मन को ऊपर की ओर, ज्ञान केंद्र के पास ले जाना होगा। अगर हमारा मन ज्ञान केंद्र में लग गया, साधना में रम गया तो कामना के, राग-द्वेष के बीज पहले तो पैदा ही नहीं होंगे और दूसरे अगर हुए भी तो स्वयं ही दग्ध हो जाएँगे।''

सुचित्रा मंत्रमुग्ध होकर सुन रही थी। तुरंत ही वर्तमान में लौटी, ''सर, आप जैसा गुरु पाकर मैं तो धन्य हो गई।''

शिवा—यह तो मेरा सौभाग्य है कि ऐसी सुरुचिपूर्ण जिज्ञासु शिष्या को अध्ययन कराने का सुअवसर मुझे प्राप्त हुआ। आजकल तो अपनी विषय-सामग्री की पाठ्य पुस्तकें

भी विद्यार्थी नहीं पढ़ना चाहते। इस गहन ज्ञान पाने की उत्कंठा तो विरलों में ही होती है।

सुचित्रा—धन्यवाद सर! न जाने क्यों मेरा मन करता है, आप बोलते रहें, मैं सुनती रहूँ।

शिवा—अच्छा, अन्य पाठ्य विषयों में भी कोई समस्या है तो पूछ लो, आज मुझे थोड़ा जल्दी जाना है।

सुचित्रा ने पूछा, "क्यों सर?"

तो शिवा ने अणुव्रत सेवा भारती से हरिसेवकजी को घर छोड़ने का किस्सा बताया। यह भी बताया कि उनकी बेटी शालिनी ने किस प्रकार माँ व घर सबका समुचित प्रबंधन किया हुआ है।

सुचित्रा ने पुनः पूछा, "आपको सेवा कार्य में क्या इतना आनंद आता है कि आपकी भूख-प्यास भी हवा हो जाती है?"

शिवा—सुचित्रा, मैं कोई देवदूत नहीं हूँ। इनसान हूँ तो भूख-प्यास तो समय पर अपना घंटा बजाती ही है। पर जब मैं किसी को मुसीबत में देखता हूँ तो मेरी आत्मा कराह उठती है। मुझे लगता है, कोई मेरा ही अपना मुझे सहायता हेतु पुकार रहा है। फिर मुझसे रहा नहीं जाता।

सुचित्रा—यह आपके हृदय की पवित्र संवेदनाएँ हैं, जो प्रत्येक मानव की विपत्ति से आपको जोड़ देती हैं।

शिवा—हाँ सुचित्रा, मैं सामनेवाले व्यक्ति का संकट, उसका दुःख व उसका परिणाम सोचकर सिहर उठता हूँ। कभी-कभी मैं सोचता हूँ कि मौत के मुँह में पहुँचे व्यक्ति को भी अगर उचित समय पर सहायता मिल जाए तो संभवतया उसके प्राण बच सकते हैं।

सुचित्रा—सर, यह तो परिस्थितियों पर निर्भर करता है। अगर स्थितियाँ बेहद प्रतिकूल हों तो बचावकर्ता भी मौत के मुँह में जा सकता है। आज के समय में तो किसी को विपत्ति से बचाना स्वयं को आपत्ति में डालना है। कभी भी जान को जोखिम हो सकता है।

शिवा—हाँ सुचित्रा, तुम्हारे कथन की सत्यता को आंशिक रूप से मैंने भी महसूस किया है; लेकिन मुझे लगता है कि कोई दिव्य शक्ति मुझे ऐसे सेवा कार्य के लिए प्रेरित करती है और वही मेरी रक्षा करती है।

सुचित्रा ने मन-ही-मन शिवा को अपने हृदय-कमल की गहराइयों में बसा लिया था। उसे शिवा बहुत अच्छा लगता। वह उसकी ओर खिंची चली जा रही थी। शिवा जब तक नहीं आता, वह बेताबी से उसका इंतजार करती। उसके पास बैठना, उससे बातें करना उसे बहुत अच्छा लगता। अगर लिखते-पढ़ते समय अचानक हलका सा भी शिवा उसे छू जाता तो उसे शरीर में अजीब सी झनझनाहट महसूस होती। वह अकेली बैठी

रहती तो भी शिवा के बारे में सोचती रहती। आँखें बंद करके जब वह शिवा को दूल्हे के वेश में देखती तो स्वयं को दुलहन के रूप में सोचकर शरमा जाती। वह शिवा के साथ सुखद भविष्य की कल्पना करके ही रोमांचित हो जाती। अत: वह नहीं चाहती थी कि शिवा पर तिल मात्र भी आँच आए। इसलिए ही वह इन प्रपंचों से उसे दूर रहने को प्रेरित करना चाहती थी। उसने बातचीत का रुख मोड़ते हुए कहा—

सुचित्रा—आप इतने प्रतिष्ठित कॉलेज के स्नातक हैं, आपकी स्वयं की कुछ महत्त्वाकांक्षाएँ होंगी?

शिवा—हाँ, क्यों नहीं! सब विद्यार्थियों की तरह मैंने भी परिसर नियुक्ति (ऑन कैंपस प्लेसमेंट) में पंजीकरण (रजिस्ट्रेशन) करवाया है।

सुचित्रा—आपके माँ-बाप भी तो आपसे उम्मीदें लगाए होंगे?

शिवा—माँ-बाप तो सभी के उम्मीद करते हैं कि उनका बेटा कब बड़ा होकर उनका सहारा बनेगा। वैसे ही मेरी माँ भी आस लगाए बैठी है घर में चाँद-सी बहू लाने की। पिताजी आस लगाए हैं शानदार आर्थिक सहयोग की। इसलिए ही मैं सब कंपनियों के साक्षात्कार में भी बैठा हूँ, ताकि माताजी-पिताजी की हसरतें पूरी कर सकूँ। लेकिन सच कहूँ सुचित्रा, मुझे सच्चे आनंद की अनुभूति सेवा कार्य में ही होती है। मैं उसमें सुध-बुध भुला बैठता हूँ। मैं चाहता हूँ, सबकुछ अच्छा हो, सबकुछ मंगल हो। कोई भी भूखा न सोए। सब शिक्षित हों। मेरा समाज, मेरा देश खूब तरक्की करे।

सुचित्रा सोचने लगी, जिस उम्र में युवक प्यार-मुहब्बत एवं विवाह के ख्वाब देखता है, यह समाज व देश की चिंता करता है। यह लोकोत्तर पुरुष इस धरती पर कहाँ से अवतरित हुआ है! वह इसी उधेड़बुन में डूबी थी कि इतने में शिवा की आवाज कानों में पड़ी, "अच्छा सुचित्रा, मैं अब चलता हूँ।"

हतप्रभ सी सुचित्रा हाथ हिलाती रह गई। उसका दिल कह रहा था शिवा इतनी जल्दी क्यों जा रहा है? काश, वह रोक पाए! उसकी जबान तालू से चिपक गई, गला सूख गया, पैर वहीं जड़ हो गए, पूरा शरीर सुन्न रह गया। बस उसके कानों में शिवा के ये शब्द अनुगुंजित हो रहे थे—'मेरा समाज, मेरा देश खूब तरक्की करे।'

सोलह

देश-सेवा हेतु कुछ राजनेता जनादेश के आधार पर संसद् में पहुँचते हैं, जन-आकांक्षाओं को समझते हैं, उन्हें पूरा करने का संकल्प सँजोते हैं और संकल्प-पूर्ति के लिए निरंतर पुरुषार्थ में संलग्न रहते हैं। जहाँ ऐसे राजनेताओं की जागृति देश को

स्वर्णिम भविष्य दे सकती है वहीं कुछ निष्क्रिय राजनेताओं की सुषुप्ति देश को सैकड़ों साल पीछे ढकेल सकती है। जातिवाद, स्वार्थवाद और अर्थवाद से संसृष्ट होकर राजनीति वर्तमान को बदनाम कर देती है और राष्ट्र को विनाश के गर्त में डाल देती है।

मास्टर माइंड की योजनाओं से और राजा मजूमदार मुखिया प्रधान के क्रियान्वयन से माओवादियों का प्रभाव लगातार बढ़ रहा था और नक्सलवादियों की इस बढ़ती ताकत से स्थानीय राजनेता परिचित थे। प्रच्छन्न रूप में शक्ति और सत्ता के लिए नक्सलवादियों की मदद लेते और बदले में उन्हें सुरक्षा व धन मुहैया करवाते। कुछ राज्यों के वर्तमान या निवर्तमान मुख्यमंत्री तक नक्सलियों के प्रति सहानुभूतिपूर्ण रवैया प्रदर्शित करते। राजनीतिक दलों के नेता एवं नक्सली नेताओं की बैठकों की खबरें भी आए दिन सुनने को मिलती थीं।

यहाँ के प्राकृतिक संसाधनों से समृद्ध खनिज संपदावाले इलाकों में मास्टर माइंड ने माफिया के संग मिलकर योजनाबद्ध तरीके से नक्सलियों को बढ़ावा दिया, ताकि यह अथाह दौलत सरकार की पहुँच से दूर उनकी गिरफ्त में रहे।

पुलिस कार्यवाही होती, कुछ लोग मारे भी जाते; लेकिन वास्तविकता कुछ और होती। किसी विशेष पक्ष को लाभ पहुँचाने के उद्देश्य से ही कार्यवाही होती। नेताओं के फायदे के लिए आदिवासियों को मरवाना भी बड़ी बात नहीं थी। हर संघर्ष में अंततः हार स्थानीय निवासियों की ही होती। उधर अब नक्सली संगठनों में भी एकता नहीं रही। एक संगठन सशस्त्र गुरिल्ला बल बन गया। पूरी तरह से हथियारों से लैस, अकारण हिंसा जिसका खेल था। दूसरा संगठन शस्त्र शक्ति के बजाय सत्ता बल को पाने को प्रमुखता देता।

मास्टर माइंड इन सारी स्थितियों को देख रहा था, परिस्थितियों को भाँप रहा था। उसकी पकड़ मजबूत थी, जिसे वह स्थानांतरित नहीं होने देना चाहता था। निरंतर उसका चिंतन चल रहा था। निष्कर्षत: उसने राजा को स्पष्टत: समझा दिया था कि सत्ता का केंद्र विकेंद्रित नहीं होगा, वहीं रहेगा। अत: जो नक्सली सरदार इसमें समाहित होने हेतु तैयार हैं, उन्हें समय दे दो; जो चुनौती दें, उन्हें समाप्त कर दो। इस प्रकार आंतरिक संघर्ष में विजय के पश्चात् राजा मजूमदार और उनके परामर्शक मास्टर माइंड की ताकत और ज्यादा बढ़ गई थी। परामर्शक का चेहरा किसी ने नहीं देखा था, कोई उसे पहचानता नहीं था।

उधर शिक्षित, सौम्य, चिंतनशील, व्यवसायी सोमेश समाज-सेवी के रूप में बहुत लोकप्रिय हो गया था। वह तन-मन-धन से सर्वदा समाज-सेवा हेतु तत्पर रहता। स्पष्टत: सबको पता था कि उसकी राजनीतिक क्षेत्र में भी अच्छी पहुँच थी। वह आदिवासियों से

भी बहुत सहानुभूति रखता था। एक बार इस मामले में उसे जेल भी हो चुकी थी। फिर कोर्ट ने यह कहते हुए रिहाई प्रदान की थी कि सिर्फ नक्सली साहित्य रखने से कोई नक्सली नहीं बन जाता, ठीक उसी प्रकार जैसे गांधीवादी साहित्य रखने से कोई महात्मा गांधी नहीं हो जाता।''

सत्रह

मानवीय चेतना का अभ्युदय अणुव्रत का अभिप्रेत है। वास्तव में अणुव्रत वह रोशनी है, जिसमें कई पथ-भूलों ने अपना मार्ग पाया है। जिनके मार्ग में सघन अँधेरा या कुहरा था, वह अणुव्रत के प्रकाश से छिन्न-भिन्न हो गया।

हरिसेवकजी का कुशलक्षेम जानने के लिए शिवा के पास अणुव्रत सेवा भारती से पाठकजी का फोन आया। शिवा अकेला ही जनकपुरी उनके घर चला गया। हरिसेवकजी ने अपना वादा निभाया था। शराब पूर्णतया छोड़ रखी थी। अब काफी स्वस्थ लग रहे थे। अपना काम भी सँभाल लिया था। दो पैसे घर में लाने लगे थे। उनकी पत्नी भी पूर्णतया स्वस्थ थी। शिवा को चाय उन्होंने ही पिलाई। पारिवारिक सुख-शांति का असर दिख रहा था। शालिनी का रूप और भी निखर आया था। सबकुछ सही देखकर शिवा को आत्मसंतोष की अनुभूति हुई।

शालिनी की बोलती-सी आँखें उसका पीछा कर रही थीं, जैसे वह बहुत कहना चाहती है, किंतु अधरों पर संकोच का सेलोटेप लगा हुआ था।

शिवा स्वयं शालिनी के प्रति खिंचा चला जा रहा था। नयनाभिराम रंग-रूप, कमनीय काया। वह चित्ताकर्षक वीनस की प्रतिमा सरीखी थी। एक-एक अंग साँचे में ढला हुआ। शिवा अपने भीतर-ही-भीतर एक हलचल, एक अजीब सी उत्तेजना महसूस कर रहा था। उससे रहा नहीं गया। सन्नाटा तोड़ते हुए उसने बात प्रारंभ की, ''अब आपके पिताजी कैसे हैं?''

शालिनी बोली, ''पहले से काफी बेहतर हैं। अब हमारा परिवार बेहद खुश है। मैं किन शब्दों में आपका आभार व्यक्त करूँ?''

शालिनी की खनकती-सी मधुर आवाज कानों से होती हुई शिवा के दिल में उतर गई। उसका मन झंकृत हो गया। न जाने किस भावावेश में वह कह बैठा, ''कहीं अपनों को भी धन्यवाद दिया जाता है?''

गहरे स्नेह से सराबोर स्वर में शालिनी बोली, ''आपके इस अपनत्व का अहसान हम कैसे चुकाएँगे?''

शिवा शालिनी के इन मासूम सवालों का क्या जबाव देता? वह बस इतना ही कह पाया, ''इधर से निकल रहा था तो सोचा, आपके पिताजी के हाल-खबर लेता जाऊँ। पिताजी, माताजी के साथ अपना भी खयाल रखिएगा। अच्छा, अभी मैं चलता हूँ।''

शालिनी के दिल में अजब सी हूक उठ रही थी; पर क्या कहे, किस हक से कहे? वह दरवाजे तक उठकर गई और जाते हुए शिवा को तब तक देखती रही जब तक वह आँखों से ओझल नहीं हो गया।

दिन व रात की मिलन बेला साँझ आज उनींदी-सी थी। भुवन-भास्कर विश्राम हेतु अस्ताचल में जा चुके थे। आँधी व बारिश जैसे माहौल से शाम के आगोश में रात का अँधेरा समा गया था। इतने में उसे किसी लड़की की दबी-दबी सी चीख सुनाई दी, ''बचाओ, बचाओ!''

उसे अपने कानों पर विश्वास नहीं हुआ। उसने इधर-उधर देखा। परिसर के पास की सटी हुई सुनसान गली के मुहाने पर शिवा पहुँचा। अँधेरे में ज्यादा दूर का दृश्य नजर नहीं आ रहा था। उसने पीछे मुड़कर, दाएँ-बाएँ सब तरफ देखा, दूर-दूर तक कोई न था।

इतने में पुनः दर्द भरी चीख कानों को चीरती-सी टकराई। शिवा सामने की ओर तेज कदमों से बढ़ा। तभी एक जानी-पहचानी आवाज कानों में आई—''ऐ, कौन हो तुम? क्यों इस लड़की पर अत्याचार करते हो?'' दूसरी किसी शराबी की आवाज लगी, ''क्यों, तुझे क्या है? क्या तेरी बहन लगती है? चला जा अपने रास्ते।''

फिर जानी-पहचानी आवाज कड़ककर बोली, ''छोड़ो इसे, हटो यहाँ से।''

''...तू ऐसे नहीं मानेगा...'' और धाँय-धाँय...एक साथ तीन गोलियों की आवाज परिसर का सन्नाटा तोड़ती चारों ओर गूँज उठी।

शिवा दौड़कर कुछ पास पहुँचा तो देखा, उसके कॉलेज के प्रो. कुलकर्णी जमीन पर पड़े हुए थे खून से लथपथ। उनकी दाईं कनपटी से खून बह रहा था। एक लफंगा एक हाथ में लड़की को दबोचे हुए था। उसके दूसरे हाथ में पिस्तौल थी। शिवा का खून खौल उठा। उसने तुरंत लड़की को खींचकर अलग किया। लफंगे ने शिवा पर भी गोली चला दी। शिवा की कनपटी को छूती सी गोली निकल गई। लेकिन अगले ही क्षण शिवा ने उसकी कलाई मरोड़ दी। पिस्तौल उसके हाथ से गिर गई। वह लौटकर जैसे ही उसे उठाने दौड़ा, उससे पूर्व ही शिवा ने तुरंत पिस्तौल उठाकर उस पर तान दी। लफंगा घबराकर तेजी से सामने की गली में दौड़ पड़ा।

गोलियों की आवाज दीवार को पार कर सारे सन्नाटे में पसर गई, जो पास ही गश्ती पुलिस को सुनाई दी। वैन से उतरकर पुलिस कांस्टेबल उसी दिशा में दौड़े। लफंगे ने 'बचाओ, बचाओ' चिल्लाना शुरू कर दिया। शिवा के हाथ में पिस्तौल देख पुलिस ने

शिवा को कातिल समझा। रूमाल से पिस्तौल उसके हाथ से लेकर शिवा को पकड़ लिया। दूसरे हवलदार ने लफंगे को भी पकड़ लिया। पुलिस इंस्पेक्टर ने आगे आकर देखा कि एक व्यक्ति जमीन पर गिरा है। खून बह रहा है। वह तुरंत उसके पास पहुँचे। वह कुछ कहने को उद्यत भी हुआ, लेकिन कुछ कह पाता, इससे पूर्व ही उसके प्राण-पखेरू उड़ गए।

शिवा को परिस्थिति की नजाकत का अहसास हो गया था। एक क्षण के लिए तो वह भीतर तक हिल गया। तत्काल अपने आत्मविश्वास को एकत्र कर हिम्मत से बोला, ''सर, मुझे क्यों पकड़ा है? मुझे छोड़िए। यह लफंगा एक लड़की के साथ अश्लील व्यवहार कर रहा था। प्रोफेसर साहब रोकने लगे तो इसने गोलियाँ दाग दीं। मैं तो इधर से गुजरते हुए लड़की की करुण पुकार व प्रोफेसर साहब की चीख सुनकर पहुँचा हूँ। मैं तो इस लड़की को बचाना चाहता था।''

इंस्पेक्टर ने पूछा, ''कहाँ है लड़की?''

शिवा ने नजर पसारकर देखा, लड़की कहीं नहीं दिखी। उसे अपनी आँखों के आगे अँधेरा नजर आने लगा।

लड़की घबराकर वहाँ से विपरीत दिशा में भागी। परिस्थिति का फायदा उठाकर वह थोड़ी दूर पर बने एक भवन में छुप गई। उन दोनों लड़कों को पुलिस थाने ले गई। लाश का पंचनामा कर पोस्टमार्टम करने को भिजवा दिया।

सारी परिस्थितियाँ शिवा के विरुद्ध थीं। हत्या के लिए प्रयुक्त हथियार के साथ उसे घटनास्थल से गिरफ्तार किया गया था। प्रोफेसर साहब मर चुके थे, लड़की लापता थी—उसकी बेगुनाही का कोई सबूत वहाँ था ही नहीं। पुलिस ने दोनों को थाने में बंद कर दिया।

पुलिस स्टेशन पहुँचते ही गृह मंत्रालय से सब इंस्पेक्टर के पास फोन आया, ''मैं गृह मंत्रालय से बोल रहा हूँ। जिसे अभी आपने गिरफ्तार किया है—मुहम्मद हनीफ, वह हमारे साहब के बेटे हैं। उन्हें तुरंत छोड़ दें। उनके विरुद्ध कोई एफ.आई.आर. दर्ज नहीं होनी चाहिए।''

ब्रिटिशकालीन दासतावाले अंदाज में इंस्पेक्टर कह रहा था, ''यस सर! ओ.के. सर...राइट सर...ऑफ कोर्स सर...अभी सर।''

सब इंस्पेक्टर हवालात की तरफ आया तो शिवा को लगा, शायद इसे सच्चाई पता चल गई है। मुझे रिहा करने आ रहा है। वह उठकर खड़ा हो गया। लेकिन यह क्या, हवालात का दरवाजा खुलवाकर वह लफंगे से सम्मान के साथ बोला, ''आइए बाहर, आपको कोई तकलीफ तो नहीं हुई? आपके पिताजी का फोन आया था। आप जा सकते

हैं। बाहर आपकी गाड़ी खड़ी है।''

शिवा बोला, ''इंस्पेक्टर साहब, आप बहुत बड़ी भूल कर रहे हैं। एक कातिल को छोड़ रहे हैं। इसने दिन-दहाड़े खुलेआम प्रोफेसर कुलकर्णी का खून किया है। सर, इसे मत छोड़िए···। सर, बहुत बुरा होगा···न जाने यह बाहर कितनों का खून करेगा···।''

इंस्पेक्टर घुड़ककर बोला, ''चुप बे साले, अपना दोष इनके सिर मढ़ता है। चौदह वर्ष जेल में चक्की पीसेगा, तब अपने आप अक्ल ठिकाने आ जाएगी।''

हनीफ से बोला, ''आप जाइए सर, इससे तो हम सच उगलवाएँगे।''

शिवा सन्न रह गया। कातिल ससम्मान जा रहा था, जबकि सच्चा, ईमानदार, समाज-सेवी सजा पा रहा था।

शिवा को काटो तो खून नहीं। वह तो किंकर्तव्यविमूढ़-सा सिर पकड़कर धम्म से जमीन पर बैठ गया।

~ अठारह ~

दूसरे दिन बिजली की तरह पूरे कॉलेज में खबर फैल गई—शिवा ने प्रो. कुलकर्णी का कत्ल कर दिया। जिसने सुना, वह विश्वास करने को ही तैयार नहीं था। सूरज पूर्व से पश्चिम में निकल सकता है, लेकिन शिवा ऐसा नहीं कर सकता।

शिवा के दोस्तों के साथ कॉलेज के प्रिंसिपल स्वयं पुलिस स्टेशन गए। शिवा की रिहाई के लिए सब-इंस्पेक्टर ने कहा, ''सर, आप आए हैं। आपका हम भी बहुत सम्मान करते हैं; किंतु हमारे हाथ कानून से बँधे हैं। जिस लड़की की इज्जत बचाते हुए यह दुर्घटना घटी है, आप उस लड़की को लेकर आइए, फिर तो हम कुछ मदद कर सकते हैं। फिलहाल हम शिवा को नहीं छोड़ सकते।''

सब रुआँसे होकर लौट गए।

जैसे ही शिवा के माता-पिता को शिवा की गिरफ्तारी का पता चला, सावित्री तुरंत मूर्च्छित हो गई। पानी के छींटे डालने से जैसे-जैसे होश आता, 'शिवा-शिवा' कहते-कहते फिर अचेत हो जाती।

मातृत्व की ममता ऐसी विलक्षण चीज है कि वह अपनी संतति की सुरक्षा हेतु प्रतिपल सतर्क रहती है, किसी भी परिस्थिति को सहन कर उसे पोषण देती है। अपने बच्चे के अनिष्ट को झेल पाना माँ के लिए सर्वाधिक दुष्कर कार्य होता है।

सावित्री के लिए शिवा से प्रिय कुछ भी न था। उसके प्राण तो अब बस शिवा में बसते थे। उसकी हालत देखकर सत्यवान ने सावित्री के भाई केशव को फोन किया। यह

वही केशव था, जो अंडमान निकोबार के होटल सिटी पैलेस में जूनियर मैनेजर था। जिसने शिवा की एक बार सुनामी से प्राण-रक्षा की थी और दूसरी बार सावित्री दीदी के आँचल में सौंपकर जीवन-रक्षा की थी।

उसने सारी परिस्थितियों को जाना-समझा, फिर बोला, ''मैं सिंगापुर में हूँ। नई कंपनी है, तुरंत छुट्टी नहीं ले सकता। जितना जल्दी संभव होगा, मैं दिल्ली आऊँगा। हाँ, रुपए-पैसे चाहिए तो तुरंत खाते से ट्रांसफर हो सकते हैं।''

सत्यवान ने कहा, ''अभी आवश्यकता नहीं है, जब होगी तो बता देंगे।''

केशव कुछ-कुछ समय के अंतराल से सावित्री दीदी से सहानुभूतिपूर्ण बातें कर लिया करता। सावित्री का मन थोड़ा हलका हो जाता।

अणुव्रत सेवा भारती वाले पाठकजी भी जेल पहुँचे। लेकिन अपराध बेहद संगीन था। परिस्थितिजन्य साक्ष्य शिवा के विरुद्ध थे। राजनीतिक दबाव ने शिवा को निकलने नहीं दिया। अंधे कानून को सबूत नहीं मिले। समाज की एक निर्दोष प्रतिभा, जो अपनी जवानी देश पर कुरबान करना चाहती थी, आज न्यायिक हिरासत में थी। कैसी विडंबना थी!

भ्रष्टाचार की सुरसा शिवा को निगल गई। उसके दोस्तों ने बहुत प्रयास किए, पर कुछ नहीं कर पाए। शिवा को प्रो. कुलकर्णी की हत्या के इलजाम में १४ वर्ष कैद हो गई। उसे खूँखार अपराधियों के साथ तिहाड़ जेल में रखा गया। शांतिप्रिय शिवा ने सब्र से सब परिस्थितियों में संतुलन बनाए रखा।

उसके चिंतन की धारा प्रवाहित होने लगी। वह सोचने लगा, वास्तव में भ्रष्टाचार में जीवन खपाना जीवित मृत्यु है। यह महामारी है, भयानक संक्रामक रोग है। इसके संक्रमण से ही समाज में नई-नई बुराइयाँ पैदा हो रही हैं। दूसरे शब्दों में कहा जाए तो भ्रष्टाचार देश का नाश करनेवाला दीमक है। जब तक मानवीय मूल्यों को प्रतिष्ठापित नहीं किया जाएगा, भ्रष्टाचार को नहीं मिटाया जा सकता। अत: आवश्यक है कि सदाचार के आधार विकसित हों, भ्रष्टाचार स्वत: समाहित हो जाएगा। ऐसा सोच-विचार करते हुए वह कारावास में सेवा कार्य करने की योजना बनाने लगा।

वह प्रतिदिन दो घंटे अपनी साधना करता, नमस्कार महामंत्र जप, ध्यान, योग इत्यादि करता तथा इसके अलावा कैदियों को आसन, प्राणायाम व योग सिखाना, शाम को सबको प्रार्थना करवाना भी उसकी नित्यचर्या बन गई। शिवा 'स्वामीजी' के नाम से प्रसिद्ध हो गया। कैदियों के दादा, पंद्रह हत्याओं और दस बलात्कार के संगीन जुर्म में सजा काट रहे कालिया को यह बात नागवार गुजर रही थी। वह अपनी दादागीरी से सबको रोब में रखता था। कैदी किसी और की तरफ झुकें, कालिया को बरदाश्त न था।

उस दिन सब भोजन लेने के लिए लाइन में लगे थे। शिवा के सामने एक मरियल-सा बुड्ढा कैदी अपनी थाली लिये खड़ा था। वह जैसे ही खाना खाने लगा, इतने में कालिया ने एक हाथ से पकड़कर खींच लिया, ''ओए बूढ़े, तू खाकर क्या करेगा? आज तो तेरे हिस्से का मैं खाऊँगा।'' और उसे जोर से धक्का दिया, ''चल हट!''

शिवा ने तुरंत बूढ़े को सँभाला और बोला, ''भाई, इसे भी खाने दो, इसने तुम्हारा क्या बिगाड़ा है?''

कालिया तो इसी अवसर की ताक में था। वह सब कैदियों के सामने उनके स्वामी जी की ऐसी-तैसी करना चाहता था।

खूँखार दरिंदा अपनी दरिंदगी पर उतर आए तो मानवता थर्रा जाती है। ऐसा ही तिहाड़ में हुआ। मुँह के साथ लात-घूँसे मारता हुआ चिल्ला पड़ा, ''बहुत रोब लगाता है। स्वामीजी बनता है। तेरी स्वामीगीरी अभी निकालता हूँ।'' उसने थाली के नुकीले किनारों से मार-मारकर शिवा का खून निकाल दिया।

सब कैदी सामने खड़े तमाशा देख रहे थे। किसी की आगे आकर कालिया को रोकने की हिम्मत नहीं हुई। शिवा ने भी स्वयं को बचाना चाहा, पर इतने दिनों की कमजोरी और मानसिक टूटन भी थी, अतः कालिया भारी पड़ा। शिवा नीचे गिर गया। अब तो कालिया लातों से, घूँसों से, थाली से और बुरी तरह मारता गया, जब तक वह मरणासन्न नहीं हो गया। शिवा पूरी तरह से लहूलुहान होकर बेहोश हो गया।

सुजाता केस वाले राठौर साहब ने समाचार-पत्र में शिवा के तिहाड़ जेल की सजा के बारे में पढ़ा। उनसे सुजाता को छीननेवाला मुख्य किरदार शिवा ही था। उनके बदले का उचित अवसर था, क्योंकि तिहाड़ का जेलर उनका परिचित था। उन्होंने शिवा के कष्ट बढ़ाने के लिए जेलर को फोन कर दिया। अतः जेलर ने उसके घावों पर नमक-मिर्च छिड़कवा दिया। बुरी तरह छटपटाते हुए शिवा चीत्कार उठा। उसके रोम-रोम में असहनीय वेदना हो रही थी। भयंकर दर्द से वह पुनः बेहोश हो गया। न जाने और कितनी यातना सहना शिवा की किस्मत में लिखा था!

जेल में शिवा से मिलने के लिए हरिसेवकजी ने अणुव्रत सेवा भारती वालों से कह रखा था। जेलर की वजह से बड़ी मुश्किल से एक दिन मिलने का समय मिला। हरिसेवकजी व शालिनी दोनों गए। वहाँ कहा गया कि कोई एक ही मिल पाएगा। तब हरिसेवकजी ने शालिनी को अपने हाथ से पाठ्य पुस्तकों को थैला देते हुए कि ये शिवा को दे देना और कहना कि सुजश ने दिया है, इसकी शिवा पढ़ाई करे, ताकि उसका यह वर्ष खराब न हो।

करीब पंद्रह मिनट के इंतजार के बाद शिवा को लाया गया। दाढ़ी बढ़ी हुई। मुरझाई काया। गोरे मुखड़े पर सिर्फ धँसी हुई दो बड़ी-बड़ी आँखें दिख रही थीं। पूरे शरीर पर

पट्टियाँ बँधी हुई थीं। उसकी हालत देख शालिनी धक्क रह गई। शिवा ने देखा, शालिनी भी तपस्विनी हो गई थी। काफी दुबली लग रही थी। दोनों एक-दूसरे को देखते रहे। बस आँखों से बहती रही अविरल अश्रुओं की धारा। दोनों के शरीर सारी कहानी खुद ही बयान कर रही थी। इस प्रकार पाँच-सात मिनट हो गए। मुलाकात करवानेवाली को इनकी हालत पर तरस आया, बोली, "सिर्फ पाँच मिनट बचे हैं, आप कुछ बात तो कर लो।"

शालिनी चौंक पड़ी, बोली "यह सब कैसे हो गया?"

शिवा बोला, "यह सब कर्मों का खेल है। तुम चिंता न करना, मैं ठीक हूँ; लेकिन शालू तुमने यह क्या हाल बनाया है?"

प्रेम भरी वाणी में 'शालू' संबोधन सुनकर वह तो सुधबुध खो बैठी। हौले से हाथ पकड़कर बोली, "मैंने आपको जीवनसाथी मान लिया है, जल्दी आना।"

शिवा ने भी भाव-विभोर होकर उसका हाथ पकड़ लिया—"पगली, मैं तो उम्र भर यहीं रहूँगा। तुम किसी और का सोचो।"

शालू ने शिवा के मुँह पर हाथ रख दिया और बोली, "शुभ-शुभ बोलो, तुम्हें मेरी खातिर जल्दी लौटना ही होगा। सारा कॉलेज, सारा शहर, तुम्हारे दोस्त, सब कह रहे हैं—तुम निर्दोष हो।

"सुचित्राजी ने अच्छा वकील किया है। उन्होंने राजा भैया और अब्दुल्लाजी को भी बुलाया है। सब मिलकर सबूत इकट्ठे कर रहे हैं। सेशन कोर्ट में अपील का प्रार्थना-पत्र दिया है। आपको बहुत जल्द रिहा करवाने का प्रयास कर रहे हैं।"

शिवा बोला, "तुम सब मेरे लिए इतना क्यों कर रहे हो? मैं क्या लगता हूँ तुम्हारा? मुझे मेरे हाल पर छोड़ दो।"

शालू फफक-फफककर रो पड़ी और बोली, "तुमने सबको अपना समझा और आज जब अपनों की परीक्षा की घड़ी आई तो तुम उन्हें पराया कर रहे हो? शिवा, तुम सच्चे इनसान हो। भगवान् के घर देर है, अंधेर नहीं।"

यह सुनकर शिवा और संजीदा हो गया।

वार्डन ने कहा, "मिलने का समय समाप्त हो गया है।"

शालू ने पाठ्य-सामग्री का बैग पकड़ाया और कहा, "यह सुजश भैया ने भेजा है। आपको अपना अध्ययन जारी रखना है। परीक्षाएँ देनी हैं। एम.कॉम. के पेपर मिस नहीं करने हैं।" फिर उस तरफ रखा एक लिफाफा उठाया और शिवा को पकड़ाया। बोली, "इसमें कागज और कलम है। इनका उपयोग करना। अपने मन के भावों को लिखना।"

शिवा विचलित हो उठा। शालू ने उसकी आँखों की कोर में दो झिलमिलाते आँसू देख लिये थे। लेकिन कितनी देर? अगले ही क्षण निष्ठुर काल की कटार उठी। निर्दयी

वार्डन ने कहा, ''मिलने का समय समाप्त, चलो अंदर।''

वार्डन शिवा को अंदर ले गए। शालू उसे जाते हुए देखती रही, फिर मुड़कर अपने आँसुओं के सैलाब को रोक नहीं पाई और फूट-फूटकर रोने लगी।

दिनचर्या के काम समाप्त कर जैसे ही शिवा को समय मिलता, वह नियमित दो घंटे कॉलेज की पढ़ाई करता, फिर अपने विचारों को शब्दों का बाना पहनाता, उन्हें कलम से कागज पर उकेरता। दिन-पर-दिन बीतते गए। करीब पाँच महीने हो गए। शिवा ने चार रचनाएँ लिख ली थीं। उनके विषय थे—'शांति की खोज', 'पथ और पथिक', 'मुक्ति का द्वार' एवं 'समझ जीने की'।

एक दिन किसी तरह से अणुव्रत सेवा भारती के चेयरमैन मुहम्मद अब्दुल्ला साहब जेल में शिवा से मिलने आए। बोले, ''शिवा, तुम्हारे बिना सबकुछ अधूरा-सा लगता है। तुम्हें रिहा कराने का हम पूरा प्रयास कर रहे हैं; लेकिन असली कातिल बहुत ऊँची पहुँचवाले नेताजी का करीबी रिश्तेदार है, इसलिए इतनी अड़चन आ रही है। पुलिस, न्यायपालिका सब उसकी जेब में हैं।

''शालू बिटिया कह रही थी कि तुमने कुछ विषयों पर अपने आलेख लिखे हैं। लाओ, मुझे दे दो, मीडिया तुम्हारे समाचार एवं विचार जानने को उत्सुक है।''

शिवा ने निर्विकार भाव से अपने लिखे पृष्ठ अब्दुल्ला साहब को पकड़ा दिए और कहा, ''ये मेरे निजी विचार हैं। इनसे किसी का भला हो तो आप उपयोग कर सकते हैं।''

वार्डन ने कहा, ''समय हो गया।''

अब्दुल्ला साहब ने कहा, ''खुदा हाफिज, सलामत रहो।''

शिवा ने नमस्कार किया और मुड़ गया। अब्दुल्ला साहब उस फरिश्ते को तब तक देखते रहे जब तक वह दिखाई देता रहा।

घर आकर अब्दुल्ला साहब ने शिवा की रचनाएँ उठाईं। शीर्षक पढ़ा—'मुक्ति का द्वार'। जब उन्होंने पढ़ना प्रारंभ किया तो उसे समाप्त किए बिना अपने स्थान से उठ ही नहीं पाए—

'विपदाओं से मत घबराओ, साहस से आगे बढ़ जाओ।
राहें नई पाते जाओ।
कष्टों को गले लगाओ, कायरता कभी न लाओ
विष को पीयूष बनाओ, कठिनाई में मुसकाओ
पग-पग विजय गीत गाओ, साहस से आगे बढ़ जाओ
कितना ही ताप भरा हो, पर प्राण-कुंज हरा हो।
संकट चाहे गहरा हो, वाणी-व्यवहार खरा हो

हर दिन चमक नई पाओ, साहस से आगे बढ़ जाओ,
संकल्प सृजन का जागे, टूटे स्वार्थों के धागे
मैत्री धारा के आगे, दुर्जन भी दुर्गुण त्यागे
चलते-चलते मंजिल पाओ—साहस से आगे बढ़ जाओ।'

वास्तव में शिवा की लेखनी के ओज ने अब्दुल्ला साहब को आप्लावित कर दिया। और अंतिम दो पंक्तियाँ तो दिल को छू गईं। जीवन में आने वाली कठिनाइयों से जीवन में नई ऊर्जा शक्ति का स्फुरण होता है। शिवा ने इस कठोर कारावास को ही अपना अध्ययन कक्ष बना कितनी उम्दा रचनाएँ लिख डाली थीं।

एक जगह शिवा ने लिखा था—हर व्यक्ति का चिंतन और पुरुषार्थ भी इस दिशा में होना चाहिए कि वह निरंतर शुभ और अच्छे भावों में जीए। इसके लिए ग्रहणशीलता भी सहायक होती है, क्योंकि यह आदमी को ज्ञानी बना देती है। प्रत्येक व्यक्ति को यह सोचना चाहिए कि हमें मानव जीवन मिला है। अत: श्रेयस्कर बातों को ग्रहण कर अपने जीवन को सार्थक बनाएँ।

अब्दुल्ला ने चारों लेखों को चार प्रतिष्ठित पत्रिकाओं में भेज दिया। सभी पत्रिकाओं ने उन्हें प्रमुखता से छापा, साथ ही शिवा का संक्षिप्त परिचय छापते हुए जन-साधारण से शिवा के लिए मंगलकामना करने की अपील भी की।

उच्च विचार, क्रांत चिंतन, सरल, सुबोध, प्रवाहमयी एवं प्रौढ़ भाषा-शैली से युक्त आलेखों ने शिवा के पक्ष में चहुँओर लहर पैदा कर दी।

उन्नीस

मंत्रीजी ने 'आज का सच' पत्रिका की एक प्रति हाथ में लिये भोजन कक्ष में प्रवेश किया, जहाँ सुचित्रा अपनी माँ व छोटी बहन के साथ पिताजी का इंतजार कर रही थी।

मंत्रीजी ने सुचित्रा को पत्रिका देते हुए कहा, "देखो, इसमें शिवा का लेख आया है—'शांति की खोज'—'मैंने अपने आत्मबल को अंतर्ज्योति से प्रज्वलित रखने का मंत्र भस्माच्छन्न अग्नि से सीखा है। सत्य से विनम्रता और अभय से दृढ़ता मिलती है। एकता और समन्वय के लिए न्यायोचित बलिदान भी काम्य है। अणुव्रत की आस्था अहिंसा में है। हिंदुस्तान के पास जब तक अहिंसा की संपत्ति सुरक्षित है, भौतिकवादी शक्तियाँ उन्हें परास्त नहीं कर सकतीं।'

"कितने उच्च विचार हैं इसके! सुचित्रा, वास्तव में यह कातिल नहीं हो सकता।

तुम्हारी कानूनी प्रक्रिया कहाँ तक आगे बढ़ी?''

सुचित्रा ने कहा, ''पिताजी, हमने सेशन कोर्ट में अपील की तथा अनेक सबूत जुटाए। वकील भी हमारा तेज था; किंतु असली अपराधी की ऊपर तक पहुँच है, इसलिए ही हमें अब तक सफलता नहीं मिली है। हमारी वह अपील अमान्य हो गई। हमने हाई कोर्ट में भी अपील की, वह भी अस्वीकृत हो गई है। वह लड़की भी गवाही देने सामने आने से घबराती है। उसे धमकियाँ भी मिल चुकी हैं। पिताजी, अगर गुरुजी की शीघ्र रिहाई नहीं हुई तो उनका यह वर्ष खराब हो जाएगा। एम.कॉम. की परीक्षाएँ आने वाली हैं। अब तो आपको ही कुछ करना पड़ेगा।''

मंत्रीजी ने पूछा, ''तुम लोगों ने क्या कदम उठाने का सोचा है?''

सुचित्रा ने कहा कि ''हम बहुत निराश हैं। हमें कोई रास्ता नजर नहीं आ रहा है। अब आप ही बताइए हम कैसे आगे बढ़ें?''

मंत्रीजी ने कहा, ''सुचित्रा, जब से तुम्हारे शिक्षक शिवा ने आना प्रारंभ किया, तब से मैं उसे जानता हूँ। यह लड़का वाकई निर्दोष है। मैं कभी गलत का, अन्याय का पक्ष नहीं लेता, कभी किसी की सिफारिश नहीं करता; किंतु शिवा समाज का भूषण है। उसका जेल में सड़ना हमारे समाज की विवशता है। अब तुम सुप्रीम कोर्ट में अपील करो। अपील खारिज हो जाती है तो हम पुनः अपील करेंगे। अगर वह भी अस्वीकृत हो जाती है तो फुल बेंच की अपील करेंगे, जिसमें ८-१० न्यायमूर्तियों की बेंच चिंतन-मनन करके अपना फैसला सुनाएगी। यह काम बड़ा मुश्किल है, किंतु तुम्हें हिम्मत नहीं हारनी है। तुम अपने पिता पर भरोसा रखो, जीत सत्य की होगी।''

सुचित्रा को पिताजी की बात से बड़ा संबल मिला। मन-ही-मन उसका शीश अपने पिताजी के प्रति श्रद्धा से झुक गया। खुश होकर वह बोली, ''थैंक्यू पापा, थैंक्यू सो मच।''

आज कोर्ट में बहुत भीड़-भाड़ थी। राजा, आलोक, कृष्णा, सुजश, सुजाता, पाठकजी, अब्दुल्ला साहब, हरिसेवकजी एवं सत्यवान सब मौजूद थे। थोड़ी देर में सुचित्रा भी वकील साहब के साथ आ गई।

ठीक ११ बजे फुल बेंच की सुनवाई प्रारंभ हो गई। लगभग दो घंटे बाद ११.३० पर उन्होंने अपना ऐतिहासिक निर्णय सुनाया—''तमाम सबूतों व गवाहों के आधार पर श्री शिवमंगल सिंह को प्रो. कुलकर्णी हत्याकांड में निरपराध पाया गया है। अदालत हुक्म देती है कि शिवमंगल सिंह को बाइज्जत बरी किया जाए। अदालत पुलिस को प्रो. कुलकर्णी का असली कातिल तलाशने का भी हुक्म देती है।''

सबके चेहरों पर खुशी का पारावार न था। सुप्रीम कोर्ट से आदेश लेकर सब

तिहाड़ जेल पहुँचे। वहाँ पहले से ही खबर पहुँची हुई थी। शिवमंगल सिंह को सभी कैदियों ने बड़े दुःखी हृदय से विदाई दी।

जेल के अधिकारियों ने शिवमंगल को अपने जेल का वातावरण सुधारने तथा कई कैदियों का हृदय-परिवर्तन करने के लिए धन्यवाद दिया और कहा, ''स्वामीजी, कभी-कभी हमारी जेल में आकर कैदियों को शिक्षा देते रहिएगा।'' वे स्वयं बाहर तक आए और सबके समक्ष बोले, ''इस जेल में ऐसा कैदी पहली बार आया है, जिसके जाने से सारे कैदी व स्टाफ उदास हो रहे हैं।''

नए जेलर ने भी शिवा के मंगलमय जीवन के लिए शुभकामनाएँ दीं।

सुजश ने सबसे पहले आगे बढ़कर अपने जिगरी यार को गले लगा लिया। सुचित्रा व सुजाता ने गुलदस्ते दिए, अब्दुल्ला साहब ने माला पहनाई। फिर एक-एक करके सबने माला पहनाई और पुष्प-गुच्छ भेंट किए।

अब सब शिवा के घर पहुँचे। माँ-बाप पलकें पसारे अपने प्रिय पुत्र का इंतजार कर रहे थे। माँ ने शिवा को कलेजे से लगा लिया। अश्रुओं की धारा बह चली। बोली, ''पता नहीं मेरे लाल को किसकी नजर लग गई! अब दुनिया से बचाकर रखूँगी। अब नहीं जाने दूँगी कहीं सेवा कार्यों में।''

शिवा ने माँ-पिताजी को प्रणाम किया। सत्यवान ने शिवा को गले लगा लिया। फिर सब अतिथियों को बैठने का आग्रह किया। सुचित्रा अपने संग मिठाई के डिब्बे लाई थी। उसने सबको मिठाइयाँ खिलाईं। शिवा ने पूरी टीम को धन्यवाद दिया। शिवा के माँ-पिताजी ने सबका बहुत-बहुत धन्यवाद दिया, विशेषकर सुचित्रा का। सबने शिवा की सलामती की दुआ माँगी और अपने-अपने घर को निकल पड़े।

बीस

शिवा की प्रिय मेधावी शिष्या सुचित्रा ने अपने अध्ययन में किसी तरह की गफलत नहीं की थी। शिवा के कारावास काल में विशेष निष्ठापूर्वक स्वयं उसने अपनी परीक्षा की पूरी तैयारियाँ कर रखी थीं। शिवा सर को कारावास से मुक्त करवाकर वह बेहद प्रसन्न थी। खुशी-खुशी वह अपने घर पहुँची तो देखा बाहर मंत्रीजी की गाड़ी भी खड़ी थी। अर्थात् वे भी पहुँच गए थे।

अंदर घुसते ही सुचित्रा ने पिताजी के पैर छुए। अदा से बोली, ''प्रणाम पिताजी! शिवा सर अदालत से बाइज्जत बरी होकर घर आ गए हैं।''

मंत्रीजी—शाबाश बेटा! हमें आपसे यही उम्मीद थी कि हमारी बहादुर बिटिया आज

अवश्य जीतकर आएगी।

सुचित्रा—थैंक्स पापा; लेकिन यह जीत सिर्फ मेरी नहीं, हम सबकी जीत है, सच्चाई की जीत है, ईमानदारी की जीत है, सबसे बड़ी बात मेरे पापा की जीत है।

मंत्रीजी—देखो सुचित्रा, पहली बात, वह आपके शिक्षक हैं, दूसरी बात, वह एक होनहार सच्चा युवक है। मैंने एक सही कार्य की निष्पत्ति में अपना दायित्व निभाया है।

सुचित्रा—पिताजी, आप महान् हैं, इसलिए आप राजनीति के कीचड़ में भी कमल सदृश स्थापित हैं। हमें गर्व है आप पर।

मंत्रीजी—बेटा, गर्व तो हमें भी आप जैसी विलक्षण समझदार बिटिया पाकर है। अब जरा आपके भविष्य के बारे में भी कुछ चिंतन कर लिया जाए।

मंत्रीजी की पत्नी बोलीं, ''सुचित्रा, आपके समक्ष एक तरफ योग्य, सुशिक्षित, सुंदर, सुसंस्कारी लेकिन गरीब युवक हो और दूसरी तरफ पद, प्रतिष्ठा, पैसा, शिक्षा, चरित्र सब हो तो आप किसका चयन करेंगी जीवन साथी के रूप में?''

सुचित्रा—माँ, मैंने तो कभी सोचा ही नहीं। जैसा आप लोग उचित समझें।

माताजी—बेटी, अगर आपकी पसंद पूछी जाए तो आपकी क्या राय होगी?

सुचित्रा असमंजस में पड़ गई। वास्तव में विवाह जैसे गंभीर मुद्दे पर उसने सोचा ही न था। हाँ, उसे मन-ही-मन शिवा सर बहुत अच्छे लगते थे। उनका आकर्षक व्यक्तित्व, सकारात्मक चिंतन, प्रभावी शिक्षण एवं मृदु व्यवहार से वह बहुत प्रभावित थी। उनका पवित्र आभा वलय उसे अपनी ओर खींचता था। भावी जीवन साथी के रूप में उन्हें सोचकर वह बहुत खुश होती; किंतु शिवा ने हमेशा मर्यादित व्यवहार किया था।

अकस्मात् आज माँ-पिताजी द्वारा प्रस्तुत प्रस्ताव का कोई जवाब न दे सकी। पुत्री की यह स्थिति देख मंत्रीजी ने बातचीत आगे बढ़ाते हुए कहा, ''सुचि बिटिया, हर माँ-बाप चाहते हैं कि उनकी बेटी बेहद सुखी रहे।''

इसी बात को आगे बढ़ाते हुए उसकी माँ बोलीं, ''हमारे समक्ष बहुत अच्छे रिश्ते आ रहे हैं, इसलिए हम तुम्हारी पसंद जानना चाहते हैं।''

''माँ, मुझे कुछ वक्त चाहिए सोचने के लिए।'' सुचित्रा ने कहा।

माँ कुछ बोलती, इससे पूर्व ही मंत्रीजी बोले, ''हाँ-हाँ बेटा, क्यों नहीं, एक दो-दिन में तुम आराम से सोचकर अपनी सहमति दे देना।''

सुचित्रा कुछ बोली नहीं, बस सहमति में सिर हिला दिया।

अब माहौल ऑफिशियल हो गया था। रेस्टोरेंट के कोने की टेबल पर एकांत में बैठा यह ग्रुप धीरे-धीरे मंत्रणा कर रहा था। आर्या ने कुछ कागज सामने खोल रखे थे। विशाल लैपटॉप में कुछ सिलेक्ट करता जा रहा था। गहरे विचार-विमर्श से पूरी रूपरेखा बना ली। आज से ठीक चार दिन बाद पाँचवें दिन प्रात: उन्हें कूच करना था। बेहद समर्पित एवं पूर्णतया प्रशिक्षित यह जाँबाज मित्र-मंडली क्या शिवा को जीवित ला पाएगी?

छियालीस

संसार में जितने अच्छे, बड़े और महत्त्वपूर्ण कार्य करनेवाले व्यक्ति हुए हैं, वे संकल्प-शक्ति के सहारे ही शिखर पर आरूढ़ हुए हैं।

आर्या ने ऑफिस में अपनी बीमारी का डॉक्टरी प्रमाण-पत्र लगाकर छुट्टी हेतु अरजी भिजवा दी। साक्षी ने अपनी बहन की शादी का बहाना बनाया। शांतनु और नंदिता अभी तक हनीमून पर नहीं गए थे, अत: उन्होंने हनीमून जाने के लिए छुट्टियाँ माँगीं। विशाल ने एडवांस कोर्स परीक्षा हेतु छुट्टी ली।

अपने-अपने घर में उन्होंने बताया कि ऑफिस की अति महत्त्वपूर्ण अनिश्चित-कालीन गोपनीय ड्यूटी पर जा रहे हैं। आप लोग चिंतित न हों, हम समय-समय पर आप लोगों से संपर्क कर लेंगे।'' शुक्रवार प्रात: ९ बजे शुभ मुहूर्त में उनका अभियान आरंभ हुआ। यात्रा के प्रथम चरण में हिप्पियों के वेश में पाँचों पहचाने ही नहीं जा रहे थे।

पूर्व निर्धारित कार्यक्रमानुसार यह टीम बंगाल के सियालदह स्टेशन पर उतरी। स्टेशन के वेटिंग रूम में जाकर ये हिप्पी परंपरागत बंगाली परिवार में बदल गए। नंदिता-शांतनु एवं विशाल-साक्षी पति-पत्नी के रूप में तथा आर्या शांतनु एवं विशाल की बहन के रूप में। दो जोड़े भाई-भाभी की इकलौती ननद बनी आर्या बड़े नखरे दिखा रही थी। इस टीम का एकदम उचित पहनावा था और इनका वैसी ही शुद्ध बँगला भाषा का उच्चारण था।

अब उन्हें पश्चिमी मिदनापुर जिले के साँकरेल गाँव में पहुँचना था। उसके लिए उपयुक्त साधन स्थानीय बसें ही थीं। लगभग दस मिनट पश्चात् ही उन्हें साँकरेल की बस मिल गई। टूटी-फूटी, पुरानी, कबाड़ा लगनेवाली बस बंगाल सरकार की गरीबी की गाथा कह रही थी। खचड़-खचड़ करते किसी तरह साढ़े चार घंटे में बस साँकरेल पहुँची। गाँव छोटा था। बस को आगे झारग्राम जाना था। सवारियाँ कम थीं, अत: उन्हें गाँव के बाहर ही उतार दिया। वहाँ सिर्फ ये पाँच सवारियाँ ही उतरीं। आर्या ने नजर उठाकर सामने देखा, यह गाँव एकदम सुनसान, उजड़ा व बियाबान लग रहा था। कहीं भी जीवन का नामो-निशान नहीं दिख रहा था।

अचानक उसकी नजर अपनी दाईं तरफ गई। सड़क के उस पार वह कोई मंदिर लग रहा था। पाँचों एकमत हो गए वहाँ चलने को। पास पहुँचते ही पता चल गया कि यह तो दुर्गा माता का प्राचीन मंदिर है। अपने यात्रा-पथ के प्रथम पड़ाव पर दिव्य देवी का मंदिर पाकर आर्या को बेहद सुकून मिला। उसे लगा जैसे मुँहमाँगी मुराद मिल गई। अपने साथियों से बात करके आर्या पूजा करने बैठ गई। मंदिर में एक तरफ आसन रखा हुआ था। आर्या उसे उठा लाई और उस पर बैठ गई। आलथी-पालथी (सुखासन) लगाकर उस पर दोनों हाथों से वीतराग मुद्रा लगाई। बाईं हथेली ऊपर, दाईं हथेली नीचे, दोनों अँगूठे आपस में मिले हुए अपनी गोद में नाभि के पास रखे और कोमलता से आँखें बंद करके माँ के समक्ष ध्यान लगाकर बैठ गई।

श्वासों की, स्वरों की, शरीर की, मन की, मस्तिष्क की संपूर्ण एकाग्रता से माँ को पुकारने लगी, "शक्ति देना माँ! हमारा 'मिशन फ्रीडम' पूरी तरह से सफल हो। माँ, तेरा आशीर्वाद चाहिए।" पूरी एकाग्रता, पूरी तन्मयता। अकस्मात् हवा का एक झोंका आया और देवी माँ के हाथ का फूल धीरे से उस बच्ची की खुली हथेलियों में आ गिरा।

आर्या ने हौले से अपनी आँखें खोलीं। अपने हाथों में कृपामयी काली माँ का प्रसाद पाकर वह प्रसन्न हो गई।

मंदिर के अहाते में दो छोटे-छोटे कमरे थे। एक कमरे में ये अपना सामान लेकर गए। सबने हलका-फुलका भोजन किया। नंदिता व शांतनु ने बंगाली मछुआरे का वेश बनाया। आर्या एवं साक्षी ने नर्तकी पोशाक पहनी। विशाल संगीतज्ञ बना। इन ऊपरी वेशभूषा के नीचे पूरी तरह से हथियारों से लैस कमांडो की वरदी थी।

आर्या एक कागज पर कुछ अति महत्त्वपूर्ण लिखने, पढ़ने व गणना करने में व्यस्त थी। विशाल लैपटॉप में से कोई जानकारी निकाल रहा था। शांतनु आस-पास की कुछ जानकारियाँ लेने गया हुआ था—यहाँ जंगल की क्या पोजीशन है? बंगाल की खाड़ी कहाँ से लगती है? नक्सली दबाव कहाँ से है? सुरक्षा बलों की क्या स्थिति है?

आसपास के क्षेत्र को नंदिता व साक्षी ने चौकस दृष्टि से देखा तो पाया कि सुरक्षा बल बेहद तेजी से विकास कार्यों को अंजाम दे रहे थे। नागरिक गाँव में लौटे, तो वे पहले से बहुत ज्यादा सुकून से रह सके। संभवतः इसी वजह से शीघ्रता से काम हो रहा था।

शांतनु सबकुछ पता करके लौट आया था। आर्या व विशाल का काम भी संपन्न हो गया। पूरी टीम आगे के कूच के लिए तैयार थी। अत्यावश्यक सामान साथ लिया। अतिरिक्त सामान मंदिर के पीछे ऐसी जगह छुपा दिया, जहाँ जल्दी से कोई भी नहीं पहुँच सकता।

अब आगे की योजना के अनुसार टीम दो भागों में बँटकर आगे मूव करेगी। आर्या, साक्षी एवं विशाल जंगलों में पीछे की ओर से उस संभावित बिल्डिंग तक पहुँचेंगे, जहाँ

आर्या के पिताजी के कैद होने की पूरी संभावना थी। वहाँ से पिताजी को निकालकर शीघ्रातिशीघ्र वे लोग पूर्वी दिशा में बंगाल की खाड़ी की ओर बढ़ेंगे। नंदिता एवं शांतनु वहाँ मछुआरों की नाव लिये पहले से तैयार होंगे। इस प्रकार जल मार्ग से होते हुए वे कोलकाता पहुँच जाएँगे। योजना तो सोची-समझी थी, लेकिन जोखिम बिना सोचा भी हो सकता था। इनसान की जोखिम उठाने की क्षमता भी जीवन में सफलता के पैमाने तय करती है। आर्या कितना जोखिम बरदाश्त कर पाएगी? क्या उसे अपने पिताजी मिल जाएँगे?

सैंतालीस

योजना के अनुसार उन्होंने अपना अभियान प्रारंभ कर दिया था। सिर मुँड़ाते ही ओले पड़े। आर्या और साक्षी अभी सौ कदम भी नहीं चले थे कि उन्होंने अपने आपको सुरक्षा बलों से घिरा हुआ पाया। कम-से-कम वे नौ सिपाही थे जबकि ये दो ही थीं। उनके लीडर ने कहा, "ऐ लड़कियो, यहाँ क्या कर रही हो?"

आर्या ने बड़ी नजाकत से उत्तर दिया, "हम तो 'इवनिंग वॉक' के लिए निकली हैं। लेकिन हमसे सवाल-जवाब माँगनेवाले आप कौन हो?"

लीडर ने उसका प्रश्न अनसुना करके पुनः प्रश्न किया, "क्या तुम्हें यहाँ के हालात पता नहीं, क्यों चली आईं यहाँ मरने?"

आर्या ने सँभलकर समझदारी भरा उत्तर देते हुए बताया "हम दोनों बहिनें चाचा के लड़के की शादी में शरीक होने आई थीं। वहाँ तो घर में कोई था ही नहीं, हमारा मूड खराब हो गया तो इधर घूमने निकल पड़ीं।"

लीडर को उसके मासूम चेहरे, भोली बातों पर भरोसा हो गया। उसने कहा, "यहाँ अभी स्थिति पूरी तरह से तनाव में है, कभी भी कुछ भी हो सकता है। अतः भला इसी में है कि तुरंत लौट जाओ, कहो तो मैं दो सिपाही संग भेज दूँ?"

आर्या एकदम सकपका गई, लेकिन ऊपर से सहज होते हुए बोली, "हमें भय महसूस नहीं हो रहा है, हम चले जाएँगे। आप किसी प्रकार की चिंता न करें। इतने अच्छे व्यवहार और मार्गदर्शन के लिए शुक्रिया।" कहकर वे वापस लौट गईं।

उनसे ५-७ फलाँग दूर एक पेड़ की ओट में खड़े विशाल की ऊपर की साँस ऊपर, नीचे की नीचे रह गई थी, जब उसने दोनों लड़कियों को सुरक्षा बल से घिरे देखा। वह वहीं पर पोजीशन लेकर सतर्क था, किंतु जैसे ही सुरक्षा बलों को पश्चिम की ओर तथा इन्हें पूर्व की ओर मुड़ते देखा, तब उसने चैन की साँस ली।

पहले उन्होंने अपेक्षाकृत साफ-सुथरा रास्ता चुना था, लेकिन अब देखा कि यहाँ सुरक्षा बल चप्पे-चप्पे पर तैनात हैं, इनकी नजरों में धूल झोंकना आसान नहीं है, तब

सघन जंगलवाला रास्ता चुना गया। आर्या ने सुचित्रा आंटी वाला नक्शा एक बार पुनः बाहर निकाला। तीनों ने लोकेशंस एकदम सुनिश्चित कर लीं, फिर नक्शे को पुनः समेटकर अपनी जेब में रख लिया। बीहड़ जंगल में नक्सलियों का बहुत आतंक तो था ही, जंगली जीव-जंतुओं का खतरा भी बहुत ज्यादा था। रास्ता भटक जाना भी बड़ी बात न थी। किंतु विशाल वहाँ के चप्पे-चप्पे से परिचित था, क्योंकि उसने सैटेलाइट से अन्वीक्षण करके उस जंगल का गहरा अध्ययन किया था।

अतः तीनों ने ब्लैक टाइगर कमांडोवाली अपनी पोशाकें पहन लीं, जो वाटरप्रूफ, फायरप्रूफ एवं बुलेटप्रूफ थीं। हैलमेट, दस्ताने, नाइट विजन गोगल्स लगाने के बाद वे तीनों ही आपस में एक-दूजे को नहीं पहचान पा रहे थे। उन्होंने अपने वॉकी-टॉकी सक्रिय कर लिये और बढ़ चले इच्छित लक्ष्य की ओर।

सघन वन में हाथ को हाथ नहीं सूझ रहा था। आगे बढ़ना बड़ा मुश्किल हो रहा था। इन्होंने एकदम मध्यम रोशनी की टॉर्च का उपयोग करने की सोची। साक्षी ने हाथ पीछे किया, अपनी बैक पॉकेट से टार्च निकालने के लिए, "अरे, मेरा हाथ किसने पकड़ा है?" मुड़कर देखने लगी तो भयंकर जहरीले नाग ने उसकी कलाई पर लपेटा दे रखा है। क्रोध से धधकती उसकी आँखें, जहर उगलती लपलपाती जीभ, अगले ही क्षण सीधा चेहरे पर डसने को तैयार! घबराहट के मारे साक्षी ने आँखें बंद कर लीं, 'ओउम् नमः शिवाय' को याद करने लगी। 'खच्च' की आवाज हुई। साक्षी ने डरते-डरते आँखें खोलीं तो देखा, उस खूँखार सर्प का मुँह विशाल ने पकड़ रखा था। उसकी कलाई से हटाकर पूरी ताकत से विशाल ने उस जहरीले नाग को दूर फेंक दिया था।

विशाल ने सांत्वना के साथ साक्षी की ओर देखा। साक्षी भी असीम अनुराग भरी आँखों से विशाल को धन्यवाद कह रही थी। उनसे कुछ दूरी पर खड़ी आर्या सारा माजरा देखकर रोमांचित थी।

"इस जंगल में साधारण आदमी दिन में भी घुसने की हिम्मत नहीं करेगा। अभी तो रात का अंधकार गहरा रहा है। अतः अतिरिक्त सावधानी से दाएँ-बाएँ, ऊपर-नीचे देखते हुए हमें चलना है।" आर्या ने कहा।

जैसे ही यह कहकर उसने अपना कदम उठाया तो पैर हिले ही नहीं। टॉर्च की चमक में उसने देखा, भयंकर मोटे अजगर की पूँछ उसके पैर पर पड़ी थी। इनसान तो क्या, साबुत मगरमच्छ को निगल जाए, इतना विशालकाय अजगर था। आर्या को लगा, यह पलटेगा, मुँह खोलेगा और आर्या अंदर; मौत को इस रूप में सामने देखकर वह काँप उठी और सोचने लगी—मरने का गम नहीं है, लेकिन पिताजी को कौन आजाद कराएगा?

जहाँ इनसानी शक्तियाँ चूक जाती हैं वहाँ दैवी शक्ति काम करती है। आर्या ने

अपने गले में पहने दिव्य मोती के लॉकेट को चूमा और आँखें बंद करके नमस्कार महामंत्र का पूरी एकाग्रता से जप करने लगी। इक्कीस बार जप करके उसने आँखें खोलीं तो उसे दूर जाते अजगर की पूँछ दिखाई दी। वह भी अगले क्षण ओझल हो गई।

इस प्रकार खतरों का सामना करते-करते, छिपते-छिपाते रात के लगभग दो बजे वे ऐसी जगह पहुँचे जहाँ से सामने एक बड़ी पहाड़ी नजर आ रही थी। संभवत: इसके तहखाने में ही उसके पिता कैद थे। अब आर्या को गुप्त रास्ता तलाशना था। उसने मन-ही-मन सुचित्रा आंटीवाला मैप दोहराया। उसमें सबकुछ सही-सही निर्देशित था।

पश्चिम दिशा की ओर थोड़ा सा आगे बढ़ते ही वह एक दीवार से टकराई। उसने नीचे देखा, यह तो कुएँ की मुँडेर थी। आर्या इसी को तो खोज रही थी। पूर्व निर्धारित योजना के अनुसार अब विशाल की ड्यूटी कुएँ की मुँडेर के पास तथा साक्षी की पीछे बेकअप और चौकसी की थी।

आर्या ने कहा, ''विशाल, यहाँ कुएँ में उतरने की कोई सीढ़ियाँ तो हैं नहीं, एकमात्र रास्ता है इस अंधकूप में कूदना। क्या करें?''

तब विशाल ने कहा, ''आर्या, तुम अपनी कमर पर रस्सी बाँधकर मुझे थमा दो। अगर तुम्हें कहीं तहखाने का रास्ता मिल जाए तो रस्सी खोलकर अंदर चली जाना। हमें दो बार टॉर्च जलाकर सहमति दे देना। रस्सी वहीं रहेगी। जब वापस आओ तो कमर पर रस्सी बाँधकर तीन बार टॉर्च जला देना। मैं तुम्हें ऊपर खींच लूँगा।''

मामला बेहद खतरनाक था। जंगल का अंधकूप जल से लबालब भरा भी हो सकता है। जलीय जंतु भी हो सकते हैं, जहरीली वनस्पति भी हो सकती है। लेकिन आर्या के पैर एक क्षण भी नहीं ठिठके। दिमाग में सावधानी थी, दिल में जुनून था कि पिताजी को हर हाल में बचाकर लाना है।

आर्या ने अपना अत्यावश्यक सारा सामान चेक किया, कमर पर मजबूती से रस्सी बाँधी। हाथ जोड़कर नमस्कार महामंत्र का उच्चारण किया और कूद पड़ी उस अँधेरे कूप में। वह नीचे की ओर जाती जा रही थी, जाती जा रही थी''' २० फीट'''३० फीट'''३५ फीट'''लगभग ४० फीट की गहराई तक वह पहुँच चुकी थी। जल का गहरा दबाव था। वह चारों ओर हाथ-पाँव मारते हुए रास्ता तलाश रही थी। उसे कहीं भी कोई निशान नहीं दिख रहा था। उसे लगा कि वह गलत जगह आ गई है। इस कुएँ में उसे कहीं कुछ नहीं मिलेगा। वह तैरकर ऊपर की ओर आने लगी। आते-आते उसने पुन: विचार किया कि जलीय सतह प्रारंभ होने से पूर्व की स्थिति का भी अवलोकन किया जाए। हो सकता है वहाँ कोई सुराग मिले। सोचते-सोचते वह पानी के ऊपर आ गई। कुएँ की गहराई अब भी १५-२० फीट थी, किंतु यहाँ भी उसे कहीं कुछ नहीं दिखा। वह बेहद परेशान-सी चारों तरफ हाथ-पाँव मार रही थी। तभी उसका बूट लोहे के कड़े

से टकराया। कुएँ की एक तरफ की दीवार में लगभग ढाई फीट लंबा दो फीट चौड़ा रास्ता खुल गया। आर्या ने उसमें शक्तिशाली टॉर्च की रोशनी जलाकर देखा, वह कोई लंबी सुरंग थी।

विशाल कुएँ में झाँक ही रहा था, तभी आर्या ने दो बार टॉर्च की रोशनी मारी। विशाल निश्चिंत हो गया कि नक्शे के अनुसार आर्या को रास्ता मिल गया है।

आर्या ने अपनी कमर की रस्सी खोलकर उस कड़े पर अटका दी, पुनः भगवान् का स्मरण कर सुरंग में दाखिल हुई। सुरंग की ऊँचाई लगभग पाँच फीट होगी, अतः आर्या को झुककर दौड़ना पड़ रहा था। वहाँ घटाटोप अंधकार था, अत: आर्या ने एक्स्ट्रा पावरवाले ग्लासेज निकाले और अपने नाइट विजन चश्मे के अंदर सेट कर दिया। अब उसे एकदम स्पष्ट दिख रहा था। लगभग एक किलोमीटर बाद सुरंग का रास्ता बंद था। वहाँ बारहसिंगा के दो सींग टँगे हुए थे। आर्या ने दोनों को आपस में ९० डिग्री पर घुमा दिया। सामने का पत्थर हट गया, रास्ता खुल गया।

सामने वह तहखाना था, जिसकी जेल में आर्या के पिता कैद थे। आर्या ने पुनः भगवान् का स्मरण किया कि उसे उसके पापा यहाँ अवश्य मिल जाएँ। बंद आँखों में एक चमक उठी। एक दिव्यात्मा वहाँ उपस्थित थी। अगले ही क्षण वह अदृश्य हो गई। आर्या को विश्वास हो गया कि वह यहाँ से खाली नहीं जाएगी। आर्या तहखाने में दाखिल हो गई। दोनों तरफ बैरकें बनी हुई थीं, जिनमें कैदी थे। यहीं आसपास ही उसके पापा भी होने चाहिए। अंधकार में वह अपने चश्मे से चेहरे पहचानने की कोशिश कर रही थी? अरे, यह क्या, बैरक नंबर पाँच में तो वही ईमानदार वन अधिकारी था, कुछ दिन पहले अखबार में जिसकी बड़ी-बड़ी फोटो छपी थी, नक्सली इलाके में लापता होने की खबर के साथ।

अब उसने पुनः अपना ध्यान केंद्रित किया। कल्पना में पिताजी का चेहरा साकार किया और कैदियों को देखते हुए आगे बढ़ने लगी। बैरक नंबर सात के कैदी की तरफ देखा तो वह देखती ही रह गई—उन्नत ललाट, गोरा रंग, तेजस्वी चेहरा। आँखें मूँदे बैठा था। बढ़ी दाढ़ी-मूँछ में संन्यासी लग रहा था। आर्या के मन में अपनेपन के भाव उठने लगे, दिल में स्नेह की धारा फूट रही थी। आर्या को आभास हुआ कि यही उसके पिता हैं—उसने प्लास्टिक का तार निकाला, बैरक के ताले में लगाकर घुमाया। ताला खुलने की आवाज से संन्यासी चौंका। आर्या ने होंठ पर अँगुली रखकर चुप रहने का संकेत किया। बाहर खड़े-खड़े उसने आगे झुककर कान में कुछ कहा। दोनों आश्वस्त हो गए। उसी पोजिशन में उसने उनके बंधनों को शीघ्रता से काटा और चलने का इशारा किया। आर्या ने उन्हें समझा दिया था कि बैरक के गेट या बाउंडरी लाइन किसी को नहीं छूना है। हौले से जंप करके बाहर आ जाएँ। उन्होंने वैसा ही किया और अब आर्या के

पिताजी आजाद थे; किंतु अभी बहुत लंबा सफर बाकी था।

आर्या पिता के पैर छूने झुकी तो शिवा ने झिलमिलाती आँखों से गले लगा लिया। उसने संक्षेप में आर्या को बताया कि उसके दादा सोमेश भी पासवाली बैरक में कैद हैं। आर्या के आश्चर्य का ठिकाना न था, क्योंकि उसके दादा तो सत्यवान थे, जिन्हें वह घर पर छोड़कर आई थी। यह समय तर्क-वितर्क या सोचने-विचारने का नहीं था। अतः एक सेकंड भी न गँवाते हुए वे दोनों बैरक नंबर नौ पर पहुँचे, जहाँ सोमेश कैद थे।

आर्या ने उसी प्लास्टिक के तार से ताला खोला। सोमेश नींद में थे, आर्या ने बंधन काटे। शिवा ने सोमेश को वैसे ही झुककर बाहर से सारी स्थिति बताई और निकल चलने को कहा।

आश्चर्यचकित सोमेश हड़बड़ाकर चलने को उद्यत हुए तो बैरक की चौखट पर पैर रख दिया। और यह क्या? पूरे तहखाने में लाल लाइटें जलने लगीं। एलर्ट अलार्म बजने लगा। आर्या हक्की-बक्की रह गई। यह क्या हो गया? उसने तुरंत अपने पॉकेट से बॉल के आकार का स्मॉक बम निकाला और वहाँ धुएँ का बम छोड़ दिया। एक सेकंड में वहाँ गहरा धुआँ छा गया।

अड़तालीस

आर्या ने शिवा का हाथ पकड़ रखा था, शिवा ने सोमेश का। आर्या सुरंग के दरवाजे की तरफ दौड़ी। गहरे धुएँ के कारण वे लोग वहाँ लगे कैमरों की पकड़ में नहीं आए। लेकिन शिवा और सोमेश धुएँ से बहुत परेशान हो गए थे। उसने बाहर निकलने से पहले ही आँसू गैस के दो गोले और छोड़ दिए थे। सुरंग के गेट पर पहुँचते ही तीनों तुरंत बाहर हो गए। आर्या ने वहाँ एक जबरदस्त बम लगा दिया, जिसमें कुछ समय बाद का टाइम सेट कर दिया। अब झुककर सुरंग के दूसरी ओर सब दौड़े। सुरंग के किनारे पहुँचते ही उसने अपने पापा के कमर में रस्सी बाँधी ऊपर तीन बार टॉर्च जलाई। ऊपर से पुनः जवाब नहीं आया तो उसने वॉकी-टॉकी में कोड भाषा में बोला। उसे जबाव मिला। उसका अर्थ था 'विशाल वहीं है। धुंध गहरी छा गई, इससे टॉर्च की रोशनी दिखी नहीं है, तुम बाँध दो, वह अभी खींचता है।'

शिवा को ऊपर खींचकर विशाल ने फटाफट रस्सी वापस डाली। आर्या ने उसे एक और साथी के बारे में बताया और उनकी कमर में भी रस्सी बाँध दी। विशाल ने सोमेश को भी खींच लिया।

साक्षी ने शिवा को कमांडो वस्त्र पहनाए एवं चेहरे पर मेकअप किया। साक्षी के पास वस्त्र तो अतिरिक्त न थे, लेकिन उसने सोमेश के शरीर पर आवश्यक जड़ी-बूटियाँ

लगा दीं। चेहरे पर जंगलियों जैसा मेकअप कर दिया। इतने में विशाल ने आर्या को भी ऊपर खींच लिया था। ऊपर निकलने से पहले आर्या ने वहाँ भी टाइम बम फिट कर दिया था। संभवतः नक्सलवादियों ने आपातकालीन प्रयोग के लिए इस सुरंग का निर्माण करवाया था। उसी का उपयोग करके आज आर्या अपने पिता को निकाल पाई थी। सुरक्षा के दृष्टिकोण से वहाँ से निकलते ही उन्होंने उस सुरंग को मटियामेट कर दिया।

रस्सी समेटकर यह दल अपने वापसी के रास्ते चल पड़ा। वापसी का मार्ग अपेक्षाकृत कुछ सुगम चुना था, क्योंकि इस बार दो बुजुर्ग उनके साथ थे। कुछ दूर निकलते ही उनके कानों में गोलियों की आवाजें पड़ीं। विशाल ने सबको रुकने के लिए कहा। खुद आगे जाकर देखा तो सुरक्षा बलों के दल और नक्सली दल में भयानक लड़ाई चल रही है।

सुरक्षा बल के महज पाँच-सात जवान थे और वे भी मरणासन्न स्थिति में थे। उनके पास असलहा-बारूद सब समाप्तप्राय दिख रहा था। सामने बीस-पच्चीस नक्सली थे। वे भारी पड़ रहे थे सुरक्षा बलों पर।

साक्षी ने कहा, ''हमें पहले भी बहुत विलंब हो चुका है, हम दूसरी तरफ से निकल लेते हैं।''

आर्या ने विशाल से पूछा कि उसकी क्या राय है? विशाल ने भी कहा, ''हम इन्हें निकाल लाए हैं। अब इन्हें सुरक्षित ले चलना ही हमारी प्राथमिकता होनी चाहिए।''

आर्या ने अपनी राय रखते हुए कहा, ''हमने जान पर खेलकर पिताजी को निकाला। इन्हें सुरक्षित घर ले जाना ही हमारा मिशन है। किंतु अपने देश के लिए भी हमारा कर्तव्य है। यहाँ जो मरणासन्न स्थिति में भी नक्सलियों से लोहा ले रहे हैं, वे भी हमारे भाई हैं। उन्हें बचाना भी हमारा फर्ज है। बोलो विशाल-साक्षी, क्या राय है?''

दोनों ने कहा, ''हम आपके विचारों से सहमत हैं।''

अब तय हुआ कि साक्षी शिवा एवं सोमेश को लेकर निकलेगी। विशाल व आर्या नक्सलियों से लोहा लेंगे। शिवा बोला, ''मैं ऐसी जोखिम भरी स्थिति में अपने बच्चों को छोड़कर नहीं जाऊँगा।''

पिता के प्यार, दुलार एवं अधिकार भरे स्वर को सुन आर्या भावुक हो उठी। इतने वर्षों से पापा के इसी स्नेह की तो प्यासी थी। बोली, ''ठीक है, पिताजी, मैं और विशाल मुख्य मोरचा सँभालते हैं, आपको कवर फायर देते हैं। आप और साक्षी जवानों को सुरक्षित स्थान पर पहुँचाइए।''

पिताजी की आँखों से प्रवाहित आशीर्वाद के खजाने को सहेजते हुए आर्या और विशाल ने तुरंत पोजीशन ले ली। हिंदुस्तान की सर्वश्रेष्ठ टीम के कमांडोज की गोलियों से नक्सली थर्रा उठे। उन्हें लगा कि सी.आर.पी.एफ. की बड़ी बैकअप इनके पास पहुँच

गई। अतः नक्सली धीरे-धीरे पीछे खिसकने लगे। पीछे उन्होंने नया जाल बुन रखा था। विशाल उनकी मंशा समझ गया।

साक्षी और शिवा घायल जवानों को थोड़ी दूर आड़ में एक-एक करके ले जा रहे थे। सोमेश उनके घावों पर मरहम-पट्टी कर रहा था। किसी को पानी पिला रहा था, किसी को पीड़ानाशक टिकिया दे रहा था।

विशाल ने आर्या से कहा, ''यहाँ का मोरचा तुम और साक्षी सँभालो, मैं पीछे से इन पर अटैक करता हूँ। दोनों तरफ के अटैक से ये बौखला जाएँगे।''

आर्या ने कहा, ''ओ.के.।'' साक्षी सुरक्षा बलों का मोर्टार उठा लाई थी। आर्या ने स्टेनगन से विशाल को साइड से कवर फायर देकर निकाल दिया। आर्या की तरफ से गोलियों की बौछार में कुछ कमी हो गई थी। नक्सलियों ने राहत की साँस ली। इतने में सामने आया मोर्टार का गोला। वे लोग पीछे दौड़े लेकिन पीछे उन पर हो गई बमों की बारिश। दाईं तरफ सँकरा सा रास्ता पेड़ों की ओट में था। ५-७ नक्सली जान बचाने उधर भागे। उधर बारूदी सुरंगें फट पड़ीं। अपने ही लगाए जाल में वे खुद फँस गए। इस प्रकार चौतरफा वार से नक्सली धराशायी हो गए।

उधर साक्षी के बाएँ हाथ से खून बह रहा था। उसकी कलाई में गोली लगी थी। भगवान् का शुक्र था कि कलाई की मुख्य नस थोड़ी सी बच गई, नहीं तो जान के लाले पड़ जाते। विशाल के दाएँ बगल में दो गोलियाँ लगी थीं। जब वह दौड़कर पीछे जा रहा था तभी नक्सलियों ने निशाना बनाया था। उसके भी खून बह रहा था।

सबसे ज्यादा हालत आर्या की खराब थी। उसकी आँख थोड़ी सी बच गई थी। उसी के पास सिर को भेदती हुई गोली आर-पार हो गई थी। खून से सारे कपड़े सराबोर हो गए थे। दूसरी गोली दाएँ कंधे को चीरते हुए निकली थी, यह अगर गरदन पर लग जाती तो? अब अत्यधिक रक्तस्राव से आर्या को कमजोरी आ गई और चक्कर आने लगे। बेटी की हालत देखकर शिवा का हृदय द्रवित हो गया। जल्दी से उसके हाथ पोंछकर रक्तस्राव रोकनेवाला स्प्रे किया। घावों पर दवाई लगाकर मरहम-पट्टी की। सिर का खून अभी भी नहीं रुका था। आर्या पर बेहोशी छाने लगी थी। आधी बेहोशी की हालत में उसे सुचित्रा आंटीवाली जीवन-रक्षक दवा याद आई। उसने अपनी कमीज की अंदरूनी पॉकेट में हाथ डालकर दवाई निकाली। इतने में उसके हाथ से दवाई की शीशी छूट गई और गरदन एक तरफ लुढ़क गई। सब घबरा गए। शिवा ने लाड़ली बेटी को जमीन पर नहीं गिरने दिया, अपनी गोद में लिटा लिया। उसके हाथ से छूटी दवाई की शीशी शिवा ने थाम ली।

उसने देखा, चाँदी की नक्काशीदार बेशकीमती डिब्बी थी। उसे खोला। उसमें एक छोटी सी प्लास्टिक की शीशी थीं जिस पर लिखा—'अमृत धारा—जीवन रक्षक रसायन'

प्लास्टिक की शीशी का ढक्कन खोलकर शिवा ने आर्या के मुँह में पूरी बोतल उड़ेल दी। देखा, धीरे-धीरे उसके शरीर में पुनः हल-चल प्रारंभ हो गई। होश में आते ही आर्या पानी माँगने लगी। साक्षी ने अपनी पानी की बोतल शिवा को पकड़ा दी। उन्होंने बेटी को पानी पिलाया।

विशाल ने साक्षी के पट्टी बाँध दी थी। सोमेश ने विशाल के बगल में मरहम-पट्टी कर दी थी। उन्होंने एक-एक दवा की टिकिया ली, जो दर्द को दबानेवाली और प्राण ऊर्जा को बढ़ानेवाली थी।

पिताजी की गोद में उनके द्वारा अमृत धारा पीकर आर्या ने न केवल नया जीवन पाया बल्कि असीम आनंद का नया अनुभव भी पा लिया था। इस मोरचे पर फतह हासिल करके वह टीम आगे बढ़ी। विशाल के कंधे का सहारा लेकर आर्या घिसटते-घिसटते चल रही थी। कुछ दूर पहुँचकर वह रुकी। वहाँ से आर्या ने दूरबीन लगाकर पीछे की ओर देखा। हेडक्वार्टर के सामने घमासान चल रहा था। सुरक्षा बल वहाँ तक पहुँच चुके थे। युद्ध जैसी लड़ाई हो रही थी। ऐसा नहीं लगता था कि आंतरिक सुरक्षा का मामला है, बल्कि लग रहा था कि सीमाओं पर दुश्मन देश के सैनिक मोरचा ताने खड़े हैं। वास्तव में बाहर के दुश्मन से घर का दुश्मन ज्यादा खतरनाक होता है। दोनों तरफ पूरी तैयारी थी। न सुरक्षा बल कमजोर पड़ रहे थे, न नक्सली। भयंकर आर-पार की लड़ाई चल रही थी।

आर्या ने चिंतित होते हुए पिताजी से कहा, ''मामला बड़ा टेढ़ा है। वहाँ दोनों तरफ से बराबर की लड़ाई चल रही है। अगर इस हेडक्वार्टर के अंदर से नक्सलियों को थोड़ी और मदद मिल जाए तो ये हावी भी हो सकते हैं।''

शिवा बोला, ''ये नक्सली बेहद धूर्त और चालाक हैं। यह तो दिखावटी हेडक्वार्टर है। असली हेडक्वार्टर तो यहाँ से लगभग दो किलोमीटर दूर घने जंगलों में है, ऐसा मेरे एक विश्वस्त साथी ने मुझे यह बताया था। वह भी वहीं कारागार में कैद था। उपग्रह या विमान किसी के पास उस हेडक्वार्टर का फोटो नहीं है। इस्पाती फौलादी बिल्डिंग बना रखी हैं। वहाँ की सुरक्षा व्यवस्था बहुत मजबूत है। बारूदी सुरंगें इतनी बना रखी हैं कि परिंदा भी पर नहीं मार सकता। उनकी गुप्त योजना यह है कि जब कभी भी भारतीय सुरक्षा बल इस हेडक्वार्टर पर कब्जा करके जीत का जश्न मना रहे होंगे, तभी असली हेडक्वार्टर से उनकी फोर्स आकर उन्हें नष्ट कर देंगी। साथ-ही-साथ पड़ोसी पाँच राज्यों में भी तबाही मचाकर सरकार को पुनः अपनी ताकत का अहसास करा देंगे।''

आर्या गहन चिंता में पड़ गई। उसने शिवा से पूछा, ''पिताजी, क्या यह एकदम पक्की खबर है?''

शिवा बोला, ''एकदम सोलह आने सच है यह बात। विश्वस्त सूत्रों से प्राप्त

खबर है।''

अपनी तकलीफ, अपना दर्द, अपना दुःख भूलकर अप्रतिम आत्मविश्वास से आर्या हलका सा लँगड़ाते हुए चल रही थी। फिर सबसे अलग होकर एक पेड़ की ओट में आकर आर्या ने अपना सेटेलाइट फोन निकाला। सुचित्रा आंटी का बताया हुआ चौदह अंकों का विशेष नंबर मिलाया। उसका दिल धड़क रहा था, पता नहीं यह नंबर मिलेगा या नहीं? इतने में उधर से एक खुर्राट आवाज आई, जिसने आर्या की आइडेंटिटी और पर्सनल कोड पूछे। आर्या ने सुचित्रा आंटी द्वारा बताई पहचान और संकेत संख्या बता दी।

अब उस विशेष आवाज ने मैसेज पूछा—आर्या ने 'ऑपरेशन जय हिंद' की स्थिति (लोकेशन) बताई। नक्सलियों के संघर्ष एवं इस तरफ से खात्मे की खबर दी और जख्मी जवानों की स्थिति बताई, ताकि उन्हें मदद मिल सके तथा उनके अपने संचार साधन लड़ाई में तबाह हो जाने की सूचना भी उन्हें दे दी।

दूसरी अति महत्त्वपूर्ण बात को बेहद धीमी आवाज में आर्या ने कहना प्रारंभ किया। अत्यधिक संवेदनशील, रहस्यात्मक असली नक्सली हेडक्वार्टर एवं उसके सुरक्षा प्रबंध के बारे में धीरे-धीरे सारी बातें बता दीं। ओ.के., ओवर, ऑल द बेस्ट।'' कहकर उसने फोन बंद करके पुनः अपने पॉकेट में डाल लिया, तत्काल अपनी टीम के पास पहुँच गई।

चारों तरफ दृष्टिपात करते हुए विशाल ने कहा, ''यहाँ तो बहुत खतरा है, अतः हमें जल्दी-से-जल्दी निकलना होगा।'' सोमेश और साक्षी, आर्या और शिवा तथा विशाल सबसे आगे—तीनों टीमें हाथ पकड़े-पकड़े झुककर शीघ्रता से अपने लक्ष्य की ओर दौड़ती जा रही थीं।

आर्या को हेलीकॉप्टर की आवाज सुनाई दी। उसने पुनः दूरबीन लगाकर देखा तो हेलीकॉप्टर से कमांडो उन जख्मी जवानों को ले जा रहे थे, जिनकी उन्होंने मरहम-पट्टी की थी। वास्तव में भारतीय वायुसेना की सेवा सराहनीय थी।

आर्या ने दूसरी तरफ गरदन घुमाई। वहाँ की लड़ाई में भी अब सुरक्षा बल भारी पड़ते दिख रहे थे। नक्सलियों की संख्या लगातार कम हो रही थी। पश्चिमी तरफ के नक्सलियों को काबू करके वहाँ के सुरक्षा बल की कंपनी भी इधर आ गई थी। इन जवानों ने हथगोलों, मोर्टार व मशीनगनों से हमले तेज कर दिए थे। भारतीय जाँबाज देशद्रोहियों को काबू में कर रहे थे। इनका उत्साह देखते हुए लग रहा था कि संभवतः सूर्य की प्रथम किरण के साथ नक्सलवाद का अंधकार भारतीय धरती से विलीन हो जाएगा।

पुनः दौड़ते-दौड़ते वे लोग काफी आगे निकल गए। फिर भी पीछे भयंकर तेज

धमाके सुनाई दे रहे थे। एक पेड़ के ऊपर चढ़कर आर्या ने दूरबीन से स्थिति का जायजा लेते हुए देखा, 'एंटी नक्सल अजेय फोर्स' के कमांडोज भी हेलीकॉप्टर से वहाँ आ गए थे। सुरक्षा बलों को तकनीकपूर्वक सावधानी से पीछे खिसकाते हुए उन्होंने हेडक्वार्टर पर बम बरसा दिए थे।

उस मुख्यालय को मटियामेट करके वे हेलीकॉप्टर अब आर्या के बताए अनुसार दूसरी दिशा में बढ़ रहे थे।

'एंटी नक्सल अजेय फोर्स' के वे कमांडोज जल, थल एवं नभ की कार्यवाही में धुरंधर होते थे। अर्थात् वे पानी में भी लड़ सकते थे, आसमान में भी लड़ सकते थे और जमीन पर भी लड़ सकते थे। उनकी ट्रेनिंग पूरी करना बहुत कठिन होता था। भारत में इस तरह से प्रशिक्षित सिर्फ ५०० कमांडों की फोर्स थी, क्योंकि इतने ही प्रशिक्षण पूरा कर पाते थे।

इस प्रकार विश्व की श्रेष्ठतम कमांडो टुकड़ी, जो 'एंटी नक्सल मूवमेंट' के लिए विशेष प्रशिक्षित थी, उन्होंने अब 'ऑपरेशन जय हिंद' में अपनी कमान सँभाल ली थी।

देखते-ही-देखते धमाकों का शोर बढ़ता गया। एक के बाद एक बम फटते गए। चारों ओर बारूदी सुरंगें फट पड़ीं। तेज हमलों से पूरा इलाका दहल गया था। नक्सलियों का इस्पाती-फौलादी किला मुख्यालय नंबर एक भी धराशायी हो गया।

'ऑपरेशन जय हिंद' सफल हुआ।

'ऑपरेशन जय हिंद' की सफलता में अपना महत्त्वपूर्ण सहयोग देकर अजेय फोर्स के कमांडोज अपने-अपने हेलीकॉप्टरों से वापस लौट गए। सुरक्षा बल वहाँ से घायलों को ले जाने लगे और शवों को हटाने लगे। निश्चित तौर से इसके बाद वहाँ पर भी तीव्र गति से विकास कार्य प्रारंभ हो जाएँगे।

उनचास

पेड़ से उतरकर आर्या ने अपनी इलेक्ट्रॉनिक रिस्टवॉच का बटन दबाया। देखा, सुबह के ४.०५ मिनट हो गए थे। साक्षी ने कहा, ''कहीं सुरक्षित स्थान देखकर थोड़ा विश्राम कर लें।''

विशाल बोला, ''यहाँ एक क्षण भी रुकना खतरे से खाली नहीं। सूर्योदय होने वाला है। हम लोग सुरक्षा बल या नक्सली, किसी के भी चक्कर में फँस सकते हैं, अत: सब जल्दी-जल्दी यहाँ से चलो।''

जेल के भोजन-पानी से शिवा का शरीर एकदम कमजोर हो गया था। वर्षों के बंधन से जकड़े पैरों को चलने की आदत न थी। यही हाल सोमेश का था। ऊपर से

उनकी वयोवृद्ध अवस्था। अपनी स्थिति देखकर शिवा ने आर्या से कहा, ''हम लोगों से थोड़ा धीरे चला जा रहा है। तुम लोग निकलो, हम आ जाएँगे।''

आर्या भावुक होकर बोली, ''क्या बीच रास्ते में छोड़ देने के लिए आपको निकालकर लाए हैं? सब संग ही चलेंगे।'' बच्चों की जिद देख उन्होंने भी अपना मनोबल मजबूत किया और थोड़ा तेज-तेज चलने लगे। कुछ दूर में ही उनकी साँस फूल गई। फिर भी हिम्मत नहीं छोड़ी, चलते रहे। अचानक सोमेश का पैर एक पत्थर से टकराया। ठोकर खाकर पथरीली चट्टान पर गिर पड़े। उसे 'कड़-कड़' की आवाज सुनाई दी। सोमेश को लगा, पैर की हड्डी चटकी है। अब क्या होगा?

साक्षी दौड़कर आई। उसने उन्हें उठाकर बैठाया, हिला-डुलाकर दोनों पैरों का निरीक्षण किया। हड्डी तो नहीं टूटी थी, संभवतः मांस फट गया था, क्योंकि वह दर्द से व्याकुल हो रहे थे। साक्षी ने तुरंत आराम दिलानेवाले वेदनानाशक स्प्रे का छिड़काव किया। लेकिन फिर भी उनसे उठा नहीं गया। यह स्थिति देखकर विशाल पास में आया। वह नीचे बैठा, उन्हें अपनी पीठ पर लादा, पीछे से साक्षी ने सहारा दिया। धीरे से विशाल खड़ा हुआ और सोमेश को लेकर चल पड़ा, जल्दी-जल्दी डग भरते हुए।

आर्या ने देखा, पिताजी हाँफ रहे थे, लड़खड़ा रहे थे। कहीं ये भी गिर न जाएँ! उसने साक्षी को इशारा किया। दोनों ने उन्हें बीच में खड़ा किया। एक हाथ आर्या ने कंधे पर, एक हाथ साक्षी के कंधे पर डाला। इस प्रकार इस ग्रुप ने भी तेजी से आगे प्रयाण किया।

अचानक आर्या ने देखा, दो खूँखार नक्सली उनके पीछे दौड़े आ रहे थे। शायद उन्हें पकड़ने। वे इन तक पहुँचते, तब तक ये नदी किनारे पहुँच चुके थे, जहाँ नंदिता मछुआरी नाव लिये तैयार खड़ी थी। पहले विशाल ने सोमेश को बिठाया, तत्पश्चात् शिवा को बिठाया, फिर आर्या को, फिर वे दोनों भी नाव में सवार हो गए। विशाल और नंदिता तेजी से पतवार चलाने लगे। उन्होंने देखा कि नक्सली भी पानी में कूद गए। लेकिन उनकी नाव तेजी से चल पड़ी।

थोड़ी सी दूरी पर गहरे पानी में शांतनु मोटरबोट लिये खड़ा था। विशाल ने नाव का संतुलन बनाकर रखा था। उन्होंने सोमेश, शिवा, नंदिता व साक्षी को मोटरबोट पर चढ़ा दिया। आर्या चढ़ने ही वाली थी कि इतने में पानी के अंदर से नक्सली भी वहीं पहुँच गए। एक कटार निकालकर आर्या के बाएँ पैर पर मारी। वहाँ गहरा घाव हो गया, दूसरा हाथ बढ़ाकर वह आर्या को खींचना ही चाहता था कि आर्या ने तुरंत अपनी पॉकेट से पिस्टल निकाली, अचूक निशाना! अगले ही पल दोनों ढेर हो गए। नंदिता ने अपने हाथों के सहारे से आर्या को मोटरबोट में खींच लिया, फिर उसके पैर की चोट पर बहते खून को रोकने के लिए 'फास्ट सॉल्यूशन' लगाकर मरहम-पट्टी कर दी।

साक्षी ने मोटरबोट से विशाल की ओर हाथ बढ़ाया। विशाल ने कसकर उसका हाथ थाम लिया और वह नाव को छोड़कर मोटरबोट में आ गया। लेकिन साक्षी का हाथ अभी भी पकड़ा हुआ था। उसने चोर नजरों से देखा, उनके पास और कोई न था। चुपके से साक्षी को उसे अपनी ओर खींचकर बाँहों में भर लिया और बोला, "आज यह जो हाथ पकड़ा है, उम्र भर निभाओगी?"

साक्षी पलकें झुकाकर बोली, "यस बॉस···।" और उसकी बाँहों से फिसलकर निकल गई।

विशाल ने देखा कि सुदूर आसमान में हलकी-हलकी लालिमा छाई हुई थी। भुवन भास्कर द्वारा शुभाशीष की रश्मियों का शुभागमन हो रहा था।

मोटरबोट तेजी से चल पड़ी। नंदिता ने आर्या को बताया कि जब शांतनु मोटरबोट की व्यवस्था कर रहा था, तभी वह काली मंदिर से सामान ले आई थी, जो इसी मोटरबोट में रखा हुआ है।

शांतनु बहुत घुमा-फिराकर उन्हें एक निर्जन से किनारे ले आया। वहाँ से सामने एक गाँव दिख रहा था। मोटरबोट किनारे लगा ली। इस अभियान के अतिरिक्त सामान की आर्या ने पोटली बना ली थी, उसे वहीं जल में प्रवाहित करके वे लोग सामने की ओर बढ़ने लगे। मोटरबोट की मोटर चालू करके उसे पश्चिम दिशा की ओर मोड़कर छोड़ दिया।

शांतनु ने पहले ही पता कर लिया था कि भारतीय नौ सेना के जलपोत पूर्व दिशा में गहरे जल में तैनात थे। किसी भी झमेले में पड़ने से बचने के लिए उसने इतनी अतिरिक्त सावधानी बरती थी।

उन्हें गाँव के बाहर एक श्मशान दिखाई दिया। शिवा और सोमेश ने साधु बाबा का वेश धरा और तीनों लड़कियाँ एवं दोनों लड़के बंगाली ग्रामीण की वेशभूषा में पूर्ववत् आ गए। पैदल चलकर मुख्य सड़क तक ही पहुँचे थे कि देखा, वहाँ से एक बस निकल रही थी। बस पर गंतव्यस्थान का नाम देखा। उन्होंने हाथ दिखाकर रोका और बस में चढ़ गए।

सिंगुर के बस स्टैंड पर ये उतरे। वहाँ एक छोटा-सा होटल था। होटल में पहुँचकर सबने चोटों पर एक बार पुनः मरहम-पट्टी की। शांतनु चाय ले आया था। सबने चाय, बिस्कुट, पावरोटी से एक बार पेट पूजा कर ली। आर्या ने दवाइयाँ निकालीं। सोमेश को दर्दनाशक दवाई दी, शिवा को विटामिन की दवाई दी। साक्षी, विशाल एवं स्वयं ने भी दर्दनिवारक और एनर्जी विटामिन गोलियाँ ले लीं। अब शिवा और सोमेश सरदारजी के रूप में तथा बाकी टीम मल्टी नेशनल कंपनी के एक्जीकेटिव की पोशाकों में जँच रही थी।

शांतनु ने वहाँ से कोलकाता हवाई अड्डे के लिए किराए एक पर जीप ली और तुरंत रवाना हो गए। लगभग २-३ किलोमीटर चले होंगे कि पुलिस की जबरदस्त चेकिंग चालू हो गई। लगभग आधा-आधा किलोमीटर पर बैरीकेट्स लगा रखे थे। बंगाल पुलिस के जवान डंडे बरसाते हुए उनकी जीप की तलाशी लेने आ गए। तलाशी में क्या मिलना था, ऐसा कुछ था ही नहीं तो मिलता क्या? फिर भी पुलिस ने कहा कि परिचय-पत्र दिखाओ। शिवा और सोमेश मन-ही-मन घबरा रहे थे कि अब क्या होगा?

'मिशन फ्रीडम' के सह-संयोजक विशाल ने तुरंत अपना बैग खोला। पाँचों के वोटर आई.डी. उनकी फोटो के साथ वाले दिखा दिए। पुलिस ने सबकी सूरत चेक की, फिर दोनों सरदारों का भी परिचय-पत्र माँगा, विशाल ने वह भी दिखा दिया। उन्हें दिल्ली निवासी समझकर आराम से उनकी गाड़ी को पास कर दिया, तब जाकर आर्या की साँस में साँस आई।

शिवा ने उत्सुकता से पूछा कि हमारा मतदाता पहचान-पत्र आपके पास कैसे आया? टैक्सी ड्राइवर की तरफ दिखाते हुए होंठों पर अँगुली रखने का इशारा करके शांतनु बोला, "जल्दी से एयरपोर्ट ले चलो।" फिर उसने कहा, "उच्च तकनीकी युग में काम बड़े जल्दी होते हैं।"

विशाल ने आगे बताया, "माइक्रो वेवकेम, लैपटॉप, प्रिंटर, स्केनर सब मेरे छोटे से बैग में तैयार रहते हैं।" संयोगवश पुलिस ने उस बैग की तलाशी भी नहीं ली थी। पूरी टीम विशाल की योग्यता की कायल हो गई थी। साक्षी की आँखों में अपने लिए विशेष अनुराग एवं प्रशंसा के भाव देखकर विशाल का दिल बाग-बाग हो गया।

सिर्फ विशाल ही क्या, आर्या की टीम का प्रत्येक सदस्य अपने आप में विलक्षण था। उनकी इन्हीं असाधारण क्षमताओं के बलबूते पर उनका 'मिशन फ्रीडम' सफल हुआ था।

पचास

एयर इंडिया से १.४० मिनट पर उनकी दिल्ली के लिए उड़ान थी। लगभग ११.४० मिनट पर वे सब एयरपोर्ट पहुँचे। शीघ्रता से सामान एक्सरे करवाया, अपनी बोर्डिंग पास ली, सुरक्षा जाँच करवाकर जब अंदर प्रतीक्षालय में बैठे, तब उन्हें उद्घोषणा सुनाई दी कि एयर इंडिया की उड़ान संख्या ९०९, जो १.४० मिनट पर दिल्ली जाने वाली थी, अब २.३० मिनट पर उड़ान भरेगा।

आर्या ने भी यह उद्घोषणा सुनी, उसने दो-तीन मिनट चिंतन किया और तुरंत

शांतनु को पास बुलाकर सोमेश व शिवा को तैयार करने का दायित्व सौंपा।

साथ-ही-साथ साक्षी को अपने ग्रुप की फिटनेस का जिम्मा दे दिया। वह स्वयं फटाफट बाथरूम में चली गई। वहाँ के मुख्य द्वार को अंदर से बंद करके सैटेलाइट फोन निकाला।

सुचित्रा आंटी को उसने फोन मिलाया—

आर्या—हैलो मैडम एस!

सुचित्रा—यस-यस हियर, आप कौन?

आर्या—लिटिल ए।

सुचित्रा—रिपोर्ट बताएँ?

आर्या—ऑपरेशन सफल हुआ।

सुचित्रा—आगे क्या कार्यक्रम है?

आर्या—एयर इंडिया...९०९... दोपहर २.३० बजे...कोलकाता से...।

सुचित्रा—बहुत अच्छा, और कोई विशेष बात?

आर्या—सिर्फ आपको पता है, और किसी को नहीं है।

सुचित्रा—बेफिक्र रहो।

आर्या—ओ.के., ओवर एंड ऑल।

उसने लाइन काटने के बाद फोन को बंद करके अपने पर्स में डाल लिया। घड़ी देखी, १.५५ मिनट हो चुके थे। उद्घोषणा हो रही थी कि एयर इंडिया की उड़ान संख्या ९०९ के यात्री द्वार संख्या १ से प्रस्थान करें।

आर्या ने देखा, शांतनु बहुत अच्छे से अपना काम करके आया है। दोनों के हुलिए पूरे बदल गए थे। शिवा बेहद आकर्षक पैंतीस-चालीस वर्ष का जवान लगने लगा था। सोमेश गंभीर शांतचित्त बुजुर्ग लग रहे थे। विशाल ने सबको द्वार संख्या १ पर बुला लिया।

नंदिता और शांतनु की पास-पास सीट थी। सोमेश, शिवा और आर्या की एक साथ सीट थी और विशाल साक्षी के पास बैठा था। उसने जानबूझकर सीट नंबर ऐसे ही डलवाए थे। कभी चॉकलेट के बहाने, कभी जूस के बहाने वह साक्षी से सटकर बैठने का प्रयास करता। साक्षी उसकी शरारत समझ गई थी। फिर भी नासमझ बनकर यात्रा का आनंद उठाने लगी। शांतनु व नंदिता धीरे-धीरे गपशप कर रहे थे।

शिवा ने आर्या के सिर पर हाथ फेरकर कहा, "बहुत बुद्धिमान, बहादुर और होशियार हो। ऐसी प्यारी-सी सुयोग्य बेटी पर हमें गर्व है।"

आर्या ने कहा, "आप जैसे महान् पापा की बेटी हूँ ना, इसलिए।" फिर सोमेश की तरफ इशारा करके कहा, "दादा, आप अपनी कहानी भी सुनाइए ना!"

सोमेश इस सवाल के लिए तैयार न था, वह अचकचा गया। उसके चेहरे पर एक

तरह बातों में बहलाकर तुम इन्हें रोके रखो। तब तक मैं उस काफिले को रोकता हूँ। राजू को तुम अपने साथ रखो। अच्छा लड़का है, मदद करेगा।''

तभी राजू आ गया।

''राजू, तुम मैडम को उस रास्ते से लेकर शिकारा पहुँचाओ। मैं यहाँ दूसरी ओर से होकर आता हूँ।''

सुनकर एक बार तो राजू समझा नहीं, किंतु स्वर की आदेशात्मक गंभीरता ने उसे शिवा की बात मानने पर मजबूर कर दिया। शालू शिवा से यूँ विदा हो रही थी जैसे आखिरी बार मिल रही हो।

किंतु देश-प्रेम के दीवाने माँ भारती के लिए अपना सबकुछ न्योछावर करने का माद्दा रखते हैं। इनके लिए अपने हनीमून में भी प्राथमिकता राष्ट्र सुरक्षा होती है।

चलते-चलते शालू ने बात प्रारंभ की, ''राजू, मुझे कश्मीर की वादियाँ बहुत अच्छी लगीं। मैं हर साल आया करूँगी। हम तुम्हें ही गाइड रखेंगे।''

''हाँ-हाँ, क्यों नहीं मैम।'' राजू ने जवाब दिया।

''राजू, तुमसे एक बात जानना चाहती थी, यहाँ की जनता के सच्चे हित-चिंतक कौन हैं? सरकार या आतंकवादी?'' शालू ने बड़ी अदा से पूछा।

उत्तर देते हुए राजू बोला, ''मैम साहब, क्या बताऊँ, आतंकवादियों ने सारा व्यापार खत्म कर दिया। यहाँ के लोगों की सुख-समृद्धि आतंकियों के कारण समाप्त हुई है। उन्हें दोस्त कैसे मान सकते हैं?''

शालू ने पूछा, ''तो क्या यहाँ की जनता आतंकवाद से छुटकारा चाहती है?''

राजू बोला, ''सौ प्रतिशत सच।''

तब शालू ने सोचा बंदा तो सही है। वह बोली, ''जिंदगी में कभी आतंकियों से मुकाबले का या उन्हें पकड़वाने का अवसर मिले तो मदद करोगे?''

राजू एकदम सिनेमाई अंदाज में बोला, ''हाँ, जरूर करूँगा, जय हिंद!''

उसकी अदा देखकर मुसकुराते हुए शालू बोली, ''तो देश-सेवा का अवसर आ गया है। तैयार हो जाओ।''

राजू चौंका, ''मैडम, क्या आप सी.आई.डी. से हैं?''

''नहीं राजू, हम बेहद साधारण टूरिस्ट हैं, लेकिन हिंदुस्तान के जागरूक नागरिक हैं। जरा उधर देखो।'' राजू ने देखा कि अरे, ये दोनों आदमी तो बर्फ में बम लगा रहे हैं।

राजू बोला, ''मैमसाहब, अब क्या करें?''

''राजू, हमें इन्हें फुसलाकर ऐसी जगह ले चलना है, जहाँ से ये भागने न पाएँ। इन्हें हम बताएँगे कि 'मैं फिल्म की हीरोइन हूँ, शूटिंग करते-करते रास्ता भटक गई हूँ। तुम

गाइड हो, अब इन्हें 'रात' का लालच देकर बहलाना तुम्हारा काम है।"

राजू घबरा गया, "मैम साहब, ये बहुत खूँखार होते हैं। कल को सही में इन्होंने आपको नुकसान पहुँचाया तो मैं साहब को क्या जवाब दूँगा? साहब हमारी रक्षा करने कैसे पहुँच जाएँगे।"

शालू बोली, "राजू, डरो नहीं, हम देश-सेवा के लिए अच्छा कार्य करने जा रहे हैं। भगवान् हमारी सहायता अवश्य करेंगे।"

राजू बेहद संकोच से बोला, "नहीं-नहीं, मैमसाहब, मैं आपकी जान जोखिम में नहीं डाल सकता।"

"राजू, अगर माँ भारती की रक्षा में शालिनी की जान जाए तो ऐसी सौ जानें कुरबान हैं। हमें इन्हें रोकना है। तुम शीघ्र किसी छोटे रास्ते से ले चलो।"

शालू जिद करने लगी तो राजू ने उसकी बात मान ली। पहली मुलाकात में शिवा ने लाल रेशमी स्कार्फ शालू को भेंट किया था। वह अभी भी शालू के पास था। उसने उसे पर्स से निकालकर गले में डाल लिया। फिर मन-ही-मन योजना बना ली और राजू को भी समझा दिया।

आतंकवादियों ने उन्हें कुछ दूरी से देख लिया था। वे उन्हें देख आड़ में छुप गए थे। उनका काम माइंस लगाने का था, जो पूरा हो चुका था। चरम बिंदु के पास पहुँचे तो शालू रुआँसी चिल्ला उठी, "पानी, पानी! ओह, प्यास से मेरी जान निकल जाएगी। यहाँ कहाँ ले आए मुझे?"

राजू बोला, "मैमसाहब, बस थोड़ी दूर और, थोड़ा सी हिम्मत रखें। अभी हम शहर में पहुँच जाएँगे।"

शालू बोली, "खाक हिम्मत रखूँ! इतनी देर हो गई भटकते-भटकते, मुझे तो लगता है, मेरी यही बर्फ में कब्र बनेगी।"

आतंकियों को संतोष हो गया, मिलिट्री के आदमी नहीं, बल्कि पथ भटके पथिक थे, तभी वे सामने आकर बंदूक तानकर बोले, "ऐ, कौन हो तुम? कहाँ जा रहे हो?"

शालू ने घबराने का अभिनय किया और बोली, "मेरी तो फिल्म की शूटिंग चल रही थी। मैं प्राकृतिक सौंदर्य में डूबी थोड़े आगे निकल गई। अब अपनी टीम से भटक गई हूँ। यह मेरा असिस्टेंट है। आपने बंदूकें क्यों तानी हैं हम पर? हम तो पहले से ही परेशान हैं। भई इन्हें हटा लो। राजू, इनसे पूछो, पानी है तो पिलाएँ, मुझे बहुत प्यास लगी है। मैं तो प्यासी मर जाऊँगी।" शालू उत्कृष्ट अभिनय कर रही थी। वह वास्तव में हीरोइन नजर आ रही थी।

राजू ने कश्मीरी भाषा में उनसे बात की। वह समझ नहीं पाई, लेकिन आतंकवादियों

की आँखों में खुशी की चमक शालू ने पढ़ ली। राजू शालिनी से बोला, ''यहाँ पास ही में एक अतिथि गृह है। वहाँ पानी-चाय सबका प्रबंध हो जाएगा। फिर हम अपनी टीम को ढूँढ़ लेंगे।''

शालू घबराई-सी बोली, ''राजू, कहीं अनजान जगह मत रुकना, जल्दी चलो, रात हो रही है।'' उसने दो कदम जल्दी-जल्दी उठाए। इतने में ऊँची एड़ी जूतों से अटककर गिरी। उसने फुरती से लाल रूमाल अपनी हेयर पिन से वहाँ गाड़ दिया और लेटे-लेटे चार कदम आगे आकर उठने का प्रयास करने लगी। रूमाल उसके हिप्स के नीचे छिपा था, ताकि पिन भी मजबूत रहे। जब उससे उठा नहीं गया तो राजू ने पास आकर सहारा देकर उठाया। आतंकियों ने पास से शालू पर नजर डाली। उसके चेहरे की गुलाबी आभा को देखकर उनके दिल में बल्लियाँ उछलने लगीं। शाम का हलका-हलका धुँधलका फैलने तक वे लोग एक सुनसान अतिथि गृह में पहुँच चुके थे, जहाँ सिर्फ मैनेजर और एक रसोइया दो ही जने थे।

उधर शिवा ने कोचवान को घोड़ा तेज दौड़ाने का यह कहकर आदेश दिया कि नीचे जो काफिला जा रहा है, उसके आगे की गाड़ी के ड्राइवर से मिलना है। वह मेरा भाई है। रास्ता बेहद खतरनाक था। घुमावदार मोड़ पर नीचे देखकर छोटे-मोटे की तो डर के मारे जान ही निकल जाती। भगवान् का नाम लेते-लेते जैसे-तैसे समतल तक वे पहुँचे। काफिले के बराबर चलकर जैसे ही कोचवान चलने लगा, मिलिट्री ने उसे रोक लिया, ''कौन हो? यहाँ क्या कर रहे हो? अपनी पहचान दिखाओ।'' उन्होंने प्रश्नों की झड़ी लगा दी।

शिवा ने कहा, ''आप अपने अधिकारी को बुलाएँ।''

सिपाहियों को लगा, यह ऑफिसर पर आत्मघाती हमला करना चाहता है। दो जनों ने उन्हें पकड़ लिया। काफिला चला जा रहा था।

शिवा चिल्लाकर बोला, ''काफिले को रोको, आगे बम लगे हैं। आगे माइंस हैं।''

जिन्होंने शिवा को पकड़ा था, उन्होंने उसकी तलाशी ली। उसके पास कुछ भी नहीं था। न कोचवान के पास, न शिवा के पास। उलटा उसका पर्स भी पीठू बैग में शालू के कोचवान के पास रह गया था। शिवा एक ही रट लगाए था, ''काफिले को रोको, काफिले को रोको।''

अधिकारियों को वहम हुआ, 'कहीं रोककर अन्य जगह से इसके साथी आक्रमण न कर लें।' दूरबीन लगाकर देखा, दूर-दूर तक कुछ नहीं था। शिवा ने कहा, ''मैं शिवा हूँ—पर्यटक, दिल्ली का एक समाज-सेवी, मेरा बटुआ भी ऊपर ही छूट गया है।'

''आप मेरा विश्वास करें, अधिकारी को बुला दें।'' इतने में अधिकारी स्वयं ही आ गया। शिवा ने एक साँस में सारी बात बता दी और बोला, ''आगे माइंस की जगह निशान

ढूँढ़ना है। एंटी माइंस उपकरण से आप खोज करवा लें। मेरी पत्नी की जान खतरे में है, उसे ढूँढ़ने में भी मदद करें।'' छह फुटे गोरे-चिट्टे तेजस्वी युवक की आँखों से छलकते आत्मविश्वास से अधिकारी को शिवा के कथन में सत्यता प्रतिबिंबित हुई। उन्होंने पूरे काफिले को 'जीरो स्पीड' का आदेश दिया।

अधिकारी शिवा को लेकर आगे पहुँचे। चार खोजी कमांडरों को शिवा के साथ किया। उन्हें आगे 'ऑपरेशन मूव' करने का आदेश दिया। लगभग पाँच मिनट में एक कमांडर ने आवाज दी, ''सर, यहाँ लाल रूमाल है।''

अधिकारी ने कहा, ''छूना नहीं, हाथ मत लगाना। जाओ शिवा, कुछ पहचानने लायक है तो देखो।''

शिवा पास गया, उसने देखा, लाल रेशमी मफलर। एक कोने में कढ़ाई से लिखा था 'शिवा'। उसने अपने प्रथम उपहार को एक नजर में पहचान लिया। शालू की हेयर पिन भी पहचान गया। उसने भरे गले से कहा, ''सर, यह मेरी पत्नी का हेयर पिन और मफलर है। यहीं आसपास माइंस लगी हैं।

''सर, मैंने अपना एक कर्तव्य पूरा कर दिया। अब मेरी पत्नी को बचाने में मुझे आपकी मदद चाहिए। उसके साथ हमारा गाइड राजू भी था। यहाँ से वे कहाँ गए होंगे?''

ऑफिसर बोला, ''शिवा, तुम चिंता मत करो। तुमने आज अपनी व अपनी पत्नी की जान पर खेलकर बहुत बड़ा हादसा होने से बचाया है। हम पूरी ताकत तुम्हारी पत्नी की खोज में झोंक देंगे।''

ऑफिसर ने अपने खोजी दस्ते के आठ सिपाही पूरे साज-सामान व हथियारों के संग शिवा के साथ कर दिए। उसने कहा, '''मिशन शिवा' ऑपरेशन के कमांडर हैं मेजर प्रभुजोत। आप इस मिशन को लीड करें।''

प्रभुजोत बोला, ''यस सर!''

पूरी टीम ने वहाँ से मूव किया।

योजना बनाकर शिवा को मेजर प्रभुजोत अपने पास रखे थे तथा अन्य कमांडो भी उनके आसपास थे। थोड़ी दूर चलते ही उसने कहा, ''देखो, यह रहा निशान। हमें सीधा चलना है।''

शिवा ने पूछा, ''कैसे?''

प्रभुजोत बोले, ''यह सिगरेट का टुकड़ा है। इसका मुँह उधर है।''

लगभग आधा किलोमीटर आगे बढ़ने के बाद प्रभुजोत बोले, ''अब हमें बाएँ मुड़ना है।''

शिवा ने चारों तरफ देखा, कुछ भी नहीं था।

प्रभुजोत बोले, "देखो, यह जूते का गहरा निशान, इसका टॉप बाईं तरफ तथा एड़ी दाएँ की तरफ इशारा करती है कि हमें उधर मुड़ना है।"

बाएँ मुड़कर चलते-चलते बर्फ कम हो गई और दो पक्की बनी पगडंडियाँ नजर आ रही थीं। अब किस पर जाएँ? समय बहुत हो चुका था। रात गहरा रही थी। टॉर्च की तेज रोशनी डालकर देखा तो एक पगडंडी के बीचोबीच एक लकड़ी पड़ी थी—कोई सेब के वृक्ष की सूखी सी डाल। प्रभुजोत ने कहा, "हमें दूसरी पगडंडी से चलना है।"

शिवा ने पूछा, "कैसे?" तो प्रभुजोत ने बताया, "रास्ते के बीचोबीच टहनी डालने का मतलब है इस रास्ते पर नहीं जाना।"

उन्होंने दूसरा रास्ता चुना। थोड़ा सा आगे चलते ही वहाँ की हेटनुमा इमारत दिखाई दी। प्रभुजोत ने सभी टॉर्च बुझाकर धीरे-धीरे उसी इमारत की तरफ बढ़ने का इशारा किया। पूरी इमारत को कवर करने के लिए सभी कमांडो को अपनी-अपनी पोजीशन बता दी।

राजू आतंकवादियों को लेकर इसी अतिथि गृह के कमरा संख्या सात में ठहरा था। शालू ने बहुत देर तक तो उन्हें अपने लटकों-झटकों में उलझाए रखा और जाम पर जाम पिलाती गई। अब उन्हें सुरूर चढ़ गया। नृत्य दिखाने की जिद करने लगे। बोले, "जो तूने 'शोले' में डांस किया था, वही दिखा।"

राजू ने उनका साथ दिया, "मैम साहब, ये तो आपके कद्रदान हैं, प्लीज, अब तो वही वाला नृत्य शुरू करिएगा।"

शालू अपने स्कूली दिनों में 'डांस क्वीन' का खिताब जीत चुकी थी। बिना अच्छे साज-बाजे के भी उसने ऐसा नृत्य का समा बाँधा कि दोनों आतंकी मदहोश हुए देखते रह गए। शालू मन-ही-मन घबरा रही थी, अब आई परीक्षा की घड़ी, अब आई…

लंबेवाला एक आतंकी तो अचानक उठकर उसके पास आ ही गया।

"बहुत हो गया रानी, अब बिस्तर पर चलो।"

राजू मनुहार से उसके हाथ को दूर ले जाते हुए बोला, "ऐसी जल्दी भी क्या है? पूरी रात सामने है भाई, ऐसा गजब का नृत्य कहाँ देखने को मिलेगा।"

आतंकी ने फिर एक पैग पिया और देखने बैठ गया। जैसे ही राजू उसे पीछे लेकर गया, जाने कहाँ से एक कमांडो आया। उसने आतंकी की आँखों व मुँह पर हाथ रखकर पीछे खींच लिया। उसने अपने साथी की ओर देखा, वह भी अपनी जगह से गायब था। राजू भी गायब था।

यह सब देख शालू थरथर काँप रही थी। उसने डर से आँखें बंद कर ली थीं। समझ में ही नहीं आया कि पलक झपकते ही यह क्या हो गया? शालू ने कंधे पर जाना-पहचाना

स्पर्श पाकर धीरे से आँखें खोलीं। सामने शिवा को देखकर वह बेल की तरह लिपट गई। आँसुओं की धारा बह चली।

प्रभुजोत ने दोनों को धन्यवाद दिया। फौजी की एक सलामी दी। राजू को रास्ते पर निशान डालने के लिए तथा सहायता करने के लिए विशेष धन्यवाद दिया। राजू ने अपनी पहचान व नाम गुप्त रखने की ऑफिसर से प्रार्थना की। दोनों आतंकवादियों को फौजी कैद करके ले गए।

राजू ने पूछा, ''सर, रात काफी हो गई है। यहाँ रुकना तो खतरे से खाली नहीं है। आतंकियों के साथी पहुँचनेवाले होंगे। हमें तुरंत यहाँ से निकलना होगा। आपको शिकारा पर ले चलूँ या हमारे घर एक रात का आतिथ्य स्वीकारेंगे?''

शिवा ने दोनों स्थानों की दूरियाँ पूछीं। राजू ने कहा, ''बस एक किलोमीटर की दूरी है। दस मिनट पहले मेरा घर है, फिर शिकारा।''

शिवा ने कहा, ''तब हमें हमारे हाउसबोट में ही छोड़ दो।''

गेस्ट हाउस से उनका हर निशान राजू ने मिटा दिया।

गहन अंधकार में तीनों हाथ पकड़े निकले। आगे-आगे राजू, पीछे शालू, फिर शिवा। पता नहीं कितने मोड़, कितनी गलियाँ! अब सामने डल झील दिखाई देने लगी थी। पाँच मिनट की दूरी पर उनका शिकारा दिखाई दे गया। राजू ने दूर से विदाई दी और अँधेरे में गायब हो गया।

अब क्या था, कश्मीर घाटी दहलाने की साजिश नाकाम हो गई थी। हथियारों का बड़ा जखीरा बरामद हुआ था। राइफलें, ग्रेनेड, आर.डी.एक्स., ए.के. ४७ समेत सभी हथियार नए थे। संभवतया आतंकियों ने महत्त्वपूर्ण प्रतिष्ठानों एवं भीड़ भरे स्थानों पर विस्फोट करने की योजना बनाई हुई थी। सेना के अधिकारी ने उनका धन्यवाद करते हुए सभी नागरिकों से ऐसी जागरूकता की अपील की। अखबारों में शिवा एवं शालू की सूझ-बूझ व दिलेरी के चर्चे थे। उनके दिल्ली पहुँचने से पहले उनकी प्रसिद्धि वहाँ पहुँच चुकी थी।

दिल्ली एयरपोर्ट पर शिवा-शालू के उतरते ही पत्रकारों के समूह ने उन दोनों को घेर लिया। धड़ाधड़ फोटो के फ्लैश पड़ रहे थे। सवालों की बौछारें आ रही थीं, ''सर, आपने आतंकवादियों का कैसे पता लगाया?··· मैडम, आप आतंकवादियों के साथ कितनी देर रहीं? क्या उन्होंने आपको कोई नुकसान नहीं पहुँचाया? क्या आपने उनका चेहरा देखा? वे कैसे लगते थे? उनको दुबारा पहचान सकती हैं?''

''हमें कोई टिप्पणी नहीं करनी। मैं और मेरी पत्नी अभी बात करने की स्थिति में नहीं हैं। अतः वी आर सॉरी प्लीज।'' कहके शिवा और शालिनी वहाँ से निकल गए।

घर पहुँचे तो घर के बाहर ही शामियाना लगा था। पूरा स्वागत का माहौल था। माँ जी से मिलकर सुचित्रा ने सारी व्यवस्था करवा दी थी। अणुव्रत सेवा भारती के पदाधिकारी एवं कार्यकर्ता पूरी तैयारी से उपस्थित थे। राजा भैया, आलोक, कृष्णा, सुजश सब वहीं अपने प्रिय साथी का इंतजार कर रहे थे।

शाम तक यही चलता रहा। रात का भोजन सुचित्रा के यहाँ था। कुल मिलाकर आज का पूरा दिन उनकी जिंदगी का अविस्मरणीय दिन रहा।

रात को शिवा ने शालू से पूछा, "आज के सारे कार्यक्रम कैसे लगे?"

"बहुत अच्छे थे।" शालू ने सादगी से कहा।

शिवा बोला, "शालू, मुझे यह सब देखकर अजीब सी अनुभूति होती है। मेरे हृदय में ऐसी स्थितियों से विशेष उल्लास अनुभव नहीं होता; बल्कि मेरा मन कहता है, इनमें सम्मिलित ही न होऊँ। इसके बजाय मैं चुपचाप समाज-सेवा करते रहना चाहता हूँ।"

शालू पति के उच्च विचारों को सुनकर नतमस्तक थी। लेकिन उसने बुद्धिमत्ता से उत्तर दिया, "हम अपनी तरफ से कोई आयोजन नहीं करेंगे। तुम्हारे सद्‌गुणों की स्तुति करते हुए कोई ऐसे आयोजन करता है तो हमें अवश्य शामिल होना चाहिए, क्योंकि इससे दूसरों को भी अच्छे आदर्श कार्यों में अग्रसर रहने की शिक्षा मिलती है।"

शिवा ने स्वीकारोक्ति में सिर हिलाया और बातचीत का रुख मोड़ दिया। दिन भर के इंतजार के बाद अब कहीं जाकर शालू उसके करीब आई थी। उसकी तपिश को महसूस कर वह भी पिघला जा रहा था। इस प्रकार आमोद-प्रमोद करते हुए दोनों न जाने कब निद्राधीन हो गए!

पच्चीस

रात्रि के उत्तरार्द्ध में शालू को स्वप्न आया, जैसे कोई दिव्यात्मा उसे हरे फलों से भरी टोकरी भेंट कर रही थी। एक सजी-धजी हथिनी केले के हरे-हरे पत्ते लिये उसके घर में प्रवेश कर रही थी और साथ में अपने घोड़े पर सवार झाँसी की रानी लक्ष्मीबाई भी आ रही थी। सजी-धजी हथिनी और झाँसी की रानी का बेहद आह्लादित भाव से स्वागत करने शालू खड़ी हुई। उसकी नींद खुल गई। उसने देखा, वहाँ कोई नहीं था। सुबह के ४.१५ बज रहे थे। शालू पुनः सोई नहीं। उसने अपनी माँ से सुन रखा था कि शुभ स्वप्न देखने के बाद सोना नहीं चाहिए। अतः नित्यकर्म से निवृत्त होकर मंत्र जप व ध्यान में बैठ गई।

ऐसी बहू पाकर शिवा की माँ अपने आपको धन्य समझती थी। सुंदर, सुघड़, शिक्षित,

विनयशील, समयबद्धता के साथण सारे गृहकार्य निष्पादित करना। सास-ससुर के हर काम को तत्परता से पूरा करना। पूरे आदर-सम्मान के साथ शिवा के प्रत्येक कार्य में आवश्यक सहयोग देना। इस प्रकार उनकी गृहस्थी की गाड़ी मजे से चल रही थी।

एक दिन शालू को अस्वस्थता का अनुभव हुआ। सास के साथ महिला चिकित्सक के पास गई। वहाँ ज्ञात हुआ, घर में नया मेहमान आने वाला था। शिवा की खुशियों का पार ही नहीं था।

सावित्री ने शालू को अच्छी संतान-प्राप्ति के लिए महत्त्वपूर्ण उपयोगी सुझाव बताते हुए कहा, "तुम्हारे चलने-फिरने, उठने-बैठने, सोचने-समझने, सुनने-बोलने तथा खाने-पीने का गर्भस्थ जीव पर बहुत असर पड़ेगा। इसलिए सबसे पहले जरूरी है, जाग्रत् चेतना। अत: प्रतिपल जागरूक रहते हुए तुम्हें सकारात्मक चिंतन करना है। प्रात: जल्दी उठकर मंत्र-जप, ध्यान, माला, योग, प्राणायाम आदि सात्त्विक क्रियाएँ करनी हैं। भोजन का प्रथम ग्रास सफेद भोज्य पदार्थ, जैसे बादाम, दही, दूध व रसगुल्ला आदि लेने से संतान का वर्ण श्वेत होता है। हरे नारियल का प्रतिदिन उपयोग करने से आँखें बड़ी-बड़ी होती हैं। अत: भोजन में उपर्युक्त सावधानियाँ रखना।"

शालू इतनी दोस्ताना सास को पाकर बेहद निश्चिंत थी। उस दिन शाम को शिवा महाराणा प्रताप का कैलेंडर लाया था। उसने अपने शयनकक्ष में लगा दिया। शाम को सास-बहू खाली बैठी होतीं तो राम की मर्यादा, कृष्ण का गीता का उपदेश, पृथ्वीराज चौहान की वीरता एवं मीरा की भक्ति-भावना जैसे विषयों पर चर्चा करतीं।

नियत समय पर शालू ने अति सुंदर, देवकन्या-सी कोमल परी को जन्म दिया। शुभ दिन देखकर कन्या का नामकरण संस्कार हुआ। पंडितजी ने श्रेष्ठ गुणवाली इस कन्या का नाम रखा—'आर्या'।

दादा-दादी को एक प्यारा सा खिलौना मिल गया था। शिवा भी अपनी फूल-सी पुत्री को पाकर प्रसन्न था। वह किसी-न-किसी तरह समय निकालकर उसके संग खेलता। उसकी नन्ही अदाओं एवं किलकारियों से शिवा को अपूर्व आनंद की अनुभूति होती।

सुघड़, सुंदर पत्नी व प्यारी सी बेटी के साथ शिवा स्वयं को बहुत भाग्यशाली समझता। खुशी के दिन पंख लगाकर उड़ते हैं। आर्या पाँच वर्ष की हो गई थी। सावित्री प्राय: शालू से बोलती रहती, "अब एक पोता और कर ले, परिवार पूरा हो जाएगा।"

इधर बढ़ते-बढ़ते शिवा 'टीच इंडिया प्रोग्राम' का मैनेजर बन गया था। शालू नृत्य व आर्ट की ट्यूशनों में बहुत मेहनत कर रही थी। कुल मिलाकर जीवन में जीवंतता का रसास्वादन करके सब प्रफुल्लित थे।

छब्बीस

पिछले कई दिनों से शिवा लगातार व्यस्त रहा। आज उसे कुछ अवकाश था तो वह पिछले तमाम समाचार-पत्र लेकर तसल्ली से पढ़ने बैठ गया। एक त्रासदी के समाचार को वह विशेष ध्यान से पढ़ने लगा।

''पश्चिम बंगाल के दार्जिलिंग जिले से सटा गौरीपुर गाँव प्रकृति का अनुपम उपहार था। यहाँ के प्राकृतिक सौंदर्य का पान करने देशी ही नहीं, सैकड़ों विदेशी पर्यटक भी प्रतिवर्ष आते थे। बहुत ऊँची पहाड़ी पर स्थित होने के बावजूद यहाँ विकास की रफ्तार बहुत अच्छी थी। स्कूल, कॉलेज, अस्पताल, सरकारी कार्यालय सबकुछ व्यवस्थित था। हाल ही में अचानक इस गाँव पर आसमान से आफत टूट पड़ी—

''यहाँ के सँकरे पहाड़ी क्षेत्र में रुके बादलों ने अत्यधिक नमी के कारण सघन रूप ले लिया। सहसा भयंकर तेज आवाज के साथ ये बादल फट पड़े। पहाड़ों में जबरदस्त भूस्खलन प्रारंभ हो गया। घर, कार्यालय, विद्यालय, सरकारी इमारतें एवं अस्पताल तक मटियामेट हो गए। चहुँओर विनाश-ही-विनाश—सिर्फ मलबा-ही-मलबा। यह मलबा मौत बनकर पसरता जा रहा था। चारों ओर भंयकर चीख-पुकार। जिधर देखो उधर बस तबाही-ही-तबाही। जहाँ थोड़ी देर पहले एक सुंदर गाँव बसा था, वहाँ अब सिर्फ खँडहर ही थे। प्रकृति के इस तांडव से सैकड़ों लोग काल-कवलित हो गए। अनगिनत लापता हो गए। इस कहर ने पूरे-के-पूरे गाँव को लील लिया।'' शिवा ने दूसरे समाचार-पत्र में देखा।

इससे पूरे देश में विषाद की रेखाएँ फैल गईं। प्रधानमंत्री राहत कोष से मृतकों के परिजनों व घायलों को मुआवजा देने की पहल हुई। अनेक समाज-सेवी संगठन इस गाँव को पुन: जिंदा करने के मकसद से आपदा राहत, पुनर्निर्माण व आपदा-पीड़ितों की सहायता के लिए आगे आए।

शिवा ने तुरंत अणुव्रत सेवा भारती फोन किया। अब्दुल्ला साहब ने आपातकालीन बैठक बुलाई। राष्ट्रीय आपदा की इस घड़ी में सहयोग हेतु महत्त्वपूर्ण योजना बनाई गई। उन्होंने दो रूपों में सहयोग देने की सोची—पहला, राहत सामग्री पहुँचाना; दूसरा, वहाँ पहुँचकर सेवा कार्य करना। सारे सदस्यों ने एक स्वर से योजना को पास कर दिया।

राहत सामग्री इकट्ठी करने का जिम्मा पाठकजी ने सँभाला और कार्यकर्ताओं की टीम एकत्रित करने का दायित्व शिवा को सौंपा गया।

इस गाँव के आसपास के क्षेत्रों के विद्यालयों के अध्यापकों को प्रशिक्षण देने शिवा यहाँ पहले भी 'टीच इंडिया टीम' के साथ आया था। अत: उसे इलाके की जानकारी थी।

अब्दुल्ला साहब ने कहा, ''परसों प्रातः हम रवाना होंगे। हमारे पास समय बहुत कम है। सब युद्ध स्तर पर तैयारी करें।''

अपने साथ नौ और समझदार, मजबूत, होशियार, मेहनती युवा कार्यकर्ताओं को तैयार कर देर रात शिवा घर पहुँचा। माँ, पिताजी, शालू सब इंतजार कर रहे थे। शिवा को भी भूख लगी थी। भोजन करके वहीं पाँच-दस चक्कर लगाए और सब सोने चले गए।

दूसरे दिन प्रातः आपातकालीन आकस्मिक अवकाश हेतु वह अपने ऑफिस में प्रार्थना-पत्र दे आया। रास्ते में उसकी ससुराल थी। कई दिनों से हरिसेवकजी से मुलाकात नहीं हुई थी, सो थोड़ी देर वहाँ गया। दूसरे दिन गौरीपुर जाने का कार्यक्रम बताकर सास-ससुर को प्रणाम करके रवाना हुआ।

शिवा का अभिन्न मित्र सुजश और सुजाता भी विवाह के पश्चात् यहीं रहते थे। उनका घर भी उसकी ससुराल के पास था। शिवा पाँच मिनट उनसे भी मिलता हुआ निकला।

घर पहुँचा तो माँ सामने ही बैठी थी। शिवा ने माँ को बताया, ''कल प्रातः आपदा राहत कार्य से गौरीपुर जा रहा हूँ।''

यह सुनते ही माँ के कलेजे में लपटें-सी उठने लगीं। उनका दिल बेचैन हो गया, गला रूँध गया। बोली, ''बेटा, तुमने अपना पूरा जीवन समाज-सेवा को समर्पित कर दिया है। मैंने तुझे कभी नहीं रोका। आज न जाने क्यूँ मेरा दिल बैठा जा रहा है! मत जा बेटे, इस बार तू मत जा।'' माँ फफक-फफककर रोने लगी।

शिवा माँ के पास जाकर आँसू पोंछने लगा और बोला, ''मेरी शेरनी माँ ने हमेशा मुझे प्रोत्साहन दिया था। आज अचानक क्या हो गया? माँ, सिर्फ हफ्ता-दस दिन की बात है, बहुत जल्द लौट आऊँगा।''

न जाने क्यों शिवा की बातों से भी माँ को दिलासा नहीं मिली। उसका दिल बुरी तरह धड़के ही जा रहा था।

शिवा अपने कक्ष में गया तो देखा, शालू आर्या से खेल रही थी। शिवा भी माँ-बेटी के उस रुचिकर 'पकड़म-पकड़ाई' खेल में शरीक हो गया। दस मिनट बाद आर्या थक गई तो शालू आर्या को माँ के पास छोड़ आई और शिवा ने कमरे में आते ही शालू को पकड़कर गेम जीत लिया।

उचित अवसर देखकर उसने बताया, ''कल सेवा भारती के सदस्यों को लेकर गौरीपुर जा रहा हूँ।''

कहाँ तो वह इतनी प्रफुल्लित थी, कहाँ एकदम गमगीन हो गई। उसे लगा, उसके पैरों के नीचे से धरती खिसक रही थी। उसे अपना दिल बैठता-सा महसूस हुआ। धीरे-

धीरे वह सुबकने लगी और बोली, ''प्लीज मत जाओ।''

उसकी हालत देखकर शिवा ने उसे सीने से लगा लिया और बोला, ''मेरी बहादुर बीवी, जिसने इससे भी बड़े-बड़े मिशन में मेरा साथ दिया था, आज उसका मन क्यों कच्चा हो रहा है?''

हिचकियाँ लेते-लेते शालू बोली, ''मुझे आज सुबह बहुत डरावना सपना आया था''' एक खूँखार दैत्य आपको जबरदस्ती मुझसे दूर किए जा रहा है'''भयानक अंधकार में आपको बेरहमी से खींच रहा है।'''मुझे बहुत डर लग रहा है। आप किसी और को भेज दो'''प्लीज, मत जाओ''' '' और रोने लगी।

शिवा चुपचाप उसकी पीठ थपथपाता रहा। पाँच-सात मिनट बाद वह थोड़ी शांत हुई, तब उसे समझाते हुए बोला, ''यह सपना है। सपने कभी सच नहीं होते''' । तुम मत घबराओ, मैं जल्दी वापस आ जाऊँगा।''

कहने को शिवा बोल रहा था, लेकिन मन-ही-मन आज उसका दिल भी घबरा रहा था। शालू थोड़ा सँभली, फिर बोली, ''आप वक्त-बेवक्त यहाँ इतना सेवा कार्य करते हैं, मैंने आपको कभी नहीं रोका। 'टीच इंडिया' ऑफिस आपको देश के कोने-कोने में भेजती है, मेरा दिल कभी नहीं हिला। आज मेरा मन उदास है। अनजानी आशंकाओं से मेरा हृदय काँप रहा है।'' उसके सब्र का बाँध टूट गया। वह बच्चों की तरह बिलख उठी। एक क्षण के लिए शिवा के मन में आया, वह गौरीपुर जाने का विचार त्याग दे। माँ एवं पत्नी सबकी बात रह जाएगी, बीमारी का बहाना बना लेगा। लेकिन फिर दिल पर दिमाग हावी हो गया। पारिवारिक दायित्व पर सामाजिक दायित्व की जीत हुई। वह समझाते हुए बोला, ''शालू, ऐसे कमजोर पड़ने से कैसे काम चलेगा? अगर कभी अनहोनी हो भी जाए तो तुम्हें हिम्मत से काम लेना होगा। माँ-पिताजी, आर्या और घर, सबकी जिम्मेदारी तुम पर होगी। तुम्हारे कमजोर होने से कैसे होगा? फिर कौन सँभालेगा सबको'''प्लीज, मत रोओ, मुझे खुशी-खुशी भेजने की तैयारी करो।

''मेरी अच्छी शालू, बैग में सामान पैक कर दो।''

शालू का दिल पति को भेजने के लिए गवाही नहीं दे रहा था; लेकिन शिवा रुकने को तैयार न था, उसे जाना ही था।

प्रातः जब विदा बेला आई तो शिवा ने पिताजी के चरण छुए। पिताजी ने कहा, ''यशस्वी भव!''

माँ के पैर छुए तो सजल नेत्रों से बोली, ''चिरंजीवी हो!''

आर्या को शिवा ने दुलार किया। आँखों-ही-आँखों में शालू से इजाजत चाही तो भरे दिल से शालू इतना ही कह पाई, ''जल्दी आना।''

सब अणुव्रत सेवा भारती के कार्यालय पहुँच चुके थे। नियत समय पर ट्रक भरकर राहत सामग्री के साथ नौ कार्यकर्ताओं की टीम जीप में गौरीपुर के लिए रवाना हो गई। सबने अपने-अपने इष्ट को याद किया और 'भारत माता' के जयघोष के साथ यात्रा प्रारंभ हुई।

सत्ताईस

दूसरी ओर मन में अपरिमित उत्साह और दिल में मानव सेवा की असीम उमंग लिये अणुव्रत सेवा भारती के सेवाव्रती जाँबाज चले जा रहे थे—दिल्ली से गौरीपुर, अपने लक्ष्य की ओर। स्वर्णोदय का शुभ समय, सहस्र-रश्मि की स्वर्णिम रश्मियाँ सेवा भारती के कार्यकर्ताओं को अपनी सुनहरी आभा के साथ यूँ स्पर्श कर रही थीं, मानो समाज-सेवा हेतु शक्ति प्रदान कर रही हों! हवाएँ हौले-हौले ऐसे हिलोरे दे रही थीं जैसे सेवार्थियों को ज्यादा-से-ज्यादा प्राणवायु पहुँचाकर उनके हृदय को शक्ति-संपन्न बनाना चाह रही हों। सड़क के दोनों ओर लगी पेड़ों की डालियाँ झुक-झुककर सलाम कर रही थीं और मंगलकामनाएँ कर रही थीं, ताकि उनका मिशन सफल हो।

इस सुरम्य वातावरण में सब प्रफुल्लित थे। ढोल-मजीरे व ढफली की थाप पर सब शिवा के संग भजन गा रहे थे। थोड़ी देर पश्चात् फिल्मी गानों पर अंताक्षरी होने लगी। वक्त की सुइयाँ सरकती गईं। गाड़ियों के पहिए पूर्ण गति से किलोमीटर नापते गए। पता ही नहीं चला कब मध्याह्न हो आया। रास्ते में अच्छा सा ढाबा देखकर वे लोग रुके। हलका सा विश्राम करके प्रसन्न मुद्रा में सबने भोजन किया और काफिला पुनः रवाना हो गया। जीप ड्राइवर बहुत अच्छी ड्राइविंग कर रहा था। इससे ट्रक को भी बराबर रास्ता मिल रहा था।

सायंकालीन भोजन के दौरान पाठकजी ने दोनों ड्राइवरों से पूछा, "आपकी क्या इच्छा है? रात्रि में कहीं विश्राम करेंगे या अपनी यात्रा जारी रखें?"

दोनों ही ड्राइवर बेहद उत्साही थे। बोले, "अब तो गौरीपुर पहुँचकर ही विश्राम करेंगे।"

अन्य सब भोजन कर रहे थे, उतनी देर ड्राइवरों ने भी झपकी ले ली। फिर हलका सा चाय-नाश्ता लेकर दोनों तरोताजा हो गए। कारवाँ फिर गंतव्य की ओर निकल पड़ा। चलते-चलते अनेक राज्यों की सीमाएँ पार हो गईं। बिहार भी निकल गया। अब वे पश्चिम बंगाल में प्रवेश कर गए।

रात के करीब दो-तीन बजे का समय होगा। अचानक जीप ड्राइवर ने देखा, सड़क

के बीचोबीच एक लंबा-सा टूला टेढ़ा होकर खड़ा था। सड़क के दोनों ओर घनी झाड़ियाँ थीं। उसके बगल से जीप निकलने की भी जगह नहीं थी। ट्रक कैसे निकलता? माजरा क्या है? समझने की कोशिश कर ही रहे थे, तभी चालीस-पचास लोगों ने दोनों गाड़ियों को घेर लिया।

रात के धुँधलके में सबके हाथों में राइफलें व पिस्तौलें चमक रही थीं। शिवा, पाठकजी एवं सबने अपने पास रखी हॉकियाँ मजबूती से पकड़ लीं। पाठकजी जोर से बोले, "कौन हैं? हट जाओ हमारे रास्ते से।"

उनका लीडर चिल्लाया, "ओए, यह रास्ता तुम्हारा नहीं, हमारा है। यहाँ लाल कानून की सत्ता चलती है।"

'लाल कानून' का नाम सुनते ही सेवा भारती के कार्यकर्ताओं के पैरों तले जमीन खिसक गई। वे समझ गए कि खूँखार नक्सलवादियों से घिर गए हैं। उन्हें इस संकट का तो अंदेशा भी न था। कहाँ सेवा भारती के ये गिने-चुने कार्यकर्ता और कहाँ चालीस-पचास हथियारबंद आतंकी! समस्या विकराल थी। क्या हॉकियों के सहारे गोलियों व बमों से टक्कर ली जा सकती थी?

शिवा दहाड़ा, "भाई, न तो हम बड़े नेता हैं, न कोई मालदार आसामी हैं, न कोई अफसर हैं। हम तो समाज-सेवी हैं। हम अपनी संस्था की ओर से भूस्खलन की त्रासदी से त्रस्त गौरीपुर में आपदा में फँसे लोगों की मदद करने जा रहे हैं। हमारा रास्ता छोड़ दो। हमें जाने दो, उन मुसीबत के मारों तक यह चंदे से इकट्ठी राहत सामग्री पहुँचाने दो।"

उनका नेता चिल्लाया, "हमारे लोग भी बहुत वंचित दलित हैं। यह सामान तो अब उन्हीं तक जाएगा। तुम सब अपनी जान की सलामती चाहते हो तो चुपचाप बैठे रहो।"

शिवा ने पाठकजी की ओर देखा। वस्तुस्थिति समझते हुए पाठकजी ने उसे शांत रहने का इशारा किया।

लीडर फिर चिल्लाया, "टेंजो, जाओ, इन सबको कैद कर लो।"

टेंजो और उसके साथियों ने सभी सेवार्थियों की आँखों पर काली पट्टी बाँध दी। हाथ पीछे करके बाँध दिए। ड्राइवरों को भी इसी तरह कैदी बनाकर इनके साथ जीप में बैठा दिया। उनके आदमियों ने ड्राइविंग सीट सँभाल ली और जीप व ट्रक का रुख जंगल की ओर कर दिया। हिचकोले खाते जीप और ट्रक चले जा रहे थे।

चलते-चलते लगभग तीन-चार घंटे हो गए, तब एक जगह जाकर जीप रुकी, लेकिन ट्रक नहीं रुका, वह उसी दिशा में आगे बढ़ता जा रहा था।

पंद्रह-बीस आदिवासियों ने तुरंत जीप को घेर लिया। सब कैदियों को जीप से नीचे उतार हाथों व लातों से धकियाते हुए चलने लगे। वे ऐसे हड़का रहे थे जैसे ये इनसान

नहीं, गधे हैं। वे ऊबड़-खाबड़ रास्ते पर चलते हुए उन्हें सामने बनी एक झुग्गी में ले गए। पैरों से धक्का देकर उन्हें वहाँ बदबू भरी एक जगह में पटक दिया। हाथ तो पहले से बँधे ही थे, अब पैरों को और बाँध दिया।

दो खूँखार आदिवासी द्वार पर उनकी पहरेदारी पर बैठे थे। दोपहर की धूप चढ़ आई थी। प्यास के मारे सबके गले सूख रहे थे। शिवा ने उन्हें आवाज दी। वे उनकी भाषा ही नहीं समझते थे। लेकिन वे उठकर आए तो शिवा ने होंठों पर जीभ फेरकर बताया कि प्यास लगी है। न जाने क्या सोचकर पहरेदारों ने सबको बारी-बारी से पानी पिला दिया। मिट्टीवाला गंदा पानी था, तो भी एक बार प्यास तो बुझी। फिर वे बाहर जाकर दरवाजे पर बैठ गए। शिवा समझ गया कि वे इनकी भाषा नहीं समझते हैं। उसने किसी तरह आँख की पट्टी सरका ली थी। वह सरकते-सरकते पाठकजी के करीब आ गया। उनके कान में फुसफुसाया। पाठकजी ने स्वीकारोक्ति में गरदन हिला दी।

घिसटते-घिसटते शिवा ने धीरे-धीरे सबको योजना बता दी कि रात को हम यहाँ की पीछे की दीवार से बाहर निकलेंगे। हम लगातार पूर्व दिशा की ओर बढ़ते जाएँगे। सब दो-दो की टीम बनाकर चलेंगे और जहाँ भी जोखिम लगे, बड़ी सावधानी से कदम उठाएँगे। संभवतया तीन-चार घंटे बाद राष्ट्रीय राजमार्ग पर हम पहुँच जाएँगे। वहाँ से किसी तरह वाहन की मदद से पुनः दिल्ली लौटने का प्रयास करना है। अगली बार हमें पूरी तैयारी से पुनः गौरीपुर सेवा कार्य के लिए आएँगे। आज तो यहाँ से निकलने की तैयारी करें। शिवा ने सबको मानसिक रूप से तैयार करते हुए कहा कि मैं स्काउटिंग में रहा हूँ, इसलिए कंपास के साथ-साथ जंगल में उपयोगी सारी सामग्री मेरे शरीर पर बँधी है। अतः आप लोग पूरे भरोसे से अपने आपको तैयार करें। हम अवश्य सुरक्षित अपने घर लौटेंगे। अभी सब थके-माँदे, डरे-सहमे एवं सुस्त-ढीले होने का अभिनय करो, ताकि ये पहरेदार निश्चिंत हो जाएँ।

शिवा की बातों में सबको दम लगा। उन्हें उम्मीद की किरण नजर आई। सबने वैसा ही किया जैसे शिवा ने कहा था। सभी उनींदे-से होकर इधर-उधर लुढ़क गए। पहरेदार दो बार अंदर झाँक गए। कैदियों की थकी-डरी हालत देखकर वे लापरवाह हो गए। शिवा ने अपनी चौकस निगाहों से देखा कि वे दोनों थोड़ी-थोड़ी देर में पास में रखे लकड़ी के हुक्के को सूँघते थे। रात के ग्यारह बजे करीब शिवा ने देखा, दोनों इधर-उधर थे। लुढ़कते हुए वह वहाँ पहुँचा और उस हुक्के में एक नशीला पाउडर उड़ेलकर पुनः सब कैदियों के मध्य पसर गया। शिवा ने चोर नजरों से देखा, पहरेदारों ने आकर बारी-बारी से हुक्के को सूँघा। शिवा ने चैन की साँस ली कि सुबह बारह बजे से पहले अब इनकी आँखें नहीं खुलेंगी। रात के लगभग एक बजे शिवा ने देखा, दोनों बेसुध इधर-उधर पड़े

हुए थे। उसने पूरी तसल्ली कर ली कि अभी आस-पास कोई नहीं है। फिर उन्होंने योजना को क्रियान्वित करना प्रारंभ कर दिया।

शिवा को जब धक्के से झुग्गी में डाला गया था, वहाँ प्रवेश के पास निकली लोहे की एक पत्ती से शिवा के वस्त्र फट गए थे। कुछ सोचकर घिसटते हुए शिवा उस पत्ती तक पहुँचा और उसमें अटकाकर बहुत सावधानी से विधिपूर्वक धीरे-धीरे उसने अपने हाथ-पैरों के बंधन खोले, फिर पाठकजी को आजाद किया। अब धड़ाधड़ सबके बंधन खुलते चले गए।

घने पेड़ों और जंगली झाड़ियों के मध्य घोर अंधकार में रास्ता ढूँढ़ पाना आसान नहीं था। यह तो शिवा का प्रबल आत्मबल था, उसका अनुभव था, उसकी हिम्मत थी और उसकी जाग्रत् चेतना थी, जिसने इन्हें रास्ता सुझाया। अब बस कोई आधा-पौन किलोमीटर की दूरी थी।

घना जंगल, सघन अंधकार। सबसे आगे शिवा था। पीछे सबने एक-दूसरे के हाथ पकड़ रखे थे। एक पंक्ति में सब झुककर दौड़ रहे थे। कँटीली झाड़ियाँ भी राह का रोड़ा बन रही थीं, पर सबने हिम्मत बनाए रखी। लगभग दो-तीन घंटे चलने के बाद सब छुपते-छुपाते निकले। अब शिवा को सामने राजमार्ग पर वाहनों की बत्तियाँ दिखने लगी थीं, अपने पीछेवाले सभी साथियों को तेजी से आगे सड़क की तरफ धकलने लगा। शिवा कहता जा रहा था कि सामने सड़क पर तुम्हें जो भी वाहन मिले, दौड़कर चढ़ जाना। एक-दूजे के साथ हो सके तो निकलते जाना। कोई भी रुकना मत। सामने बहुत से यातायात के साधन चले जा रहे हैं। जो तुम्हारा सहयोग करे, उसी में सवार हो जाना। ऐसा बोलते हुए उसने एक-एक करके लगभग सबको निकाल दिया।

वह पाठकजी को निकालने वाला था कि इतने में तेजी से एक तीर आया। शिवा ने पाठकजी को अपनी ओर खींच लिया। वह तीर उनके आगे चल रहे जीप ड्राइवर की बाँह को छूता हुआ निकल गया। शिवा ने पाठकजी को तेजी से आगे धकेला। सामने एक बस धीमी गति से निकल रही थी। शिवा चिल्लाया, ''पाठकजी, जल्दी जाओ आप।''

तुरंत अपनी जेब से विषरोधी दवा निकालकर जीप ड्राइवर को लगाई और उसे भी तेजी से निकाला। इतने में उन्हें अपने ट्रक ड्राइवर की चीख सुनाई दी। लहूलुहान ट्रक ड्राइवर आकर शिवा के पैरों के पास गिरा। उसकी गरदन में कटारी लगने से खून के फव्वारे छूटे हुए थे। उसकी हालत देखकर शिवा चौंक गया।

वह बोलना चाह रहा था, पर बोल नहीं पाया। उसके मुँह से अस्पष्ट निकला, ''शि...वा...जी...पी...छे...लु...टे...रे...'' और गरदन एक तरफ लुढ़क गई। ड्राइवर की पीठ में जहर बुझा तीर शिवा को दिखाई दे गया।

मुख्य सड़क की ओर उसने देखा, सब साथी निकल चुके थे। बस, पाठक उसे दोनों हाथों से इशारा कर रहे थे। बेतहाशा चिल्ला रहे थे, "शिवा, जल्दी आओ...मेरे बच्चे, जल्दी करो...शिवा, आ जाओ। तुम भी आ जाओ...जल्दी...जल्दी..." इतने में पाठकजी ने देखा नौ-दस खूँखार आदिवासियों ने शिवा को घेर लिया। फिर भी शिवा उनको निकलने का इशारा कर रहा है। पाठकजी किंकर्तव्यविमूढ़ हो गए। शिवा को अकेला छोड़कर वे कैसे जा सकते थे? पर यहाँ रुकना भी खतरे से खाली न था। अनिर्णय की स्थिति में उन्हें कुछ दूर से बस आती दिखाई दी। भरे कलेजे से, डबडबाई आँखों से पाठकजी ने आखिरी बार शिवा को देखा और पीड़ित हृदय से पीछे से आ रही उस बस में सवार हो गए।

अट्ठाईस

उस बस में केंद्रीय रिजर्व पुलिस बल (सी.आर.पी.एफ.) के पंद्रह जवान भी थे। पाठकजी की रुलाई नहीं रुक रही थी। वे सोच रहे थे कि शिवा को कैसे बचाकर लाएँ? आँसुओं से तर-बतर आँखों को पोंछ उन्होंने जैसे ही चश्मा वापस लगाया तो उन्हें बस में केंद्रीय रिजर्व पुलिस के सिपाही बल दिखाई दिए। उन्हें देखकर पाठकजी को तसल्ली हुई। तुरंत उनके मन में शिवा को बचाने की युक्ति आई। वे उनके कमांडर से मिले और उन्हें वस्तुस्थिति बताई कि किस प्रकार उनका ग्रुप गौरीपुर रसद लेकर जा रहा था। नक्सलियों ने उनकी गाड़ियों और कार्यकर्ताओं का अपहरण कर लिया। उन मासूम कार्यकर्ताओं के अपहरण का उद्‌देश्य इनके संगठन से मोटी रकम हासिल करने का था और सरकार पर दबाव बनाने का था। पाठकजी ने उन्हें यह भी बताया कि अपने बहादुर जाँबाज साथी के वजह से सभी कार्यकर्ता वहाँ से मुक्त हो गए; लेकिन हमारा युवा साथी, जो मेरे पुत्र की उम्र का था, वह क्रूर नक्सलियों की कैद में रह गया है।

कमांडर ने उसकी सारी बात ध्यान से सुनी। पाठकजी का पहचान-पत्र देखा, विश्वसनीयता की परख पर पाठकजी सच्चे उतरे। ये जवान वास्तव में इस रूट पर नक्सली इलाकों की खोज करने ही इस बस में सवार हुए थे। कमांडर ने पाठकजी की मदद करने का निश्चय किया। यहाँ एक तीर से दो शिकार होने की पूरी संभावना थी। जहाँ एक ओर वे आम जनता की सहायता कर रहे थे, वहीं उन्हें अपने मिशन की मजबूत कड़ी मिल रही थी।

वास्तव में ये जवान माँ भारती के सपूत हैं, हम हिंदुस्तानियों के सच्चे साथी हैं। आज देश की जनता अगर शांति से सो पाती है तो सिर्फ इसलिए कि ये जवान जागकर सीमाओं की रखवाली करते हैं। देश को बाहरी दुश्मनों से भी बचाते हैं और देशवासियों को इन

आंतरिक दुश्मनों से भी बचाने की आशा बँधाते हैं। जवानों की साँसों पर ही समूचे राष्ट्र की धड़कनें निर्भर हैं।

सारी बातचीत होते-होते लगभग पंद्रह-बीस मिनट लग गए थे। कमांडर ने पाठकजी से कहा कि उन्हें उनके साथ जाना होगा, तभी सी.आर.पी.एफ. उनकी मदद कर पाएगी। पाठकजी तो हर कीमत पर शिवा को बचाकर ले जाना चाहते थे, अतः उन्होंने हामी भर ली।

कमांडर ने कहा, ''हम इस बस को रुकवाकर यहीं उतर जाते हैं, फिर उस दिशा में जानेवाले साधन बस, टैंपो इत्यादि से उधर चलकर वहीं आसपास शिवा को खोजेंगे।''

कंडक्टर ने उनके कहने से साइड में करके बस रोक दी। पाठकजी नीचे उतरकर एक तरफ खड़े हो गए। आशा भरी नजरों से कमांडर की ओर निहार रहे थे, तभी अचानक भयानक तेज आवाज हुई।

बस के परखच्चे उड़ गए। पाठकजी ने देखा, बस के सामने का बड़ा शीशा टूटकर चक्र की तरह कमांडर तक पहुँचा और उसका सिर धड़ से अलग हो गया। ऐसा बीभत्स दृश्य उन्होंने आज तक नहीं देखा था। पाठकजी सहमकर बस से विपरीत दिशा में दौड़ते चले गए। एक बड़ा सा शीशा आकर उनके सिर पर लगा। वहाँ से तेजी से खून बहने लगा। उन्होंने अपना रूमाल निकालकर वहाँ लगाया। वह तो एक पल में ही भीग गया, फिर उन्होंने अपनी शर्ट खोलकर सिर पर बाँधी। पाठकजी की आँखों के सामने अँधेरा छाने लगा। तभी एक जीप गुजरती दिखी। पता नहीं नक्सलियों की थी या पुलिस की या आम जनता की, लेकिन पाठकजी ने हाथ दिया, जीप रुकी। वे उसमें चढ़े और सीट पर बैठते ही बेहोश होकर गिर गए।

जिस बस में पाठकजी सवार हुए थे, उस बस में चढ़े सी.आर.पी.एफ. के जवानों को सलक्ष्य निशाना बनाया गया था, इसलिए बस में जबरदस्त टाइम बम फिट किया गया था। पाठकजी भाग्यशाली थे, इसलिए दो बार बच गए। पता नहीं, अब तीसरी बार क्या होगा? बस में सवार एक भी व्यक्ति जिंदा नहीं बचा। पंद्रह जवानों के साथ पाँच बच्चे, पंद्रह महिलाएँ एवं पच्चीस पुरुष सब एक सेकंड में मौत के मुँह में समा गए।

इस मामले में अणुव्रत सेवा भारती के कार्यकर्ता भाग्यशाली रहे। प्रायः सब इसी सड़क पर इस बस से पूर्ववर्ती साधनों द्वारा दिल्ली की ओर निकल गए थे, सिर्फ एक पाठकजी इस बस में थे। वे भी विस्फोट से पूर्व ही बस से उतरकर कुछ दूरी पर खड़े हुए थे, इसलिए वे भी बच गए। सिर्फ एक ट्रक ड्राइवर की वहाँ पर मृत्यु हो गई थी। शिवा भी नक्सलवादियों की कैद में रह गया था। पाठकजी बेहद चिंतित थे।

इतना असलहा, बारूद, बम, ए.के.-४७ और हथियारों का जखीरा आखिर इनके पास आया कहाँ से? अपने ही देशवासी भाइयों को बलि चढ़ाते इनकी आत्मा एक बार

भी क्यों नहीं काँपी? क्या हक था नक्सलियों को इस निरीह हिंसा का? निरपराध जवान व निहत्थे नागरिकों ने उनका क्या बिगाड़ा था? क्यों हो गए ये इतने क्रूर? कैसे हो गए हैं इतने निर्मम? इनके शातिर दिमाग के पीछे असली खिलाड़ी कौन है? रह-रहकर ये सवाल पाठकजी के जेहन में बेहोश होने से पूर्व खलबली मचा रहे थे।

उनतीस

संघर्ष की स्थिति में कायरता का परिचय व्यक्ति की बहुत बड़ी हार है। हिम्मत के साथ हादसे को सहन करनेवाला सबके लिए आदर्श बन जाता है।

अखिल भारतीय आयुर्विज्ञान संस्थान के मुख्य द्वार के समीप ही सड़क के दाईं ओर मध्यम आकार का एक टेंट लगा हुआ था। वहाँ अणुव्रत सेवा भारती ने अपना आपातकालीन कार्यालय बना रखा था। अणुव्रत सेवा भारती के इस कार्यालय पर आज बेतहाशा भीड़ थी। मुख्य अधिकारी कुरसियों पर बैठे थे। बाकी सभी कार्यकर्ता एवं आगंतुक सामने दरियों पर बैठे थे। लोगों के इतने हुजूम के बाद भी कहीं कोई शोरगुल नहीं था। चारों तरफ नीरवता पसरी हुई थी। सभी के चेहरों पर उत्सुकता थी। गौरीपुर आपदा सहायतार्थ गई 'सेवा भारती' की टीम के सदस्य वहाँ मौजूद थे।

एक सवाल सभी के समक्ष उपस्थित था कि आखिर ऐसा क्या हुआ, जो इस दृढ़-संकल्पी टीम को आधे रास्ते से लौटना पड़ा? अनिष्ट की आशंका की अफवाह फैल गई थी।

उनके परिवारवालों को पता चलते ही अपने प्रियजनों को ले जानेवाले भी पहुँच रहे थे। जीप ड्राइवर की पत्नी तो बेतहाशा विलाप कर रही थी। उसके साथ उसकी सहेली थी, वह उसे सांत्वना दे रही थी। उन्हें देख अब्दुल्ला साहब ने सतीश से जीप ड्राइवर का हालचाल ले आने को कहा। जीप ड्राइवर को विष-बुझा तीर लगा था। शिवा ने विष प्रतिरोधी दवा का तुरंत लेप कर दिया था, इसलिए उसकी जान बच गई, नहीं तो ट्रक ड्राइवर की तरह उसकी मौत भी सुनिश्चित थी।

उसके पट्टी बँधी थी, किंतु वह चल-फिर सकता था। सतीश के संग लँगड़ाता-लँगड़ाता ड्राइवर आया तो उसे देखकर उसकी पत्नी ने विलाप करना बंद किया। अब्दुल्ला साहब ने उसकी पत्नी को संबोधित करते हुए कहा, ''प्राथमिक चिकित्सा करके पैर पर पट्टी बाँध दी गई है, अतः आप इन्हें साथ ले जाओ और दो दिन पश्चात् पुनः पट्टी करवाने ले आना।''

पाठकजी के दोनों पुत्र, पुत्री व पत्नी भी एकदम घबराए हुए पहुँचे। पत्नी के चेहरे

के तो होश उड़े हुए थे। पुत्र बेहद चिंतित अवस्था में थे। पुत्री 'पापा, पापा' चिल्लाकर रो रही थी। बड़ा पुत्र अब्दुल्ला साहब के पास आया। अब्दुल्ला साहब ने दुःखी मन से कहा, "वे अंदर सघन चिकित्सा कक्ष में हैं।"

अंदर गए, पिताजी की हालत देख छोटे पुत्र की रुलाई छूट गई।

सिर पर बँधी पट्टियाँ, बंद आँखें, स्थिर काया देखकर एक बार तो बड़ा पुत्र भी सहम गया। इस हालत में पाठकजी को देख उनकी पत्नी व पुत्री फिर सुबक-सुबककर रोने लगी। अब्दुल्ला साहब उठकर उनके पास ढाँढ़स बँधाते हुए आए। बोले, "खून की कमी से बेहोशी छाई हुई है। भगवान् ने चाहा तो शीघ्र ठीक हो जाएँगे।"

बाकी सभी कार्यकर्ताओं के पारिवारिक जन भी आते जा रहे थे, अपने संबंधियों के कुशलक्षेम पूछ रहे थे। इस क्षेत्र के पार्षद, विधायक एवं मंत्रीजी, सभी सांत्वना जताने पहुँच गए थे। आखिर इतना संगीन मामला जो था। विपक्षी दल के भी कुछ नेता पहुँचे हुए थे। इस समस्या पर सरकार को घेरना जो था। मंत्रीजी ने 'सेवा भारती' को इस क्षतिपूर्ति-स्वरूप लाखों रुपयों की राशि सहायता करने की घोषणा की, ताकि उनका यह वोट बैंक यथावत् बना रहे।

बहुत सारे मीडियाकर्मी उपस्थित थे। अनेक प्रमुख समाचार-पत्रों के संवाददाता एवं प्रमुख न्यूज चैनलों के पत्रकार उपस्थित थे। वे सब वस्तुस्थिति जानना चाह रहे थे कि उनके साथ क्या दुर्घटना हुई? सेवा भारती के इस सेवा दल के साथ आखिर हुआ क्या?

जिस स्थिति से अब्दुल्ला साहब बचना चाह रहे थे, जिसका सामना करते हुए उनकी रूह काँप रही थी वह समय आखिर आ ही गया। अब मौन से कैसे काम चलेगा? उनका बायाँ हाथ पाठकजी अनिश्चितकालीन बेहोशी में था और दायाँ हाथ शिवा न जाने कहाँ और किन परिस्थितियों में है? अब सामने जो कुछ है, उसका उत्तरदायित्व तो अब्दुल्लाजी का था।

भारी हृदय से काँपते स्वर में अब्दुल्ला साहब ने बोलना प्रारंभ किया, "हमारी यात्रा बेहद उत्साहजनक वातावरण में चल रही थी। दिल्ली से उत्तर प्रदेश, उत्तर प्रदेश से बिहार तक की यात्रा बेहद सुखद थी। बिहार व बंगाल के मध्य न जाने कहाँ पर, घने जंगलों के मध्य राष्ट्रीय राजमार्ग पर ही हमारे सेवा दल को चालीस-पचास हथियारबंद नकाबपोशों ने घेर लिया था। हमारी ट्रक, जीप व सारी सामग्री उन्होंने लूट ली।

"उनके कुछ साथी तो हमें मारने पर आमादा थे; लेकिन उनके मुखिया की योजना हमारे अपहरण के बदले मोटी रकम वसूलने की थी, इसलिए वे हमें ले गए और जंगल में किसी गंदी सी बदबूदार जगह पर हमें कैद कर लिया।" इतना बोलते-बोलते उनकी साँस फूल गई थी। पास रखा पानी दो घूँट पिया, फिर बोलना प्रारंभ किया—

''हमारी इस यात्रा के मुख्य व्यवस्थापक पाठकजी थे और सह-व्यवस्थापक शिवमंगलजी। अचानक उपजी इस विपदा से हम सब घबरा गए। यह स्वाभाविक ही था। हमारी जगह आप भी होते तो घबरा जाते, लेकिन इन विकट परिस्थितियों में भी एक शख्स ऐसा था जिसने बिलकुल भी धैर्य नहीं खोया। हमारे अपहरण से लेकर हमारी रिहाई तक उसने एक-एक क्षण का उपयोग किया। अपनी आत्मशक्ति के एक-एक कण को उसने ऊर्जा से भरे रखा। एक-एक श्वास के साथ जागरूक रहा। खून का एक-एक कतरा देश के नाम कर दिया।''

सब पूछ उठे, ''कौन है? कहाँ है वह?''

अब्दुल्ला साहब ने अपनी बात जारी रखते हुए आगे कहा, ''भारत की करीब १ अरब आबादी को आज आतंकवाद और नक्सली हिंसा से सबसे ज्यादा खतरा है। बेहद क्रूर हैं ये नक्सली। मुँह से कम, हथियार से अधिक बात करते हैं। शांति व्यवस्था में बाधा उत्पन्न कर इनसानों की जान लेना इनके बाएँ हाथ का खेल है। कुछ समय पूर्व दंडकारण्य के मुख्य प्रशासनिक अधिकारी का अपहरण किया। अपने चार साथियों को छुड़ाने के लिए तीन दिन तक जब सरकार से बात नहीं बनी तो उस निरपराध अधिकारी को मौत के घाट उतार दिया। सिर धड़ से अलग कर धड़ पर अपनी माँगें लिखा हुआ कागज टाँगकर थाने के आगे शव फेंक गए।

''पर हमारा साथी, जिसके बारे में जानने को आप उत्सुक हैं, वह उनसे डरा नहीं। उसने विकट स्थितियों को समझा, हिम्मत नहीं हारी, एक-एक करके सबको निकाल दिया। आज उसी की बदौलत सब साथी जिंदा हैं और सबको निकालते-निकालते आखिर में खुद फँस गया बेरहम नक्सलियों की कैद में; न जाने वह कैसा होगा?'' अब्दुल्ला साहब ने रुँधी आवाज में अपनी पूरी बात रखी थी। अंत में तो वे भी अपनी रुलाई रोक ही नहीं पाए और बच्चों की तरह सुबकने लगे। नेताजी, विधायकजी, पार्षद जी सब सांत्वना दे रहे थे। पत्रकार बंधु भी कुछ देर के लिए गमगीन हो गए।

कुछ समय पश्चात् पुनः उन्हें अपने पत्रकारिता धर्म का खयाल आया। वे खटाखट फोटो खींचने लगे। कुछ खोजी पत्रकारों ने शिवा के प्रोफाइल का पता लगाया कि श्रीराम कॉलेज के प्रथम वर्ष के विद्यार्थी के रूप में इसने राठौर जैसी बड़ी हस्ती को पानी पिलाया था और स्विमर सुजाता को न्याय दिलाया था। प्रो. कुलकर्णी हत्याकांड में भी बाइज्जत बरी हुआ था। उन्होंने यह भी पता लगाया कि कश्मीरी आतंकवादियों से शिवा ने अपनी सूझ-बूझ से सैकड़ों जानें बचाई थीं।

देर रात तक वहाँ आवागमन बना रहा, किंतु शिवा का कोई समाचार नहीं था। व्यथित मन से अगली सुबह अब्दुल्ला साहब एवं पार्षदजी ने शिवा के घर जाने का कार्यक्रम बनाया।

आज के मुख्य समाचारों में शिवा व शिवा के कारनामे छाए थे। सबकी सहानुभूति शिवा के साथ थी। भारत माता का यह सच्चा सपूत बचकर आए, सारा देश ऐसी प्रार्थना कर रहा था। क्या शिवा बच पाएगा?

तीस

हर परिस्थिति में हौसला रखनेवाला व्यक्ति ही सही जीवन जी सकता है और अपने दायित्व का निर्वाह कर सकता है।

सत्यवान इस समय टेलीविजन पर समाचारोंवाले चैनल ही देखा करते थे। आज हरिसेवकजी सपत्नीक आए हुए थे, अत: बैठक में सब गपशप कर रहे थे। आर्या भी उन्हीं के पास खेल रही थी। टी.वी. कोई नहीं देख रहा था। शालू रसोई में सबके लिए चाय बना रही थी।

अचानक शालू को मुख्य द्वार पर आहट सुनाई दी। उसने पुन: ध्यान से सुना, कोई दरवाजा खटखटा रहा था। शालू ने दरवाजा खोलकर देखा, सामने स्थानीय पार्षद के संग अब्दुल्ला साहब खड़े थे। उन्हें अकस्मात् अपने घर के द्वार पर देख चौंक गई। न जाने क्यों किसी अनहोनी की आशंका से उसका दिल तेजी से धड़कने लगा! उसने नमस्कार किया और बोली, "आइए भाई साहब।"

अब्दुल्ला साहब ने पूछा, "क्या सत्यवानजी घर पर हैं?"

शालू ने चुपचाप स्वकारोक्ति में सिर हिलाया और हाथ से बैठक की ओर इशारा किया।

पार्षदजी एवं अब्दुल्लाजी बैठक की ओर बढ़े। अचानक अब्दुल्लाजी को देखकर सत्यवानजी चौंके। फिर अभिवादन कर उन्हें बिठाया। लेकिन हरिसेवकजी के चेहरे पर उन्हें देखकर सहज मुसकान छा गई। दुआ-सलाम के आदान-प्रदान के पश्चात् उन्होंने सत्यवानजी को सारी घटना संक्षेप में बताई कि किस प्रकार नक्सलियों ने राहत सामग्री से भरा उनका ट्रक लूट लिया और किस प्रकार सब सेवाकर्मियों को बंधक बनाकर लिया। उन्होंने आगे बताया कि किस प्रकार शिवा ने अपनी बुद्धिमानी एवं बहादुरी से जान पर खेलकर सब साथियों को नक्सलियों के चंगुल से आजाद कराया।

अपने पुत्र की हिम्मत व साहस के कारनामों को सुनकर सत्यवान एवं सावित्री का सीना गर्व से फूल उठा। अपने जामाता के वीरता पूर्ण रोमांचकारी कार्यों की कहानी सुनकर हरिसेवकजी एवं कामिनी भी गौरव व हर्ष से रोमांचित हो उठे।

उसी उल्लास से सावित्री ने पूछा, "अब वह कहाँ है?"

अब्दुल्ला साहब सोचने लगे, क्या बोलूँ? उनका चेहरा एकदम उतर गया और आँखों

से आँसू गिरने लगे। सावित्री अब्दुल्ला साहब की हालत देखकर ही पथरा गई। किसी अनहोनी की आशंका से उसके कलेजे से लपटें उठने लगीं। वह सुध-बुध खो बैठी और अब्दुल्ला साहब का कॉलर पकड़कर झकझोरते हुए बोली, ''कहाँ है मेरा बेटा? आप उसे साथ क्यों नहीं लाए हैं? बोलिए, जवाब दीजिए।''

सत्यवानजी ने सावित्री को सँभालते हुए पुनः अब्दुल्लाजी से पूछा, ''शिवा कहाँ है? वह अभी तक आया क्यों नहीं?''

अब्दुल्ला साहब का गला रुँध गया। वह कुछ भी नहीं बोल पाए। स्थिति सँभालते हुए पार्षद साहब बेहद सर्द स्वर में बोले, ''सबको बचाते-बचाते शिवा फँस गया। वह स्वयं को नहीं बचा पाया। उसे नक्सली कैद करके ले गए।''

यह क्या? इस अनहोनी से सब सकते में आ गए। अचानक सत्यवान की चेतना लौटी, ''क्या कहा? मेरे शिवा को नक्सली कैद करके ले गए?''

सावित्री कराह उठी, ''वे नर-पिशाच मेरे बच्चे को नोच लेंगे। हे भगवान्! तूने यह क्या किया? मेरे शिवा को जल्दी लौटा, मेरी और परीक्षा न ले।''

हरिसेवकजी अविश्वास के स्वर में बोले, ''नहीं-नहीं, वह मेरे बच्चे को कैद नहीं कर सकते।''

पार्षद बोले, ''काश, ऐसा ही हो पाता!''

अब्दुल्लाजी अश्रुपूरित नेत्रों से द्रवित स्वर में बोले, ''यह सच है कि शिवा नक्सलियों के जाल में फँसकर उनकी कैद में है।''

सत्यवान अपने आपको सँभाल न सका। उसका दिल इस दबाव को झेल न सका। उसे हृदय में भयंकर पीड़ा महसूस हुई। सीने पर हाथ रखे-रखे बोला, ''नहीं, नहीं··· यह सच···नहीं हो सकता।'' और बेसुध होकर जमीन पर गिर पड़े।

सावित्री की हिचकियाँ बँध गईं। इधर उसके लाल का कोई पता नहीं था और इधर पति को दिल का दौरा पड़ गया। अब वह क्या करे, कहाँ जाए?

शालू चाय लेकर बैठक में आई ही थी। अंतिम वार्त्तालाप उसके कानों में पड़ा। जैसे ही उसने सुना, शिवा को नक्सली आतंकियों ने कैद कर लिया है, उसे अपना दिल डूबता सा महसूस हुआ। उसकी चेतना लुप्त हो रही थी। ट्रे हाथ से छूट गई, कप टूट गए, चाय बिखर गई। धम्म से वह भी बेहोश होकर गिर गई। पूरे घर में कोहराम मच गया।

पाँच वर्षीय बालिका आर्या की समझ में नहीं आया कि अचानक क्या हुआ?

लेकिन दादा-दादी व माँ की यह हालत देखकर वह भी जोर-जोर से रोने लगी। हरिसेवकजी व कामिनी की भी रुलाई रुक नहीं रही थी।

अब्दुल्ला साहब व पार्षदजी किंकर्तव्यविमूढ़ खड़े-खड़े सोच रहे थे कि यह स्थिति

सँभाले कैसे ? किसी तरह पार्षदजी व अब्दुल्लाजी सत्यवान को अस्पताल ले गए। कामिनी शालू को गोद में लिटाकर ठंडे पानी के छींटे डालने लगी। एक क्षण के लिए होश आया, फिर 'शिवा-शिवा' करती बेसुध हो गई।

टेलीविजन के सब चैनल चीख-चीखकर नक्सली हिंसा एवं आतंकियों के अत्याचार की कथा कह रहे थे। प्राय: प्रत्येक चैनल पर शिवा छाया हुआ था। उसके बहादुरी के कारनामों के साथ नक्सली कैद की खबर प्रमुखता से दी जा रही थी।

जिसने सुना, सन्न रह गया। कुछ ही देर में शिवा के घर पर परिवारजन, पड़ोसी, मित्र एवं अणुव्रत सेवा भारती के कार्यकर्ताओं का हुजूम लग गया। सत्यवानजी अस्पताल में थे। सावित्री बेहोश थी। शालू विक्षिप्त-सी हो गई थी। जैसे ही बेहोशी टूटती, फिर वह 'शिवा-शिवा' करके बेहोश हो जाती। कामिनी शालू व सावित्री को सँभाल रही थी। आर्या रोए जा रही थी। हरिसेवकजी उसे सँभाल रहे थे।

पार्षदजी भी सहानुभूति से बात कर रहे थे। अब्दुल्ला साहब सबसे वस्तुस्थिति बयान कर रहे थे। हृदय-विदारक दृश्य था। भगवान् न करे, किसी के घर का जवान बेटा···इकलौता चिराग इस प्रकार चला जाए।

अब क्या किया जाए? कैसे उसे बचाया जाए? शिवा को कैसे वापस लाया जाए?

सब इसी विषय पर चिंतन कर रहे थे। सेवा भारती के कार्यकर्ता अपने स्तर पर प्रयास कर रहे थे। शिवा के मित्रों ने अपनी कोशिशें कीं। सुचित्रा, मंत्रीजी व गवर्नर साहब एवं कमिश्नर चैतन्य कुमार ने भी प्रयास किया। इन प्रयासों से सरकार पर दबाव बढ़ा। सरकार ने अपना खोजी अभियान पूरी ताकत से प्रारंभ कर दिया। गुप्तचर एजेंसियों की सेवाएँ भी ली गईं, लेकिन अफसोस, कहीं से भी शिवा का कोई सुराग नहीं मिला।

इकलौते लाल को खोकर सावित्री की दशा मनोरोगी-सी हो गई थी। सत्यवान जिंदा बच तो गए थे, किंतु अब वह सदैव के लिए हृदय रोगी बन शरीर में आधे रह गए थे।

शालू के दु:ख का ओर-छोर ही न था। आँसू तो सूखने का नाम ही नहीं ले रहे थे। हलकी-से-हलकी आहट पर वह चौंक पड़ती, शायद शिवा आ गए··· । नींद तो उससे कोसों दूर रहती। किसी तरह आर्या को सीने से लगाकर माताजी-पिताजी की सेवा कर जीने का उद्देश्य खोजती। जीवन की राहें उसे पूरी तरह अँधेरी नजर आ रही थीं। पर घोर तमस में आशा की एक किरण झिलमिला रही थी। एक नन्हा सा दीप टिमटिमा रहा था। शालू की कोख में शिवा का अंश पल रहा था। सत्यवान, सावित्री व शालू अब तो बस इसी उम्मीद के सहारे दिन काट रहे थे।

इकतीस

उधर सुचित्रा का विवाह भी मंत्रीजी ने आगरा के राजघराने के कुलदीपक, राजनीति में सक्रिय गवर्नर साहब के सुपुत्र चैतन्य कुमार के संग कर दिया। इंडियन पुलिस सर्विसेज में चैतन्य कुमार ने इसी वर्ष प्रथम स्थान प्राप्त किया था। कुछ समय बाद उसके एक पुत्र सचिन भी हो गया। सुचित्रा ने जीवन में पूरा सामंजस्य बना रखा था। वह गृहस्थी की समस्त जिम्मेदारियों को निभाते हुए भी अध्ययन के लिए समय निकाल ही लेती। एक दिन अकस्मात् 'वर्तमान भारतीय समस्याएँ' विषयक रचना पढ़कर द्रवित हो गई। उसमें कुछ इस प्रकार लिखा था—

"गौरीपुर में बादल फटने जैसी प्राकृतिक आपदा के अलावा मानव-निर्मित आपदाएँ भी देश को झकझोर रही थीं। भारतीय गणतंत्र के विशाल ढाँचे को खोखला करने के लिए राष्ट्र-विरोधी शक्तियाँ सक्रिय हो रही थीं। प्राकृतिक संपदा से संपन्न देश भारत का शनैः-शनैः विकसित राष्ट्र में तब्दील होना इन्हें नहीं सुहा रहा था। इन देशद्रोहियों ने अस्थिरता उत्पन्न कर अशांति फैलाने हेतु लक्ष्य बनाया भारत के प्राकृतिक संसाधनों से समृद्ध आदिवासी अंचलों को। भारत में आदिवासियों की संख्या छोटी-मोटी नहीं थी, बल्कि लगभग ८ करोड़ आदिवासी थे, अर्थात् देश की कुल आबादी का आठ प्रतिशत।

"कुछ राज्यों के कुल भू-भाग में से ४४ प्रतिशत वन क्षेत्र था और वहीं अधिकतम आदिवासी बस्ती रही थी। संभवतः यह देश का सबसे बड़ा आदिवासी इलाका था, इसलिए इन्होंने इस क्षेत्र को चुना।

"सुदूर शांत अंचल होने के कारण प्रारंभ में यहाँ मीलों तक प्रशासनिक अमला नहीं रहा। देशद्रोहियों के साथ मिलकर चीन-पाक गठजोड़ ने इसी निर्वात शून्य स्थिति का फायदा उठाया और वहाँ भारत-विरोधी वैकल्पिक प्रशासनिक व्यवस्था खड़ी कर ली। ये ताकतें भारत की बहुलतावादी संस्कृति और इसकी विशिष्ट पहचान को नष्ट करने के लिए हिंदुस्तान के विरुद्ध हिंदुस्तानियों का ही सफलतापूर्वक उपयोग कर रही थीं।

"इस क्षेत्र में चीन के माओत्से तुंग से प्रभावित विचारधारा 'सत्ता बंदूक की नली से निकलती है' का सुनियोजित तरीके से प्रचार किया गया। व्यापक हिंसक आंदोलन हुए, इसलिए इस संघर्ष का नाम पड़ा 'नक्सलवाद'। गत वर्षों में बारह प्रदेशों के १५० जिलों में नक्सलवादी फैल गए। उन्होंने बिहार, उड़ीसा, झारखंड, छत्तीसगढ़, आंध्र प्रदेश होते हुए कर्नाटक तक एक सघन 'लाल गलियारा' बना लिया। इन राज्यों में ये बहुत बड़ी ताकत बन गए थे। शनैः-शनैः २३७ जिले और २,२०० थाने नक्सली इलाके से प्रभावित हो गए। यहाँ करीब २०,००० के आसपास प्रशिक्षित छापामार नक्सली और इसके अलावा उनके

साथियों की गिनती तो कई गुना ज्यादा हो गई। लगभग ५०,००० नक्सली एक अरब लोगों को धमकाने की हिमाकत करने लगे।

''इनके सशस्त्र दस्तों ने देश के मूल्यवान खनिज वन-संपदा से संपन्न इलाकों पर अघोषित सत्ता कायम कर ली। यह विद्या-अध्ययन केंद्रों को बारूद से उड़ाने में संकोच नहीं करते। संचार-तंत्र को ध्वस्त करके अपने विचारों के प्रचार में विश्वास रखनेवाले ये सिरफिरे नक्सली भारतीय भूगोल में रक्त धमनियों की तरह संचालित रेलवे नेटवर्क को अस्त-व्यस्त करके आम अवाम में दहशत का माहौल पैदा करते थे।

''नक्सलियों की हिंसा की सबसे ज्यादा घटनाएँ चार राज्यों—बंगाल, बिहार, छत्तीसगढ़ व उड़ीसा में दर्ज की गईं। ये माओवादी देश के ४०,००० वर्ग किलोमीटर इलाके में स्वच्छंद घूमते-फिरते। इनके पास धनबल, बाहुबल, शस्त्र-बल, विदेशी बल के साथ-साथ समानांतर सत्ता-बल भी हो गया।''

यह सब पढ़ते-पढ़ते सुचित्रा गहरे सोच में डूब गई। उस जैसी संवेदनशील महिला की आँखों में देश-प्रेम की अश्रुधारा बह उठी। वह सोचने लगी कि क्या झाँसी की रानी लक्ष्मीबाई, भगत सिंह एवं चंद्रशेखर आजाद सरीखे शहीदों ने भारत माँ की इस दुर्दशा के लिए अपना जीवन अर्पण किया था? उसने निश्चय किया कि वह इस समस्या की तह तक जाकर इसके मूल कारणों की तलाश करेगी।

बत्तीस

सुचित्रा के पास किसी तरह के संसाधनों की कमी न थी। उसने पुस्तकालयों से, समाचार एजेंसियों से, इंटरनेट से इस समस्या विषयक सामग्री एकत्रित करनी प्रारंभ की; किंतु उसे मात्र इतने से संतोष नहीं हुआ। उसने उन क्षेत्रों के बाशिंदों से बातचीत की, जो उसके संपर्क में थे। उसने काफी कुछ जाना; लेकिन जमीनी सच्चाई तो उसे जमीन पर जाकर ही पता चल सकती थी। क्या उस खूँखार इलाके में जाने की इजाजत उसे मिल पाएगी?

सुचित्रा को अच्छे से पता था, न उसके पति और न ही उसके पिता नक्सली इलाकों में उसे जाने की इजाजत देंगे, अत: चोरी-छुपे छद्म वेश धारण कर वह अपनी सहेली के साथ अपने इच्छित लक्ष्य की ओर निकल पड़ी।

विभिन्न पड़ावों को तय करती हुई महाराष्ट्र की सीमा से लगे छत्तीसगढ़ के घानोरा तहसील में दोपहर के १ बजे जब वह पहुँची तब वहाँ का तापमान ४७ डिग्री था। मकानों की टीन की चद्दरोंवाली छतों पर ६०-७० लोग काला कपड़ा बाँधे खड़े थे। उनमें से कुछ

लड़कियाँ भी नजर आ रही थीं।

कुछ ही मिनटों के भ्रमण में सुचित्रा एवं उसकी सहेली पसीने से लथपथ हो गईं। गरमी से उनकी हालत गड़बड़ाने लगी। वह उन गरीब आदिवासियों के बारे में सोच रही थीं, जो लगातार इन परिस्थितियों में रहते थे। उसने अपनी आँखों से देखा कि गढ़चिरोली जिले में नमक के स्थान पर चींटियों को पीसकर उनका उपयोग नमक की तरह किया जा रहा था। ऐसे हालात को देख सुचित्रा का मन बेहद उदास हो गया।

उसके अंतर्मन से आवाज उठी कि क्या यह हिंसा की पराकाष्ठा नहीं? सिर्फ चींटियों को पीसकर खाना ही हिंसा नहीं, बल्कि ऐसे हालात पैदा करना हिंसा है। असीम संग्रह ने ऐसे हालात पैदा किए, अत्यधिक शोषण से स्थिति नाजुक बनी।

अपने विद्यार्थी जीवन में सुचित्रा अणुव्रत सेवा भारती की सदस्या बन चुकी थी, वह सोचने लगी कि अपरिग्रह, अणुव्रत प्रसार से यहाँ की जनता का भला हो सकता है। 'अपरिग्रह' का अर्थ यह नहीं होता कि भूखे मरो, उत्पादन अथवा क्रय-विक्रय न करो, बल्कि दूसरों का अधिकार छीनकर, शोषण कर, अप्रामाणिकता एवं विश्वासपात्रता को गँवाकर अन्याय से धन-संग्रह न करना ही व्यावहारिक अपरिग्रह है। इसी प्रकार अहिंसा अणुव्रत का अर्थ भी 'मारो नहीं, बल्कि मारनेवाले को बदलो' है। अत: यहाँ की स्थितियों के बदलाव में अणुव्रत सेवा भारती जैसी संस्थाएँ भी उल्लेखनीय भूमिका निभा सकती हैं।''

इस तरह से स्थितियों का आकलन करते हुए उसने शीघ्रतापूर्वक अपनी यात्रा संपन्न कर ली। उसी रात उसने नक्सलवाद की समस्या के बारे में अपनी डायरी में टिप्पणी लिखी। वह इस प्रकार से थी—

''नक्सलवाद मूल में कोई कानून व्यवस्था की समस्या नहीं, बल्कि यह मुख्य रूप से मानवीय, सामाजिक, सांस्कृतिक, आर्थिक एवं राजनीतिक समस्या लग रही है, जो दूरदर्शिता के अभाव में परिवर्धित हुई। संभवत: नीतिगत भूलों से नक्सलवाद की जड़ें जमती गईं। प्रशासनिक अमले की दखलंदाजी को प्रारंभिक नीति-नियंताओं ने संविधान बनाते समय इसलिए सीमित रखा, ताकि आदिवासियों की विशिष्ट पहचान बनी रहे, उनकी संस्कृति अक्षुण्ण बनी रहे। इसी का फायदा उठाकर राष्ट्र-विरोधियों ने यहाँ अलगाववादी हिंसक भावना विकसित कर दी। उग्र आंदोलन बढ़ते गए, खून-खराबा होने लगा, विकास की गति रुक गई और ये अंचल पिछड़ते चले गए।

''इसके अलावा भूमिहीनता की समस्या, उचित रोजगार की कमी, जमीन अधिग्रहण में सही नीति न होना और उचित पुनर्वास की स्पष्ट नीति न होने से उठनेवाले शांतिपूर्ण आंदोलन और उनका दमन भी आम आदमियों को नक्सलवाद के करीब ले जाता है। रही-

सही कसर पूरी करता है 'भ्रष्टाचार'। अगर नीतियाँ बनती भी हैं तो भ्रष्टाचार का दानव सबकुछ निगल जाता है। आम गरीब आदिवासी किसान को दो वक्त की रोटी, मर्यादा का जीवन, स्वास्थ्य, शिक्षा व सामान्य विकास चाहिए। उभरते हिंदुस्तान से यह माँग कोई ज्यादा नहीं है। काश, ऐसा हो पाए!

तैंतीस

जन्म देना और जीवन देना—ये दो अलग-अलग बातें हैं। जन्म देनेवाले तो सभी माता-पिता हो सकते हैं, किंतु जीवन तथा सत्संस्कार देनेवाले माता-पिता विरले होते हैं। सुसंस्कारी संतान ही व्यक्ति की सच्ची संपत्ति होती है, जिस पर उसकी भविष्य की पीढ़ियों का दारोमदार होता है।

शिवा के जाने के लगभग नौ महीने पश्चात् शालू ने एक पुत्र को जन्म दिया। हूबहू शिवा की प्रतिकृति नजर आ रहा था नन्हा बालक। वैसा ही चौड़ा ललाट, बड़ी-बड़ी आँखें, गोरा रंग, घुँघराले बाल, गालों में पड़ता डिंपल। मुसकराता चेहरा, पतली लंबी उँगलियाँ बेटे को गोद में लेकर शालू सोचने लगी, अभी शिवा होता तो कितना उत्सव-महोत्सव होता! अपने बेटे को देखकर वह कितना खुश होता! दादा-दादी सत्यवान एवं सावित्री अपने शिवा को इस रूप में पुनः पाकर प्रसन्न थे। दिन भर उसे खिलाते रहते।

शुभ मुहूर्त देखकर नामकरण संस्कार किया। पंडितजी ने नन्हे-मुन्ने का नाम रखा आर्य। गोलू-मोलू नंद किशोर भाई को पाकर आर्या भी बहुत खुश थी।

शालू को शिवा की कही ओजस्वी बातें याद आतीं, 'कभी मुझे कुछ हो जाए तो माँ, बाबूजी व आर्या को तुम्हें सँभालना है।' वह आँखें मूँद मन-ही-मन शिवा से साक्षात्कार करती। बस एक ही अर्ज करती, 'मुझे शक्ति दो, मैं सबको सँभाल सकूँ।'' घंटों वह ध्यान की गहराइयों में चली जाती। भगवान् से शिवा की सलामती की, शीघ्र सकुशल वापसी की प्रार्थना करती और सोचती रहती कि एक-न-एक दिन उसका शिवा अवश्य वापस आएगा।

देखते-ही-देखते पाँच वर्ष बीत गए, शिवा की कोई खबर नहीं थी। बेहद कठिनाई से शालू संपूर्ण परिवार के भरण-पोषण का दायित्व निभा रही थी। काल का प्रवाह अपनी गति से प्रगति कर रहा था। आर्या नौ वर्ष की हो गई थी और आर्य सवा चार वर्ष का। शालू पल भर भी बच्चों की खोज-खबर लिये बिना नहीं रह सकती थी। एक दिन उसने देखा कि काफी समय से बच्चे दिखे नहीं। दोनों बच्चे बिना बताए कहाँ चले गए? घर के सब कमरों में ढूँढ़ लिया। वह बदहवास-सी हो गई। बाहर पता करने जैसे ही निकलने लगी,

उसने देखा, दोनों बहन-भाई दालान में तुलसी के पौधे के सामने बैठे थे। आँखें मूँदे प्रार्थना कर रहे थे।

शालू चुपचाप खड़ी चित्रलिखित-सी अपने दोनों प्राण-प्यारों को देखती रही। न जाने क्या सोचकर वह भी आर्य के समीप बैठ गई। आर्या जो मन-ही-मन बोल रही थी, वह पता नहीं चल रहा था, पर आर्य की बुदबुदाहट शालू को सुनाई दे रही थी, "हे तुलसी मैया! मेरे पापा को जल्दी वापस ला दो। मैंने तो अभी तक पापा को देखा नहीं। सब बच्चों के पापा उन्हें स्कूल छोड़ने आते हैं, शिक्षक-अभिभावक संगोष्ठी (पी.टी.एम.) में आते हैं। मेरे पापा नहीं आते तो मुझे अच्छा नहीं लगता। मम्मी को उदास देखता हूँ तो और रोना आता है। सबसे सुनता हूँ, पापा बहुत बहादुर हैं। मुझे भी पापा से बहादुरी सीखनी है। भगवानजी, प्लीज, मेरे पापा को बुला दो, प्लीज भगवानजी···पापा को मिला दो···"

मासूम की प्रार्थना सुनकर शालू की आँखें भी भर आईं।

लगभग पाँच मिनट बाद दोनों ने आँखें खोलीं। माँ को समीप देख दोनों माँ से लिपट गए। शालू ने पूछा, "आर्य, आज क्या कर रहे थे?"

आर्य बोला, "माँ, हम पूजा कर रहे थे। दीदी ने बताया कि तुलसी मैया सबकी इच्छा पूरी करती है, इसलिए हम दोनों प्रार्थना कर रहे थे कि हमारे पापा जल्दी वापस आ जाएँ।"

नन्हे आर्य की बात सुनकर शालू के सब्र का बाँध टूट गया। आर्या पास आई और अपनी फ्रॉक से माँ के आँसू पोंछकर बोली, "माँ, मत रोओ, पापा जरूर वापस आएँगे। मैं लेकर आऊँगी उनको।"

छोटी सी बच्ची के यह शब्द सुनकर शालू और ज्यादा भावुक हो गई और जोर-जोर से करुण क्रंदन करने लगी। दोनों बच्चे माँ की यह हालत देखकर उसके दोनों तरफ चिपटकर बिलख उठे। काफी देर तीनों मिलकर रोते रहे।

तभी सावित्री हॉल से चाय को कहने के लिए निकली। उसको शालू व दोनों बच्चे घर के अंदर कहीं भी किसी कमरे में नहीं दिखे। उसे चिंता हो गई। आँगन से निकलकर वह खोजते-खोजते बाहर दालान में आई तो तीनों की लाल आँखें एवं रुआँसी हालत देखकर अंदर से एकदम घबरा गई। बाहर से संतुलन रखते हुए शालू को समझाने लगी, "तुम भी बच्चों के बराबर हो जाओगी तो इन्हें कौन सँभालेगा? तुम्हारे श्वसुरजी तुम्हें इस हालत में देख लेंगे तो उनकी तबीयत और खराब हो जाएगी। शालू, हिम्मत रखो, हर अँधेरी रात के बाद फिर सुबह होती है।

जिंदगानी मुश्किलों का नाम है,
हार जाना बुजदिलों का काम है,
जो गमों की घूँट हँस-हँस पी सके,

एक दिन बनता वही शिवधाम है।
चलें अगर इनसानियत की राह पर,
बदल जाती भोर में हर शाम है,
जिंदगानी मुश्किलों का नाम है।"

"आर्या, आर्य वादा करो, आज के बाद नहीं रोओगे।"

आर्य आँसू पोंछकर बोला, "ठीक है...ठीक है...पर आप हमें बता तो दो, पापा कहाँ हैं? कब आएँगे?"

चौंतीस

सुख-दुःख से निरपेक्ष काल अपनी गति से चलता रहता है। साहस, सूझ-बूझ एवं पुरुषार्थ संग निस्स्वार्थ भाव से किए गए कार्य कालचक्र पर अपनी अमिट छाप छोड़ जाते हैं। आर्या चौदह वर्ष की हो गई। निडर, जुझारू, मेहनती व अध्ययनशील उस बालिका ने विद्यालय के सभी शिक्षकों का दिल जीत लिया। स्विमिंग हो या स्पोर्ट्स, ऊँची कूद हो या लंबी कूद, बाधा दौड़ हो या सीधी दौड़—आर्या हर क्षेत्र में प्रथम रहती। उसने स्काउटिंग-गाइडिंग में भी प्रवेश ले लिया था।

कैंपों के प्रशिक्षण कार्यक्रमों में आर्या प्रायः अग्रिम पंक्ति में रहती।

उसी के नक्शे-कदम पर भाई आर्य चल रहा था। दोनों एक ही स्कूल में थे। साथ जाते, साथ आते, खूब प्यार से रहते। आर्य भी समय-समय पर पढ़ाई में, चित्रकला में, सुलेख में तथा और भी अनेक प्रतियोगिताओं में अग्रिम रहता था। पिछले वर्ष से दोनों स्विमिंग चैंपियन रहे ही थे। कुल मिलाकर शालू बहुत अच्छे तरीके से बच्चों की परवरिश कर रही थी। बच्चे भी प्रगति-पथ पर अग्रसर थे। सच पूछा जाए तो इन बच्चों के आसपास पाँचों अभिभावकों का जीवन केंद्रित हो गया था। इनसे मिलनेवाली खुशियाँ ही उनके लिए उत्सव थीं।

इस बार इनके स्कूल ने एक मनोरंजक पिकनिक का आयोजन किया था। लगभग सौ बच्चे दो बसों में सवार होकर हँसते-खिलखिलाते जा रहे थे। आर्या व आर्य आगेवाली बस में थे। खाते-पीते, गाते-गुनगुनाते सब मस्ती कर रहे थे। कुछ बच्चे खिड़की से बाहर का दृश्य देख रहे थे। सुंदर बड़े-बड़े पेड़, डिजायनर पौधे, साफ-सुथरी चौड़ी सड़कें—इतने में बस यमुना पुल पर आ गई। दोनों तरफ पानी से उफनती नदी को देखकर तो बच्चे बहुत खुश हुए। पीछेवाली बस जब त्वरित गति से आगे निकली तो उस बस के ड्राइवर

ने उससे आगे निकलने के लिए जैसे ही अपनी गति बढ़ाई कि ब्रेक फेल हो गए…अचानक यमुना पुल के ऊपर की सड़क के किनारे बनी रेलिंग तोड़ती हुई बस बेकाबू हो गई। सब काँप गए। बच्चे रोने लगे। हृदय-विदारक चीखों से पूरा वातावरण कंपायमान हो उठा। आर्या ने एकदम कसकर अपने भाई को चिपटा लिया, "डर मत भाई, कुछ नहीं होगा। भगवान् को याद कर, नमस्कार महामंत्र गिन।"

तेज छपाक की आवाज के साथ बस उफनती नदी की सतह से टकराई। बुरी तरह चीख-पुकार मच गई—'बचाओ, बचाओ!' खिड़कियों-दरवाजों से ज्यादा-से-ज्यादा लोग निकले। थोड़े-बहुत बच्चों व शिक्षकों को, जिन्हें तैरना आता था, वे किसी तरह किनारे पहुँच गए।

जैसे ही आर्या और आर्य पानी में गिरे, आर्या ने कहा, "भाई, साइक्लिंग करो भाई, हाथ-पाँव चलाओ।"

किनारा ज्यादा दूर नहीं था, तैरते-तैरते आर्या ने कहा, "चलो आर्य, तुम्हें किनारे छोड़ दूँ। मैं और बच्चों की मदद करती हूँ।" आर्य बोला, "दीदी, मैं भी आपकी मदद करूँगा।"

और दोनों बहन-भाई जुट गए क्रूर काल के निवाले से अपने साथियों को बचाने। आर्य किनारे के नजदीकवाले छोटे बच्चों को घसीट-घसीटकर, खींच-खींचकर किनारे ला रहा था, आर्या दूर से बच्चों को खींच-खींचकर ला रही थी। कितने बच्चों को बचा सके, उन्हें नहीं पता। दोनों बुरी तरह थक गए, पर हार नहीं मानी। आर्या एक लड़की को किनारे डालकर लौट रही थी, इतने में उसने देखा आर्य पस्त हो रहा है। उसकी आँखें बंद हो रही हैं। वह नाक तक पानी में डूबने वाला था। आर्या तेजी से हाथ-पाँव मारती हुई भाई तक पहुँची और डूबते हुए अपने भाई को खींचकर किनारे डालकर आई।

किनारे खड़े बड़े-छोटे सब इस दृश्य को आँखें फाड़े देख रहे थे। सबके रोंगटें खड़े हो रहे थे। लेकिन फिर भी पानी में कूदकर दूसरों को बचाने की हिम्मत बड़े-बड़े भी नहीं कर पा रहे थे। बस, दूर खड़े सब इस लड़की के साहसिक कारनामे को देखकर स्तब्ध थे।

इस बार बच्चे को खींचते हुए आर्या को लगा कि अब उसके पैरों में जान नहीं है। उसके पैर सही से चल नहीं पा रहे हैं। फिर भी, धीरे-धीरे पैरों व हाथों की तेज गति से एक ओर लड़की को किनारे डाल आई। जब पानी में पुनः आ रही थी तो उसे लग रहा था, उससे अब और तैरा नहीं जाएगा। अब उसके शरीर में जान कम हो रही है। इतने में एक छोटा सा लड़का उसे डूबता दिखा। उसे लगा, यह तो मेरा भाई है। उसने अपनी समस्त शक्ति एकत्र की और उसे पीठ पर लाद लिया। वह पूरी जान लगाकर किनारे की तरफ बढ़ रही थी; लेकिन इस बार लग रहा था, किनारा कितनी दूर है! उसके हाथ-पैरों ने साथ

देना बंद कर दिया। चेतना पर अंधकार का आवरण छाने लगा। यह बच्चा उसे बहुत भारी लग रहा था। एक बार मन ने कहा, 'अगर इसे छोड़ दोगी तो शायद तुम किनारे आसानी से पहुँच जाओगी।' किंतु उसने तय कर लिया—बचेंगे तो दोनों, डूबेंगे तो दोनों।

वह कुछ दूर और चली। अब अपने आप पर उसका नियंत्रण नहीं रहा। उसकी आँखें मुँदने लगीं। बेहोशी छाने लगी, वह और पीठ पर लदा बच्चा दोनों डूबने लगे। पानी नाक तक आ गया और यह क्या, वह तो डूबती जा रही है! पानी सिर के ऊपर तक आ गया। उसने साँस रोक रखी थी, लेकिन अब तो साँस भी रुक नहीं पा रही है। अब पानी जाएगा पेट में और डूब जाऊँगी…अब मैं डूब रही हूँ…बस, अब आर्या की कहानी खत्म…अर्द्ध-चैतन्य अवस्था में उसे लगा कि उसके पापा आ गए हैं, जो बड़े स्नेह से, दुलार से उसे अपने हाथों में उठाए किनारे की ओर ले जा रहे हैं…और वह बेहोश हो गई।

स्कूल बस के दुर्घटनाग्रस्त होने की दर्दनाक खबर तुरंत चारों तरफ फैल गई। तट पर स्थित बचाव दल शीघ्रता से दुर्घटना स्थल पर पहुँच गया। बचाव दल के एक सदस्य ने आर्या को डूबते देखा और तुरंत उसे सहायता देकर किनारे पहुँचाया। अन्य कई बच्चों को भी उन्होंने बचाया था।

दूसरे दिन के समाचार-पत्रों के मुख पृष्ठ पर आर्या व आर्य की फोटो छपी, साथ में हेडलाइन थी—'बहादुर बहन-भाई ने अपने चौदह साथियों की जान बचाई'। आगे लिखा था—'कक्षा नौ की छात्रा आर्या व कक्षा चार के छात्र आर्य ने अपनी जान पर खेलकर अपने चौदह साथियों की जान बचाई। समय पर बचाव दल पहुँच जाने से कुल मिलाकर ४० बच्चों को बचा लिया गया। लेकिन इस दुःखद घटना में १० बच्चे, बस का ड्राइवर, खलासी व एक शिक्षक काल के गर्त में समा गए। अगर ये बहादुर भाई-बहन हिम्मत नहीं करते तो पंद्रह-सोलह घरों के चिराग और बुझ गए होते।'

बच्चों को कई दिनों तक बधाइयाँ देनेवालों का ताँता लगा रहा। शिवा का नाम खूब रोशन हुआ।

अब्दुल्ला साहब एवं पाठकजी ने अणुव्रत सेवा भारती की ओर से एक भव्य सम्मान समारोह रखा, जिसमें इन दोनों बच्चों को सम्मानित किया। सबकी जबान पर एक ही बात थी—'बहादुरों-शूरवीरों की बहादुर ही संतान होती हैं।' फिर रोटरी क्लब, लायंस क्लब, नगर पालिका, महिला व बाल विकास मंत्रालय आदि-आदि, न जाने कितनी जगह से ये दोनों बहादुर बच्चे सम्मानित हुए। स्कूल के वार्षिकोत्सव पर इन्हें विशेष पुरस्कार से भी नवाजा गया।

शिवा के जाने के बाद आज पूरे परिवार के लिए खुशी का दिन आया। उन्हें सूचना मिली कि इन बच्चों को इस बार के 'राष्ट्रीय वीरता सम्मान' के लिए चुना गया था। भारतीय

गणतंत्र दिवस के उपलक्ष्य में महामहिम राष्ट्रपति द्वारा आर्या व आर्य को पुरस्कार प्रदान किया जाएगा। गणतंत्र दिवस की परेड पर देश के अन्य नन्हे बहादुरों के साथ दोनों भाई-बहन भी सजे हुए हाथी पर सवार थे। दर्शक-दीर्घा में विशेष कुरसियों पर बैठे सत्यवान, सावित्री, हरिसेवकजी व कामिनी अपना भाग्य सराह रहे थे। शालू की आँखों में शिवा की यादें थीं। आज शिवा यहाँ होते तो उन्हें अपने बच्चों पर कितना गर्व होता।

पैंतीस

परोपकार वह विशाल राजमार्ग है, जो व्यक्ति को शांति और सुख की उच्च मंजिल तक पहुँचा देता है। परोपकारी व्यक्ति समाज के लिए बहुत उपयोगी सिद्ध होते हैं, क्योंकि वे समाज के लिए अपना बलिदान करने की उदात्त भावना रखते हैं।

नक्सली कैद से सबको निकालकर शिवा ने संतोष की साँस ली। अब पाठकजी की ओर से नजर हटाकर वह तेजी से दौड़ने को उद्यत हुआ। तभी उसने देखा कि गंडासी, चाकू, भाला व पिस्तौल लिये १०-१२ खूँखार लोगों ने उसे चारों ओर से घेर लिया था। वह कुछ सोचता-समझता, इतने में एक व्यक्ति ने उसकी कमर पर चाकू की नोक लगाई। दूसरे ने कनपटी पर पिस्तौल लगा दी, तीसरे ने गले पर गंडासी रख दी। शिवा का हाथ गले पर गया, उसकी माँ द्वारा पहनाया गया जीवन रक्षक मोती का ताबीज आज उसके गले में नहीं था। उसका दिल धक्क रह गया। अपनी परिस्थिति समझ वह कुछ बोलता, इतने में चौथे ने पीछे से पकड़कर नाक में कुछ सुँघाया। उसकी आँखों के आगे अँधेरा छा गया। अगले ही क्षण शिवा बेसुध जमीन पर गिर पड़ा। जाली का बना एक बोरा था, उसमें शिवा को डालकर एक आदिवासी ने कंधे पर गठरी की तरह डाला और वे सब सघन जंगल की ओर चल पड़े।

करीब दो घंटे चलने के बाद घने पेड़ों के नीचे छिपी हुई झोंपड़ियाँ-सी नजर आईं। वहाँ उनका सीनियर अफसर इंतजार कर रहा था। रसद का ट्रक यहाँ पहले ही पहुँच चुका था। कुछ खाद्य सामग्री उन्होंने अपने यहाँ उतारी, बाकी ट्रक में ही रहने दी और अफसर बोला, ''बॉस का हुक्म है कि सारा सामान लाल चौकी पर भिजवा दिया जाए। साथवाले एक आदिवासी ने बेहोश पड़े शिवा की तरफ इशारा किया, इसको भी ट्रक में डालना है क्या? अफसर पास आया। उसने गहरी नजर शिवा पर डाली। न जाने क्यों उसके सौम्य व्यक्तित्व ने उसे प्रभावित किया और बोला, ''इसे ट्रक में नहीं डालना है। यहीं हमारी सुरक्षा में इसे रखो। जब होश आ जाए तो मेरे पास लाना।''

करीब पाँच-छह घंटे बाद शिवा को होश आया। उसने आँखें खोलीं तो पाया कि

उसके हाथ-पाँव बँधे हुए थे। सिर उसका एकदम भारी था। अभी पूरी तरह बेहोशी टूटी नहीं थी। पहरेदार ने अफसर को सूचना दी कि कैदी को होश आ गया। शिवा को अफसर के समक्ष उपस्थित किया गया। शिवा ने सामनेवाले की आँखों में झाँका और सीधा सवाल किया, "भाई, तुम कौन हो? इन घने जंगलों में क्या कर रहे हो? यहाँ क्यों लाए हो? क्या चाहते हो मुझसे?"

अफसर बोला, "आज तक मेरे सामने किसी की जबान खोलने की हिम्मत नहीं हुई, तुम दनादन बोले जा रहे हो! तुम्हें डर नहीं लगता?"

शिवा—शक्ल-सूरत से तुम न अमेरिकी लग रहे हो, न चीनी। तुम भी भारत माता के पुत्र, मैं भी माँ भारती का पुत्र। अतः हम दोनों भाई-भाई हुए। अपने भाई से डर कैसा? अब तुम अपने बारे में भी तो कुछ बताओ?"

अफसर—नाम हमारा होता है 'कॉमरेड'। हमने पूँजीपति सामंती वर्ग व सूदखोर बनियों के शोषण से बचने का रास्ता आदिवासियों को दिखाया है। इसलिए जनता हमारे साथ है। हिंदुस्तान में इतने जन-आंदोलन होते आए हैं, क्या कभी तुमने 'माओवादी विरोधी' जन-आंदोलन देखा या सुना है? सच्चे जनसेवक हैं हम। हमने सीधे-सरल ग्रामीणों को पुलिस एवं प्रशासन के उत्पीड़न से बचाया है।

शिवा—पुलिस एवं प्रशासन जनता की सहूलियत के लिए होते हैं, न कि उत्पीड़न के लिए। तुम्हें ऐसा नहीं सोचना चाहिए।

अफसर—मेरे सोचने न सोचने से क्या फर्क पड़ता है, वास्तविकता इससे भी बढ़कर है। कुछ दमनकारी कानूनों और विभिन्न राज्यों में लागू इनकी धाराओं जैसे छत्तीसगढ़ स्पेशल पब्लिक सिक्योरिटी ऐक्ट और महाराष्ट्र कंट्रोल ऑफ ऑर्गेनाइज्ड क्राइम ऐक्ट की मदद से माओवाद को लोकतंत्र का गला घोटने का प्रमुख औजार बना दिया गया।

शिवा—भाई कॉमरेड, अपना चिंतन व्यापक करो। कानून रक्षक होता है, भक्षक नहीं। कानून जीवन सुधार का औजार है, गला घोंटने का हथियार नहीं।

अफसर—मैंने करीब से देखा है, सरकार दमनकारी उपायों को विकास की पहल के साथ जोड़कर आगे बढ़ाने की बात कहती है। इसी के नाम खुले हाथों फंड बाँटने और प्रशासन को मनमानी की छूट मिल जाती है।

शिवा—यह तो बहुत अच्छी बात है। इसी से आदिवासियों का जीवन-स्तर सुधरेगा और कानून व्यवस्था भी मजबूत होगी।

अफसर—बहुत भोले हो तुम! इन्हीं कारणों से तमाम जिला प्रशासनों में अपने-अपने जिलों को 'माओवाद-प्रभावित' घोषित कराने की होड़ लगी है। उनके निहित स्वार्थों से हमें सीधा फायदा होता है। हम तो आदिवासियों के लिए ही सबकुछ कर रहे हैं और हमने

स्थानीय जनता को भी अपने हक के लिए लड़ना सिखाया है।

शिवा—यहाँ तक तो ठीक है, लेकिन देश-विरोधी माओवादी विचारधारा क्यों फैला रहे हो?

अफसर—यह काम तो हमें करने की जरूरत ही नहीं पड़ी, सत्ता के दलालों ने स्वत: ही कर दिया। उन्होंने राष्ट्रवादी संगठन, जो वास्तव में आदिवासियों में देश-प्रेम की भावना जगा रहे थे, उन्हें पश्चभाग पर ला दिया तथा चर्च के धर्मांतरण अभियान को पोषण दिया।

शिवा—ओ हो, इसलिए ही देश के कई इलाकों में माओवादी नक्सली एवं चर्च का घालमेल अकारण नहीं है। इस साजिश को पहचानने की आवश्यकता है।

अफसर—क्या करोगे पहचानकर? प्रशासन व सत्ता पक्ष की साँठ-गाँठ हैं। कई जगहों में नेता हमारे कमांडरों की मदद से चुनाव जीतते हैं। हमारे पास सत्ता की ताकत है, हथियारों की ताकत है।

शिवा—सोचो भाई, सोचो, राजनीतिक दल सिर्फ आपका इस्तेमाल कर रहे हैं, वह भी जन-विरोधी नीतियों को आगे बढ़ाने के लिए। कॉमरेड! सिर्फ इन ताकतों से लड़ाई नहीं जीती जाती।

अफसर—तुम समझते क्या हो हमारे बारे में? हम प्रतिवर्ष १,८०० करोड़ की उगाही करते हैं। विदेशी आकाओं से पैसा व प्रशिक्षण मिलता है, वह अलग। अभी हमने सिर्फ २५ प्रतिशत पर कब्जा किया है, आनेवाले वर्षों में पूरी सत्ता हमारी होगी।

शिवा—यह सपना देखना भूल जाओ। इस तरह से घात लगाकर हमले और अपहरण से तुम अपना कार्यक्षेत्र और शक्ति भले ही बढ़ा लो, लेकिन सत्ता नहीं मिलेगी। तुम माओवादी नए बदलावों के अनुसार नहीं ढलोगे तो नायकत्व और बलिदान के निजी कारनामों के बावजूद राज्य-व्यवस्था तुम्हारा इस्तेमाल करती रहेगी।

अफसर—हम व्यापक आंदोलन के साथ हिंदुस्तान में क्रांतिकारी बदलाव कर देंगे।

शिवा—अफसर, इस तरह के आंदोलन कंबोडिया, वियतनाम, रोमानिया आदि जिन भी देशों में हुए, वहाँ अंतत: कंगाली ही हाथ लगी। माओ और पोलपोट ने लाखों लोगों की लाशें गिराकर खुशहाली लाने का छलावा किया, लेकिन वह भी आत्मघाती साबित हुआ। भाई, क्या तुम इस अराजकता की पुनरावृत्ति चाहोगे?

अफसर—वंचितों, दलितों, आदिवासियों को उनका हक दिलाना और हम अपना अधिकार पाना चाहते हैं, वह पाकर रहेंगे।

शिवा—इसके लिए मार-काट का रास्ता नहीं दोस्त, वार्त्ता का रास्ता है। तुम लोकतांत्रिक तरीके से बात रखो। अपनी शक्ति, अपने संसाधनों का उपयोग करो, उस समूची नीति-प्रणाली को उखाड़ फेंकने के लिए, जो आम लोगों की जिंदगियों से खिलवाड़ कर

रही है। इस भूमिका के लिए जिस वैचारिक साहस और राजनीतिक कल्पनाशीलता की जरूरत है, क्या तुम माओवादी उसका परिचय दे पाओगे? शायद नहीं। फिर क्यों इस 'लाल कानून' के चक्कर में तुमने अपना घर-परिवार, सुख-शांति, अमन-चैन सब खो दिया? पता नहीं किस गोली पर तुम्हारा नाम लिखा हो! भाई, हिंसा से क्या मिलने वाला है? शांति बहाल संविधान में विश्वास करके ही हो सकती है।

अफसर—तुम भाषण अच्छा दे लेते हो। मेरा विचार पहले तो तुम्हें अपने मुखिया के पास भेजने का था, वह तुम्हें काटकर फेंक देता। पर तुम पढ़े-लिखे इनसान नजर आते हो। यहाँ कोई स्कूल नहीं है, क्योंकि लगभग ३०० स्कूलों को हमारे साथियों ने बम से उड़ा दिया। उन बच्चों को हमने बंदूकें थमा नक्सली प्रशिक्षण प्रारंभ कर दिया; किंतु मैं अपने बच्चों को नक्सली नहीं बनाना चाहता हूँ। उन्हें सुसभ्य व शिक्षित नागरिक बनाना चाहता हूँ, अत: गोपनीय तरीके से मेरे दो बच्चों को तुम शिक्षित करने का जिम्मा लो तो तुम्हारी जान बचाने की जिम्मेदारी मेरी। हाँ, यहाँ भी किसी को कानोकान खबर न लगे। फिरौती वसूलने हेतु कैदी बनकर यहाँ रहोगे। बोलो, क्या इच्छा है तुम्हारी?

अंधा क्या चाहे दो आँख, शिवा ने तुरंत 'हाँ' कर दी।

अब उसके हाथ-पैर बाँधकर कैद रखा जाता। जब समय होता, बच्चों को एक साथ बुलाकर उसके सामने बिठा दिया जाता। दोनों बच्चे पाँच एवं दस वर्ष की उम्र के थे। शिवा उन्हें गणित की गिनती व हिसाब-किताब, हिंदी व अंग्रेजी का ज्ञान देने लगा। अफसर के दो बच्चों के अलावा एक सफाई कर्मचारी का बच्चा भी बहुत जिज्ञासु था। वह प्रयास करके बहुत अच्छी हिंदी बोलना भी सीख गया था।

फिर एक दिन पास आकर बोला, "आपको ये लोग बाँधकर रखते हैं। क्या आप खुले रहना चाहोगे? आपके हाथ खोल दूँ?"

शिवा ने इशारे से 'हाँ' कहा, तो बच्चे ने हाथ की रस्सी खोल दी। शिवा ने पैर की भी रस्सी खोल ली। दोनों गुरु-शिष्य थोड़ी सी दूर भागकर गए। इतने में एक खूँखार आदिवासी ने दूर से ही देख लिया। तुरंत निशाना लगाकर तीर मारा। एकदम अचूक निशाना! तीर शिवा के पैरों में लगा। वह वहीं गिर गया।

वह आदिवासी तुरंत उस बच्चे के पास आया और बोला, "किस हाथ से तुमने इसके बंधन खोले?"

जैसे ही उसने हाथ आगे किया—दायाँ हाथ⋯खच्च⋯दराँती के एक वार से ही अँगुलियाँ हथेली से अलग हो गईं।

खून की धारा बह उठी। बच्चा दर्द से बिलख उठा। पर उस अत्याचारी पर बच्चे के बिलखने का कोई असर नहीं था?

शिवा को धमकाते हुए आदिवासी बोला, ''फिर कभी भागने की कोशिश की तो तुम तो मरोगे ही, मैं इस बच्चे को भी जान से मार दूँगा।''

शिवा मन मसोसकर रह गया। आदिवासी उन दोनों को घसीटते हुए वापस वहीं ले आया। वहाँ पर उसके दोनों हाथों-पैरों को बाँध दिया तथा शिवा के पैर पर और लड़के के कटे हाथ पर जड़ी-बूटी लगाई। फिर धमकाया, ''आगे से कभी भागने की चेष्टा की तो दोनों की मौत निश्चित है।''

छत्तीस

अपेक्षा और अपराध के तालमेल से समस्याएँ बढ़ती हैं। किसी भी समस्या का तब तक समाधान नहीं होता जब तक कि उसका मूल नहीं समझ लिया जाए। जो समस्याओं के सिर पर पैर रखकर चल सकता है, वही समस्याओं को पछाड़ सकता है।

अपने प्रिय शिवा की खोज-खबर लेने के लिए प्रतिदिन नक्सली समस्या से जुड़ी छोटी-से-छोटी खबर अब्दुल्ला साहब एवं पाठकजी पूरे ध्यान से पढ़ते। उन्होंने विभिन्न समाचार-पत्रों में देखा और अध्ययन किया कि दिनोदिन नक्सलियों के हौसले बढ़ते जा रहे थे। उन्होंने आंध्र प्रदेश के मुख्यमंत्री के काफिले पर हमला किया। उसके बाद कोरापुर जिला मुख्यालय पर हमला किया और हथियार लूट लिये। इस घटना से अभी उबरे भी नहीं थे कि इतने में जहानाबाद में हमला करके ३७५ कैदी छुड़ा लिये। पर इतने भर से इन दुर्दांत दस्युओं का जी नहीं भरा। उन्होंने छत्तीसगढ़ में रानी बोड़ली में ५५ जवानों की हत्या कर दी। ये घाव सूखे भी नहीं थे कि दंतेवाड़ा जेल पर हमला बोलकर अपने ३०५ कैदी छुड़ा ले गए।

अब सिर्फ सुरक्षा बल ही नहीं, आम नागरिकों को भी उन्होंने निशाने पर ले लिया। राजधानी एक्सप्रेस जैसी ट्रेनों को बंधक बनाना उनका खेल हो गया। हिंसा का गहन तांडव रचते हुए उन्होंने आंध्र प्रदेश पुलिस के ३८ कमांडो को उड़ीसा में मार डाला। गढ़चिरौली में १६ पुलिसकर्मियों को उड़ा दिया। पश्चिम बंगाल के सिल्दा कैंप में २४ जवानों को मार गिराया।

नक्सली एक के बाद एक हिंसक वारदात कर रहे थे। प्रशासन उनकी समाप्ति के लिए सुरक्षा बलों एवं पुलिस को भेजता। ये जाँबाज जवान शांति स्थापना हेतु इन आतंकियों को खत्म करने के लिए जंगलों में अंदर तक घुसते। वहीं योजनाबद्ध तरीके से ये जुल्मी जल्लाद देश के रक्षकों का ही भक्षण कर लेते। उनका मूल उद्देश्य था भय एवं आतंक के वातावरण का निर्माण करना। आम नागरिकों को लगने लगा कि जब

हमारे रखवालों का ही ये माओवादी संहार कर रहे हैं तो हम कहाँ तक बचेंगे? इसी विचार से अनेकानेक आदिवासी नक्सली कैंप में शामिल हो रहे थे। फिर अचानक उन्होंने ६०० नागरिकों को अलग-अलग जगहों पर मार डाला।

नक्सली सरेआम शिकारी बनकर घूमते और सुरक्षा बलों, पुलिसकर्मियों व निरीह नागरिकों का शिकार करते। माओवादी सिर्फ जान-माल के दुश्मन ही नहीं थे, बल्कि इन क्षेत्रों में सरकार द्वारा चलाए जा रहे विकास कार्यों को भी बाधित करते। पिछले दिनों बिहार में चंदौली के निकट निर्माण एजेंसी की मशीनों को नक्सलियों ने जला दिया था। इस भय से बागमती नदी के दाहिने तटबंध का निर्माण भी ठप हो गया। यह बिहार के शिवहर जिले के डुब्बाघाट से लेकर सीतामढ़ी जिले के कटौंझा (६८ किलोमीटर) तक बनना था; किंतु नक्सलियों के आतंक के चलते इसे रोकना पड़ा। वे ऐसा इसलिए कर रहे थे, क्योंकि उनका सोचना था कि अगर इसी तरह विकास कार्य होते गए तो उन तक सुरक्षा बलों की सीधी पहुँच हो जाएगी।

सैकड़ों स्कूलों को तो बम से ही उड़ा दिया था। कॉलेजों के शिक्षकों से विकास के नाम पर उनके वेतन से २५ प्रतिशत राशि का सहयोग माँगा गया। इसका कारण एक ही था कि कॉलेज बंद हो जाए। बी.डी.ओ. को मारने की धमकी, जिला अधिकारी को मारने की धमकी, सी.आर.पी.एफ. पर फायरिंग—यह सब तो उनके रोजमर्रा के काम हो गए।

उनकी हिम्मत इतनी बढ़ गई कि माइंसप्रूफ वाहनों को उड़ाने की तकनीक भी उन्होंने प्राप्त कर ली। मुख्य बात यह कि उन्होंने चीन से मिलकर जासूसी ऑपरेशन 'शेडो नेटवर्क' द्वारा भारतीय गोपनीय दस्तावेजों में सेंध मारी और साइबर जासूसी द्वारा अनेक संवेदनशील सूचनाओं के अलावा नक्सल-प्रभावित राज्यों में सुरक्षा हालात और माओवादियों एवं नक्सलियों के खुफिया मूल्यांकन भी उन्होंने हासिल कर लिये। इस प्रकार नक्सलियों ने बेहतर खुफिया तंत्र, गुरिल्ला रणनीति के साथ ही आधुनिकतम तकनीक के इस्तेमाल में भी महारत हासिल कर थी।

अनेक सुरंगों में प्रेशर बम लगा दिए। नक्सली अपनी ताकत बढ़ा रहे थे। इस सारी कवायद से वे शनैः-शनैः हिंसा के द्वारा सत्ता हासिल करना चाह रहे थे। वे हिंदुस्तान को माओवादी देश के रूप में देखना चाह रहे थे।

देश के अंदर ही मचे इस घमासान से प्रशासन हिल गया। इस अघोषित युद्ध को रुकवाने की अनेक योजनाएँ बनाई गईं। सर्वप्रथम सरकार ने इनके बढ़ते कदम रोकने के प्रयास का श्रीगणेश करते हुए इस हेतु वार्त्ता का रास्ता अपनाने का भी विचार किया। लाल किले की प्राचीर से प्रधानमंत्री ने नक्सलियों से अपील की कि वे सरकार के साथ

बातचीत करें। पहले तो नक्सली तैयार ही नहीं हुए। उनका कहना था कि कौन जाएगा सरकार से बातचीत करने?

फिर सामाजिक कार्यकर्ता सोमेश की मध्यस्थता पर नक्सली राजी हो गए, क्योंकि सोमेश की केंद्रीय राजनीति में भी अच्छी पैठ थी; नक्सलियों के प्रति तो उसकी सहानुभूति थी ही।

गृहमंत्री ने चिट्‌ठी भेजकर सोमेश चटर्जी से अनुरोध किया कि वह नक्सलियों से बातचीत में मध्यस्थता करे। सोमेश ने सरकार का यह प्रस्ताव सहर्ष स्वीकार लिया।

उसने नक्सलवादियों के नाम एक पत्र लिखा। उन्हें समझाते हुए वार्त्ता की मेज पर आने का न्योता दिया। अपने विश्वस्त सूत्रों के साथ उसने यह पत्र माओवादी पार्टी के महासचिव के पास पहुँचा दिया।

उच्च शिक्षित व तेज दिमाग के धनी सोमेश के पत्र की शैली बहुत अच्छी थी। सरकारी मुहर लगी थी तो शक की कहीं गुंजाइश ही नहीं थी। महासचिव ने वह चिट्‌ठी वार्त्ता की अपील पार्टी के अध्यक्ष तक पहुँचाना उचित समझा। खुफिया पुलिस निरंतर उसके पीछे थी। वह नक्सली मास्टर माइंड तक पहुँचना चाहती थी। महासचिव पीयूष को अपने पीछे किसी के होने का अहसास हो गया। उसे सतर्क देख खुफिया पुलिस ने उसका काम तमाम कर दिया, क्योंकि यह गोपनीयता से जुड़ा मामला था।

पीयूष की मौत के बाद वार्त्ता का दौर थम गया। संवाददाताओं ने जब सोमेश चटर्जी से वार्त्ता की प्रगति को पूछा तो उसने साफ-साफ बता दिया कि "जब तक सरकार अपनी विश्वसनीयता साबित नहीं करेगी तब तक वह उन्हें वार्त्ता के लिए राजी नहीं कर सकता। सरकार मुझे माध्यम बनाकर माओवादी नेताओं को निशाना बनाना चाहती है; लेकिन मैं ऐसा नहीं होने दूँगा; क्योंकि हिंसा चाहे माओवादियों की ओर से हो या सरकार की ओर से, मैं उसका पक्षधर नहीं हूँ।"

कहाँ तो सोमेश सरकार का प्रतिनिधि उनका विश्वासी व्यक्ति था, जो उनके एवं नक्सलियों के मध्य बातचीत करके समझाने की ताकत रखता था और अचानक उसका उलटा हो गया। नक्सलियों से हमदर्दी रखने के जुर्म में उसे सरकार ने पुनः कैद कर लिया। राष्ट्रद्रोह के अपराध में उसके साथी सुब्रतो रॉय एवं उसे दोनों को उम्र कैद की सजा हो गई।

अब सारा दारोमदार पुलिस एवं सेना पर ही था।

नक्सलवादियों पर नकेल कसने हेतु एक विशेष सैन्य अभियान 'ऑपरेशन टेरर हंट' का शुभारंभ किया गया। अर्द्धसैनिक बलों के अलावा राज्य पुलिस को भी सम्मिलित करके कुल मिलाकर ५० हजार जवानों की फोर्स को तैयार किया गया।

प्रारंभिक दौर में 'ऑपरेशन टेरर हंट' को छोटी-मोटी सफलताएँ हाथ लगने लगीं। सुरक्षा बलों में आत्मविश्वास बढ़ा। केंद्र सरकार व राज्य सरकार की एक उच्च स्तरीय समन्वय समिति बनी। उसी के अनुसार नक्सलियों के खिलाफ आक्रमण हेतु साझा अभियान चलाया गया।

बड़े ऑपरेशन हेतु वायुसेना से प्राप्त टोही विमानों के नक्शे के आधार पर रास्ते तय किए गए। खुफिया तंत्र पूर्णत: गोपनीय, विश्वासी व चुस्त-दुरुस्त हो गया। सुरक्षा बल एवं स्थानीय पुलिस सब चौकन्ने थे। पूर्व निर्धारित योजना के अनुसार रात्रि में लगभग १०.४० पर कंपनी ने मूव किया। तीन-चार किलोमीटर चलने के बाद सघन जंगलों में बहुत सी झोंपड़ियों की आकृतियाँ दिखाई देने लगीं। पूर्ण सावधानी के साथ सुरक्षा बलों ने संपूर्ण क्षेत्र को घेर लिया।

अब एक-एक झोपड़ीनुमा घर में घुस-घुसकर सुरक्षा बलों के जवान नक्सली आतंकियों का खात्मा कर रहे थे। तीरों व गोलियों के बाहरी प्रतिरोध को बाहरी चक्र सँभाल रहा था। इस प्रकार दो-तीन घंटे तक अंधाधुंध फायरिंग व लड़ाई चलती रही। शिवा की आँख पहली गोली की आवाज से ही खुल गई थी। उसे लगा, हो-न-हो, भारतीय सुरक्षा बल के जवान आ गए। उसके दिमाग में आया, बाहर जाकर देखूँ, अपना परिचय दूँ, शायद बच जाऊँ! तुरंत ही दूसरा विचार आया, कौन समझेगा उसकी सच्चाई? वह तो मौत के घाट उतार दिया जाएगा। अब क्या किया जाए?

धीरे-धीरे घिसटकर वह हाथ कटे बच्चे तक पहुँचा, उसे उठाया, कान में कुछ कहा। बच्चे ने शिवा को बंधन-मुक्त कर दिया। झोंपड़ीनुमा घर के अंतिम छोर तक दोनों झुककर दौड़ते हुए पहुँचे तो देखा, सामने उस नक्सली अफसर की लाश पड़ी थी, जिसके बच्चों को शिवा पढ़ा रहा था। पास ही उसके दोनों बच्चे लहूलुहान अंतिम साँसें गिन रहे थे। शिवा एक क्षण के लिए ठिठक गया। उसके कानों में अफसर की आवाज गूँजने लगी, "तुम मेरे बच्चों को शिक्षित करो। मैं उन्हें बाहर भेजूँगा, नक्सली नहीं बनाऊँगा।" उस आतंकवादी के हृदय में भी एक आम पिता का दिल था। वह बाप अपने बच्चों को आधुनिक सभ्य समाज का अंग बनाना चाहता था, न कि एक हिंसक समाज का अंग। अगर हिंसा ही अंतिम सत्य होता तो अफसर बच्चों को अहिंसक बनाने का प्रशिक्षण क्यों दिलवाता?

यह ज्यादा सोच-विचार का समय नहीं था, न ही भावुक होने का समय था। शिवा बच्चे के कान में फुसफुसाया। बच्चे ने वापस शिवा को कुछ कहा। दोनों फुरती से झोंपड़ी के नीचे बने चोर रास्ते की ओर बढ़े। वह बच्चा तुरंत शिवा को वहाँ से निकाल ले गया। थोड़ी दूर पहुँचते ही उन्हें तेज धमाकों की आवाजें सुनाई दीं, जैसे अनेक शक्तिशाली बम एक साथ फटे हों।

पाँच घंटे तक चली इस काररवाई में लगभग पाँच दर्जन नक्सलियों को मार गिराया गया। सुरक्षा बल के पाँच जवानों को भी अपनी शहादत देनी पड़ी। प्रात: सूर्योदय से पूर्व नक्सलियों का यह अड्डा पूरी तरह से तबाह हो गया। निस्संदेह सुरक्षा बलों को एक बड़ी सफलता हासिल हुई थी। इससे उनके हौसले और बुलंद हो गए थे।

सैंतीस

अगर समस्याओं का सामना निडरता से किया जाए तो ऐसी कोई समस्या नहीं, जिसका समाधान न हो सके। निर्भय होकर अपनी प्रतिरोधात्मक शक्ति को परिष्कृत करनेवाला अपने भाग्य का निर्माता बन जाता है। वह प्रतिकूल परिस्थितियों में भी अबाध गति से अपना काम करता रहता है।

लगभग चार-पाँच किलोमीटर चलने के बाद शिवा का हाथ पकड़े-पकड़े वह बच्चा जहाँ पहुँचा, वह किसी गुफा का मुहाना था। सामने एक नदी बह रही थी। नदी में घुटने तक पानी था। वे लोग नदी में उतर गए। नदी के बीचोबीच एक प्राचीन मंदिर बना हुआ था। बच्चा शिवा को वहाँ ले गया और बोला, ''यह हमारे कबीले के कुलदेवता का मंदिर है। यहाँ स्वयं के खून से तिलक करने से भक्तों की इच्छापूर्ति होती है।''

शिवा ने कुछ पल के लिए सोचा, फिर दृष्टि पसारकर देखा, वहीं देव प्रतिमा के पास एक छोटा सा प्रशंस्य खंजर रखा हुआ था। उसने तुरंत वहाँ रखी कटारी से अपने दाएँ हाथ के अँगूठे में हलका सा चीरा लगाया और अपने रक्त का तिलक मूर्ति के ललाट पर लगाया और फिर सामने आँखें मूँदकर प्रार्थना करने लगा, ''हमारा देश इस नक्सली आतंक से मुक्त हो जाए और मैं सकुशल अपने घर पहुँच जाऊँ।''

प्रार्थना पूरी करके शिवा ने आँखें खोलीं तो उसके दोनों ओर दो खूँखार आदिवासी हाथ में गड़ाँसा लिये खड़े थे। जैसे अगले ही क्षण वे उसकी बलि दे देंगे। शिवा अचकचा गया। वह कुछ बोलता, इससे पहले ही कूदता हुआ शिवा की ओर इशारा करके वह बच्चा बोला कि 'यह गुरुजी हैं'।

न जाने उस बच्चे की बातों में कौन सी शक्ति थी, दोनों आदिवासी पालतू कुत्ते की तरह दुम हिलाते हुए शिवा को साथ ले नदी के दूसरे किनारे की ओर चलते गए। वहाँ करीब २०० लोगों की आबादी का छोटा सा गाँव था। उन लोगों ने शिवा को प्रधान से मिला दिया तथा उसके रहने की अच्छी व्यवस्था करवा दी। वह बच्चा भी शिवा के साथ ही रहने लगा।

शिवा को शालिनी व आर्या की बहुत याद आती। वह अपने माँ-बाप को भी बहुत याद करता। उसने मन-ही-मन सोचा कि शीघ्र मौका मिलते ही मैं यहाँ से भाग जाऊँगा।

वह रातोरात निकल जाने की योजना बनाने लगा। इसी उद्देश्य से उस बच्चे के साथ उस क्षेत्र का निरीक्षण करने निकला—अधनंगे, दुबले-पतले, निरीह आदिवासियों की गरीबी, भुखमरी, पिछड़ी हुई बुरी स्थिति को देखा। अपनी भावनाओं को तिरोहित करते हुए भागने का विचार हटा दिया। दूसरे ही पल उसके मन में आया कि मैं शिक्षक हूँ, अगर इन गाँववालों को शिक्षित करके मुख्य धारा से जोड़ पाया, इनका विकास कर पाया तथा इनका हृदय-परिवर्तन करने में समर्थ हो सका तो यह मेरे जीवन की बहुत बड़ी उपलब्धि होगी।

मन मजबूत करके उसने न केवल आदिवासियों की भाषा सीखी, बल्कि उनका पहनावा भी अपना लिया। उसने पूर्ण प्रतिबद्धता से शिक्षा, चिकित्सा व सेवा के क्षेत्र में आदिवासियों की मदद करना प्रारंभ कर दिया। उन्हें गणित एवं हिसाब सिखाने को प्राथमिकता दी, जिससे उनका आर्थिक शोषण न हो। हिंदी-अंग्रेजी भाषा का प्राथमिक ज्ञान करवाने में भी उसने काफी परिश्रम किया। उन्हीं की भाषा में वह अपनी बात इतने प्रभावी ढंग से रखता कि उसका नाम 'गुरुजी' ही प्रसिद्ध हो गया।

शिक्षा की बेहतर तकनीक के साथ वह उनके हृदय-परिवर्तन का प्रयास करता। शिवा अपने शिष्यों को अहिंसा एवं देश-प्रेम की शिक्षा देता। वह समझाता कि "इतिहास गवाह है कि हिंसा या प्रतिहिंसा से कोई पक्ष नहीं जीत सका। हमें हमेशा याद रखना चाहिए कि हम भारतीय गणराज्य के सदस्य हैं। यहाँ लोकतंत्र का अंतिम सत्य नागरिक होता है, हिंसा नहीं। प्रिय विद्यार्थियो, एक बात कान खोलकर सुन लो, इस क्षेत्र में गोली चाहे जिस तरफ से चले, गिरेगा सिर्फ आपका, आदिवासियों का खून, क्योंकि सुरक्षा बलों के जवान भी आप ही के क्षेत्र के हैं। अत: शांत दिमाग से सोचो, क्या इतना खून बहाकर तुम सुख-चैन से रह पाओगे ? क्या कभी देश की मुख्य धारा से जुड़ पाओगे ? अत: अपना दिल व दिमाग बदलो। हथियार गिराओ, कलम उठाओ, स्वर्णिम भविष्य तुम्हारे स्वागत को तैयार है।"

जागो जागो, नव प्रभात यह जागृति का आह्वान करें,
भारत माँ के चरणों में हम आज नवल निर्माण करें।

एक लक्ष्य से, एक दिशा में, एक साथ अभियान करें,
युवा शक्ति के युवा योग से युग में यशस्वीयज्ञ करें।

नई पौध के शुभ भविष्य की है हम पर जिम्मेदारी,
नए सृजन के गीतों से विकसित हो जीवन फुलवारी।

सही अर्थ में मानव की गरिमा का अब सम्मान करें,
छोड़ सहारों पर जीना, हम जिएँ विचारों पर अपने।

सही दिशा में शक्ति नियोजन करें, फले सारे सपने,
स्वयं बनाएँ राह, स्वयं ही चरणों को गतिमान करें।

जागो भाइयो, नव प्रभात यह जागृति का आह्वान करें।

शिवा के ऐसे प्रेरक गीत जादू का-सा असर करते। युवाओं का हृदय परिवर्तित होने को आतुर होने लगा।

शिवा के प्रयास से धीरे-धीरे गाँव में अमन-चैन से आनंद लेनेवालों की संख्या बढ़ने लगी। देश की मुख्यधारा से जुड़कर आगे बढ़ने का स्वप्न वहाँ के युवक देखने लगे। उन्हें लगने लगा कि अगर हम अपना अमूल्य जीवन नक्सली संघर्ष में लगा देंगे तो हमारे परिवार का, हमारे बीवी-बच्चों का क्या होगा? अत: उन्होंने नक्सली प्रशिक्षण कैंप में जाना छोड़ दिया। मंगलकोट के बाद नानूर और उसके पश्चात् खानाकुल गाँव में 'गुरुजी' का शिक्षण चल रहा था। मुख्य प्रशिक्षक नक्सलियों के नेता ने देखा, मंगलकोट, नानूर, खानाकुल गाँव के युवक प्रशिक्षण कैंपों में नहीं आ रहे हैं। उनकी इतनी हिम्मत कैसे हो गई? पता चला कि यह तो 'गुरुजी' की कारस्तानी है। आनन-फानन में हाईकमान ने शिवा को गिरफ्तार करवा लिया। गाँववालों ने 'गुरुजी' को आतंकवादियों से बचाने का बहुत प्रयत्न किया। उनके सामने हाथ-पाँव जोड़े, बहुत अनुनय-विनय किया; किंतु आतंकवादियों के सामने एक न चली और वे शिवा को बंधनों में बाँधकर ले गए।

जिन आतंकियों ने शिवा को कैद किया था, उनमें से एक ने पूछा, "इसे मारकर फेंक दें, यहीं खेल खत्म?"

"अरे, नहीं, मुखियाजी ने इसे जिंदा पकड़कर लाने का हुक्म दिया है। इसे जिंदा ही ले चलो।"

न जाने कितना संघर्ष शिवा की किस्मत में लिखा था! इनसानियत की रक्षा के लिए, मानवता की भलाई के लिए वह जहाँ भी हाथ आगे बढ़ाता, वहीं हिंसक हत्यारे उसे मौत के मुँह में खींचकर ले जाते।

आसुरी वृत्ति और मानुषी वृत्ति का संघर्ष अनादिकाल से चला आ रहा है। संघर्ष करनेवाले बदल सकते हैं, संघर्ष की शैली बदल सकती है, संघर्ष के साधन बदल सकते हैं; किंतु इस संघर्ष यात्रा का कभी अवसान हो पाएगा, यह संभव नहीं लगता। जिस संघर्ष

का विवेक से सामना किया जाता है, वह अभिनव ज्योति देता है। इससे मनुष्य का वास्तविक कर्तृत्व भी प्रस्फुटित होता है तथा संघर्षों की आग में तपकर सोना कुंदन बनता है।

अड़तीस

अपने लिए कुछ कर पाने का अपना आनंद होता है तो दूसरों के लिए कुछ कर सकने की अनुभूति उससे भी मधुर होती है। इससे जो सुख प्राप्त होता है, उसे हाथ में लेकर नहीं दिखाया जा सकता, उसका सिर्फ अनुभव किया जा सकता है।

बहादुर बच्चों के रूप में गणतंत्र दिवस पर हाथी की सवारी करके आर्या और आर्य को बहुत आनंद आया। दादा-दादी, नाना-नानी एवं माँ आज पाँचों ही बहुत प्रसन्न थे। हरिसेवकजी फल, मिठाइयाँ, समोसे ले आए। सावित्री ने मटर-पनीर, दम आलू एवं दाल मक्खनी की सब्जियाँ बना लीं। शालू गरमागरम रोटियाँ बना रही थी। आर्या उन्हें परोस रही थी। सबको खिलाकर अब माँ-बेटी भोजन कर रहे थे। बस अंतिम कौर बचा था, इतने में ही आर्या से रहा नहीं गया, बोली, "माँ, आज पिताजी की बहुत याद आ रही है। अगर आज वे होते तो कितने खुश होते!"

शालू को सुबह से ही अपने पति की बेहद याद आ रही थी। आर्या ने जैसे ही उसकी बात छेड़ी, वह अपने पर नियंत्रण न रख पाई और बिलख पड़ी। वह कुछ बोल नहीं पाई। मुँह का कौर मुँह में, हाथ का हाथ में रह गया। आर्य भी वहीं खड़ा था। एक तरफ वह, दूसरी तरफ आर्या दोनों माँ से चिपट गए। आर्या ने वीर बालिका की तरह माँ के आँसू पोंछे और बोली, "माँ, आज खुशी का दिन है और आप रो रही हैं! आप एक बहादुर की पत्नी हैं और हम उनके बच्चे है। जब हम यहाँ रोते हैं तो उन्हें तकलीफ वहाँ होती है। अत: रोना नहीं है, रास्ता खोजना है। माँ, मैं बड़ी होकर पापा को अवश्य वापस लाऊँगी।"

आर्य बोला, "दीदी, मैं भी आपके साथ चलूँगा।"

"नहीं आर्य, तुम माँ व परिवार की देखभाल करना, मैं पिताजी को लाऊँगी।"

शालू की सुबकियाँ रुकने का नाम नहीं ले रही थीं। वह सोचने लगी कि जिन खूँखार नक्सलियों के पास पुलिस जाने से कतराती है, वहाँ यह मासूम लड़की क्या कर पाएगी?

दुनिया में ९० प्रतिशत लोग योजनाएँ बनाते हैं, सपने देखते हैं; लेकिन उन्हें पूरा करने का जोखिम नहीं उठाते, न ही प्रयास करते हैं। जो १० प्रतिशत लोग सपनों को सच करने के लिए अपना सर्वस्व होम देते हैं, वे ही सफल व्यक्तियों की सूची में नामांकित होते हैं।

आर्या ने यूँ ही माँ से नहीं कह दिया था कि 'वह पिताजी को लेकर आएगी।' उसके मन में पूरा भरोसा था कि उसके पिताजी अवश्य जीवित होंगे और वह एक दिन उन्हें आजाद कराएगी।

दसवीं की छात्रा आर्या ने इस विषय में गहन चिंतन प्रारंभ कर दिया था। यूँ तो वह सभी शिक्षकों को प्रिय थी, किंतु कक्षा अध्यापिका सोनाली तनेजा का उससे विशेष स्नेह था। आज जब वह पढ़ा रही थी तो आर्या का ध्यान कक्षा में नहीं, कहीं और था। तनेजा मैडम ने गौर से उसके चेहरे के आते-जाते भावों को देखा। उन्हें लगा कि बच्ची परेशान है। उसकी स्थिति उनसे छिपी न थी, अतः उन्होंने आर्या से कहा, "आर्या, शून्य कालांश में मुझसे मिलने आ जाना।"

अध्यापक कक्ष में आर्या सोनाली मैडम से मिलने पहुँची। मैडम ने पूछा, "क्या परेशानी है?"

आर्या ने मोटे तौर पर सारी स्थिति का जिक्र मैडम से कर दिया। उसने आगे कहा कि वह भारतीय सशस्त्र सेना में भरती होना चाहती है, अतः इस हेतु मार्गदर्शन करें।

मैडम ने बताया कि "इसके लिए एन.डी.ए. (नेशनल डिफेंस एकेडमी) का फॉर्म भरना होता है, फिर लिखित परीक्षा होती है। लिखित परीक्षा में पास होने के बाद इंटरव्यू होता है। उसमें चयनित विद्यार्थी को प्रशिक्षण प्रदान किया जाता है। कुल मिलाकर प्रवेश पाना टेढ़ी खीर है। पर उससे ज्यादा मुश्किल है ट्रेनिंग की कठोरता को झेल पाना। बताओ क्या सोचा है तुमने?"

"मैडम, मैं पहाड़ों से टकराने को तैयार हूँ, सागर की गहराइयों में जाने को तैयार हूँ, अग्नि परीक्षा से गुजरकर फौलाद बनने को तैयार हूँ। मेरे जीवन का एकमात्र लक्ष्य है—अपने पिता की खोज। मैं इसके लिए एन.डी.ए. अवश्य जॉइन करूँगी। आप कृपया मुझे इसका फॉर्म एवं अध्ययन सामग्री उपलब्ध करवा दें।"

मिसेज तनेजा को आर्या की आवाज में इस्पाती इरादों की खनक सुनाई दे रही थी।

आर्या ने इसी कॅरियर को अपनाने की मन में ठान ली। अपनी स्कूली पढ़ाई संपन्न करते ही उसने तनेजा मैडम के मार्गदर्शन के अनुसार एन.डी.ए. की लिखित परीक्षा दी। आर्या सिर्फ २ नंबर से रह गई। वह रुआँसी हो गई, लेकिन उसने हिम्मत नहीं हारी। वह पुनः सोनाली मैडम से मिलने पहुँची। उन्हें वस्तुस्थिति से अवगत करवाया।

मैडम ने उसे एक बार फिर एन.डी.ए. की परीक्षा देने को कहा, लेकिन आर्या का मन न था। उसने कहा, "मैडम, मुझे कोई दूसरा रास्ता सुझावें।"

कुछ सोचते हुए मैडम ने कहा, "तुम रेलवे सुरक्षा बल की परीक्षा की तैयारियाँ पूरे मन से करो और उसका फॉर्म भर दो।"

आर्या को यह बात जँच गई। उसने परीक्षा दे दी। उसमें पास भी हो गई, फिर इंटरव्यू में भी गहरे ज्ञान, गजब के आत्मविश्वास व बलिष्ठ कसरती खिलाड़ियोंवाले शरीर के कारण आर्या का प्रथम प्रयास में चयन हो गया। यहाँ अपनी पढ़ाई पूरी करते ही प्रशिक्षण के दौरान ही उसे आर.पी.एफ. रेलवे सुरक्षा बल की 'महिला ब्रिगेड' में जॉब मिल गई।

नक्सलियों के बढ़ते प्रभाव, रेलयात्रियों की बढ़ती संख्या एवं अन्य कार्यक्षेत्र को देखते हुए आर.पी.एफ. ने महिला सब-इंस्पेक्टरों की नई ब्रिगेड खड़ी की थी। जगजीवन राम रेलवे सुरक्षा बल अकादमी, लखनऊ के साथ गोरखपुर, खड़कपुर, मैलाली, त्रिचरापल्ली में इस नवगठित 'महिला ब्रिगेड' को विशेष प्रशिक्षण दिया गया। इन्हें आपदा प्रबंधन, आतंकी हमलों से बचाव के साथ कानून की भी जानकारी दी गई। इंडियन रेलवे ऑफ सिक्योरीटी मैनेजमेंट, लखनऊ से आतंकी गतिविधियों से निपटने के विशेष कोर्स करवाए। कई अन्य देशों के प्रतिनिधिमंडल भी इस प्रशिक्षण में शामिल थे। नक्सलवाद से प्रभावित इलाकों में रेल व्यवस्था की सुरक्षा हेतु आर.पी.एफ. में शामिल १०० में से ८० युवतियों को विशेष प्रशिक्षण दिया गया। इसमें से २९ का चयन स्पेशल कमांडो के रूप में हुआ। आर्या भी उनमें से एक थी।

नक्सल प्रभावित क्षेत्र के रेलवे मार्ग की महत्त्वपूर्ण ट्रेन राजधानी एक्सप्रेस में आर्या को तैनात किया गया। आर्या खुशी से फूली न समाई और मिठाई का डिब्बा लेकर सोनाली मैडम के घर गई। उनका धन्यवाद ज्ञापित करते हुए जब उसने उनके पैर छुए तो मैडम के हाथ स्वत: आशीर्वाद हेतु उठ गए और वह बुदबुदा उठीं, "भारत की इस बेटी की भावना को सलाम है। वास्तव में हिंदुस्तानी बेटियों की रगों में आज भी महारानी पद्मिनी, झाँसी की रानी लक्ष्मीबाई का लहू दौड़ रहा है। शिक्षा, परीक्षा, सुरक्षा एवं दायित्व-बोध में वे पुरुषों से कमतर नहीं, बल्कि इक्कीस ही पड़ती हैं।"

अब आर्या ने मानसिक एवं शारीरिक तौर पर पूरी तरह अपने आपको तैयार कर लिया था। कड़े-से-कड़ा प्रशिक्षण लेकर शनै:-शनै: वह फौलादी बनती जा रही थी। गोपनीय तरीके से वह गहन अध्ययन कर रही थी—नक्सली इलाकों का, उनकी क्षमताओं का, उनकी परिस्थितियों का एवं उनकी मनोदशा का। उसके पास जानकारियों का जखीरा जमा हो गया था। किंतु कुएँ के पास जाकर भी वह प्यासी थी। उसे अपने पिता का कहीं से कोई सुराग नहीं मिल रहा था।

बेहद परेशान-सी वह बैठी थी। बैठी हुई अकस्मात् ध्यान की गहराइयों में चली गई। उसे साक्षात् दिव्यात्मा के दर्शन हुए। बेहद सौम्य-सुंदर, उसकी दादी सावित्री की तरह वह ममतामयी देवी, अलौकिक चमक के साथ उपस्थित हुई। आर्या ने शीश

नवाया।

उसने आशीर्वाद दिया, "यशस्वी भव।"

आर्या ने आँखें खोलीं। वहाँ तो कुछ भी न था। हाँ, सद्यः प्राप्त अनिर्वचनीय आनंद की अनुभूति उसे अभी भी उद्वेलित कर रही थी। वह सोचने लगी, 'कौन थी यह दिव्यात्मा? यहाँ कैसे आई?'

आकर्षण का नियम जीवन का महान् रहस्य है। इसके अनुसार एक समान चीजें आपको आकर्षित करती हैं। हमारे विचार चुंबकीय होते हैं। हर विचार की एक फ्रीक्वेंसी होती है। वे समान फ्रीक्वेंसी की सारी चीजों को आकर्षित करते हैं और लौटकर स्रोत अर्थात् हम तक पहुँच जाते हैं। हम मानवीय ट्रांसमिशन टावर की तरह हैं, जो अपने विचारों की फ्रीक्वेंसी प्रसारित कर रहे हैं। हम जिस पर सबसे ज्यादा ध्यान केंद्रित करते हैं, वह हमारे जीवन में प्रकट हो जाता है।

एक ही उद्देश्य पर अपने समस्त कार्यकलाप केंद्रित कर दिए जाएँ, अर्थात् जिस काम को करें, उसी में लीन हो जाएँ तो परिणाम आश्चर्यजनक आते हैं। अब आर्या का उद्देश्य एक ही था—अपने पिताजी की खोज।

एक दिन आर्या उसी उधेड़-बुन में अटकी हुई थी कि कहाँ से मिल सकता है पिताजी का सुराग? हाई प्रोफाइल कौन व्यक्ति उसका अपना हो सकता है, जो उसकी मदद कर सके?" सोचते-सोचते उसे एक नाम ध्यान में आया। आते ही उसकी बाँछें खिल गईं कि 'हाँ, उनसे अवश्य सहायता मिलेगी। पर संपर्क कैसे खोजूँ, उन तक पहुचूँ कैसे'?

इसी उधेड़ बुन में वह अपने कमरे में बैठी थी कि शालू दोनों की चाय लेकर वहीं आ गई। माँ-बेटी चाय की चुस्कियों के साथ गपशप करने लगीं। आर्या ने कहा, "मम्मी, मुझे उच्चस्तरीय राजनीतिक पहुँचवाले व्यक्ति से कुछ व्यक्तिगत काम है। इसमें क्या सुचित्रा आंटी से मदद ले सकती हूँ?"

शालू ने कहा, "हाँ-हाँ, क्यों नहीं, उनके पति भी इतने महत्त्वपूर्ण पद पर हैं और उनका स्वयं का प्रभाव-क्षेत्र भी काफी विस्तृत है। मैं तुम्हें अभी उनका संपर्क सूत्र देती हूँ और एक बार स्वयं फोन कर देती हूँ, ताकि वे तुम्हें अच्छे से पहचान लें, मिलने का समय दें और तुम्हारा काम करवा दें। जब तुम्हें राष्ट्रपति पुरस्कार मिला था, तभी उन्होंने तुम्हें देखा था। अभी कुछ दिनों पहले ही मेरी उनसे बात हुई तो वे तुम्हारे बारे में पूछ रही थीं, अतः तुम जाकर मिल लो। कोई हर्ज नहीं है।"

दूसरे दिन सायं पाँच बजे के समय आर्या सुचित्रा आंटी से मिलने गई। आर्या को देखकर सुचित्रा एकदम भौचक्की रह गई—गोरा गुलाबी रंग, झील जैसी बड़ी-बड़ी

आँखें, काले घुँघराले बाल, लंबा कद, मुसकराता चेहरा। वह पलकें झपकाना ही भूल गई। एकदम शिवा की प्रतिकृति लग रही थी आर्या।

सुचित्रा ने मुसकराकर आर्या का स्वागत किया, अपने पास बिठाया और प्यार से बोली, "तुम तो एकदम अपने पापा पर गई हो!"

"थैंक्यू आंटी! मैंने भी मम्मी से आपकी बहुत प्रशंसा सुनी है। आज मिलकर उससे भी ज्यादा अच्छा लग रहा है।" सुचित्रा ने बेहद अपनेपन से सबके कुशल-क्षेम पूछे और उसके आने का प्रयोजन जानना चाहा।

आर्या सुचित्रा आंटी के एकदम करीब खिसक आई। उसने धीरे से कान में कहना प्रारंभ किया। सुनते-सुनते उसके चेहरे पर अनेक रंग आ रहे थे, जा रहे थे। आर्या की बात समाप्त होने के बाद सुचित्रा ने पूछा, "तुम्हारे अलावा किसी और को खबर है?"

"नहीं आंटी।" आर्या का जवाब था।

सुचित्रा ने कहा, "शाबाश, यह गोपनीयता निरंतर बरतनी है। मिशन संपूर्ण होने तक किसी तीसरे को भनक भी नहीं पड़नी चाहिए। बेटे, तुम समझ रही हो, मैं क्या कहना चाहती हूँ?"

"जी आंटी, आपके मार्गदर्शन के अनुसार ही मैं चलूँगी। किसी तीसरे को कानोकान भी खबर न होगी। किंतु आपको मेरी मदद अवश्य करनी होगी।"

सुचित्रा ने कहा, "निश्चिंत रहो, तुम समझो, तुम्हारा काम हो जाएगा? इस हेतु तुम अगले महीने मुझसे मिलने पुनः आओ।"

विनम्रता से शीश झुकाकर आर्या वहाँ से निकल गई। सुचित्रा इस लड़की में अजब आकर्षण महसूस कर रही थी। उसे जाते हुए तब तक देखती रही जब तक आँखों से ओझल न हो गई।

आर्या को छोड़ सुचित्रा पुनः अंदर आ गई। एक मिनट कुछ सोचा, फिर तुरंत अपने शयनकक्ष में गई। अलमारी के अंदर एक कंप्यूटराइज्ड तिजोरी थी। उसने कोर्डवर्ड दबाए, कार्ड दिखाया, फिर अपनी आवाज में कुछ बोली, तब तिजोरी खुली। उसमें से छोटी सी लाल डायरी निकाली, पन्ने पलटे, एक फोन नंबर देखकर एक कागज में नोट किया। डायरी को यथावत् यथास्थान रख दिया। शयनकक्ष के दूसरे छोर पर सेटेलाइट फोन रखा था। उससे वह नंबर मिलाया। एकदम धीमे-धीमे स्वर में लगभग दो-तीन मिनट बात की, फिर फोन काट दिया। उस नंबर को भी फोन पर से हटा दिया और कागज की परची को एकदम छोटे-छोटे टुकड़ों में फाड़ा और टॉयलेट में जाकर फ्लैश द्वारा बहा दिया।

ठीक एक महीने बाद आर्या वापस मिलने आई। सुचित्रा ने बड़े स्नेह से उसे अपने

पास बिठाया। उसे खिलाने के लिए मेवा, मिष्ठान एवं ताजे फल मँगवाए, साथ में चार प्रकार के शरबत भी आए। आर्या ने सिर्फ नींबू-पानी लिया। सुचित्रा अत्यधिक अनुरोध करने लगी, तब फिर थोड़ा सेब भी खाया।

सुचित्रा उसे अपने शयनकक्ष में लाई। वहाँ मिठाई का एक डिब्बा रखा था। मिठाई की दो परतों के बीच बेहद पतला सा एक कागज था। सुचित्रा ने बाहर निकलकर आर्या को दिखाया, धीरे-धीरे कुछ बातें व सारी स्थिति समझा दी। आर्या की आँखों में एक विशेष चमक उभरी। वह जैसे ही जाने को उद्यत हुई तो मिठाई का डिब्बा पुनः पहले की तरह तैयार करके उसे दे दिया।

प्रसन्न हृदय से 'बॉय आंटी' कहते हुए दरवाजे से निकलने लगी तो किसी से टकराते-टकराते बची। उसने अपनी नीली आँखों से घनी पलकों को धीरे से अदा से उठाकर देखा, सामने एक बेहद आकर्षक सुकुमार युवक खड़ा था। उसे देख उसके हृदय में अजब सा कंपन होने लगा। वह अपने आपको बेहद नर्वस महसूस कर रही थी, अतः हौले से बोली, "सॉरी..."

यूँ लगा कि पूरे वातावरण में सैकड़ों घंटियाँ एक साथ बज उठी हों। युवक उसे अपलक देखे जा रहा था। दो जोड़ी आँखों से ४४० वोल्ट की बिजली प्रवाहित हो रही थी। वक्त ठहर-सा गया था। अचानक आर्या सहज हुई और नजरें झुकाकर धीरे से युवक के बगल से निकल गई। युवक उसे जाते हुए देखता रहा।

आर्या के जाने के बाद वह वर्तमान में लौटा। उसने सामने देखा, माँ सामने खड़ी-खड़ी मंद-मंद मुसकरा रही थी—एक अर्थ भरी मुसकान।

वह अपनी जिज्ञासा न छुपा सका, उसने पूछा—

सचिन—माँ, यह कौन थीं?

सुचित्रा—सचिन बेटे, यह एक महान् व्यक्ति की प्रतिभाशाली कन्या है।

सचिन—हमने तो इन्हें आज ही देखा है।

सुचित्रा—हाँ बेटे, वह हमेशा अध्ययन में व्यस्त रहती है। आज भी अपने कॉलेज के वार्षिकोत्सव में हमें मुख्य अतिथि के रूप में आमंत्रित करने आई थी।

सचिन—आपने स्वीकृति दे दी?

सुचित्रा—हाँ, क्या तुम भी चलना चाहोगे?

सचिन—यस मॉम, आपके साथ इनके कॉलेज हम जरूर चलेंगे।

अपने पुत्र की आर्या में रुचि सुचित्रा को अच्छी लगी। उसकी गोपनीयता बरकरार रखते हुए उसने कॉलेज के वार्षिकोत्सव की कहानी गढ़ी, जो समयानुसार फिट बैठ गई थी। इस बहादुर बेटी की सफलता के लिए सुचित्रा प्रार्थना कर रही थी।

उनतालीस

जिन लोगों की आँखों में अखंड राष्ट्र का सपना हो, स्वतंत्रता में साँस लेने का संकल्प हो और देश को अस्थिरता से बचाने का लक्ष्य हो, वे अखंडता, स्वतंत्रता और स्थिरता के लिए तब तक संघर्ष करते रहते हैं जब तक उन्हें यह त्रिपदी उपलब्ध न हो जाए।

अब्दुल्ला साहब और पाठकजी गहराई से नक्सली घटनाक्रम पर नजर रखे हुए थे। उन्हें साफ-साफ दिख रहा था कि 'ऑपरेशन टेरर हंट' का प्रथम चरण सफल रहा। पूरे देश ने एकबारगी राहत की साँस ली। सुरक्षा बलों में भी नया जोश जागा। आत्मविश्वास लौट आने से अब ये जवान जंगलों के अंदर घुसकर भी नक्सलियों से दो-दो हाथ करने को तैयार थे।

सीमाओं की आंतरिक एवं बाहरी सुरक्षा के लिए प्रहरियों में जोश व आत्मविश्वास तो आवश्यक है, उसके बिना सफलता हासिल होना संदिग्ध होता है; किंतु अति आत्मविश्वास बहुधा घातक भी हो सकता है।

मुकराना के जंगलों से नक्सलियों का सफाया करने के लिए केंद्रीय रिजर्व पुलिस बल की एक कंपनी को छत्तीसगढ़ भेजा गया। चिंतनार में उन्होंने कैंप रखा। नक्सलियों को इसकी सूचना मिल चुकी थी। पहले तो नक्सलियों ने कैंप सहित कंपनी को नष्ट करने की भी योजना बनाई, जैसा वे सियालदह, बंगाल में कर चुके थे। लेकिन उन्हें अपने मुखबिरों से पता चला कि इस बार कंपनी बहुत ताकतवर थी और आधुनिकतम हथियारों एवं संचार साधनों से लैस थी। इसलिए उन्होंने कैंप पर हमले का विचार छोड़ दिया और उन्हें कैंप से निकालकर तहस-नहस करने की योजना बनाने लगे।

पी.जी.ए. (पीपुल्स गोरिल्ला आर्मी) का वरिष्ठ कमांडर रतन सिंह शातिर दिमाग का रणनीतिकार था। उसने फुल-फुल योजना बनाई। सरकारी तंत्र में गहरी घुसपैठ बनाई। अब कैंप से जवानों को निकालना बड़ी बात न थी, क्योंकि सुरक्षा बल एवं पुलिस के खुफिया तंत्र में वे सेंध लगा चुके थे। जंगल में नक्सली प्रशिक्षण कैंप चलने की उन्हें झूठी सूचना भिजवा दी।

आनन-फानन में बिना सुनियोजित रणनीति के और बिना इलाके की संपूर्ण जानकारी के जवान रविवार को प्रातः उस इलाके की तलाशी लेने रवाना हो गए। प्रायः पूरी-की-पूरी कंपनी एक साथ ही थी। वे जवान दिन भर तथा रात भर जंगलों की खाक छानते रहे, दूर-दूर तक नक्सलियों के कैंप ढूँढ़ते रहे। जवानों ने बहुत मेहनत की थी, पर उन्हें कुछ भी नहीं मिला। जब वहाँ कुछ था ही नहीं तो क्या मिलता! हाँ, अब भी उनमें से

किसी की छठी इंद्रिय नहीं जागी कि जब यहाँ कुछ संदिग्ध है ही नहीं तो कहीं यह दुश्मन की चाल तो नहीं है, कहीं कोई धोखा तो नहीं है। हमें अतिरिक्त सावधानी अवश्य बरतनी चाहिए।

लगभग चौबीस घंटों तक जंगलों की खाक छानते हुए थके-माँदे जवान अपने कैंप में वापस लौट रहे थे। सुबह के लगभग छह बजे थे और वे अपने कैंप से सिर्फ ४ किलोमीटर दूर थे। ऊँचा-नीचा पथरीला रास्ता था। तीन ओर ऊँची पहाड़ियाँ थीं। बीच में घाटी की तरह समतल जमीन थी। इस पगडंडी पर पंक्तिबद्ध एक लाइन में जवान चले जा रहे थे। अचानक एक साथ सैकड़ों गोलियों की बौछार आई और अगले ही क्षण हर तरफ से फायरिंग शुरू हो गई।

कैप्टन तेजी से चिल्लाया, ''कंपनी पोजीशन ले।''

कहाँ से लेती कंपनी पोजीशन? पहाड़ों पर कम-से-कम १,००० नक्सली थे। वे तीनों तरफ ऊँचाई पर थे। जवान जमीन पर चल रहे थे, बुरी तरह घिर गए थे। गोलियों से बचने के लिए जैसे ही जवान जंगल में पेड़ की ओट लेने दौड़ते, वहाँ नक्सलियों ने पूर्व नियोजित योजना अनुसार प्रेशर बम लगा रखे थे और बारूदी सुरंगें बिछा रखी थीं, जिस पर पैर पड़ते ही लगातार भयंकर ब्लास्ट हो रहे थे। जवानों के शरीरों के चिथड़े-चिथड़े उड़ गए। ज्यादा मौतें तो इस प्रकार के बम ब्लास्ट से हुईं। पलटवार करने का अवसर ही न मिला उन्हें।

फिर भी भारतीय जाँबाजों ने इस विषम स्थिति में भी हिम्मत नहीं हारी। भीषण प्रतिकूल परिस्थितियों में भी वे डटकर लोहा ले रहे थे। अपने शरीर में खून के अंतिम कतरे तक वे नक्सलियों से जूझ रहे थे, उन्हें मार रहे थे; लेकिन एक साथ चलती सैकड़ों गोलियों से लगभग हर जवान घायल होने लगा था। हेलीकॉप्टर से सहायता पहुँचाने की कोशिश की तो उस पर भी फायरिंग शुरू कर दी, उन्होंने जवानों तक मदद पहुँचने ही नहीं दी। एक-एक करके जवान दम तोड़ रहे थे। भारत माता के वे सपूत माँ भारती की गोद में लहूलुहान सिर रखकर चिर निद्रा में सो रहे थे। नक्सली आतंकवादियों से अपनी धरती को मुक्त कराने की उनकी आशा अधूरी ही रह गई।

उन्होंने आखिरकार सीधी गोलाबारी, लैंड माइंस एवं प्रेशर बमों के इस्तेमाल से सब-के-सब जवानों को मौत की नींद सुला दिया और इतनी ताकतवर कंपनी को तबाह कर दिया। अंत में दो मोर्टार सहित सुरक्षा बलों के समस्त हथियार लूटकर नक्सली फरार हो गए।

चालीस

चूँकि नक्सलियों ने ऐसी चाल चली, जिसके निष्फल होने की संभावनाएँ कम-से-कम थीं, अतः नक्सली अपने नापाक इरादों में सफल हो गए। आंध्र प्रदेश से आई नक्सलियों की मिलिटरी कंपनी ने अब तक का सबसे घातक नक्सली आक्रमण किया। उन्होंने पूरी तरह व्यूह-रचना करके सी.आर.पी.एफ. के जवानों को कैंप से बाहर निकाला, थकाया, फिर मार डाला। भारत की जमीन पर देश के रखवाले जवानों के खिलाफ अघोषित युद्ध में आज तक की यह सबसे बड़ी क्षति हुई। शांतिकाल में तो क्या, कभी युद्ध के मैदान में भी एक साथ इतने जाँबाज कुरबान नहीं हुए। नक्सली बने शिकारी, जवान बने शिकार। बर्बर नक्सलियों ने नृशंसतापूर्वक भेड़-बकरियों की तरह घेरकर इन शेरों को जाल में फँसाकर मार डाला। इससे अधिक क्रूर, नापाक, देशद्रोही, आतंकी हिंसा क्या होगी? राष्ट्रपिता महात्मा गांधी ने सोचा भी न होगा कि अहिंसा से प्राप्त आजादी का हिंसक माओवादी यह उपयोग करेंगे, सुरक्षा बलों का—अपने ही रक्षक भाइयों का यूँ कत्लेआम करेंगे।

सरकार के 'ऑपरेशन टेरर हंट' का भयावह जवाब देकर नक्सलियों ने साबित कर दिया कि उनकी ताकत बहुत बढ़ चुकी थी। हिंदुस्तान की सबसे बड़ी समस्या नक्सली आतंक ही है और यही सबसे बड़ा खतरा भी है।

दुर्दांत नक्सली हमले की खबर फैलते ही उन परिवारों में चिंता व व्याकुलता घर कर गई, जिनके बेटे, भाई या पति 'ऑपरेशन टेरर हंट' में शामिल होने छत्तीसगढ़ गए थे। दिन चढ़ने के साथ-साथ उन ७६ शहीदों के परिवारों में मातम फैल गया, जो नक्सली हमले गें शहीद हो गए थे।

उनमें से ४२ जवान तो उ.प्र. के ही थे। भारतीय वायुसेना के स्पेशल विमान से जब इन शहीदों के शव हवाई अड्डे पर पहुँचे तो पूरा माहौल गमगीन हो गया। राज्यपाल ने जवानों के पार्थिव शरीर पर पुष्पचक्र अर्पित कर उन्हें श्रद्धांजलि अर्पित की। महान् बलिदानी सपूतों के अंतिम दर्शन करने लोगों की भीड़ उमड़ पड़ी थी। बाल, वृद्ध सभी अश्रुपूरित नेत्रों से उन अमर शहीदों को अंतिम प्रणाम कर रहे थे।

भारत का देशभक्त मीडिया भी उन शहीदों की शूरवीरता को सलाम करते हुए अपना कर्तव्य निभा रहा था। इस वज्रपात को देखकर पूरा विश्व आहत था। बहादुरों को अंतिम सलामी देने का बिगुल बजते ही चारों ओर मायूसी छा गई। टेलीविजन पर नजर गड़ाए देख रही लाखों-करोड़ों आँखें नम हो गईं।

वास्तव में जो कुछ हुआ, वह बेहद दुःखद एवं दर्दनाक था। नक्सलियों के अब तक के सबसे बड़े हमले से देश का आंतरिक सुरक्षा तंत्र ही नहीं, प्रधानमंत्री कार्यालय भी सकते

में आ गया। गृहमंत्री की भी आवाज पस्त थी। दोनों राज्यों के मुख्यमंत्री स्तब्ध थे। एक साथ इतने सपूतों को इस प्रकार खो देने से चहुँओर बेचैनी का मंजर था। अनेक सवाल मुँह बाए खड़े थे।

आधुनिक हथियारों से युक्त शक्तिशाली कंपनी अपनी ही धरती पर इतनी बेचारगी से पूरी-की-पूरी क्यों शहीद हो गई?...इतने भयंकर नर-संहार में देश के बहादुर जाँबाज रखवाले क्यों मारे गए?...पूरा देश इन प्रश्नों के जवाब जानना चाह रहा था।

जो राज्य सरकारें नक्सलियों से मुकाबले में ढुलमुलपन दिखा रही थीं, जो राज्य यह मानकर चल रहे थे कि नक्सली भटके हुए लोग हैं और उन्हें समझा-बुझाकर रास्ते पर लाया जा सकता है, आज उनकी भी आँखें खुली-की-खुली रह गईं। वास्तव में इन्हीं सरकारों के निकम्मेपन, नाकारापन से नक्सली घर-घर में पैदा हो रहे थे।

कुछ ऐसी ही स्थिति मानवाधिकार संगठनों की थी। हमेशा नक्सली लोगों के पक्ष में आवाज उठानेवाले अपने आप ही स्वयं की गलती महसूस कर रहे थे। नक्सलियों के बुद्धिजीवी समर्थक भी इस बर्बर नर-संहार के पक्ष में न थे।

कुल मिलाकर यह भयंकर त्रासदी एक राष्ट्रीय सर्वसम्मति का अवसर भी बन गई।

समीक्षा कार्यों हेतु नियुक्त विशेषज्ञों ने अध्ययन के बाद बताया कि मोटे रूप में ऑपरेशन में बुनियादी नियमों का पालन नहीं किया गया था। बिना किसी सर्विलांस एवं सुरक्षा बैकअप के यह कंपनी निकल पड़ी। संभवतया मुखबिर का भी बिना परखे विश्वास किया गया। जवानों को इलाके की पूर्णतया जानकारी न होना, इस तरह के क्षेत्रों में ट्रेनिंग एवं सुविधाओं की कमी एवं संवादहीनता भी इस कंपनी के लिए जानलेवा साबित हुई।

हमारे जवान बदले की ताक में बैठे नक्सलियों के शिकार हो गए। उन्होंने आई.ई.डी. के जरिए सुरक्षाकर्मियों की बारूद सुरंग रोधी गाड़ी उड़ा दी, ड्राइवर को मार दिया। बचाव कार्यों में लगे हेलिकॉप्टर पर भी फायरिंग की गई। कुल मिलाकर नक्सलियों ने सारी हदें पार कर दी थीं। अब धैर्य की पराकाष्ठा हो गई और समय आ गया था इन नक्सलियों को परास्त करने का।

इकतालीस

इस खूनी घटना से एक बार पुनः साबित हो गया कि भारत की आंतरिक सुरक्षा के लिए नक्सलवाद सबसे बड़ा खतरा था। सिर्फ हिंदुस्तान ही नहीं, पूरी दुनिया में फैला भारतीय समाज एकबारगी इस बीभत्स हिंसा से हिल गया। राष्ट्रपति समेत संपूर्ण प्रशासनिक अमला स्तब्ध रह गया। इस हृदय-विदारक घटना के तुरंत बाद गृह मंत्रालय की एक टीम

मौके पर छत्तीसगढ़ पहुँच गई। इसमें सी.आर.पी.एफ. के महानिदेशक, गृह मंत्रालय के संयुक्त सचिव और कई अन्य अफसर भी थे।

सभी शीर्षस्थ राजनीतिक नेता व अधिकारी इस बात पर एकमत थे कि यह कोई छोटा-मोटा हमला नहीं था, बल्कि देश के खिलाफ अघोषित युद्ध था, भारतीय लोकतंत्र को पटरी से उतारने के लिए की गई नक्सली साजिश थी। यह दु:खद घटना तो नक्सली हिंसा की पराकाष्ठा थी। नक्सलियों ने हिंसा और अराजकता की सारी हदें पार कर ली थीं।

प्रमुख राजनीतिज्ञों के वक्तव्य इसी आशय को लिए हुये थे कि यह समय राजनीति करने का नहीं, बल्कि सरकार के संग मिलकर नक्सलियों के सफाए का हरसंभव प्रयास करने का था तथा मिल-जुलकर इस हिंसा का दृढ़ता से मुकाबला करने का था।

सरकारी स्वर भी आ रहे थे कि नक्सली अभियान से सख्ती से निपटा जाए तथा तब तक नक्सल-विरोधी अभियान जारी रखा जाए जब तक इनका समूल खात्मा न हो जाए। येन-केन-प्रकारेण इन निर्मम हत्यारों को उचित सजा दिलाने की आवश्यकता सब देश-प्रेमी समझ रहे थे।

इस प्रकार साफ दिख रहा था कि उन शहीदों की शहादत बेकार नहीं जाएगी। चूँकि सुरक्षा बलों की कुरबानी का अति संवेदनशील मामला था, अत: शोक संदेश संप्रेषण के पश्चात् गम से तुरंत उबरकर आगे की काररवाई की प्रक्रिया पर विचार-विमर्श किया गया। नक्सलियों से संघर्ष से पूर्व की चुनौतियों के बारे में चिंतन किया गया, 'ऑपरेशन टेरर हंट' की असफलता की समीक्षा की गई तथा नक्सली हिंसा की तह में जाकर कारणों की खोज की गई। 'लाल आतंक' का पनपना, पलना और बढ़ना, इसमें सहयोगी तत्त्वों के विश्लेषण से कुछ चौंकानेवाले तथ्य सामने आए—

- प्राकृतिक संसाधनों से भरपूर, मूल्यवान खनिज संपदा-युक्त देश का दो-तिहाई हिस्सा नक्सली चपेट में था।
- जंगलों में 'डर' की ताकत से पनपता और पलता है 'रेड टेरर', अर्थात् लोगों को धमकाने और आतंकित करने की उनकी क्षमता तथा संगठित व सुनियोजित प्रचार करने की भी क्षमता। प्रभावित इलाकों में प्रशासन व पुलिस समय पर गायब हो जाती थी।
- उनके पास सुरक्षा बलों से छीने हथियार बहुत ज्यादा थे। आम लोगों के हथियार भी लूटे जाते थे तथा वे खुद भी हथियार बनाते थे। इन्होंने आई.ई.डी. जैसी खतरनाक डिवाइस भी बनाई एवं अन्य आधुनिकतम हथियार भी थे।
- चोरी के विस्फोटक, गोला-बारूद आदि उन आतंकियों द्वारा ले लिये जाते थे।
- उनके पास पैसों का अकूत खजाना था। एक तरफ तो सरकार द्वारा विकास कार्यों

के लिए दिया जा रहा धन उनके पास पहुँच जाता था, दूसरी तरफ औद्योगिक घरानों से कमाई पर भी उन्हें कमीशन मिलता था। अकेले झारखंड से नक्सली ३०० करोड़ रुपए सालाना प्राप्त करते थे।

- उनके बुद्धिजीवी समर्थक थे। जंगलों में ही नहीं, बड़े-बड़े शहरों में बुद्धि जीवी भी बैठे उनके समर्थक राजनीतिक रणनीतियाँ बनाते थे। वे उनके लिए विदेश तक से चंदा मँगाते थे।
- नक्सल-प्रभावित राज्यों में पुलिस व्यवस्था बेहद कमजोर थी। सैकड़ों वर्ग किलोमीटर जगह में फैले ग्रामीण इलाके में एक पुलिस स्टेशन था और वहाँ १०-१२ सिपाही सिर्फ खाना-पूर्ति करते थे।

मुख्यत: इन कारणों से नक्सली हिंसा को पोषण मिलता गया। उपर्युक्त विश्लेषण से प्राप्त तथ्यों के पश्चात् अनेक बैठकें हुईं इस बात पर गहन विचार-विमर्श किया गया कि वर्तमान नक्सली ताकत को किस प्रकार नेस्तनाबूद किया जाए?

'ऑपरेशन टेरर हंट' की असफलता की समीक्षा करते हुए प्रशासनिक स्तर पर नीतिगत सुधारों हेतु निम्नलिखित जिम्मेदार बिंदुओं पर भी चर्चा हुई—

- सरकार को अपना ढुलमुल रवैया छोड़ना होगा।
- गृह मंत्री की नीति दूरदर्शितापूर्ण एवं एकदम स्पष्ट हो।
- ऑपरेशन की अगुआई पर असमंजस न हो, स्पष्ट निर्णय रहे।
- असक्षम राज्य पुलिस बलों के भरोसे केंद्रीय बल को न छोड़ा जाए।
- केंद्रीय सुरक्षा बलों को सीधे काररवाई के अधिकार दिए जाएँ।
- केंद्र व राज्य में विभिन्न मुद्दों पर विवाद न हो, बल्कि समन्वय हो।
- दृढ़ इच्छा-शक्ति से मजबूत कूटनीतिज्ञ निर्णय लिये जाएँ।

बयालीस

नक्सलियों के क्रूर कारनामे देखकर सरकार की आँखें खुल गईं। उसने नक्सली समस्या के समाधान के लिए कमर कस ली। कठोरता से आतंकवादियों, अलगाववादियों एवं नक्सलवादियों के खिलाफ आक्रामक रुख अख्तियार कर लिया। गृहमंत्री का कहना था, "नक्सलवाद की तुलना कश्मीरी आतंकवाद या उत्तर-पूर्व की विद्रोही घटनाओं से नहीं की जा सकती।" उन्होंने सुझाव दिया कि "इन माओवादियों से अलग तरह से पेश आने की जरूरत है।"

प्रधानमंत्री की अंतरंग परिषद् का काफी चिंतन-मनन चला। नक्सलवाद को सशक्ति

समूल नष्ट करने के अभियान प्रारंभ करने से पूर्व उन्हें समझौते का एक मौका और देने के लिए कूटनीतिक निर्णय लिये गए। अत: प्रधानमंत्री ने एक बार फिर अपील की कि माओवादी हिंसा का रास्ता छोड़कर सरकार से बातचीत के लिए आगे आएँ। संवैधानिक प्रक्रिया से समस्या का समाधान निकालें।

माओवादियों तक सरकार की युद्ध स्तर की तैयारियों की भनक पहुँच चुकी थी। अत: कूटनीति के तहत उन्होंने सोचा कि अगर बातचीत के जरिए ही सत्ता में भागीदारी प्राप्त हो जाए तो खून-खराबा करें ही क्यों!

इस प्रकार अगर हम सरकार का वार्त्ता का न्योता स्वीकार कर लेते हैं तो हमारा लक्ष्य भी प्राप्त हो जाएगा और सम्मान भी बना रहेगा। लेकिन हमारी मध्यस्थता करेगा कौन?

'वार्त्ता मध्यस्थता बिंदु' पर चर्चा करने से घूम-फिरकर एक ही नाम ध्यान आया—सोमेश चटर्जी, सामाजिक कार्यकर्ता कोलकातावाला। छत्तीसगढ़ न्यायालय ने उसे नक्सली संबंध के कारण कैद की सजा सुनाई हुई थी। सुप्रीम कोर्ट ने अभी कुछ दिनों पूर्व उसे जमानत पर रिहा कर दिया था। अत: दोनों पक्षों को वह स्वीकार्य था।

वार्त्ता हेतु समय, स्थान, दिन सबकुछ तय हो गया। दोनों तरफ से कूटनीतिक की तैयारी हो गई।

वार्त्ता के लिए निश्चित दिन आ गया। प्रशासन में शांति वार्त्ता के लिए पूरी तैयारियाँ थीं। बस कुछ पलों में नक्सली नेता पहुँचने ही वाले थे कि इतने में तेज धमाकों की आवाजें सुनाई पड़ने लगीं। पता चला, नक्सली नेता मुखिया चंदन सिंह एवं उनका सहायक श्याम वार्त्ता स्थल से मात्र १०० कदम की दूरी पर थे कि उनकी गाड़ी में बम-विस्फोट हो गया। गाड़ी और उनके शरीर के परखच्चे उड़ गए। दूसरों को धमाकों से थर्रानेवाले आज स्वयं धमाकों से समाप्त हो गए।

यह साजिश किसने रची? पुलिस और प्रशासन तो वार्त्ता से समाधान चाहते थे, उधर नक्सली स्वयं भी वार्त्ता में रुचि दिखा रहे थे तो क्या मास्टर माइंड ने यह सब राजा मुखिया से करवाया। किंतु उसे इससे क्या मिलने वाला था? विभिन्न चर्चाएँ चलने लगीं।

वास्तव में नक्सलियों में ही दो ग्रुप थे—नरम दल और गरम दल। गरम दल वार्त्ता के पक्ष में नहीं था। चंदन सिंह नरम दल का मुखिया था, किसी ने उसे मारा तथा दोष किसी और पर डाल दिया। जिस पर दोष डाला, उसे नक्सली कैद में डलवा दिया, ताकि पुलिस को सच्चाई पता न चले।

एक घंटे में सारा परिदृश्य ही पलट गया। प्रशासन वार्त्ता की मेज पर इंतजार करता

ही रह गया। सरकार की ओर से आई शांति वार्त्ता के प्रस्ताव का हिंसात्मक उत्तर देते हुए उन्होंने नागरिकों से भरी एक बस को, जिसमें १० सुरक्षाकर्मी भी थे, बम से नृशंसतापूर्वक उड़ा दिया।

अब तो धैर्य की इंतिहा हो गई। गृहमंत्री ने नक्सलवाद के विरुद्ध बिगुल बजा दिया। उन्होंने कड़ा रवैया अपनाते हुए स्पष्ट कर दिया कि "इन देशद्रोही ताकतों के विरुद्ध लड़ाई में जो निर्णायक ढंग से पूरी तरह देश के साथ नहीं, उसका सीधा-सीधा अर्थ माना जाएगा कि वह भारत के दुश्मनों के साथ है।" गृहमंत्री ने पूरी दृढ़ता से स्पष्ट कर दिया कि 'अघोषित युद्ध' का सामना दृढ़ इच्छा-शक्ति द्वारा ही हो सकता है। अतः वर्तमान में राष्ट्र-हित हेतु राजनीतिक मतभेदों से ऊपर उठने की आवश्यकता है।

सरकार की ओर से गृहमंत्री की इस अपील पर आश्चर्यजनक रूप से सभी प्रमुख राजनीतिक दल एवं राष्ट्रवादी संगठन उनके साथ खड़े हो गए।

संकट काल में यही एकजुटता और राष्ट्रभक्ति सफलता का मूलभूत सूत्र बनती है। इसलिए किन्हीं अर्थों में संकट काल भी उपयोगी होता है, जिसके दौरान परिवारों में, समाजों में, राष्ट्रों में एक सूत्रबद्ध होने की लहर उठती है। यह एकल भाव उनके संगठन पक्ष हेतु संजीवनी का कार्य करता है।

नक्सल-विरोधी अभियान में लगे पुलिस बल तथा अर्द्धसैनिक बलों को रणनीतिक प्रशिक्षण दिया जाने लगा। उन्हें जंगल और गुरिल्ला युद्ध नीति के गुर सिखाए जाने लगे। नक्सलवादियों की शक्ति को अब कम नहीं आँका जा रहा था। सरकार अपना एक भी जवान खोना नहीं चाहती थी, अतः पूरी तरह से कूटनीतिक तैयारियाँ प्रारंभ हो गईं।

प्रधानमंत्री की अगुआई में सुरक्षा तंत्र की सर्वोच्च मंत्रणा समिति की बैठक आयोजित की गई। गृहमंत्री, रक्षा मंत्री, थल सेना अध्यक्ष, वायुसेना अध्यक्ष, राष्ट्रीय सुरक्षा सलाहकार सहित अनेक वरिष्ठ अधिकारी उस बैठक में उपस्थित थे।

सर्वप्रथम यही निर्णय लिया गया कि नक्सलवाद से सख्ती से निपटने के अलावा और कोई चारा नहीं था। नक्सलियों की कमर तोड़ने के लिए सेना की भूमिका पर भी अनौपचारिक बातचीत हुई। सरकार के सभी आला ओहदेदार सेना के सीधे उपयोग पर सख्त परहेज हेतु एकमत थे। अपने ही देश के नागरिकों के खिलाफ सेना के उपयोग से वे बचना चाहते थे। कितने ही बिगड़ैल हों, आखिर थे तो अपने ही भाई।

वायुसेना, नौसेना एवं थलसेना की परोक्ष भूमिका पर आम सहमति थी। जैसे राहत एवं बचाव कार्यों के अलावा 'आपूर्ति मिशन' में वायुसेना का सहयोग स्वीकार्य रहे।

सुरक्षा परिषद् के विशेषज्ञों ने नक्सली समस्या के समाधान हेतु स्वतंत्र रणनीति द्वारा बनाई गई योजना प्रस्तुत की। पिछले आक्रमणों से सबक लेते हुए सैन्य रणनीतिकारों के

मार्गदर्शन एवं साधन व संसाधनों का प्रयोग बढ़ाने की जरूरत पर भी चर्चा हुई।

हथियारों के साथ सर्विलांस उपकरणों की खरीद एवं इस्तेमाल, साउंड सेंसर, नाइट विजन उपकरण, इन्फ्रारेड डिवायस जैसे साजो-सामान की आवश्यकता पर विशेष बल देते हुए उन्हें सुरक्षा बलों के लिए शीघ्र उपलब्ध कराने का निर्णय हुआ।

उच्च कोटि की गोपनीयता बरकरार रखने के लिए कुछ अलग प्रकार के नियम तय हुए। अपने खुफिया तंत्र को सूचना और संचार माध्यमों से विशेष रूप लैस करके बेहतर कार्यक्षमता हेतु विलक्षण प्रशिक्षण देते हुए मुखबिर की विश्वसनीयता की परख को प्रमुखता दी गई।

इस प्रकार सुनियोजित कुशल रणनीति, फौलादी हौसले, मजबूत मनोबल, दृढ़ संकल्प एवं प्रबल आत्मबल के साथ समूचा देश एक साथ खड़ा हो गया। सत्ता प्रतिष्ठानों ने संपूर्ण संसाधन उपलब्ध करवा दिए।

'ऑपरेशन जय हिंद' प्रारंभ हुआ।

तैंतालीस

प्रतिकूल परिस्थिति में ही व्यक्ति के संयम एवं संतुलन का मूल्यांकन होता है।

आतंकवादियों ने शिवा के दोनों हाथ पकड़कर जानवरों की तरह घसीटते हुए उसे बाहर लाकर जीप में बैठाया। दोनों हाथों में हथकड़ी बाँधकर उसे जीप से ताला लगा दिया। ऊबड़-खाबड़ रास्तों पर दो घंटे तक धक्के खाते-खाते एक जगह जीप जाकर रुक गई। आगे इतने सघन जंगल थे कि वहाँ जीप नहीं चल सकती थी।

उन्होंने ताला खोला तथा शिवा को धक्का देकर उतारा। वहाँ एक मोटर साइकिल सवार तैयार खड़ा था। हाथों में हथकड़ियाँ पहले ही लगी थीं। पैरों में लोहे के कड़े डालकर मोटर साइकिल से ताला जड़ दिया। आगे मोटर साइकिल सवार, बीच में शिवा, पीछे एक आदिवासी। इस तरह से लगभग घंटे भर चलते-चलते नदी का किनारा आ गया। मोटर साइकिल सवार ने ताले खोलकर शिवा को उतारा और वहाँ खड़े घोड़े पर घुड़सवार के साथ बिठा दिया। दो घुड़सवारों के साथ नदी पार की। वहाँ घोड़े से उतरे। वहाँ कुछ आदिवासी खड़े थे। वे शिवा को घेरकर साथ लेकर पैदल बीहड़ वन में चल पड़े। बियाबान जंगल, चारों तरफ जंगली जीव-जंतु फैले हुए थे। आदिवासी सारे रास्तों से वाकिफ थे, इसलिए शिवा को सुरक्षित एक चट्टान के सामने ले गए। वहाँ विचित्र तरह की ध्वनि उत्पन्न की। चट्टान धीरे से दाहिनी ओर खिसक गई। एक बार में एक इनसान जा सके, इतना रास्ता खुल गया।

एक आदिवासी पहले अंदर घुसा। उसने हाथ पकड़कर शिवा को खींचा। शिवा अंदर घुसा, फिर दूसरा आदिवासी। अंदर घुसते ही गेट अपने आप बंद हो गया। अगर उसके सामने भी पहुँच जाएँ सुरक्षा बल तो भी नहीं पता चल सकता कि वहाँ कोई गुफा होगी। अंदर लगभग आधा किलोमीटर तक तो झाड़-झंखाड़ व पथरीला रास्ता था, लेकिन उसके बाद?

शिवा आश्चर्यचकित रह गया। यह तो किसी फाइव स्टार होटल का स्वागत कक्ष लग रहा था। अब उसे वहाँ के स्टाफ ने अपनी सुरक्षा में ले लिया था। दोनों आदिवासी चले गए थे। वे उसे एक शानदार सुइट में ले गए। वहाँ सोफे पर लैपटॉप खोले मास्टर माइंड के साथ सुप्रीमो राजा मजूमदार एवं मुखिया चंदन बैठा था। उसने कहा, ''आओ मिस्टर शिवा, बैठो।''

शिवा के विस्मय का पार ही न था। वह आगे बोला, ''शिवा, तुममें अपूर्व संप्रेषण क्षमता है। तुम बहुत कुशल शिक्षक हो, इसलिए मैंने तुम्हें जिंदा यहाँ बुलाया है।''

शिवा बोला, ''तारीफ के लिए शुक्रिया दोस्त! क्या मैं आपका नाम जान सकता हूँ?''

मशहूर आतंकी मुखिया चंदन किसी को अपने कार्यालय में बुलाए और इतना प्रभावित होकर अपना परिचय तक दे दे, यह तो पहली बार हो रहा था—''मुझे मुखिया चंदन कहते हैं। शिवा, तुम्हें अहिंसा की बातें छोड़कर हमारे आंदोलन के बारे में प्रचार करना होगा। तुम्हें अपनी संप्रेषण क्षमता एवं वक्तृत्व कला से माओवाद का प्रसार करना है।''

निडर शिवा बेधड़क बोला, ''भाई चंदन, पहले आप मेरी बात ध्यान से सुन लें, फिर बोलें।

''देखो दोस्त, हिंसा अंतिम सत्य नहीं है, न ही किसी समस्या का समाधान है। मैं इतने वर्षों से आदिवासियों के मध्य रहा हूँ। यहाँ बुनियादी सुविधाएँ, जैसे—शिक्षा एवं चिकित्सा की बेहद कमी है। मैंने देखा है कि इस आबादी की बहुसंख्य जनता आज भी कुपोषण एवं खून की कमी का शिकार बन रही है। संक्रमण से बचाव की उनकी क्षमता बेहद कम हो गई है। अनेक महिलाएँ और बच्चे मलेरिया व टी.बी. से पीड़ित हैं। कितनी कठिनाइयाँ झेल रहे हैं वे! तुम अगर वास्तव में जीतना चाहते हो तो उन लोगों के दिलों को जीतो, अपने संसाधनों को इस तरह के विकास पथ पर लगाओ, न कि विनाश पथ पर।''

मुखिया चंदन बोला, ''गजब! वाकई तुम्हारा आत्मविश्वास प्रशंसनीय है। तुम्हें हमारी विचारधारा से मैं अवगत करवाऊँगा। तब तुम हमारे तरफदार हो जाओगे। अभी अचानक मुझे कहीं जाना है।''

उसने किशन को बुलाया और बोला, ''कारागार के बैरक नंबर सात में हमारे अतिथि

के रूप में इनकी सेवा करना। अभी वहीं ले जाओ।''

उस फाइव स्टार किले के बेसमेंट में बनी जेल में शिवा को कैद रखा गया। कैद भले ही हो, 'जान है तो जहान है'।

लगभग एक हफ्ते बाद जेल में खुसर-पुसर सुनने को मिली कि मुखिया चंदन मारा गया। इनके अपने सुप्रीमो मुखिया राजा ने उसे मरवा दिया। जिस पर चंदन की हत्या का आरोप था, उस सोमेश चटर्जी को भी इसी जेल की बैरक नंबर नौ में कैद रखा गया।

कुछ समय बीता, एक दिन सुबह बैरक नंबर आठ के कैदी की नजर साथवाले कैदी पर पड़ी और नौवाले को वह पिछले कई दिनों से देख ही रहा था। वह एकदम चौंककर बोला, ''आप दोनों की शक्ल आपस में बहुत मिलती है, क्या आपका कोई रिश्ता है?''

शिवा ने सोमेश को देखा, सोमेश ने शिवा को। दोनों भौचक्के रह गए। एक-दूसरे को उन्होंने आज तक ध्यान से नहीं देखा था; लेकिन आँख, नाक, कान, बाल, डील-डौल, बोलचाल में काफी समानता थी। दोनों के दिलों में एक-दूजे के प्रति गहरी संवेदनाएँ उपज रही थीं। दोनों की आँखों में गहरे स्नेह का सागर हिलोरें ले रहा था। क्या रिश्ता था इन दोनों में, क्यों एक-दूजे के गले लगने को बेताब हुए दोनों?

वायुसेना के टोही विमानों ने सारे आवश्यक चित्र खींचकर, चिह्नित कर आतंक की असली तसवीर पेश कर दी। खुफिया विभाग सारी गोपनीय जानकारियों को उपलब्ध कराने में पूरी प्रतिबद्धता से लग गया। बस, दृढ़ इच्छा-शक्ति से सबको एकजुट होकर उस तसवीर को खाक में मिलाना था।

नक्सली हिंसाग्रस्त राज्यों में उद्घोषणा हो गई कि भारतीय प्रशासन ने नक्सलियों को नेस्तनाबूद करने का ऐलान कर दिया, अतः देश के इन भागों में बसे शांतिप्रिय नागरिकों से अपील है कि सुरक्षा के दृष्टिकोण से आत्मरक्षा के लिए सुरक्षित बाहर चले जाएँ।

समाचार-पत्रों में बड़े-बड़े विज्ञापन इस आशय से छपवाए गए। रेडियो पर उद्घोषणा हो रही थी। टेलीविजन पर न्यूज चल रही थी। नीचे पट्टी भी चल रही थी। क्षेत्रों में परचे डालकर तथा स्थानीय स्तर पर लाउडस्पीकरों द्वारा आम नागरिकों तक यह महत्त्वपूर्ण सूचना पहुँचाई जा रही थी कि शीघ्र यहाँ नक्सली हिंसा के खिलाफ एक्शन लिया जाएगा। अतः शीघ्रातिशीघ्र गाँवों को खाली करें। सुरक्षा बलों ने राज्यों की सीमाएँ सील करके पोजीशन ले ली थी। गाँववासी आ-जा रहे थे, लेकिन उन्हें आतंकवादियों को पकड़ना था।

कम सघन क्षेत्रों से अभियान का प्रारंभ हुआ। यहाँ से नागरिक निकलते जा रहे थे। सुरक्षा बल आतंकवादियों को मुठभेड़ों में मात देते जा रहे थे। जिस क्षेत्र से आतंकवादियों का खात्मा हो जाता, उन गाँवों में पुनः गाँववालों को बसाया जाने लगा और वहाँ तुरंत युद्ध स्तर पर सड़कें, बिजली एवं पानी जैसे विकास कार्य प्रारंभ हो गए। आधारभूत सुविधाओं

का काम प्रारंभ होने के साथ-साथ संचार के साधन, परिवहन के साधन, शिक्षा एवं चिकित्सा के साधन उपलब्ध होने लगे। अनेक एन.जी.ओ., समाज-सेवी संगठन सेवा कार्यों हेतु आगे आए। इसके साथ ही बहुराष्ट्रीय कंपनियाँ भी यहाँ अवसर तलाशने हेतु सर्वे करवा रही थीं।

महाराष्ट्र व आंध्र प्रदेश में सुरक्षा बलों को अपेक्षित सफलताएँ मिलती जा रही थीं। उत्साह से सराबोर जवान आगे बढ़ते जा रहे थे। इस बार एक और उल्लेखनीय कदम उठाया गया। मीडिया की ताकत का भी उपयोग करने के लिए अभियान से पूर्व शीर्ष अधिकारियों के साथ एक प्रेस कॉन्फ्रेंस आयोजित की गई। इसमें अधिकारियों ने मीडियाकर्मियों से अपील की कि इस संघर्ष काल में सुरक्षा बलों व देशवासियों का मनोबल बढ़ाए रखनेवाली कवरेज अधिक प्रसारित करें। अतः मीडिया ने भी कमाल कर दिखाया—देशभक्ति से सराबोर प्रसारण के साथ मीडिया भी भरपूर सहयोग देने लगा।

चौवालीस

आज तो टेलीविजन के लगभग हर चैनल पर उत्तर प्रदेश के जवानों के, उनके परिवारों के साक्षात्कार आ रहे थे। जिन जाँबाजों की 'ऑपरेशन टेरर हंट' में शहादत हो गई थी, उनके भाई, उनके बेटे कह रहे थे, ''हमें अपने रिश्तेदारों पर गर्व है। हम भी तैयार हैं। देश चाहे तो आज ही हमारी सेवाएँ ले सकता है।''

कैप्टन राजीव रोहतगी, जो हमले से बुरी तरह घायल, मगर जिंदा बचनेवालों में से एक था, बोला, ''जो होना था सो हो गया। मैं तो अब भी ठीक होते ही फिर जाऊँगा, एक-एक दुश्मन को चुन-चुनकर मारूँगा।''

बिहार के कैप्टन मिश्रा लालगढ़ की मुठभेड़ में शहीद हो गए थे। पटना के एयरपोर्ट पर भयंकर भीड़ थी। उनका पार्थिव शरीर पहुँचते ही राष्ट्र के वास्तविक नायक की तरह सम्मान एवं संवेदनाओं का क्रम चला। नजदीकी रिश्तेदारों की आँखें आँसुओं से भरी थीं। दिल में दर्द था, लेकिन सबकी जबान पर एक ही आवाज थी— ''भारत माता की जय हो!''

केंद्र सरकार का कड़ा रुख देखकर माओवाद के हिमायती क्षेत्रीय नेताओं ने नक्सलवादियों पर से अपने हाथ पीछे खींच लिये थे। वैश्विक दबाव से विदेशी आकाओं से मदद पहुँचनी भी बंद हो गई थी। अकारण हिंसा के हजारों केस सामने आने से बुद्धिजीवी हिमायतियों की भी जबान बंद हो गई।

इस प्रकार अपने आपको असुरक्षित पाकर नक्सली पूरी तरह बौखला गए थे।

वर्चस्व की लड़ाई को लेकर दो नक्सली संगठन आपस में ही टकरा गए। एक पार्टी के कार्यकर्ता के घर धावा बोलकर दूल्हे समेत सात लोगों की हत्या कर दी गई। दूसरे ग्रुप ने उनके एक वाहन को विस्फोट करके उड़ा दिया। उसमें बैठे सभी पाँच लोगों की मृत्यु हो गई।

नक्सली उग्रता दिखाते हुए गाँव के निरीह नागरिकों को पुन: शिकार बनाने लगे। भय व आतंक से गाँववालों का पलायन रुकवाकर उन्हें अपनी ढाल के रूप में उपयोग करने लगे। अब उनके मन में यह भावना घर कर रही थी कि मानवाधिकार आयोग एवं संयुक्त राष्ट्र संघ की लताड़ के डर से प्रशासन कोई भी कदम उठाने से पहले सोचेगा। लेकिन मानवाधिकार आयोग एवं संयुक्त राष्ट्र संघ से गृह मंत्रालय ने पहले ही अनापत्ति प्रमाण पत्र ले लिया था।

अत: अब प्रशासन को ऊपर से कोई डर नहीं था, सब पूर्व निर्णीत था। चिंतनीय बिंदु सिर्फ इतना ही था कि नागरिकों को कैसे सुरक्षित शीघ्रातिशीघ्र निकाला जाए। सुरक्षा बल चहुँमुखी व्यूह-रचना कर दबाव बढ़ाते गए। जन-साधारण को सुरक्षा मुहैया करवाई गई। पूरी तहकीकात एवं चौकसी के मध्य नागरिक निकाल लिये गए। एक भी नक्सली सुरक्षा जाँच से धोखाधड़ी नहीं कर पाया।

छत्तीसगढ़, उड़ीसा, झारखंड व पश्चिम बंगाल नक्सलियों के सघन गढ़ थे। यहीं पर इस संगठन ने राज्य कमेटियों के कार्यालय बना रखे थे। उनके अधिकतर कमेटी के सदस्य तथा कमांडर इन्हीं राज्यों में रहते थे। उनका केंद्रीय कार्यालय कहाँ था, किसी को पता नहीं। उन्होंने अपने हेड क्वार्टर को अत्यंत गोपनीय रखा था।

विश्व के सबसे बड़े लोकतंत्र को नक्सलियों ने ललकारा था। जब तक सहन हो सकता था, हिंदुस्तान की जनता ने सहा। अब पूरा देश जाग उठा था वह एकजुट था, अत: अब नक्सलियों की खैर नहीं थी। उनके सामने दो ही विकल्प थे—या तो विचारधारा बदलकर देश की मुख्यधारा से जुड़ जाओ अथवा प्राण त्यागने को तैयार रहो। इस तरह एक तरफ आत्मसमर्पण का विकल्प था, दूसरी तरफ साक्षात काल था। सुरक्षा बलों के सहयोग हेतु युद्धभूमि में रणचंडी खप्पर लिये खड़ी थीं, उन्हें देशप्रेमी नहीं, सिर्फ देशद्रोहियों का लहू ही चाहिए था।

इस बार लड़ाई आर-पार की थी। नक्सलवादियों और सुरक्षा बलों का आमना-सामना था। उच्च कोटि के आत्मबल के साथ सुरक्षा बलों का हर नौजवान तैयार था, किंतु इतना तय था कि भारत माता के ये सपूत निरीहता से अब और नहीं मारे जाएँगे। अत: इनके बाह्य सहयोग के लिए बंगाल की खाड़ी में भारतीय नौसेना की टुकड़ियों ने पोजीशन ले ली। वायुसेना के विमान व हेलीकॉप्टर 'ऑपरेशन जय हिंद' में महत्त्वपूर्ण

सहयोग को तैयार थे। थलसेना सुरक्षा बलों को स्पशेल ट्रेनिंग दे रही थी। आपातकालीन स्थितियों में सेना सीधा सहयोग देने के लिए भी तैयार थी। सेना की सात विशेष कंपनियाँ सातों नक्सल-प्रभावित राज्यों की सीमाओं पर तैनात हो गईं।

पैंतालीस

पूरे देश में 'ऑपरेशन जय हिंद' की चर्चा थी। बड़े-बुजुर्ग उद्यान में प्रात:कालीन सैर के दौरान भी इसी विषय पर बातचीत करते। स्कूल, कॉलेज, विश्वविद्यालय, चिकित्सालय एवं ऑफिस तक में लंच के समय यही चर्चित विषय था। गृहिणियाँ भी बड़ी उत्सुकता से टेलीविजन पर खबरें देखतीं कि 'सुरक्षा बलों को कहाँ तक सफलता मिल रही है।

दैनिक समाचार-पत्र, बुलेटिन, पत्र-पत्रिकाएँ सब 'ऑपरेशन जय हिंद' की भरपूर जानकारी मुहैया करवा रहे थे, सचित्र पूरे-के-पूरे पृष्ठों पर विषय सामग्री परोस रहे थे। कुल मिलाकर देशभक्ति की लहर चली हुई थी।

युवा वर्ग अपने गैजेट्स के साथ देशभक्ति की भावना बहा रहा था। इसी विषय से जुड़े संदेशों का मोबाइलों पर आदान-प्रदान होता। फेस बुक, ट्वीटर, सोशल साइट्स से 'ऑपरेशन जय हिंद' के समर्थकों की संख्या बढ़ती जा रही थी। सच कहा जाए तो पूरी दुनिया की नजर अभी भारत पर ही लगी थी।

वतन के मित्र इस ऑपरेशन की सफलता की दुआएँ कर रहे थे। वास्तव में देखा जाए तो चहुँओर नक्सली हिंसा के विरुद्ध वातावरण निर्मित हो गया था।

शिवा की पुत्री आर्या ने भी 'ऑपरेशन जय हिंद' के बारे में सुना। वह बेहद चिंतित हो गई। इन विषम परिस्थितियों में नक्सली क्षेत्र में किसी के साथ कुछ भी हो सकता था, अत: वह शीघ्रातिशीघ्र अपने पिता के बचाव के बारे में चिंतन करने लगी।

बेहद होनहार, धीर-गंभीर, बहादुर एवं दूरदर्शी साक्षी आर्या की स्कूली जीवन की अभिन्न सहेली थी। एस.पी.जी. कमांडो ट्रेनिंग में वह अपने बैच में प्रथम स्थान पर रही थी। अभी राष्ट्रीय सुरक्षा हेतु वह एक गोपनीय पद पर अपनी सेवाएँ दे रही थी।

आर्या ने साक्षी से वस्तुस्थिति पर चर्चा करते हुए सशक्त योजना बनाने में सहायता चाही। काफी सोच-विचार के पश्चात् साक्षी बोली, ''यह काम इतना आसान नहीं है। हमें दो तरफ से मौत का खतरा है। एक ओर तो नक्सली घात लगाए बैठे हैं, दूसरी ओर सुरक्षा बल एवं सेना से भी बचना है। चारों तरफ भयंकर खतरा मँडरा रहा है। परिस्थितियाँ भी बड़ी विकट हैं। गंतव्य की दूरी स्पष्ट नहीं है और चहुँओर जोखिम बहुत है। अत: हमें

अपनी टीम को थोड़ा विस्तार देना होगा। कम-से-कम हमें तीन मददगार और चाहिए, जिसमें पुरुष सहयोगी अवश्य हो।''

साक्षी का सुझाव आर्या को बहुत पसंद आया, किंतु आएगा कौन उनके साथ?

इतने खतरनाक मिशन में जान जोखिम में कौन डालेगा? आर्या ने सोचा कि अपने भाई आर्य को ले लूँ। तत्काल दिमाग ने कहा कि इतने छोटे को कहाँ ले जाएगी? उसे फिर एक खयाल आया कि सेवा भारती के अब्दुल्ला साहब से बात करनी चाहिए। दूसरा विचार आया कि वह स्वयं तो वृद्ध हैं, अन्य कोई सामने दिख नहीं रहा है। सबसे बड़ी बात यह कि इस अभियान हेतु प्रशिक्षित भी नहीं है, अत: अन्य विकल्प पर ही विचार करना होगा।

आर.पी.एफ. की प्रशिक्षण की बात मस्तिष्क में आते ही उसके समक्ष नंदिता बसु का चेहरा घूम गया। बेहद तेज-तर्रार वह लड़की ट्रेनिंग में उसकी मित्र बनी थी। कुछ समय पूर्व उसकी शादी में भी गई थी। कोलकाता के प्रतिष्ठित बंगाली परिवार के इकलौते पुत्र शांतनु घोष से प्रेम-विवाह किया था। विवाह कोलकाता में ही हुआ था, किंतु वे अभी दिल्ली ही रह रहे थे; क्योंकि दोनों के कार्यक्षेत्र दिल्ली ऑफिस में ही थे। शांतनु सुरक्षा सेवाओं में इन सबसे भी उच्च पद पर आसीन था। आर्या ने सोचा कि अगर यह दंपती उसका साथ देने को तैयार हो गया तो काफी मजबूत टीम बन जाएगी।

पूर्व निर्धारित समयानुसार सायं ७ बजे आर्या उनके घर पहुँची। इतने दिनों बाद अपनी प्यारी सहेली को देखकर नंदिता की बाँछें खिल गईं। दरवाजे पर ही उसने आर्या को गले लगा लिया। फिर भीतर आई तो आर्या ने देखा कि नंदिता ने उसके स्वागत की कितनी शानदार तैयारी कर रखी है। जूस, चॉकलेट, केक, बंगाल के प्रसिद्ध गोलगप्पे, कोलकाता की मसाला मूड़ी—आर्या की पसंद का पूरा नाश्ता मौजूद था।

शांतनु भी समय से घर आ गया था, क्योंकि नंदिता ने उसे पहले ही सारी बातें बता दी थीं। तीनों ने हँसते-खिलखिलाते मस्ती से नाश्ता किया। अब नंदिता एवं शांतनु आर्या को अपने अध्ययन कक्ष में ले गए।

आर्या के चेहरे पर मस्ती की जगह गंभीरता छा गई थी। पूरा वातावरण एकदम शांत था, जैसे तूफान के आने से पहले की शांति। नीरवता भंग करते हुए धीरे से नंदिता ने पूछा, ''आर्या बहन, सब ठीक तो है न?''

नंदिता ने जिस स्नेह-मिश्रित सहानुभूति से सवाल पूछा था, आर्या की रुलाई फूट पड़ी। अब तक का रखा सब्र का बाँध टूट गया। उसने बताया, ''मैं अपने पापा से बहुत प्यार करती हूँ। उन्हें नक्सलियों ने कैद कर लिया था। खोजते-खोजते अभी कुछ दिनों पहले ही उनके जिंदा होने के समाचार मिले हैं। अत: हर हाल में अपने पिताजी को वापस लाना चाहती हूँ।''

नंदिता, जो चुपचाप सुन रही थी, उसकी आँखों में भी आँसू आ गए।

शांतनु उसके करीब खिसका और अपने रूमाल से नंदिता के आँसू पोंछे।

आर्या सकपका गई। क्या नंदिता उसके पिताजी को जानती थी, जो उनके लिए गमगीन हो रही है? सच्चाई क्या है? उसने धीरे से पूछा, ''नंदिता, क्या हुआ?''

नंदिता ने बिलखते हुए बताया कि ''मल्कागिरी जिले के जिला अधिकारी के रूप में कार्यरत थे मेरे पापा। पिछले वर्ष नक्सलियों ने उनका अपहरण कर लिया था और सरकार से अपने १४ खूँखार साथियों को छुड़ाने की एवज में उनकी रिहाई की शर्त रखी थी। मेरे पापा के साथ एक जूनियर इंजीनियर का भी अपहरण किया गया था। उसे तो वे दूसरे दिन-रात को गाँव के बाहर पीपल के पेड़ के नीचे बेहोश हालत में छोड़ गए, लेकिन मेरे पापा की बहुत भयंकर हालत की थी। उनके शरीर के टुकड़े-टुकड़े करके एक बोरे में डालकर चौराहे पर फेंक दिया गया था। ऊपर लिखा था—'ईमानदार सरकारी कुत्ता'।''

नंदिता तेजी से सुबकने लगी। शांतनु उसे सहलाता रहा। नंदिता ने अपनी बात जारी रखते हुए कहा, ''एक कर्तव्यपरायण बहादुर आई.ए.एस. अधिकारी मेरे पापा क्या ऐसी बीभत्स मौत के अधिकारी थे?''

आर्या नंदिता के पिता की कहानी सुनकर सिहर उठी। मन-ही-मन भगवान् से प्रार्थना कर रही थी, ''हे भगवान्! मेरे पापा की रक्षा करना!'' कुछ देर तो वह भी रोती रही। किसी ने किसी को टोका नहीं।

समय हर घाव की मरहम होता है। इतनी देर तक के अविरल अश्रु-प्रवाह से दिल का दर्द आँखों के रास्ते नमकीन पानी बनकर निकल गया। धीरे-धीरे दोनों सखियों का मन कुछ हलका हुआ।

''आर्या, मैं नक्सलियों से भयंकर नफरत करती हूँ। अत: तुम्हारी लड़ाई, एक बेटी की अपने पिता को लौटा लाने की लड़ाई में मैं तुम्हारे साथ हूँ।'' नंदिता ने संजीदगी से कहा।

शांतनु ने स्थिति को सँभालते हुए आर्या से आगे के कार्यक्रम के बारे में जानना चाहा।

आर्या ने कहा, ''आज तो बहुत विलंब हो गया है। अब मुझे जाना ही होगा। कल इतवार है, अवकाश का दिन, अत: कल ही एक मीटिंग रख लेंगे।''

रिवॉल्विंग रेस्टोरेंट की सबसे ऊँची इमारत पर लंच के समय आर्या, साक्षी, नंदिता एवं शांतनु पहुँच चुके थे। इंडियन नेवी का कमांडर विशाल कुछ मिनटों में पहुँचने वाला था। विशाल और शांतनु चचेरे भाई थे। वैसे वे भाई कम, मित्र ज्यादा थे। स्मार्ट, खूबसूरत, बातूनी विशाल के आते ही रौनक आ गई। हँसी-ठहाकों के साथ सबने प्रारंभिक भोजन का आनंद लिया।

इक्कीस

सब अतिथियों की विदाई के बाद अब सिर्फ वे तीनों ही घर में रहे। शिवा पाँच वर्ष के बच्चे की तरह माँ की गोद में दुबक गया। बोला, "माँ, मैंने कभी सोचा भी नहीं था कि जेल की हवा खानी पड़ेगी।"

माँ की आँखें भर आईं और बोली, "बेटा, हमने भी नहीं सोचा था कि यूँ अचानक चले जाओगे। तुम्हारे जाने के बाद सिर्फ घर ही नहीं, मुझे तो पूरी दुनिया ही सुनसान लगने लगी थी। भगवान् न करे, हमारे दुश्मनों के साथ भी ऐसा हो।"

शिवा पुन: बोला, "माँ, हमने किसी का क्या बिगाड़ा था, जो भगवान् ने हमें यह सजा दी?"

"बेटा, अब उन बातों को भूल जाओ, वह बहुत बुरा वक्त था।

"तुम्हारे अकस्मात् चले जाने से मैंने खटिया पकड़ ली थी। यह तो भला हो सुचित्रा बिटिया का, वह मुझे देखने आई, फिर उसने अपनी सेविका (नर्स) भेज दी और अब तुम्हारी रिहाई में भी आखिरकार उसी का प्रयास रंग लाया है।" सावित्री संजीदा हो गई।

"हाँ माँ, वे लोग बहुत अच्छे हैं।" शिवा बोला।

वह फिर बोला, "माँ, लगता है, मुद्दत से भूखा हूँ, कुछ खाने को दो ना।"

अपने पुत्र को गोद में सुलाए अलौकिक आनंद का अनुभव करती सावित्री इस लोक में लौटी और पास बैठे सत्यवान को इशारे से बुलाया। उनकी गोद में शिवा का सिर रख स्वयं भोजन परोसने चली गई।

सत्यवान को अपनी गोद में लेटा शिवा वही तीन-चार वर्ष का निश्छल बालक लग रहा था, जब केशव इसे लाए थे। तब भी सत्यवान ने शिवा को यूँ ही गोद में लिटाया था। उसके घुँघराले बालों को सहलाते हुए उसकी अँगुलियाँ फँस रही थीं। आज भी उसकी अँगुलियाँ बालों में फँस रही थीं। अपने पिता की सुरक्षित गोद में शिवा को निश्चिंतता महसूस हुई। उसकी पलकें मुँदती चली गईं। धीरे-धीरे वह निद्रा देवी के आगोश में चला गया। उसे सपने में बेहद ममतामयी, तेजस्वी, दिव्यात्मा की झलक दिखाई दी, जो उसे आशीर्वाद दे रही थी।

सावित्री भोजन लेकर आ गई थी। उसने आज शिवा की मनपसंद खीर बनाई थी। उसने देखा कि निश्चिंतता से अपने पिता की गोद में सोया शिवा एकदम निश्छल बालक लग रहा था। न जाने कितने दिनों बाद उसे शांति नसीब हुई है! जेल के समय के दु:ख याद करके सावित्री की आँखों से अश्रुधारा बह चली। शिवा पर गरम-गरम आँसुओं की बूँदें गिरीं और उसकी नींद टूट गई। वह अपने सपने के बारे में सोच रहा था, तभी सामने

माँ भोजन लिये तैयार थी। अत: वह वर्तमान में लौट आया और वहीं बैठ गया।

माँ ने अपने हाथों से एक-एक ग्रास खिला करके उसे भोजन करवाया। माँ के हाथों से खाना खाकर शिवा ने विशेष तृप्ति का अनुभव किया। पिताजी बीच-बीच में उसे दुनियादारी की बातें बता रहे थे, अब पढ़ाई के साथ-साथ व्यापार में भी रुचि लेने की सलाह दे रहे थे। वे जानते थे कि शिवा जो निर्णय लेगा, वह उचित होगा, फिर भी पिता के दायित्व के अनुसार वह हलका-फुलका मार्गदर्शन कर दिया करते थे।

शिवा को भोजन करवाकर उन दोनों ने भी वहीं भोजन कर लिया। आज सावित्री का दिल शिवा के पास से हटने का नहीं कर रहा था। सिर्फ सावित्री ही नहीं, सत्यवान की भी यही हालत थी कि शिवा कहीं फिर बिछुड़ न जाए! और शिवा? वह भी अपनी माँ का आँचल छोड़कर इधर से उधर नहीं होना चाह रहा था।

वहीं सुख-दु:ख की बातें करते-करते रात हो गई। सावित्री तीनों के लिए दूध ले आई। शिवा बोला, ''माँ, आप इतना परिश्रम क्यों करती हो?''

अवसर पाकर सावित्री ने बात छेड़ दी, ''बेटा, जब तक तू बहू नहीं लाता तब तक तो घर का काम करना ही पड़ेगा।''

सत्यवान ने कहा, ''हमारी यही इच्छा है कि तुम्हारा विवाह कर दें।''

शिवा बीच में बोला, ''लेकिन पिताजी, मेरी पढ़ाई?''

''शिवा, पढ़ाई चलती रहेगी। विवाह कौन सा पढ़ाई में बाधा डालता है? उचित समय पर उचित काम हो जाने चाहिए।'' सत्यवान ने थोड़े दृढ़ स्वर में कहा।

शिवा हौले से बोला, ''जैसा आप उचित समझें।''

शिवा की तरफ से हरी झंडी मिलने से दोनों प्रसन्न हो गए थे। अच्छी लड़की देख अब वह शीघ्र विवाह कर देंगे। इस प्रकार बेहद खुशगवार माहौल में आज वहीं बैठक कक्ष में लगे गद्दे पर तीनों सो गए। किसी का भी अलग सोने का मन न था।

प्रात: उठकर नित्यकर्म, पूजा-पाठ कर शिवा ने सबसे मिलने की सोची। पहले कॉलेज गया, वहाँ पूरा पाठ्यक्रम वगैरह लिया, परीक्षाओं की जानकारी ली और फिर अपने सभी सहयोगियों का धन्यवाद किया।

वहाँ से अणुव्रत सेवा भारती के कार्यालय गया, फिर सुचित्रा से मिलने गया। सुचित्रा तो पलक पाँवड़े बिछाए इंतजार कर ही रही थी। शिवा को देखकर आज उसकी आँखों में विशेष चमक उभर आई। अतिरिक्त उत्साह से आतिथ्य-सत्कार हुआ। शिवा समझ रहा था कि जेल से रिहाई के पश्चात् प्रथम दिवस की वजह से ऐसा है। उसने अध्ययन संबंधी चर्चा प्रारंभ करनी चाही।

उससे पूर्व ही सुचित्रा बोल उठी, ''आपकी अनुपस्थिति में मैंने अध्ययन-क्रम में

व्यवधान नहीं आने दिया है। कुछ चुनिंदा चेप्टर हैं, जिन्हें समझना चाहूँगी। उससे पूर्व मुझे अपनी सहेली की एक समस्या का आपसे समाधान चाहिए।''

शिवा ने सहजता से कहा, ''बताओ, क्या है समस्या?''

''मेरी सहेली के माता-पिता उसका विवाह ऐसे युवक से करना चाहते हैं, जो परिवार, पद, प्रतिष्ठा, पैसा सबसे उनसे इक्कीस ही है; लेकिन मेरी सहेली किसी और को चाहती है। अब उसे क्या करना चाहिए?''

यकायक ऐसा सवाल सुनकर शिवा अचंभित हो गया। आज तक सुचित्रा ने उससे इस तरह के मसलों पर कभी बात नहीं की थी। लेकिन अगले ही क्षण उसके दिमाग में बिजली की तरह एक विचार कौंधा—कहीं यह सुचित्रा की सहेली की नहीं, सुचित्रा की स्वयं की समस्या तो नहीं है! वह सोचने लगा—क्या बोले, कैसे समझाए?

कुछ क्षण रुककर उसने बोलना प्रारंभ किया—''सुचित्रा, तुम्हारी सहेली जिसे चाहती है, वह क्या करता है?''

सुचित्रा बोली, ''वह शिक्षक है।''

अब तो शिवा का शक विश्वास में बदल गया। उसने बात बढ़ाते हुए पूछा, ''क्या वह युवक भी आपकी सहेली को उतना ही चाहता है?''

सुचित्रा पशोपेश में पड़ गई। उसने कहा, ''यह तो मेरी सहेली को भी नहीं मालूम।''

''कहीं तुम्हारी सहेली का नाम सुचित्रा ही तो नहीं?'' उसने ठोस शब्दों के साथ गहरी नजरों से उसकी आँखों में झाँकते हुए पूछा।

एक पल के लिए तो सुचित्रा भीतर तक हिल गई, फिर वह अपने आपको सँभालते हुए शिवा के बेहद करीब आ गई, इतना करीब कि दोनों एक-दूजे की साँसों को महसूस कर रहे थे। धीमे से बोली, ''आपने एकदम ठीक समझा। मैं आपको बहुत प्यार करती हूँ।''

इन शब्दों का नशा शिवा पर भी हावी हो गया। उसका तन-बदन भी बेकाबू हो रहा था। इतनी प्यारी, बुद्धिमान, आकर्षक कन्या और इतना उच्च स्तरीय परिवार, शिवा को लगा भगवान् जब देता है तो छप्पर फाड़कर देता है। अगर ऐसी पत्नी और ऐसा परिवार मिल गया तो जीवन में कहीं कोई कमी रहेगी ही नहीं। क्या वह सुचित्रा का प्रस्ताव स्वीकार कर ले?

शिवा के अंतस ने उसे धिक्कारा, ''छिह-छिह! क्षणिक प्रलोभन में आकर गुरु शिष्या की मर्यादा ही भुला बैठे! क्या यही तुम्हारे उच्चादर्श हैं? क्या यही तुम्हारे तर्क हैं? क्या यही तुम्हारी समाज-सेवा की परिकल्पना है? नहीं, नहीं, मैं ऐसा नहीं कर सकता। वह मन-ही-मन बोल पड़ा, 'सुचित्रा बेहद अच्छी लड़की है। इसने मेरी रिहाई में बहुत

मदद की है। मैं इसका सच्चा गुरु बनकर पथ-प्रदर्शन करूँगा।'

उसने हौले से अपना दाहिना हाथ उसके सिर पर रख दिया और बोला, ''सुचित्रा, मैं भी तुम्हें बहुत पसंद करता हूँ। हमारे मिलन के पहले दिन से ही मैं तुमसे बहुत प्रभावित हूँ। ऐसी शिष्या किस्मतवालों को ही मिलती है। गुरु-शिष्या के पवित्र रिश्ते की गरिमा हमें हमेशा बनाए रखनी है। इसी दृष्टिकोण से मेरा तुमसे कहना है कि विवाह जैसा महत्त्वपूर्ण निर्णय तुम व्यावहारिक धरातल पर लो। माता-पिता का चिंतन तुम्हारे हित में होगा और वही तुम्हारा उज्ज्वल भविष्य भी होगा।''

अब सुचित्रा अपने आपको सँभाल न सकी। शिवा के चौड़े सीने पर सिर रखकर फफक उठी, ''मेरा भविष्य आप ही हो। मैं आपके अलावा किसी और के बारे में सोच भी नहीं सकती।''

उसके रेशमी बालों को हौले-हौले सहलाते हुए शिवा बोलने लगा, ''सुचित्रा, मैं तुम्हें हमेशा याद रखूँगा। तुम जैसी सुयोग्य शिष्या सदैव मेरे मानस-पटल पर अंकित रहेगी। जब तुम्हें मेरी आवश्यकता लगे, मैं उपस्थित हो जाऊँगा; किंतु अभी तुम अपने आपको सँभालो। जिस वातावरण में, ऐशो-आराम में तुम पली-बढ़ी हो, जो तुम्हारे पिताजी का रुतबा है, उसी के अनुसार जीवन-साथी स्वीकारोगी तो सदैव सुखी रहोगी।''

''मैं आपके संग हर स्थिति में सुखी रह लूँगी।''

''नहीं सुचित्रे, नहीं, ऐसा संभव नहीं है। शादी गुड्डे-गुड़ियों का खेल नहीं है। सिर्फ दिल से नहीं, दिमाग से फैसला लो।'' शिवा उसे समझाते हुए बोला और धीरे से उससे जरा सा दूर हो गया।

सुचित्रा पुनः उसका हाथ थामते हुए बोली, ''प्लीज, मुझसे दूर न जाओ।''

उसकी हालत देखकर शिवा भी तनिक भावुक हो गया। उसकी हथेली को अपने लबों तक लाया, धीमे से चूमते हुए बोला, ''गुड बॉय! अब मुझे जाना ही होगा। सुचित्रा, तुम्हें मेरी कसम, श्रेष्ठ जीवन साथी स्वीकार कर जरूर विवाह कर लेना। मम्मी-पापा को मेरा प्रणाम कहना।'' शिवा ने धीरे से दबाकर सुचित्रा का हाथ छोड़ दिया और भरे हृदय से उससे विदा माँगी, ''अच्छा, मैं चलता हूँ।''

सुचित्रा के नयनों से गंगा-यमुना बह निकली। सिसकियों के संग वह शिवा को जाते हुए देख रही थी।

अब शिवा हरिसेवकजी के घर पहुँचा। हरिसेवकजी बाहर ही मिल गए थे। पूरे सम्मान से शिवा को भीतर ले गए। हरिसेवकजी की पत्नी भी पानी लेकर आ गई। वहीं पास में बैठकर कुशल-क्षेम पूछे और भविष्य के बारे में बातचीत करने लगे। बात-बात में ही उन्होंने बताया कि शालिनी तेज ज्वर से पीड़ित है। शिवा ने उससे मिलने की इच्छा

प्रकट की तो शालिनी की माँ उन्हें पासवाले कक्ष में ले गई। शिवा को वहाँ छोड़कर वह बाहर चली गई। शिवा ने देखा कि शालिनी का पूरा चेहरा लाल हो गया है। श्वास धौकनी-सी तेज चल रही थी। शरीर इतना तेज तप रहा था कि उसकी गरमी पास बैठे हुए व्यक्ति को भी पता चलती थी। वह आँखें मूँदे लेटी थी।

"शालू, शालू!" शिवा ने पुकारा।

उसकी आवाज सुनते ही शालिनी ने आँखें खोल दीं। उसकी आँखों में संतोष के भाव थे।

"यह क्या हो गया?" शिवा ने पूछा।

वह बोली, "कुछ नहीं। जिस दिन मैं आपसे मिलने आई थी, उसी दिन मैंने मन्नत माँगी थी कि हे भगवान्, शिवा के सारे दुःख मुझे दे दो, उसे सुखी रखो। भगवान् उसकी और परीक्षा न लो।"

शालिनी की बात से शिवा अंदर तक हिल गया। बोला, "तुमने ऐसा क्यों किया? कभी कोई ऐसी भी मन्नत माँगते हैं। मैं अभी डॉक्टर को लेकर आता हूँ।"

शालिनी बोली, "नहीं-नहीं, उसकी जरूरत नहीं है। पास ही में एक वैद्यजी हैं। कल से उनकी दवाइयाँ शुरू की हैं। अब मुझे काफी आराम लग रहा है।"

हौले से शिवा उसके पास बैठ गया और उसका दाहिना हाथ अपने हाथों में ले लिया। उसका स्नेहिल स्पर्श पाकर वह भी भावुक हो गई। उसके नयनों के कोर में दो मोती झिलमिलाने लगे और उसने भी अपना बायाँ हाथ उसके हाथों पर रख दिया।

कुछ देर बाद दोनों एकदम शांत थे। उस पल की अनुभूति को सिर्फ महसूस कर रहे थे। धीरे से चुप्पी तोड़ते हुए शिवा बोला, "अब तो मैं आ गया हूँ, तुम्हें जल्दी से ठीक होना है।"

शालू ने आज्ञाकारी बच्चे की तरह सहमति में सिर हिला दिया। वह आगे बोला, "दवाई बराबर लेती रहना और पौष्टिक भोजन भी करना। मैं जल्दी ही तुम्हें देखने वापस आऊँगा। अभी चलूँ?"

उसने बैठने की कोशिश की, किंतु कमजोरी की वजह से तुरंत बैठ नहीं पाई। उसकी हालत देखकर शिवा बोलने लगा, "अरे...अरे, रहने दो, तुम लेटी रहो। जब ठीक हो जाओ तभी औपचारिकताएँ निभाना। अब इजाजत दो, मैं चलूँ?"

उसने कोई प्रत्युत्तर नहीं दिया।

शिवा ने धीरे से उसके हाथों को थपथपाकर छोड़ दिया और सधे कदमों से निकल गया।

शिवा के गरम जोशीले स्पर्श को याद कर शालिनी अभी भी रोमांचित थी, उसकी

भावप्रवण बातों से अभिभूत थी। हमेशा-हमेशा के लिए शिवा का प्यार पाने की आकांक्षा के साथ वह स्वप्निल दुनिया में खो गई।

दूसरी तरफ शिवा भी गहरी उधेड़-बुन में चलता चला जा रहा था। एक ओर समर्पण के साथ समुपस्थिति साधन-संपन्न सुचित्रा, दूसरी ओर त्याग की प्रतिमूर्ति शालिनी। कभी उसका सांसारिक मन विलासिता की ओर मुखातिब होता, कभी उसका वैरागी मन त्याग की ओर झुकता। अंत में वह विचारों के भँवर से निकल ही गया।

जैसे-जैसे शालिनी के बारे में सोचता, वह अपने आपको बेहद प्रफुल्लित महसूस करता जा रहा था। रात को तकिए पर सिर रखा तो शालिनी की सलोनी सूरत उभर आई। उसे लगा कि वह उसकी ओर खिंचा चला जा रहा है।

उसका दूसरा दिन कॉलेज की व्यस्तताओं में निकल गया। तीसरा दिन अणुव्रत सेवा भारती के कार्यों की सार-सँभाल में निकल गया। चौथे दिन वह पुन: शालिनी से मिलने पहुँचा।

आज वह स्वस्थ दिख रही थी और खिलते हरे रंग के सलवार-सूट में काफी आकर्षक्र लग रही थी। संयोगवश हरिसेवकजी सपत्नीक अपने रिश्तेदार से मिलने गए हुए थे। शालिनी पानी लाने के लिए जाने लगी तो शिवा ने मनाही करते हुए कहा, ''तकल्लुफ की कोई आवश्यकता नहीं है।''

लेकिन पाँच मिनट में ही वह दो कप चाय और कुछ नाश्ता ले आई।

चाय पीने के बाद गंभीर होकर शिवा ने कहा, ''शालिनी, मैं एक महत्त्वपूर्ण मुद्दे पर तुम्हारी राय जानना चाहता हूँ।''

शालिनी ने स्वीकारोक्ति में सिर हिला दिया।

शिवा कुछ देर तो असमंजस में रहा, क्या पूछे, क्या न पूछे, कैसे पूछे, फिर उसने सीधे-सीधे ही पूछ लिया, ''क्या मुझसे विवाह करोगी? मेरे साथ जीवन बिताना पसंद करोगी?''

यकायक शिवा की बात सुनकर शालू सकपका गई। इस प्रश्न के लिए वह तैयार ही नहीं थी। धीरे से बोली, ''सौभाग्यशाली होगी वह कन्या जिसका हाथ, आप थामेंगे।''

शिवा बोला, ''हकीकत बहुत कड़वी है। हमारा घर एकदम साधारण है। पहले मैंने बहुत बड़े सपने देखे थे कि एस.आर.सी.सी. कॉलेज से निकलकर बहुत अच्छी नौकरी करूँगा या अपना व्यापार करूँगा, माँ-बाप को लाखों रुपए लाकर दूँगा। ऐशो-आराम की जिंदगी जीऊँगा। जब से जेल से आया हूँ, मेरा दृष्टिकोण बदल गया है। अब मेरे जीवन का मूल उद्‌देश्य सेवा है, इसलिए मैंने 'टीच इंडिया प्रोजेक्ट' जॉइन किया है। इससे जीवनयापन लायक अर्थोपार्जन हो जाएगा, साथ ही सेवा कार्य भी होता रहेगा। इस बारे

में तुम्हारे क्या विचार हैं?''

दृढ़ स्वर में शालू बोली, ''साधु अकिंचन और अपरिग्रही होता है, जिसके पास कोई संपदा नहीं होती। मैं मानती हूँ कि इसलिए ही वह तीनों लोकों का स्वामी होता है। द्रव्य कम होने से मेरी नजर में व्यक्ति के व्यक्तित्व की गरिमा कम नहीं हो जाती है। मेरा तो स्वयं का जीवन संघर्षमय रहा है। जीवनयापन के लिए आवश्यक धन-संपत्ति के अलावा ज्यादा दौलत की मैंने कभी आकांक्षा भी नहीं की।''

शालिनी की ओर से शिवा आश्वस्त हो गया। अब उसे अपने माता-पिताजी से बात करनी थी।

शालिनी से विदा लेकर अपने घर की ओर चल पड़ा। घर पहुँचा तो उसने देखा कि माँ-पिताजी के साथ एक अधेड़ सज्जन बैठे थे। पिताजी ने कहा, ''बेटा, ये श्रीवास्तव जी हैं।''

शिवा ने उनके पैर छुए। पंडितजी ने देखा कि दूधिया रंग, अच्छी लंबाई, बलिष्ठ शरीर, आत्मविश्वास से दमकता चेहरा, सुरुचिपूर्ण पहनावा, शालीन व्यवहार—एक नजर में उन्होंने परख लिया, लड़का खरा सोना है।

पूछा, ''बेटा, क्या करते हो?''

शिवा बोला, ''श्रीराम कॉलेज से एम.कॉम. हूँ। साथ ही (टीच इंडिया) भारत सरकार के 'साक्षरता अभियान' से जुड़कर उसे आजीविका का माध्यम बनाने की सोच रहा हूँ।''

शिवा की माँ चाय-नाश्ता ले आई। सबने चाय-नाश्ता किया।

श्रीवास्तवजी खड़े होते हुए बोले, ''अभी मैं चलता हूँ, आपसे शीघ्र दुबारा मुलाकात होगी।''

उनके जाने के पश्चात् शिवा के पिताजी बोले, ''बेटा, यह तुम्हारे लिए गुप्ता साहब की बेटी का रिश्ता लेकर आए हैं। तुम्हारे जेल जाने से पहले तो अनेक लोग अपनी बेटियों के लिए रिश्ते लेकर आते थे, किंतु इतने दिनों में यह पहला रिश्ता आया है। लड़की देखने-दिखाने का सिलसिला प्रारंभ करें?''

शिवा सकुचाते हुए बोला, ''छोड़िए न पिताजी।''

सावित्री बोली, ''बेटा, अब तो 'हाँ' कर दे। जब से जेलवाला चक्कर हुआ है, तेरे पिताजी बहुत चिंतित हैं। वह चाहते हैं कोई श्रेष्ठ, कुलीन कन्या हमारे शिवा की सहगामी बने।''

शिवा सिर झुकाए सुन रहा था। थोड़ा सोचकर धीरे से वैसे ही बोला, ''पिताजी, आप चिंता न करें, मैंने एक लड़की देख ली है।''

यह सुनकर दोनों एक क्षण के लिए अवाक् रह गए। उन्होंने सोचा, शिवा मजाक

कर रहा होगा। फिर भी पिताजी ने कहा, "किसकी लड़की है?"

शिवा ने उत्तर दिया, "श्री हरिसेवक सान्याल।"

पिताजी ने कहा, "बेटा, यह हमारी जात-बिरादरी तो नहीं है?"

सावित्री सिर पकड़कर बैठ गई, "कहाँ तुम्हारे संस्कार, कहाँ उसके संस्कार! कहाँ हमारी जाति, धर्म, ऊँचा कुल, कहाँ वह अनुसूचित जाति! शिवा, ऐसी लड़की लाओगे तो मेरा धर्म भ्रष्ट हो जाएगा, तुम्हारा जीवन नष्ट हो जाएगा।"

शिवा बोला, "माँ, ये दकियानूसी मान्यताएँ अब छोड़ दो। इनसान का धर्म एक ही है, वह है मानव धर्म। भगवान् महावीर ने सभी जीवों की आत्माओं को एक समान माना है। मनुष्य जाति को और उपजातियों में बाँटने का मैं पक्षधर नहीं हूँ माँ। अणुव्रत सेवा भारती में जो 'अणुव्रत आचार संहिता' हमने ग्रहण की है, उसका चौथा नियम है—'मैं मानवीय एकता में विश्वास करूँगा, जाति व रंग के आधार पर ऊँच-नीच नहीं मानूँगा।' फिर भी माँ, मैं यह निर्णय आप पर ही छोड़ता हूँ। मैं सोचता हूँ, जो आप उचित समझें, करें।"

शिवा के पिताजी ने कहा, "अरी भाग्यवान, एक बार देख तो लो अपने बेटे की पसंद, फिर आगे की सोचेंगे।"

सावित्री ने बिना मन सिर हिला दिया। फिर उन्होंने आगे कहा, "शिवा, परसों त्रयोदशी और गुरुवार है। प्रात: ११ बजे उनके घर चलेंगे, उन्हें सूचना भिजवा दो।"

बाईस

नियत समय पर हरिसेवकजी के यहाँ शिवा, उसके पिता सत्यवान व माँ सावित्री तीनों पहुँचे। द्वार पर हरिसेवकजी ने स्वागत किया। शालू की माँ ने तीनों को अंदर ले जाकर यथास्थान बिठाया। एक छोटा सा लड़का पानी रख गया। पाँच मिनट बाद ही शालिनी चाय-नाश्ता की ट्रे लिये आई। उसने लाल रंग की बॉर्डरवाली साड़ी पहनी हुई थी। ट्रे रखकर उसने शिवा के माता-पिताजी के चरण छुए और फिर वहीं खड़ी हो गई।

सावित्री ने अपने पास रखी कुरसी की तरफ इशारा करते हुए कहा, "बैठो बेटी।"

वह बैठ गई।

सत्यवान ने पूछा, "नाम क्या है?"

"शालिनी—" मंदिर की घंटियों-सी शालू की मीठी आवाज पूरे वातावरण में फैलती हुई शिवा के माँ-पिताजी को झंकृत कर उठी।

माताजी ने पूछा, "क्या कर रही हो?"

"बी.ए. का अंतिम वर्ष है।" शालू ने उत्तर दिया।

शिवा की माँ ने पुनः पूछा, "दिन भर कैसे गुजरता है?"

शालू ने कहा, "प्रातः घर का नाश्ता वगैरह तथा कॉलेज की पढ़ाई, मध्याह्न में लड़कियों को नृत्य सिखाती हूँ। सायं पाँच से सात बजे तक बच्चों की चित्रकला की कक्षाएँ लेती हूँ। तत्पश्चात् शाम का भोजन बनाकर माँ के संग बैठती हूँ।"

शालू की दिनचर्या में साफगोई एवं सच्चाई की सुवास थी। शिवा के माँ-बाप इससे बहुत प्रभावित हुए। दोनों पाँच-सात मिनट के लिए बाहर गए।

शिवा के पिता ने पूछा, "सावित्री, क्या राय है तुम्हारी?"

सावित्री बोली, "जैसे हमारा शिवा लाखों में एक है, वैसी ही मुझे शालिनी लगी। मैं इसे गंगाजल से नहलाकर शुद्ध कर लूँगी।"

"आपकी क्या राय है?" सावित्री ने पति से पूछा।

सत्यवान बोले, "देखो, घर से एकदम साधारण है। कल श्रीवास्तवजी जिसका रिश्ता लेकर आए थे, वे तो लखपति हैं। अच्छा कारोबार है, बस लड़की मोटी है। यहाँ लड़की तो अच्छी है, लेकिन घर तो हमसे भी गया-बीता है।"

सावित्री ने कहा, "बड़े घर की बेटी तो पता नहीं अपने घर चूल्हा-चौका करती या न करती या हमारे शिवा को ही हमसे दूर कर देती, किंतु मेरा मन कहता है, यह हमारी अच्छी सेवा करेगी।"

सत्यवान ने कहा, "पक्का सोच लिया?"

सावित्री बोली, "हाँ, मैं सोच-समझकर ही बोल रही हूँ।"

सत्यवान बोले, "फिर आज का शुभ मुहूर्त है, 'हाँ' कह दें।"

"क्यों नहीं?" सावित्री बोली।

दोनों को प्रफुल्लित चेहरे से अंदर घुसते देख शिवा ने सोचा कि मामला जम गया है। वह चुपचाप सिर झुकाए बैठा रहा। सत्यवान ने हरिसेवकजी से कहा, "शालिनी लाखों में एक है। वाकई हमारे शिवा ने हीरा चुना है। हमें आपकी कन्या पसंद है। हमारे पुत्र के बारे में आपकी क्या राय है?"

हरिसेवकजी बोले, "शिवमंगलजी हमारे लिए तो किसी देवता से कम नहीं हैं। अतः सदैव के लिए देव-कृपा प्राप्त होना तो हमारा सौभाग्य है।"

पुरुषों की पुख्ता बात होते ही सावित्री ने शालू की माँ से कहा, "जरा रोली-मोली, चावल, कलश में जल डालकर और आरती की थाली तो लाइए।"

पाँच मिनट में आरती की थाली लेकर शालू की माँ आ गई।

प्यार से सावित्री ने शालू को खड़े होने के लिए कहा तो शालू ने पल्लू सिर पर रख

लिया। सावित्री ने पूर्व दिशा की ओर मुँह करवाकर, शालिनी को खड़ा करके रोली का टीका लगाया। अपने पर्स से निकालकर टॉफी खिलाई। सत्यवान ने एक चाँदी का सिक्का दिया। खुद सावित्री ने अपने हाथ के कंगन उतारे और शालू को पहना दिए। उनकी माँ से बोली, ''आज से यह हमारी अमानत है।''

शालिनी ने सत्यवान व सावित्री दोनों के पैर छुए।

हरिसेवकजी तुरंत अंदर गए। गणेशजी की एक सुंदर सी चाँदी की मूर्ति और कुछ रुपयों का लिफाफा बनाकर लेकर आए और बोले, ''आओ कामिनी, अपने दामाद का तिलक करो।''

कामिनी ने तिलक किया, गुड़ से मुँह मीठा करवाया। दोनों ने मिलकर गणेशजी महाराज की मूर्ति व शगुन का लिफाफा शिवा को दिया। शिवा न-न करता रहा। उन्होंने जबरदस्ती जेब में डाल दिए। भेंट के दो लिफाफे शिवा की माँ व पिताजी को भी दिए।

''हरिसेवकजी, अच्छे पंडित से शादी का मुहूर्त दिखाइए।'' शिवा के पिता बोले।

सबके चेहरे प्रसन्नता से दमक रहे थे। आधे घंटे गपशप के बाद शालू ने फटाफट स्वादिष्ट भोजन तैयार किया। सावित्री व सत्यवान ने भोजन की बहुत तारीफ की। शिवा-सावित्री एवं सत्यवान खुशी-खुशी घर आ गए।

शीघ्र ही शुभ मुहूर्त पर एक सादे समारोह में शिवा व शालू विवाह-बंधन में बँध गए। सुचित्रा शादी में आ नहीं सकी थी। उसने उपहार भिजवाया था। शिवा ने उस पैकेट खोलकर देखा तो उसमें हवाई जहाज की दो टिकटें थीं—कश्मीर आने-जाने की और साथ में होटल बुकिंग का वाउचर। यह तो पूरा हनीमून पैकेज ही था। अपनी शिष्या का ऐसा उपहार पाकर शिवा प्रसन्न हो गया। उसके मन की भगवान् ने सुन ली थी।

तेईस

चार दिन घर में आराम करने के पश्चात् पूरी तैयारी से पाँचवें दिन शिवा और शालू दोनों हनीमून के लिए रवाना हो गए। वे दोनों श्रीनगर एयरपोर्ट से निकलकर बाहर आए तो उन्हें लगा कि एकदम नई दुनिया में आ गए हैं। चारों तरफ दूधिया बर्फ-ही-बर्फ। ऐसा लगता था कि बर्फ के ही घर हैं। दोनों तरफ बर्फ के बीच सड़क पर उनकी गाड़ी चल रही थी।

आज उनकी बुकिंग एक प्रसिद्ध शिकारा में थी। शिकारा क्या था, झील में, जल पर चलता-फिरता घर था—एक शयनकक्ष, एक बैठक कक्ष, छोटा सा रसोई घर, दोनों तरफ बरामदे। कमरों के दरवाजे पर रेशमी झालर के परदे, बेड पर कश्मीरी कढ़ाई से सजी बेड

कवर, साइड में एक शिकारा की शेप में नाइट लैंप। बीच में एक तरफ हीटर लगा था बेहद आरामदायक था सबकुछ।

सामान रखते ही कश्मीरी कन्या सबसे पहले कहवा लेकर आई। दोनों ने अपने कप टकराकर चीयर्स किया और कहवा का स्वाद लिया। शालू सामान व्यवस्थित कर रही थी, शिवा कक्ष के सामने के बरामदे में खड़ा होकर बाहर के दृश्यों को निहार रहा था।

शिवा के लिए एक-एक पल गुजारना भारी हो रहा था, फिर भी वह प्रतीक्षा करता रहा कि शालू सारा सामान सुव्यवस्थित कर ले। वह दो-एक बार कमरे में झाँक गया। इस बार झाँका तो उसने देखा कि क्रमबद्धता से काम संपूर्ण कर शालू खड़ी होकर अँगड़ाई ले रही है। अब वह रुक नहीं पाया, तुरंत कमरे में पहुँचकर खींचकर उसे गले लगा लिया। दोनों दूसरी दुनिया में पहुँच गए।

कुछ समय पश्चात् दोनों ने आँखें खोलीं, शालू बोल उठी, "वाकई कश्मीर धरती का स्वर्ग है।" झील के चारों ओर सेबों के पेड़ थे। जिधर देखो उधर हरियाली-ही-हरियाली। पेड़ों पर लदे सेब ऐसे लग रहे थे जैसे हरे आसमान में लाल सितारे टँगे हों। कश्मीरी सेबों की भीनी खुशबू वातावरण में ताजगी भर रही थी।

झील में थोड़ी-थोड़ी दूर पर कई शिकारे थे। शाम के धुँधलके में सब शिकारे ऐसे लग रहे थे जैसे धरती ने शिकारा छपाई की साड़ी पहन ली हो।

शालू धड़ाधड़ कैमरे से फोटो क्लिक कर रही थी, वह कश्मीर की पल-पल बदलती खूबसूरती को कैमरे में कैद कर लेना चाहती थी। कई क्षणों तक प्रकृति की अद्‌भुत छटा का आस्वादन करने के बाद शिवा बोला, "चलिए मैडम, थोड़ा विश्राम कर लिया जाए, दिल्ली से इतनी लंबी यात्रा करके आप यहाँ पधारी हैं।"

पति के रोमांटिक मूड को भाँपकर शालू बोली, "चलिए।"

दोनों शयनकक्ष में आ गए। घंटे-दो घंटे के विश्राम के पश्चात् शाम का भोजन किया। फिर थोड़ी देर बाद झील की रंगीनी को देखने के लिए बाहर बरामदे में लगी कुरसियों पर शालू का बैठने का मन था। किंतु शिवा बोला, "चलो, पहले थोड़ा चहलकदमी कर लें, फिर बैठेंगे।"

लगभग सौ कदम चहलकदमी के पश्चात् दोनों वहीं आरामकुरसियों पर बैठ गए। रात्रि के नीरव वातावरण में बाहर की जगमगाती रोशनियाँ, जलीय सतह पर पड़ती उनकी प्रतिच्छाया, आसपास का खुशगवार मौसम कुल मिलाकर रोमांटिक माहौल पैदा कर रहे थे।

दोनों के दिलों में प्रेम का समंदर हिलोरें ले रहा था। शिवा की बेकरारी बढ़ने लगी। वह चुपके से अपनी कुरसी से उठा और शालू को गोद में उठाया। शालू कहती ही रह गई,

"यह क्या कर रहे हो, यह क्या हो रहा है?" और वह उसे शयनकक्ष में बिस्तर पर ले गया।

एक शानदार रात के बाद सुबह लगभग आठ बजे उनकी नींद टूटी। आराम से नहा-धोकर दोनों तरोताजा हो गए। धीरे-धीरे चलता हुआ शिकारा भी तब तक किनारे की ओर बढ़ रहा था।

प्रात: नौ बजे दोनों ने नाश्ता किया। शिवा ने एक छोटे से पिट्ठू बैग में अपनी पहचान के जरूरी कागज, कश्मीर का नक्शा, प्राथमिक चिकित्सा का सामान, कुछ फल, चिप्स, पानी की बोतल, छाता, रैनकोट रखा और शालू ने अपने पर्स में कुछ रुपए एवं कैमरा रखा। तब तक शिकारा किनारे लग चुका था, अत: हाथों में हाथ डाले दोनों पैदल चहलकदमी करते हुए प्रकृति की छटा निहार रहे थे। वास्तव में यहाँ की सुंदरता निराली थी। तभी बाईस-तेईस वर्ष का एक कश्मीरी युवक आया।

"क्या आपको गाइड चाहिए?"

शिवा ने पूछा, "आपका नाम क्या है?"

वह बोला "राजू।"

शिवा ने पूछा, "क्या तुम गाइड के रूप में रजिस्टर्ड हो?"

उसने कहा, "हाँ," तो शिवा ने उसका परिचय-पत्र माँगा। राजू वास्तव में कश्मीर सरकार से रजिस्टर्ड गाइड था। शिवा ने उसका रजिस्ट्रेशन नंबर नोट कर लिया तथा फोन नंबर भी ले लिया।

पूरी तरह से संतुष्ट होकर शिवा ने श्रीनगर घुमाने हेतु उसे दो-तीन दिनों के लिए बुक कर लिया। आज के भ्रमण कार्यक्रम को सुनिश्चित करके आगे बढ़ाने के लिए शिवा ने उसे निर्देश दे दिया।

राजू ने सोचते हुए कहा, "आज हम एक काम करते हैं—गुलमर्ग, सोनमर्ग व पटनी टॉप चलते हैं। तीनों जगह घूमकर आने में दस-ग्यारह घंटे लगेंगे। शाम को सात-आठ बजे हम लौट आएँगे। कल का कार्यक्रम आज रात को तय कर लेंगे।"

शिवा ने शालू की राय जाननी चाही। शालू तो पहले ही बहुत ही खुश-खुश उत्साहित थी। बोली, "नेकी और पूछ-पूछ, जहाँ राजू भाई कहे, वहीं चलिए।"

कुछ दूर घूमते हुए वे जहाँ पहुँचे वहाँ स्लेज-ही-स्लेज गाड़ियाँ थीं, क्योंकि ऊपर पहुँचने का बेहतरीन साधन स्लेज ही था। अत: उन्होंने स्लेज किराए पर ली और वे लोग गुलमर्ग पहुँच गए।

नयनाभिराम दृश्यावली अनुपमेय थी। चारों तरफ बर्फ-ही-बर्फ। स्लेज से उतरकर शिवा और शालू ने आइसबूट और जैकेट किराए पर लिये और वहाँ बर्फ पर मजे से घूमने

लगे। लगभग एक-डेढ़ फीट गहरी बर्फ थी। उन्हें अपूर्व आह्लाद की अनुभूति हो रही थी। अचानक शालू जोर से चिल्लाई, ''बचाओ, बचाओ!'' उसका पैर एक गड्ढे में पड़ गया था। वह लगभग कमर तक गहरी बर्फ में धँस चुकी थी। शिवा के मजबूत हाथों ने तुरंत उसे ऊपर खींच लिया।

शालू काँप रही थी, एक तो ठंड से और दूसरे इस डर से कि अगर शिवा ने उसका हाथ न पकड़ा होता तो आज उसकी बर्फ-समाधि यहीं हो जाती।

उसने बर्फ पर आधारित एक हॉलीवुड फिल्म देख रखी थी, जिसमें ट्रेकिंग के दौरान नायिका पीछे रह जाती है और भयंकर स्नोफाल में दब जाती है। नायक उसे बहुत खोजता है, किंतु नायिका उसे कहीं नहीं मिलती है। अत्यधिक दुःख के कारण वह आगे की चढ़ाई नहीं कर पाता है और वहीं से अकेला नीचे लौट जाता है। इस प्रकार उनका वह मिशन अधूरा ही रह जाता है। फिर कुछ वर्षों बाद दुबारा नायक बर्फीली चोटियों पर विजय प्राप्त करने पहुँचता है। चढ़ाई के दौरान एक जगह जैसे ही वह हथौड़ा मारता है, बर्फ वहाँ से हट जाती है और उसी खूबसूरती के साथ नायिका का मुरदा जिस्म टँगा होता है।

उस दुःखद, दर्द भरे एवं भयावह दृश्य को याद करके ही शालू को झुरझुरी-सी आ गई। उसने डरकर शिवा का हाथ पकड़ लिया। अब वे लोग पुनः स्लेज पर बैठकर सोनमर्ग की ओर चल पड़े। वहाँ उन्होंने आइस स्केटिंग का बड़ा आनंद लिया। गाइड राजू उन्हें एक तरफ ऊँचाई पर ले गया, जहाँ पर चारों तरफ बर्फ-ही-बर्फ दिखती थी। वहाँ ऊँचाई से नीचे एकदम सपाट बर्फीली सीधी ढलान थी।

शालू ने पूछा, ''यह कौन सी जगह है?''

राजू ने कहा, ''यह रोलिंग पॉइंट है। यह जगह नव-विवाहित दंपती को बहुत पसंद आती है।''

''यहाँ ऐसी क्या खास बात है?'' शिवा ने जिज्ञासा व्यक्त की।

राजू ने कहा, ''आइए, आपको अभी दिखाता हूँ, सर! आप दोनों आमने-सामने खड़े होकर एक-दूजे को थाम लीजिए। अब आपको नीचे जाना है। चलते हुए नहीं, लेटे-लेटे। दोनों पोजीशन लो।''

दोनों ने राजू के कहे अनुसार किया और राजू ने दोनों को धीरे से धकेल दिया। बर्फ पर फिसलन, सीधी ढलाई, एक-दूजे को अच्छी तरह से थामे दोनों गोल-गोल घूमते-घूमते नीचे लुढ़कते चले गए। दोनों को जीवन में ऐसा रोमांचकारी अनुभव पहली बार हुआ। उनका अंग-अंग स्पंदित हो उठा। इतने में नीचे 'फिनिश पॉइंट' आ गया। वहाँ पर लगी रेलिंगों के साथ फोम के गोल तकियों ने उन्हें स्वप्निल दुनिया से यथार्थ में लौटा दिया।

विश्राम करते-करते शालू ठंड से काँपने लगी थी। उसको चाय की तलब हुई तो शिवा

ने कहा, ''अभी थोड़ा टी ब्रेक लेते हैं।''

पास में ही छोटी दुकान पर राजू उन्हें चाय पिलाने ले गया। तीनों ने चाय ले ली। राजू ने चाय की चुस्कियों के बीच चायवाले की दास्तान बताई कि कभी यह खूँखार आतंकवादी हुआ करता था। इसने सजा भी काटी थी और अब इतना हृदय-परिवर्तन हो गया कि पंद्रह वर्षों से यह यहाँ चाय की दुकान चला रहा है।

शिवा बोला, ''आतंकवादियों और हिंसकों की कोई जाति नहीं होती। वे किसी भी जाति या किसी वर्ग के हो सकते हैं। किंतु इतना तय है कि आतंकवादी को कभी शांति नहीं मिल सकती। चरित्र और नीति के प्रति आस्थाहीनता से आतंकवाद को प्रश्रय मिलता है। 'मैं किसी निरपराध प्राणी की हिंसा नहीं करूँगा' इसी अणुव्रत के प्रति आस्था हो जाए तो आतंकवाद की जड़ें उखड़ने में समय नहीं लगता। साथ-ही-साथ रोजगार व जीवनयापन के अवसर अधिकाधिक हों तो शीघ्रता से कोई आतंकवाद की तरफ नहीं झुकेगा। गरीबी कुछ भी अपराध करवा सकती है। इसलिए आवश्यक है सुदृढ़ व स्वच्छ प्रशासन में यहाँ पुन: पर्यटन का विकास हो, सुख-शांति रहे। युवा वर्ग श्रम के साथ लक्ष्मी का भी वरण करे और हमारा भारत पूर्ण विकसित देश बने, जहाँ गरीबी की रेखा से नीचे कोई भी न हो, देश में भूखा कोई न सोए।'' निस्तब्धता को तोड़ती शिवा की आवाज को सब ध्यान से सुन रहे थे।

जैसे ही उसकी बात संपन्न हुई, चायवाला ताली बजाने लगा। राजू और शालू भी उसके संग सम्मिलित हो गए। कुछ क्षणों के बाद तालियाँ रोककर चायवाला बोला, ''सर, मैं हृदय की गहराइयों से आपके विचारों का सम्मान और समर्थन करता हूँ।''

राजू भी बोला, ''अति सुंदर।''

शालू मंद-मंद मुसकराती रही। उसने चायवाले को चाय के पैसे देने चाहे, लेकिन चायवाले ने उन्हें स्वीकारा नहीं। बोला, ''आज की चाय आप हमारी ओर से ग्रहण करें।''

'धन्यवाद' के साथ चाय समाप्त होने के बाद राजू ने पूछा, ''पटनी टॉप चलें?''

शिवा ने शालू की राय जाननी चाही।

''आज बस इतना ही, बाकी कल चलेंगे।'' शालू ने उत्तर दिया।

उन्होंने चारों तरफ देखा, शाम का धुँधलका छाने लगा था। पुन: उसी स्थान पर आ गए जहाँ से चढ़ाई प्रारंभ की थी। वहाँ से शिवा अपने होटल का रास्ता जानता था, अत: छुट्टी माँगते हुए राजू बोला, ''सर, कल कितने बजे आऊँ?''

शिवा ने कहा, ''प्रात: ९ बजे इसी जगह आ जाना, हम तैयार मिलेंगे।''

''ओ.के. सर!'' राजू हाथ हिलाता हुआ चला गया।

चौबीस

शालू और शिवा वहीं टहलने लगे। हलका-हलका पाला पड़ने लगा था। अंबर से होती तुषार-वृष्टि अति मनोहारी लग रही थी। सामने से एक बस आ रही थी। हिमपात के कारण ऐसे दिख रहा था जैसे बर्फ की बस आ रही है। पास में पेड़-पौधे पर प्रसरित हिमकण क्रिसमस डे की याद दिला रहे थे।

नैसर्गिक सुषमा का अवलोकन करते हुए चलते-चलते वे दोनों अपने शिकारे तक पहुँच गए। शयनकक्ष में जाकर नम वस्त्रों को बदला। एक-एक कुल्हड़ कहवा पीकर टेलीविजन ऑन किया। न्यूज चैनल चालू करते ही धमाकेदार खबर थी—'आतंकवादियों ने कश्मीर में पुनः हिंसा फैलाने की धमकी दी है'।

शालू के चेहरे पर आए परेशानी के भाव देखकर शिवा ने शिकारा मालिक को बुलाया और पूछा, "हमें क्या सावधानी रखनी चाहिए?"

शिकारा मालिक बोला, "ऐसी धमकियाँ तो प्रायः आती ही रहती हैं। कोई घबराने की बात नहीं है।"

शिवा ने कहा, "मुझे अपनी नहीं, अपने देशवासियों की चिंता है।"

शिकारा मालिक बोला, "आप चिंता न करें, हमारी फौज समर्थ है। वह सबकुछ सँभाल ही रही है।"

शिवा ने पुनः पूछा, "हम कल घूमने का कार्यक्रम रखें कि नहीं?"

शिकारा मालिक ने कहा, "ऐसी चेतावनियाँ तो यहाँ आए दिन मिलती रहती हैं। बस, सावधान जरूर रहें और कोई घबराने की बात नहीं है।"

कक्ष के मध्य भाग में हीटर चालू कर वह चला गया। प्रकोष्ठ की उष्णता बड़ी भली प्रतीत हो रही थी। शीघ्र ही वे निद्राधीन हो गए। दूसरे दिन प्रातः समय पर शिवा एवं शालू तैयार हो गए। आज उन्हें घुड़सवारी करनी थी, इसलिए विशेष पोशाक में दोनों बेहद आकर्षक लग रहे थे।

राजू आते ही बोला, "सर, घोड़ेवाला आ गया है। मैं बहुत अच्छे से देखकर घोड़े लाया हूँ। एक घोड़ा सफेद, दूसरा काला। आप दोनों उस पर खूब जँचेंगे।"

शिवा ने देखा, वाकई घोड़ों की कद-काठी बड़ी आकर्षक थी। उसने राजू को धन्यवाद कहा और दोनों घोड़ों पर सवार हो गए।

कुछ दूर तक रास्ता आसान सा था। फिर ज्यों-ज्यों चढ़ाई पर घोड़े चढ़ रहे थे, शालू की साँसें अटक रही थीं। सँकरी सी पगडंडी, नीचे हजारों फीट गहरी खाई। बर्फ पर घोड़े का हलका सा पैर फिसलता तो शालू को लगता कि बस अभी गई, अभी गई···।

जहाँ हलकी सी चौड़ाई आती, शिवा का घोड़ा आगे जाता तो उसका दिल जोरों से धड़कने लगता। वह मन-ही-मन भगवान् का स्मरण करने लगती। बेहद साहसिक रोमांचकारी घुड़सवारी करके जब वे नियत स्थान पर पहुँचे तो दंग रह गए।

सामने घाटी में हरियाली-ही-हरियाली और चोटियों पर बर्फ-ही-बर्फ थी। धूप में बर्फ शीशे की तरह चमक रही थी। सिर पर चमकता नीला आसमान। इतना सुंदर प्राकृतिक दृश्य शालू ने आज तक नहीं देखा था। उसने प्राकृतिक दृश्यों की तथा शिवा की दो-चार फोटो अलग-अलग एंगल से खींचीं, फिर राजू को कैमरा दे दिया, दोनों की एक साथ फोटो खींचने के लिए। राजू ने दोनों के आकर्षक पोज में अलग-अलग जगह कई फोटो खींचे।

ब्लू जींस, सफेद हाईनेक टीशर्ट व ब्लैक लॉन्ग बूट में शालू हॉलीवुड की हीरोइन मर्लिन मुनरो से कम नहीं दिख रही थी। वहाँ बहुत सुंदर बर्फ के गणेशजी बने हुए थे। शिवा ने शालू को वहाँ खड़ा किया और फोटो खींचा। फिर उसने देखा, एक दूसरे किनारे खूबसूरत-सा परिदृश्य था। ऐसा लगता था कि आसमान धरती को छू रहा है।

शिवा ने कैमरा सेट किया, इसी बीच शालू बाल ठीक करने हट गई। शिवा को कुछ दूर काली आकृतियाँ दिखाई दीं। तभी शालू बाल ठीक करके आ गई। शिवा ने उसकी फोटो ले ली। तुरंत हटकर कैमरे के लेंस को जूम किया और दूर तक देखने लगा।

वहाँ कुछ आकृतियाँ दिखाई दीं, जो बर्फ खोदकर उसमें कुछ दबा रही थीं। शिवा ने उनके फोटो ले लिये। फिर उसने ध्यान से देखा ये लोग मुँह पर कपड़ा बाँधे, कंधे पर ए.के. ४७ डाल संदिग्ध हरकतों के साथ साफ आतंकवादी नजर आ रहे थे। शिवा ने गोपनीयता बरकरार रखी।

एक तरफ ले जाकर शिवा ने शालू को सारा दृश्य दिखाया। शालू ने कहा, ''ये तो टेररिस्ट हैं, यहाँ माइंस लगा रहे हैं। हम इन्हें कैसे पकड़ें?'' दूसरी तरफ उन्होंने देखा कि मिलिट्री की गाड़ियाँ अपने बीच में टूरिस्ट गाड़ियों को तथा सामान से लदे ट्रकों को कवर देकर पास करवा रही थीं। यह देखकर उसने तीसरा नेत्र जगाया। शिवा के मस्तिष्क में खटका हुआ। अरे, यह काफिला तो उसी दिशा में जा रहा था, जिधर आतंकवादी था! उसे दो मिनट में सारा खेल समझ में आ गया। इन परिस्थितियों में क्या करें?

शिवा ने शालू से पूछा, ''तुम्हें डर तो नहीं लग रहा?''

वह बोली, ''नहीं-नहीं मैं तो सोच रही हूँ, इन आतंकियों को कैसे गिरफ्तार करवाएँ और इस स्थिति से निपटें? अगर ऐसा नहीं हो पाया तो जैसे ही यह काफिला उधर से निकलेगा, सब-के-सब मारे जाएँगे।''

शिवा ने एक बेहद साहसिक कठोर निर्णय लिया, ''शालू, इन आतंकियों को किसी

रंग आ रहा था, एक जा रहा था। संभवतः अतीत की यादों ने उसे उद्वेलित कर दिया हो।

तभी आर्या ने पुनः अनुरोध भरे स्वर में आग्रह किया, "बताइए ना!"

गंभीर स्वर में सोमेश ने बोलना प्रारंभ किया—"अंडमान निकोबार की उस भयावह रात के बारे में जिसमें उसका सबकुछ उजड़ गया था…लाशों के बीच में जलती आग में स्वयं को पाने के बारे में…अपनी प्रिय पत्नी सीमा और शिवा की तलाश में पागलों की तरह भटकने के बारे में…फिर थक-हारकर अपने गाँव नक्सलबाड़ी पहुँचने और वहाँ माता-पिता के हत्या से टूटे दुःखों के पहाड़ के बारे में… ।" बोलते-बोलते सोमेश सिसक-सिसककर रोने लगा। शिवा और आर्या भी अपने आँसू न रोक पाए।

कुछ समय पश्चात् माहौल हलका सा सामान्य हुआ, तब आर्या ने आगे की बात बताने के लिए पुनः अनुरोध किया।

सोमेश बोला, "उन दुर्दिनों की व्यथा को मैं अभागा बरदाश्त नहीं कर पा रहा था। शोक, संताप और सूनापन ही मेरे साथी थे। किंतु समय हर घाव को भर देता है।

"धीरे-धीरे मैं समाज-सेवा करने लगा तथा सामाजिक कार्यकर्ता के रूप में जाना जाने लगा। मीडिया ने इतना सिर-आँखों पर बैठा रखा था कि नक्सली समस्या के समाधान हेतु वार्त्ता के लिए भी सरकार ने मुझे आमंत्रित किया। वार्त्ता के दौर प्रारंभ हो गए। मुझे माध्यम बनाकर सरकार नक्सली नेताओं को मारने लगी। वार्त्ता में गतिरोध उत्पन्न हो गया। मैंने इसके विरुद्ध आवाज उठाई तो राज्य सरकार ने मुझे जेल में डाल दिया और उम्र कैद की सजा सुना दी।

"मेरे दोस्तों के प्रयास और मानवाधिकार आयोग की कोशिशों से कोर्ट ने मुझे जमानत पर छोड़ा तो नक्सलियों ने अपने नेताओं की मृत्यु का कारण मुझे मानकर उस खूँखार कैद में डाल दिया, जहाँ से आर्या बिटिया निकालकर लाई है।"

आर्या आत्म-संतुष्टि के कुछ सवाल इस प्रकार सोमेश से करने लगी कि उसे कुछ महसूस भी न हो और आर्या को सच भी पता चल जाए।

आर्या—जब पापा से आप बिछुड़े थे तब इनकी उम्र कितनी होगी?

सोमेश—लगभग तीन-चार वर्ष।

आर्या—हमारे पापा की कोई विशेष बात?…

सोमेश—उस दिन इसका जन्मदिन था। इसकी माँ को सागर की गहराइयों में एक मोती मिला था। उसने अपने प्यारे बेटे को पहना दिया था। मैंने एक इलेक्ट्रॉनिक घड़ी इसके हाथ में पहनाई थी।

आर्या—पिताजी, आपको कुछ याद है?

शिवा—हाँ, केशव मामा ने जब माँ को मुझे सौंपा था तब मेरे गले में धागे में लाल कपड़े में लपेटा कोई मोती था। माँ ने लॉकेट बनाकर उसे हमेशा मेरे गले में रखा। जब

नक्सलियों की कैद में मेरा ध्यान गया तब वह लॉकेट मेरे पास नहीं था।

आर्या ने अपने गले से निकालकर दिखाया।

आर्या—क्या इस लॉकेट को पहचानते हैं?

शिवा—हाँ, यही तो था। तुम्हें कहाँ मिला?

आर्या—सुचित्रा आंटी ने दिया। साथ ही उन्होंने बताया था कि आप गौरीपुर जाने से पहले उनसे मिलने गए थे। आपके जाने के बाद उन्हें यह सोफे पर गिरा हुआ मिला था। इस अभियान पर रवाना होने से पहले मैं उनसे मिलने गई, तब उन्होंने मुझे पहना दिया।

अपनी मम्मी के हाथ का मोती अपनी बेटी के गले में देखकर शिवा को बेहद प्रसन्नता हुई। यह संकेत था अब उसकी जिंदगी में पुनः बहार आने का।

आर्या ने अपनी बात जारी रखते हुए सोमेश से पूछा—

आर्या—दादाजी, क्या आपके पास दादी माँ का कोई फोटो है?

सोमेश—हाँ बेटे।''''और सोमेश ने अपनी पॉकेट से लेमीनेशन करवाई एक फोटो निकालकर दिखाई। बोलते हुए उसकी आवाज भर्रा गई, ''यह थीं तुम्हारी दादीजी''''।''

शिवा और आर्या दोनों ने हाथ में लेकर फोटो गौर से देखी। उसे यह सूरत जानी-पहचानी लगी। आर्या ने अपने दिमाग पर जोर डाला कि इन्हें तो कहीं देखा है। कहाँ देखा है?''' अचानक आर्या को ध्यान में आया कि इनसे तो वह दो बार मिल चुकी है। पहली दफा अपने स्कूल के बच्चों को बचाते हुए जब वह नदी में डूब रही थी तब और दूसरी बार, जब वह नक्सली लड़ाई में मरणासन्न थी तब। इस देवी ने मस्तिष्कीय तरंगों में अवतरित होकर उसे मौत के मुँह से बचाया था। स्वतः आर्या के हाथ जुड़ गए। वह अपनी दादी माँ के समक्ष नतमस्तक थी।

वह आश्चर्यचकित थी उस महान् आकर्षण के सिद्धांत के प्रति, उस रहस्य के प्रति जिसने उसका साक्षात्कार दादी माँ से करवाया था।

वास्तव में ब्रह्मांड की सबसे बड़ी शक्ति प्रेम है। यह मानवीय विपत्ति पर विजय पाने की जबरदस्त ताकत देता है। प्रेम का भाव वह सर्वोच्च फ्रीक्वेंसी है, जिसे मानवीय शक्ति द्वारा प्रेषित किया जा सकता है। परोपकार हेतु प्रेम के भाव को जितना ज्यादा प्रेषित किया जाए, ब्रह्मांड से उतनी शक्ति का दोहन कर मानवता हितार्थ उपयोग किया जा सकता है—कहीं भी किसी भी रूप में।

शिवा ने भी अपनी जन्मदात्री की फोटो को मस्तक पर लगाकर प्रणाम किया। बचपन से आज तक शिवा ने हमेशा अदृश्य शक्ति के रूप में अपनी माँ को अपने पास पाया था। उसने हृदय की समस्त गहराइयों से पुनः माँ की फोटो को प्रणाम किया और पिताजी को लौटा दिया।

अब शिवा आर्या से अपने घर के बारे में जानना चाह रहा था।

आर्या ने गमगीन स्वर में बताया, "आपके कैद होने की खबर सुनते ही दादाजी को दिल का दौरा पड़ गया था। दादी माँ अर्द्ध-विक्षिप्त हो गई थीं तथा माँ भी अपना मानसिक संतुलन खो बैठी थीं। मैं भी दिन भर रोती रहती थी—'पापा पास जाना है, पापा के पास जाना है''' ।' घर में सारे दिन किसी के भी आँसू सूखते ही नहीं थे। कभी समय पर खाना नहीं बनता था। सब बहुत उदास रहते थे। तब नाना-नानी ने संबल दिया और हमें बहुत सहारा मिला।

"नौ महीने बाद जब से भाई आर्य आया तब सबकी जिंदगी पटरी पर लौटने लगी।" शिवा को जैसे ही पता चला कि उसके एक बेटा भी है, वह तो मन-ही-मन हर्षातिरेक से उछल पड़ा। वह सोचने लगा कि कितना सौभाग्यशाली है, जो उसे पुत्ररत्न की भी प्राप्ति हुई है। किंतु वह ऊपरी तौर पर सामान्य ही रहा।

"अच्छा, यह तो तुमने बड़ी अच्छी खबर सुनाई। कैसा लगता है तुम्हारा भाई?" शिवा ने अत्यधिक उत्सुकता से आर्या से पूछा।

आर्या बताने लगी, "पापा, जब वह छोटा था तब दादी माँ हमेशा यही कहती थीं कि यह एकदम मेरे शिवा जैसा दिखता है। पढ़ाई व खेल-कूद में वह हमेशा अव्वल रहा। एक बार जब वह दस वर्ष का था तब हमारी स्कूल की बस नदी में गिर गई थी। तब अपनी जान की परवाह किए बिना उसने कई बच्चों की जान बचाई थी। जहाँ एक ओर वह दादा-दादी के पैर दबाए बिना नहीं सोता, वहीं माँ के एक इशारे पर हाजिर रहता। अपनी बहन का, मेरा भी बहुत आदर-सम्मान करता है। मुहल्ले में भी सबका दुलारा है।

"प्रारंभ से ही वह पैसे की कीमत समझता था। जब वह कक्षा आठ में आया तब तो पहली-दूसरी के बच्चों को ट्यूशन भी पढ़ाने लगा था। आज तो वह सात-सात बच्चों के तीन ग्रुपों को ट्यूशन पढ़ाता है। घर में आर्थिक सहयोग तो करता ही है, स्वयं भी बहुत अच्छे नंबर लाता है। उसके सारे क्रिया-कलाप देखकर दादी माँ प्राय: कहती रहती हैं कि यह तो पूरे-का-पूरा अपने पापा की डुप्लीकेट कॉपी है। जिम्मेदार इतना है कि अभी अपने मिशन पर रवाना होने से पहले मैं थोड़ा परेशान थी—उसने तुरंत भाँप लिया और बोला, 'दीदी, आप यहाँ की किसी तरह की चिंता मत करो, निश्चिंत होकर जाओ। मैं सब सँभाल लूँगा। आप अपने काम में सफल होकर आओ'।"

अपने बेटे के बारे में इतनी अच्छी रिपोर्ट सुनकर शिवा का दिल प्रफुल्लित हो गया, मन में आनंद की हिलोरें उठने लगीं और अपने कलेजे के टुकड़े को सीने से लगाने के लिए हृदय में हूक उठने लगी।

इक्यावन

शिखर तक पहुँचने के लिए लक्ष्यबद्धता, श्रमशीलता, दृढ़ता एवं आत्मविश्वास के साथ संघर्षों से मुकाबला किया जाए तो सफलता अवश्य मिलती है।

सुचित्रा की खुशियों का पारावार ही न था। आर्या से बात होने के बाद उसने फोन रखकर घड़ी देखी तो १.१५ मिनट हो गए थे। समय बहुत कम था, व्यवस्थाएँ ज्यादा-से-ज्यादा करनी थीं। उसने अपने सहायक को वहीं बुला लिया।

उसने सबसे पहले शालू से फोन पर बात की कि कोई अति सम्माननीय मेहमान दिल्ली आ रहे हैं, अतः उनकी अगवानी में उनके पूरे परिवार को एयरपोर्ट पहुँचना है। ३.४० मिनट तक सब तैयार रहें, उन्हें गाड़ी लेने आ जाएगी। शालू ने सहर्ष स्वीकृति दे दी। उसने सोचा, शायद सुचित्रा के पुत्र के रिश्ते हेतु कोई लड़की आ रही है।

अणुव्रत सेवा भारती के अध्यक्ष अब्दुल्लाजी को कहलवाया कि महत्त्वपूर्ण व्यक्ति आ रहे हैं, अतः कार्यसमिति के सभी सदस्य ४ बजे डोमेस्टिक एयरपोर्ट पहुँचे। 'टीच इंडिया' के मैनेजर जोसेफ को बताया गया अति विशिष्ट व्यक्तित्व आज पहुँच रहे हैं, इसलिए उनका बैंड लेकर मुख्य अधिकारी एयरपोर्ट पहुँचें। सब लोगों को विशिष्ट द्वार के पास एकत्र होने को कहा गया था।

सुचित्रा ने सचिन को भी बता दिया था कि नानाजी के परम मित्र आ रहे हैं, अतः आज एयरपोर्ट चलना है।

सारी व्यवस्थाएँ करके नियत समय पर वह एयरपोर्ट पहुँच गई। वहाँ पर स्वागत-सत्कार की तैयारियाँ देखकर सुचित्रा को संतोष था। ४.४५ बजे एयर इंडिया की उड़ान संख्या ९०९ के दिल्ली एयरपोर्ट पर लैंडिंग की उद्घोषणा हो चुकी थी। सुचित्रा ने एक बार पुनः सबको चेक किया, दाहिनी ओर 'टीच इंडिया' का बैंड पक्तिबद्ध खड़ा था—किसी भी क्षण धुन छेड़ने को तैयार। पास में मैनेजर जोसेफ फूलमाला लिये तथा बाकी अधिकारी गुलदस्ते लिये खड़े थे।

उन्हीं के बगल में अणुव्रत सेवा भारती के कार्यकर्ता सफेद कुरते-पाजामे में, महिलाएँ केसरिया साड़ी में तीन रंग का गुलाल लिये खड़ी थीं, किसी भी क्षण उड़ाने के लिए तैयार। अब्दुल्ला साहब के हाथों में फूल-माला थी। पाठकजी व अन्य कार्यकर्ता फूल लिये तैयार थे।

हरिसेवकजी, कामिनी, सत्यवान-सावित्री, आर्य और शालू एक पंक्ति में खड़े थे। सुचित्रा उन्हीं के पास थी। कामिनी ने आरती की थाली पकड़ रखी थी। पाँच-सात मिनट का इंतजार भी उन्हें पहाड़-सा लग रहा था। आखिर वह पल आ ही गया, जिसकी सब प्रतीक्षा कर रहे थे। उत्सुकता से सबकी नजरें दरवाजे पर थीं। कौन है वह वी.वी.आई.पी. ?

कौन है अतिविशिष्ट व्यक्तित्व?

अगले ही क्षण आर्या प्रवेश द्वार पर दिखी। सुचित्रा ने इशारा किया, मधुरिम स्वरों के साथ 'टीच इंडिया' का बैंड स्वागत की धुन बजाने लगा। एक जैसी वेशभूषा, एक जैसी लयताल, बड़ा मनोहारी दृश्य था।

आर्या के पीछे शिवा को प्रवेश करते देख सब अचंभित थे। सावित्री आँखें फाड़-फाड़कर देख रही थी कि यह हकीकत है या सपना! शालू ने अपने आपको चिकोटी काटी कि क्या वह पूर्ण जाग्रत् अवस्था में है? क्या यह सच्चाई है कि शिवा सामने खड़ा है? कुल मिलाकर आश्चर्य-मिश्रित माहौल के साथ पूरे परिवेश में खुशियाँ फैल गईं। आर्य तुरंत उन्हें पहचान गया और दौड़कर अपने पिताजी से लिपट गया। सेवा भारती के कार्यकर्ता रंग-बिरंगे गुलाल उड़ाने लगे, पाठकजी के साथ सब फूल बरसाने लगे।

सुचित्रा ने सम्मान भरी नजरों से अपने 'गुरुजी' को देखा और बेहद खूबसूरत खुशबूदार गुब्बारों का गुलदस्ता भेंट किया। शिवा ने गुब्बारों को आसमान में उड़ा दिया और देखा उन्मुक्त गगन में रंग-बिरंगे गुब्बारे ऊँचाइयों पर जाते हुए बड़े भले लग रहे थे।

सत्यवान और सावित्री आगे आए। सावित्री ने बेटे के मस्तक पर तिलक लगाया, हाथ में मौली का रक्षा कवच बाँधा। सत्यवान ने गुड़-चवलेड़ी खिलाकर उसका मुँह मीठा करवाया। शिवा ने आगे बढ़कर माँ-पिताजी के चरण छुए। पिताजी ने उसे गले से लगा लिया। दोनों की आँखों में खुशी के आँसू झिलमिला रहे थे।

हरिसेवकजी व कामिनी आगे आए। कामिनी ने जामाता की आँखों में काजल डाला, कान के पीछे काला टीका लगाया, ताकि दुनिया की बुरी नजर से बचा रहे। हरिसेवकजी ने अपने गले से पवित्र रुद्राक्ष की माला निकालकर उसके गले में डाल दी।

शरमाती-सकुचाती शालू के नयनों से नीर बहा जा रहा था। होंठ थरथरा रहे थे, शरीर झनझना रहा था। जैसे ही शिवा करीब आया, उसने काँपते हाथों से पुष्पमाला गले में डाल दी। शिवा ने अपने सीने से (एक प्रकार की विशेषफली जो शुभ अवसरों पर उपयोग की जाती है।) निकालकर वही माला शालू के गले में डाल दी और उसे कसकर गले लगा लिया। दिल की धड़कनें एक दूजे को दिल का हाल बता रही थीं। आँखों से बहते आँसू दोनों को भिगो रहे थे। कुछ पल में वे होश में आए और तुरंत अलग हो गए।

अब्दुल्ला साहब ने अजमेर से ख्वाजा मुईनुद्दीन चिश्ती साहब के दरबार में चढ़ने के लिए आई चादर शिवा को भेंट की। शिवा ने बड़े आदर से ग्रहण किया, सिर पर लगाया, शालू के साथ मिलकर उसे स्पर्श किया, फिर बोला, "आप मेरी ओर से इसे पीर बाबा के दरबार में चढ़ा दें।"

सब शिवा को क्रमशः पुष्पगुच्छ भेंट कर रहे थे। शिवा इन्हें आर्या को देता जा रहा था। आर्या ने सब आर्य को पकड़ाए, इठलाती हुई आगे आई और पापा-मम्मी, दादा-

दादी, नाना-नानी, सुचित्रा आंटी सबके चरण छुए।

रुँधे गले से सत्यवान बोले, "कितनी बहादुर लड़की है, तू तो शक्ति का साक्षात् अवतार लगती है।"

आर्या उसी अंदाज में बोली, "दादा, शक्ति का अवतार मैं नहीं, आपके बेटे हैं शिवा। जो कुछ कहना है इन्हें ही कहिए।"

शिवा ने एक ओर आर्या को, दूसरी तरफ से आर्य को अपने से सटा लिया और बोला, "माँ-बाप की असली शक्ति उनके बच्चे ही होते हैं। मेरे बच्चो, मुझे बहुत गर्व है तुम पर।"

अब तक आर्या की पूरी टीम भी सामान लेकर बाहर आ गई थी। आर्या ने सुचित्रा आंटी एवं सबसे अपनी टीम का परिचय करवाया। सोमेश को शिवा के पुराने मित्र तथा साक्षी, नंदिता, शांतनु एवं विशाल का अपने दोस्तों के रूप में परिचय करवाया।

सुचित्रा आंटी ने 'टीम आर्या' को कीमती उपहार दिए।

कुल मिलाकर अपूर्व आह्लादकारी अवसर था। प्रकृति हलकी-हलकी फुहारों के साथ बैंड के सुर में सुर मिलाकर मधुर स्वर-लहरियाँ छेड़ रही थीं। शीतल बयार फूलों की खुशबू के संग मिलकर आसपास के वातावरण को महका रही थी।

वहाँ उपस्थित जन अतुलनीय उल्लास से आप्लावित थे। सुचित्रा के चेहरे पर भी अदभुत चमक थी। उपयुक्त अवसर देखकर वह एक तरफ खड़े अपने पुत्र सचिन को लेकर आगे आई और बोली, "यह है मेरा इकलौता सुपुत्र सचिन।"

सचिन ने आगे बढ़कर सत्यवान, सावित्री, हरिसेवकजी, कामिनी, शिवा तथा शालू के चरण-स्पर्श किए।

सबने देखा—गोरा-चिट्टा, छह फीट लंबा, रोबीला नौजवान बहुत मनमोहक एवं आकर्षक लग रहा था।

सुचित्रा ने बात आगे बढ़ाते हुए गंभीर स्वर में कहा "आज इन अनमोल घड़ियों में एक अलौकिक रिश्ते को लौकिक बनाने में आपका सहयोग चाहती हूँ। अपने बेटे सचिन के लिए आर्या का हाथ माँगती हूँ।"

एक क्षण के लिए वक्त ठहर गया। इस अप्रत्याशित माँग की तो कोई संभावना ही न थी। ऐसा तो कोई सोच भी नहीं सकता था। शुभ समय पर, शुभ योग से सब शुभ ही होता है।

इतने बड़े प्रतिष्ठित मंत्रीजी का नवासा, गवर्नर साहब का पौत्र, कमिश्नर साहब का सुपुत्र, सुचित्रा जैसी सहृदय माँ का लाल, उच्च शिक्षित एवं उच्च पद पर कार्यरत, कामदेव को भी मात देनेवाले ऐसे युवक-रत्न को कौन अपनी बेटी नहीं देना चाहेगा!

सचिन कनखियों से चुपके-चुपके आर्या को देखे जा रहा था, और आर्या? अभी

कुछ समय पहले तक की बहादुर झाँसी की रानी छुई-मुई बनकर नजरें झुकाए खड़ी थी।

शालू ने शिवा की ओर देखा, शिवा ने सत्यवान की ओर, सत्यवान ने सावित्री की ओर। कुछ पल बीते···नजरों-ही-नजरों में स्वीकृति मिल गई।

शालू हौले से आगे बढ़ी और आर्या का हाथ सचिन के हाथ में थमा दिया।

अगले ही क्षण तालियों की गड़गड़ाहट से पूरा एयरपोर्ट गूँज उठा। सुचित्रा ने शालू एवं शिवा से अनुरोध किया कि आज सायं उनका आतिथ्य स्वीकारें। उन्होंने अपनी स्वीकृति दे दी। सुचित्रा ने तत्काल वहाँ पर उपस्थित सभी व्यक्तियों को रात्रिकालीन प्रीतिभोज पर अपने घर राजभवन में आने हेतु आमंत्रित कर दिया।

आर्या से उसने उसकी सहेलियों को एवं शालू को उनके करीबी रिश्तेदारों एवं मित्रों को भी बुलाने का बोल दिया।

तभी आर्या ने देखा, एक के बाद एक ढेरों पत्रकार धड़ाधड़ वहाँ पहुँच गए। पता नहीं मीडिया में कैसे यह खबर लीक हो गई। बल्कि एक साथ अनेक फ्लैश धड़ाधड़ उनके चेहरों पर पड़ रहे थे। इलेक्ट्रॉनिक कवरेज करनेवाले पत्रकार अपने-अपने चैनल के लिए इंटरव्यू चाह रहे थे। आर्या बेहद शालीनता से सब बातचीत कर रही थी।

तभी पुलिस का सायरन सुनाई दिया और लालबत्ती की गाड़ी आकर उनके सामने रुकी। एक क्षण के लिए सब स्तंभित रह गए। दिल्ली के मुख्यमंत्री स्वयं हवाई अड्डे पर बहादुर बाप-बेटी का सम्मान करने को उपस्थित थे।

शिवा ने हाथ जोड़कर नमस्कार किया और आर्या ने झुककर उनके पैर छुए।

मुख्यमंत्री बोले, "मुझे अभी सिर्फ पाँच मिनट पूर्व सारी घटना की सूचना मिली। हमें हमारे राज्य के ऐसे बहादुर नागरिकों पर गर्व है। अभी तो हमें बैंगलोर जाना है। वहाँ से वापस आकर आपका एक बहुत बड़ा सम्मान समारोह दिल्ली सरकार की ओर से आयोजित किया जाएगा। आपको सम्मानित करके जहाँ हम गौरवान्वित होंगे, वहीं दूसरों को भी ऐसे साहसिक देशभक्ति के कार्यों की प्रेरणा मिलेगी।"

शिवा का परिवार इस नई उपलब्धि पर आश्चर्यचकित था, प्रसन्न था, किंतु हलका सा सहमा हुआ भी था। अभी वे किसी भी प्रदर्शन से दूर, सिर्फ अपने परिवार के ही संग रहना चाहते थे। अब सायंकालीन आयोजन हेतु भी बहुत कम समय बचा था, अत: सब तुरंत वहाँ से निकल गए।

ठीक ८.१० मिनट पर शिवा के घर उन्हें ले जाने के लिए गवर्नर साहब की गाड़ी आ गई। सत्यवान एवं सावित्री, हरिसेवकजी एवं कामिनी बेहद गरिमामय पहनावे में थे। खुशी से उनके चेहरे चमक रहे थे, आर्या के ससुराल जो जाना था।

शिवा स्वयं किसी एस्टेट के जमींदार से कम नहीं लग रहा था। आर्य आधुनिक पहनावे में काफी जँच रहा था। आर्या तो कहानी-किस्सों में आनेवाली स्वर्ग की अप्सरा

लग रही थी। चुस्त-दुरुस्त कमांडो की पोशाक में वह जितनी स्मार्ट लगती थी, उससे कई गुना सुंदर रूपसी लाल बनारसी साड़ी में लग रही थी। शालू भी बहुत ही सुंदर लग रही थी। वर्षों बाद आज उसने श्रृंगार किया था।

शिवा ने असीम अनुराग से परिपूर्ण चाहत भरी दृष्टि से शालू को देखा। दोनों की आँखें चार हुईं। शालू शरमाकर जमीन में गड़ी जा रही थी। नए परिवार से संबंध जुड़ने की संभावना शिवा को रोमांचित किए जा रही थी। बेहद हर्षोल्लास के साथ वे गवर्नर निवास पहुँचे। ड्राइवर ने पहले ही फोन कर दिया था। गवर्नर साहब के संग सुचित्रा ने प्रवेश द्वार पर उनका स्वागत किया। उसने अपने दाहिने हाथ से आर्या का दाहिना हाथ पकड़कर गाड़ी से उतारा और उसके साथ सबको ससम्मान मंच के पास ले गई। सचिन एवं आर्या को मंच पर रखी राजसी कुरसियों पर एक साथ बिठा दिया।

आज के इस भव्य आयोजन में सिर्फ नजदीकी रिश्तेदारों को आमंत्रित किया गया था। लगभग कुछ ही देर में सब मेहमान पहुँच चुके थे।

सुचित्रा और कमिश्नर साहब ने आर्या को शगुन देने की रस्म अदा की। फिर सचिन ने आर्या को बेशकीमती हीरे की अँगूठी पहना दी। नृत्य-संगीत की महफिल के साथ बधाइयों का दौर प्रारंभ हो गया। स्वादिष्ट भोजन के साथ सबने आयोजन का आनंद लिया।

उन्होंने बहुत मान-सम्मान से सबको विदा किया।

चलते हुए उसने धीरे से शालू से कहा, ''अब आर्या हमारी अमानत है, सँभालकर रखिएगा।''

शालू ने मुसकराकर सिर हिला दिया, फिर धीमे से सुचित्रा से बोली, ''शादी का मुहूर्त निकलवाकर खबर करिएगा।''

बावन

आज का दिन शिवा की जिंदगी का यादगार दिन रहा। घर पहुँचे तो उन्हें लगा कि कहीं हम दूसरी जगह तो नहीं आ गए। पूरा घर झिलमिलाती रोशनी में नहाया हुआ था। घर के अंदर प्रवेश करते ही गुलाब व चमेली के ताजे फूलों की खुशबू आ रही थी। शालू एवं शिवा विस्मय-विमुग्ध थे। उनका शयनकक्ष पूरा फूलों से सजा हुआ था। ये सारी व्यवस्थाएँ आर्य ने अपने मित्रों से करवाई थीं।

वास्तव में संतान पक्ष से शिवा एवं शालू विशेष भाग्यशाली थे। लाखों में एक थे उनके बच्चे आर्या और आर्य। शिवा ने आर्य को पास बुलाकर बहुत प्यार-दुलार किया। उसकी पढ़ाई की, दोस्तों की, दिनचर्या की सारी जानकारी ली। पापा का वात्सल्य पाकर

आर्य भावुक हो गया। उसने तो जन्म के बाद आज ही पिताजी को देखा था और उनका दुलार पाया था।

शालू ने सोमेश अंकल की व्यवस्था अतिथि गृह में करने का कार्य आर्य को सौंया।

शिवा कुछ देर अपने पिताजी एवं माँ के पास बैठ गया। तभी रात्रि की पोशाक पहनकर आर्या भी वहीं चली आई। वहीं बैठकर दादा-दादी एवं पापा की बातें सुनने लगी। फिर धीमे से बोली, ''पिताजी, रात बहुत हो गई है। चलिए, सोने चलें।''

पिछली कई रातों से वे नहीं सोए थे, इसलिए शिवा और आर्या दोनों की आँखें लाल हो रही थीं। अत: सावित्री भी बोली, ''जाओ बेटे, अब सो जाओ।''

शिवा को उनके शयनकक्ष तक छोड़कर आर्या अपने कक्ष में सोने चली गई।

शिवा ने प्रवेश करते ही देखा, शालू दुलहन बनकर घूँघट की ओट में बैठी वैसी ही लग रही थी जैसी विवाह की प्रथम रात्रि में लगी थी। चमकीले चाँद का टुकड़ा बादलों की ओट से झाँकते हुए…उसने धीरे से घूँघट उठाकर उसको अपनी बाँहों में भर लिया। वह भी अपने पति के प्रति समर्पित हो गई।

वक्त ठहर-सा गया था। न जाने कब निद्रा देवी ने हौले से आकर उन पर अपना जादू चला दिया।

अचानक उसकी आँख खुली। उसे भयंकर बेचैनी महसूस हो रही थी। उसका दिमाग खटका। वह सोचने लगा, 'आज तो वर्षों बाद अपने घर आया हूँ। इतना चैन, इतना सुकून, इतना सुख, इतना सम्मान और इतनी खुशी पाकर तो मैं प्रसन्नता से सोया था। अब तो चहुँओर शांति है, फिर मेरे मन में यह अशांति क्यों?'

कहीं-न-कहीं अवश्य कुछ-न-कुछ गड़बड़ है। उसने शालू की ओर देखा। वह एकदम चैन की नींद सोई हुई थी। शिवा का गला सूख रहा था। कमरे में इधर-उधर देखा, वहाँ पानी नहीं था। शायद रखना भूल गई थी। अतिथि कक्ष के उस ओर रसोई थी। शिवा पानी पीने निकला।

सब तरफ अँधियारा था। अतिथि कक्ष में हलकी-हलकी रोशनी थी। वह दरवाजा खोलने आगे बढ़ा, किंतु कुछ सोचकर तुरंत ठिठक गया। उसने झिरी से दरवाजे पर कान लगाया। उसे धीमी आवाज में सोमेश का स्वर सुनाई दिया। संभवत: वह किसी से फोन पर बात कर रहा था

''…हाँ…हाँ, क्यों नहीं…निश्चित तौर पर आपको पूरे रुपए कल मिल जाएँगे…वही पार्टी लेकर आएगी…पूरा-का-पूरा पेमेंट…हाँ, आज से ठीक चार दिन बाद…उसी जगह…हथियार पहुँच जाने चाहिए…हाँ…एकदम पक्का…निश्चित तौर पर…पूरी-की-पूरी खेप…आधुनिक हथियारों की भेज दें…ओवर एंड आउट…।''

वार्त्तालाप के एक-एक शब्द को सुनकर शिवा स्तंभित रह गया। वह आश्चर्य-

मिश्रित भावों से सोचने लगा कि 'पिताजी ये हथियारों की बातें क्यों कर रहे हैं? क्या वह भारतीय सशस्त्र सेना से जुड़े हैं? हो-न-हो, कोई मेजर जनरल हैं अथवा सेना के उच्च-पदस्थ अधिकारी हैं, तभी तो इतना महत्त्वपूर्ण दायित्व निभा रहे हैं। सोमेश के प्रति अगाध श्रद्धा एवं गौरव के भावों से आप्लावित होते हुए उसने सोचा कि इतने महान् पिता का मैं पुत्र हूँ, यह मेरे लिए अति सौभाग्य का विषय है।'

हर्षातिरेक से उसका हृदय फूला न समा रहा था। वह दरवाजा खोलकर उनके चरण-स्पर्श करने का सोच रहा था, इस हेतु उसने अपना एक कदम आगे बढ़ाया ही था कि किसी ने पूरी ताकत से उसे पीछे खींच लिया। उसने चिल्लाने के लिए मुँह खोला तो उसके मुँह को अपने हाथ से उसी ने बंद कर दिया, जिसने उसे पीछे खींचा था। उसके मुँह से निकली चीख अंदर-ही-अंदर घुटकर रह गई। वह झिझक गया। उसके शरीर में झुरझुरी-सी दौड़ गई। सहमा हुआ-सा वह सोचने लगा कि इतनी रात गए उसके घर में कौन घुस गया! डरते-डरते उसने गरदन घुमाई। पीछे की ओर देखकर वह हैरान रह गया। उसे रोकनेवाली और कोई नहीं, उसकी अपनी बेटी आर्या थी। अपने होंठों पर अँगुली रखे हुए वह उसे मौन रहने का संकेत कर रही थी। चुपचाप वे दोनों दोबारा उसी झिरी के पास सटकर खड़े हो गए।

इतने में ही उनके कानों में सोमेश का स्वर पुनः सुनाई पड़ा—

"हैलो...हाँ...ओ.के...राजा! गौर से सुनो...जैसे हमेशा तुम मेरे बताए अनुसार योजनाओं को क्रियान्वित करते रहे हो वैसे ही इस बार भी करना है...बहुत जल्दी...सिर्फ चार दिन के भीतर...आधुनिकतम हथियारों का नया जखीरा...वहीं पहुँच रहा है...पूरी चौकसी से...सावधानीपूर्वक...सुरक्षित स्थान पर रखना...पुलिस और सुरक्षा बल दोनों से सँभलकर रहना...पूरी तरह सतर्क एवं चौकन्ने रहकर...होशियारी से सारा काम करना है...किसी को कानोकान खबर न लगे...ओ.के...ओवर एंड आउट..."

शिवा के मस्तिष्क में भयंकर उथल-पुथल मच गई। वह सोचने लगा कि जिस नक्सलवाद की समस्या से जूझते हुए उसने अपनी जवानी लगा दी।... जिस नक्सलवाद के खात्मे के लिए उसकी प्यारी पुत्री आर्या ने प्राणों की बाजी लगा दी...जिस नक्सलवाद की समस्या को तिरोहित करने के लिए सरकार ने अपनी पूरी ताकत झोंक रखी थी, उन नक्सलियों के किले के ध्वस्त होने से पूर्व क्या उनके किसी प्रभावी कमांडर को वह अनजाने में ही बचा लाया...?

अब एक-एक शब्द पिघले शीशे की तरह शिवा के कानों में उतर रहा था। पूरी बात समझते सुनते ही शिवा का सिर भन्ना गया। वह भौचक्का रह गया। विचारों का भयंकर बवंडर उठ खड़ा हुआ। ऐसे लगा जैसे उसके दिमाग में सैकड़ों वॉट की पवनचक्कियाँ एक साथ चल रही हैं। सायं-सायं करता रेतीला तूफान उसकी आँखों के आगे छा गया।

उसे लगा कि वह यहीं गश खाकर गिर पड़ेगा, अतः वह आर्या के कंधे पर हाथ रखकर उसी दीवार का सहारा लेकर वहीं खड़ा हो गया।

उसका दिल यह स्वीकारने को तैयार ही न था कि उसके पिता सोमेश घोर सक्रिय नक्सली हैं। जिन्होंने उसे देश-प्रेम का पाठ पढ़ाया, आज वह देशद्रोही कैसे हो सकते हैं?

लेकिन अपने कानों से सुनी बात को भी वह कैसे झुठलाए?

उसके मन में गहरा अंतर्द्वंद्व चलने लगा। जिस मरणांतक कठोर कारावास से अपने पिता को निकालकर लाया, यह एक पुत्र का कर्तव्य था, जिसे उसने बखूबी निभाया। लेकिन अब क्या करे, जन्मभूमि के प्रति अपने फर्ज को कैसे निभाए? संवेदनाओं और संस्कारों की रस्साकशी उसके भीतर-ही-भीतर चलने लगी।

वह पसीने से तर-बतर हो गया; किंतु उसे पसीना पोंछने का भी होश न था।

आर्या के चेहरे से साफ झलक रहा था कि वह किसी प्रकार की दुविधा में नहीं थी और वह अब निष्कर्ष तक भी पहुँच चुकी थी। उससे अपने पिताजी की यह हालत देखी नहीं गई। वह अधीर हो गई। उसने शिवा का पसीना पोंछा और हलके से उनका कंधा थपथपाया। अपनी पुत्री का स्नेहिल स्पर्श पाकर वह कुछ सामान्य हुए।

अब आर्या ने शिवा का बायाँ हाथ थामा और अपने पैर की ठोकर से अतिथि कक्ष का द्वार खोला और धीमे से भीतर प्रवेश किया। शिवा एवं आर्या को अचानक आया देखकर सोमेश हक्का-बक्का रह गया। उसके चेहरे का रंग उड़ गया, क्योंकि इस स्थिति के लिए वह तैयार नहीं था।

आर्या पूरी बारीकी से उसके भावों के उतार-चढ़ाव का अन्वेक्षण कर रही थी। वह शालीनता से बोली, "आप अभी तक सोए नहीं, क्या बात है? आपको नींद क्यों नहीं आई? क्या आपकी तबीयत ठीक नहीं है?"

सोमेश सहज होने का प्रयत्न करते हुए बोला, "हाँ बेटे, शरीर का पोर-पोर दुख रहा है, इसलिए ही नींद नहीं आई।"

"अच्छा…अच्छा…यह बात है, तो मैं अभी आपको दर्द की दवा देती हूँ। अरे हाँ, आप इतनी रात गए किससे बात कर रहे थे?" आर्या ने बड़ी सादगी से सवाल किया।

यह सुनते ही मानो सोमेश को साँप सूँघ गया। उससे कोई जवाब देते नहीं बना, "क…क…कहाँ…मैं तो कहीं नहीं फोन कर रहा था।"

अब आर्या असली रूप में आ गई। एकदम दृढ़ स्वर में बोली, "सच-सच बता दो, बहुरूपिए तुम कौन हो?"

शिवा ने उसे डाँटा, "आर्या, अपने दादा से इस तरह बात नहीं करते।"

"पिताजी आप इनके बहकावे में आ सकते हैं, मैं नहीं। मैं सत्य का पता लगाकर रहूँगी।" उसने शिवा से कहा। पुनः सोमेश से पूछा, "कृपया मुझे सत्य बता दें, वास्तव

में आपका परिचय क्या है?''

''मैं प्रसिद्ध स्वतंत्रता सेनानी का पुत्र और शिवा जैसे महान् देशप्रेमी का पिता हूँ।'' सोमेश ने सधे हुए स्वर से जवाब दिया।

''रिश्तों की भूलभुलैया में भ्रमित न करें। मुझे स्पष्ट करें कि आप क्या कार्य करते हैं?'' आर्या ने पुनः तल्खी से पूछा।

''कहा ना, मैं राष्ट्रभक्त, अदना सा समाज-सेवी हूँ, मानवता का भला करना ही मेरे जीवन का लक्ष्य है।'' सोमेश बेहद संजीदगी से बोला।

लेकिन अब तो आर्या का पारा सातवें आसमान पर चढ़ गया, ''अपने आपको राष्ट्रभक्त कहते हुए आपकी जुबान तनिक भी नहीं फिसली। हथियारों से होती है समाज-सेवा? लहू का दरिया बहाकर मानवता का भला करने चले हो? मुझे तो आप पर पहले ही शक हो गया था, जब मैंने आपकी कलाई पर तलवार पर लिपटे साँप का निशान देखा था। ऐसा ही निशान उस नक्सली की कलाई पर भी था, जिसने एकदम पास से मेरे पैर में चाकू मारा था।''

आर्या के रुकने से पहले ही सोमेश बोल उठा, ''कैसा नक्सली निशान? मेरी कलाई में कोई निशान नहीं है।''

आर्या ने तुरंत उनका हाथ पकड़कर सोमेश की बाईं बाजू ऊपर उठाई और शिवा को दिखाते हुए बोली, ''यह क्या है?'' वास्तव में वहाँ पर लाल तलवार पर नीला साँप लिपटा हुआ निशान बना था।

उसका राज खुलते ही असलियत सामने आ गई और अब सोमेश पूरी तरह उग्र हो गया। आर्या से अपना हाथ छुड़वाते हुए आवेश में बोलने लगा, ''कल की छोकरी में तनिक भी तमीज नहीं है, बड़ों से कैसे बात करते हैं! ऐसी जगह जहाँ मेरा आदर नहीं वहाँ मुझे एक क्षण भी नहीं रहना। मैं जा रहा हूँ, अभी का अभी!'' वह वहाँ से निकलकर भागने का उपक्रम करने लगा।

आर्या उसकी चाल भाँप गई। उसने सांउडप्रूफ पिस्टल निकाली और निशाना लगाते हुए गोली दाग दी—धाँय''' । उधर प्रवेश द्वार के पास खड़ा शिवा दौड़कर अपने पिता को बचाने के लिए उनके सामने आ गया। गोली उसके पेट में जा लगी और गरम खून का फव्वारा छूट गया। यह अघटित घटना देख आर्या एकदम प्रस्तर प्रतिमा बन गई। पिस्टल उसके हाथ से छूट गई और उसकी आँखों से अश्रुधारा बह चली। वह बुदबुदाने लगी, ''पिताजी, आपने यह क्या किया?''

अपने पुत्र शिवा का अपने प्रति अप्रतिम स्नेह देख सोमेश स्तब्ध रह गया। उसने शिवा को जमीन पर नहीं गिरने दिया, अपनी गोद में लिटा लिया और रुँधे स्वर में बोलने लगा, ''अरे पुत्र, तूने यह क्या किया? मुझ जैसे अधम को मर जाने दिया होता। मेरे जैसे

निकृष्ट प्राणी के लिए तुमने अपना जीवन बलिदान कर दिया। एक ओर तो तुम हो जो जान पर खेलकर अपने पिता को बचाकर लाए और दूसरी ओर मैं हूँ नीच, अधम, जिसने अपने महान् पुत्ररत्न की और प्यारी पोती की कद्र नहीं की। मेरी आँखों पर वहशी मोह का परदा पड़ा हुआ था। ऐसे स्वर्ग जैसे घर में आकर भी मैं नारकीय प्राणी की तरह रहा। मेरे इन कुकृत्यों को भगवान् भी क्षमा नहीं करेगा; पर हो सके तो मेरे लाल मुझे क्षमा कर देना···।

"आर्या बेटी, मैं तुम्हारा भी अपराधी हूँ, घोर अपराधी। हो सके तो क्षमा कर देना बेटी···क्षमा करना···" कहते हुए वह वैसे ही बैठे-बैठे नीचे झुका। उधर आर्या के पाँव थे, उसने आर्या के पैर पकड़ने का प्रयास किया। आर्या ने अपने पैर पीछे हटा लिए। वहीं पिस्टल गिरी हुई थी। सोमेश ने पिस्टल उठाई और अपनी कनपटी पर लगा ली। वह ट्रिगर दबाता, इससे पूर्व आर्या ने उसके हाथ से पिस्टल झपट ली और दौड़कर दरवाजे से बाहर निकल गई।

एक क्षण के लिए उसके मन में शालू को उठाने का विचार आया। शिवा की हालत देखकर उसने वह विचार त्याग दिया और शीघ्रातिशीघ्र अपने कमरे से एक दुपट्टा और डिटोल की बोतल ली। फिर अपने भाई आर्य को उठाने उसके कमरे में गई। उसने देखा, वहाँ उसके पास उसका सखा भी सोया था। वहीं उसकी गाड़ी की चाबी भी रखी थी। उसने आर्य को उठाने का विचार भी त्याग दिया और चाबी लेकर भागती-सी शिवा के पास आई। उसके पेट से बहते खून को रोकने के लिए डिटॉल डालकर अपना दुपट्टा बाँध दिया और बोली, "डॉक्टर के पास चलो, पिताजी।"

उसने उन्हें उठाकर खड़ा किया और धीरे-धीरे सहारा देकर मुख्य द्वार तक ले आई। सोमेश भी शिवा को दूसरी ओर से थामे हुए था। बाहर खड़ी गाड़ी का दरवाजा खोलकर शिवा को उसने पीछे लिटा दिया, खुद ड्राइविंग सीट पर बैठ गई।

सोमेश जब आगे के दरवाजा खोलकर गाड़ी में बैठने लगा तो आर्या बेहद घृणा, तिरस्कार, क्षोभ के भावों के साथ क्रुद्ध नजरों से उन्हें देखती हुई बेहद बेरुखी से बोली, "हमें अपने हाल पर छोड़ दें, हमें जाने दें। आप यहीं रहें और कृपया घर का दरवाजा अंदर से अवश्य बंद कर लें।"

आर्या के इस कथन के पश्चात् सोमेश की गाड़ी में बैठने की हिम्मत नहीं हुई। किंतु अपने पुत्र शिवा के लिए उसका दिल बहुत द्रवित था। वह पीछे की खिड़की से शिवा को देखने लगा। शिवा ने विनम्र भाव से हाथ जोड़ दिए। सोमेश ने भी आशीर्वाद की मुद्रा में अपना हाथ उठा दिया।

तेज रफ्तार से कार रवाना हो गई।

अब क्या होगा? पता नहीं शिवा बचेगा या नहीं? गहन ग्लानि भावों में निमग्न

सोमेश की आँखों से टप-टप आँसू गिर रहे थे। दोनों हाथों से आँसू पोंछते हुए उसने मुख्य द्वार को अंदर से बंद किया और थके कदमों से पुनः अपने कमरे में प्रवेश किया। टूटा हुआ सा वहीं जमीन पर घुटनों के बल बैठ गया।

उसके समक्ष खून-ही-खून फैला हुआ था, उसका अपना खून। रक्त से सने शिवा का रूप उसके सामने आ रहा था और लहू की एक-एक बूँद पुकार रही थी, 'पिताजी, लौट आओ। भीषण नर-संहार के चक्रव्यूह में न जाने कितने अपनों का खून बहा है, अब बस भी करो। आपके माता-पिता के हत्यारों से बदला लेने की भीष्म प्रतिज्ञा एक छलावा है। हो सकता है वे हत्यारे कभी के मर गए हों। अब आप प्रतिशोध, हिंसा, नफरत, खून-खराबा, इन सबसे निवृत्त हो जाओ''' मिथ्या-मोह की मृग-मरीचिका से आज तक विनाश ही हुआ है। पूरा-का-पूरा नक्सलवाद इसी मिथ्या मोह की आधार भूमि पर खड़ा है। जिस प्रकार आज एक पुत्र का रक्त देखकर एक पिता बिलख रहा है, नक्सलवाद से न जाने ऐसे कितने निर्दोष पुत्रों के रक्त बहे हैं। उन पिताओं के हृदयों पर क्या गुजरी होगी''' ? सोचो पिताजी, सोचो''' !

'जो चले गए उन्हें हम नहीं लौटा सकते; किंतु भविष्य में तो इस रक्तपात पर लगाम कसी जा सकती है, अनेक निर्दोषों को बचाया जा सकता है''' पिताजी, आप कृपया देश की मुख्य धारा से जुड़ें। अपनी क्षमताओं का राष्ट्रहित में उपयोग करें। देश की जड़ों को चाटनेवाले दीमक नक्सलवाद का संपूर्ण सफाया करने में अपना अमूल्य योगदान दें। शुभ भविष्य बाँहें पसारे आपका स्वागत करने को तैयार रहेगा।

'पिताजी, लौट आइए कृपया अपने परिवार में लौट आइए''' ।'

सोमेश ने दोनों हाथों से अपने सिर को थाम रखा था। लहू की पुकार की प्रतिध्वनि के रूप में उसके अंतस्तल से निकली उसके अंतर्मन की आवाज ने उसे पूरी तरह से हिलाकर रख दिया। मन व मस्तिष्क में गहरा अंतर्द्वंद्व चल रहा था। पथराई-सी आँखों से वह खून के जमे थक्कों को एकटक देखे जा रहा था। देखते-देखते एक बिजली-सी उसके दिमाग में कौंधी। वह तुरंत खड़ा हो गया। कमरे में फोन के पास कागज और कलम रखी थी। उसने कलम उठाई, कागज पर अपने मनोभावों को अंकित किया। उसे टेलीफोन के नीचे इस प्रकार रखा, ताकि वह दिखता भी रहे। कमरे से निकलकर उसने देखा, ऊपर आसमान में अंशुधर की अरुणिम उज्ज्वल आभा अपने साथ स्वर्णिम सूर्योदय का संदेश दे रही थी।

नयनों में नवीन स्वप्न और मन में दृढ़ निश्चय के साथ सोमेश ने हलके से मुख्य द्वार खोला और निकल पड़ा नए गंतव्य की ओर।

□

अगली गली में ही उनके पारिवारिक चिकित्सक डॉ. शर्मा का निवास था। आर्या

ने उनके घर के सामने गाड़ी लगाई। फिर नीचे उतरकर वहाँ की घंटी बजाई। इतनी रात में घंटी की आवाज से चौंककर उठे डॉ. शर्मा ने बरामदे से नीचे झाँकते हुए पूछा, ''कौन?''

आर्या ने सहज स्वर में कहा, ''नमस्ते डॉ. साहब, मैं आर्या।''

''इतनी रात गए कैसे आना हुआ बेटे?'' डॉ. शर्मा ने स्नेह मिश्रित जिज्ञासा से पूछा।

''डॉ. साहब आपातकालीन स्थिति है, कृपया आप दरवाजा खोल दें।''

डॉ. शर्मा ने ताला खोला और वहीं एक तरफ बने अपने क्लीनिक का भी ताला खोलकर बत्ती जलाई। तब तक आर्या शिवा को लेकर ऊपर पहुँच चुकी थी।

शिवा को देखते ही डॉ. शर्मा चौंके, ''अरे शिवा, तुम! तुम कब आए? और यह क्या हो गया?''

शिवा कुछ बोलता, उससे पहले ही आर्या बोल उठी, ''डॉक्टर साहब, पिताजी को गोली लगी है। खून बहुत बह चुका है, आप किसी तरह इन्हें बचा लीजिए। सारी स्थितियाँ मैं स्वयं आपको बताऊँगी। कृपया आप पिताजी की गोली निकालकर उपचार प्रारंभ करें।''

डॉक्टर ने गंभीर स्थिति को समझा, तत्काल अपने सहायक को बुलाया। शल्य चिकित्सा की मेज पर लिटाकर उन्होंने शिवा का निरीक्षण किया। गोली पेट में लगी थी यद्यपि मुख्य आँत को फाड़कर बाहर नहीं निकली थी। ऐसा होता तो शिवा का बच पाना असंभव था। लेकिन पासवाली आँत को उसने हलकी-सी क्षति पहुँचाई थी। फिर भी अत्यधिक रक्तस्राव के कारण उसमें रक्त की कमी हो गई थी, अतः तत्काल रक्त की भी आवश्यकता थी। आर्या ने तुरंत अपने आपको प्रस्तुत करते हुए कहा, ''मेरा खून चढ़ा दीजिए।''

''अभी हमें देखना होगा कि आपके रक्त का वर्ग इनसे मिलता है कि नहीं।'' सहायक ने आर्या से कहा।

आर्या तुरंत बोल उठी, ''मेरा रक्त वर्ग 'ओ पोजीटीव' है। मैं तो रक्त की वैश्विक दानदाता हूँ। यह मेरे पिताजी के अवश्य लग जाएगा। आप कृपया शीघ्रातिशीघ्र ऑपरेशन शुरू करें।''

सहायक ने निरीक्षण किया, आर्या का कथन सही था। रक्त की व्यवस्था होते ही उन्होंने शिवा को बेहोश करके चिकित्सा कार्य प्रारंभ कर दिया। गोली निकालना, खंडित आँत को पूरी तरह जोड़ना और स्थानीय त्वचा पर सिलाई लगाने से संबंधित समस्त कार्यों में लगभग ९० मिनट लगे। तत्पश्चात् डॉ. शर्मा चिकित्सा कक्ष से निकलकर बाहर आए। वहीं आर्या बैठी थी। उन्होंने बताया, ''शिवा का ऑपरेशन पूरी तरह से सफल हुआ है। अब वह खतरे से बाहर है। घंटा-आध घंटा में उसे होश भी आ जाएगा।''

पूरी तरह आश्वस्त होने के बाद आर्या ने डॉ. शर्मा से कहा, ''डॉक्टर साहब, पिताजी को आप छुट्टी कब देंगे?''

डॉक्टर साहब बोले, एक-दो दिन तो इन्हें गहन चिकित्सा कक्ष में रखना होगा, बाकी स्वयं इनकी स्वस्थ होने की क्षमता पर सबकुछ निर्भर है।''

''धन्यवाद डॉक्टर साहब, आप स्वीकृति दें तो मैं कुछ देर घर हो आऊँ?'' आर्या ने विनम्रता के साथ पूछा।

डॉ. शर्मा ने कहा, ''हाँ-हाँ, क्यों नहीं। यहाँ की चिंता मत करना। यहाँ परिचारिका एवं कनिष्ठ चिकित्सक उनके पास उपस्थित हैं।''

शिवा की ओर से पूरी तरह से निश्चिंत होकर आर्या घर पहुँची। सुबह के लगभग ६.३० बजे थे। दरवाजे पर ही उसे शालू मिल गई। चिंतित स्वर में पूछा, ''तुम और तुम्हारे पिताजी कहाँ गए थे? मैं कब से ढूँढ़ रही हूँ।''

''हम बस यहीं पास में प्रातःकालीन भ्रमण को निकले थे। मैं आ गई, लेकिन पिताजी को उनके मित्रों ने घेर लिया है। कुछ देर बाद लौटेंगे। माँ, मैं तनिक नित्यक्रिया से निवृत्त होकर आती हूँ।'' कहते हुए आर्या भीतर चली गई। उसने चोर नजरों से देखा, अतिथि कक्ष का दरवाजा बंद था, अर्थात् सोमेश भीतर था—संभवतः उसकी आँख लग गई हो। वह दरवाजे के समीप गई, बिना आवाज किए हत्था घुमाया और गेट खोलकर भीतर प्रवेश करते ही उसने पुनः दरवाजा बंद कर लिया।

मुड़कर बिस्तर की तरफ आर्या ने देखा, वहाँ सोमेश नहीं था। उसने सोचा, शायद स्नानगृह में होगा। धीरे से बाथरूम का हैंडल घुमाया वह भी खुला था, मानो खाली कमरा आर्या को चुनौती दे रहा था, दीवारें उसका मखौल उड़ा रही थी। खुली खिड़की संदेश दे रही थी, 'पंछी उड़ गया…'।

आर्या को सोमेश से यह उम्मीद न थी। उसके सामने कनपटी पर पिस्टल ताने सोमेश का चेहरा उभर आया। वह काँप उठी—'कहीं उन्होंने आत्महत्या तो नहीं कर ली। अगर ऐसा हुआ तो वह पिताजी को कैसे सँभालेगी? वे अपने पिता से कितना प्यार करते हैं कि उनके लिए मृत्यु का आलिंगन करने में भी नहीं हिचके। अब मैं क्या करूँ, कहाँ खोजूँ उन्हें?' ऐसा सोचते हुए उसने कमरे में चहुँओर दृष्टिपात किया। फर्श पर पड़े खून के धब्बों को देखकर वह विचारों की दुनिया से निकल व्यावहारिक जगत् में आ गई।

उसने कक्ष को भीतर से बंद किया और स्नानघर से पानी की बालटी, मग व झाड़ू लाई। पानी डाल-डालकर और झाड़ू से रगड़कर उसने पूरा फर्श साफ कर दिया। बालटी, मग एवं झाड़ू पुनः स्नानघर में रखकर एकदम तेज गति से पंखा चला दिया। खून का कोई निशान वहाँ नहीं रहा था। यद्यपि रक्तदान के बाद उसे गरमागरम कॉफी पिला दी गई थी, तभी उसमें इतनी ऊर्जा थी। फिर भी इस कक्ष की धुलाई के बाद उसे थोड़ी थकान लगने लगी। अतः विश्राम करने के लिए वह वहीं बिस्तर पर लेट गई। उसने अँगड़ाई लेने को हाथ उठाया तो फोन की पेटी से उसका हाथ जा टकराया। उसने मुड़कर उसे ठीक करने

के लिए हाथ बढ़ाया तो मुड़ा हुआ एक कागज उसके हाथ में आया। वह उसे खोलकर पढ़ने लगी—

''प्रिय पुत्र शिवा,

शुभ आशीर्वाद।

तुम जैसा पुत्र पाकर मैं गौरवान्वित हूँ। मुझ जैसे नाचीज बाप के लिए तुमने जो बलिदान दिया है, उसे इतिहास स्वर्ण अक्षरों में अंकित करेगा। मैं ही निर्भागी था, जो इतने अच्छे बेटे-बहू, पोता-पोती के संग भरे-पूरे परिवार का सुख नहीं ले पाया। संभवतः पारिवारिक सुख मेरी किस्मत में नहीं लिखा। शायद यही मेरी नियति है।

''मेरी भगवान् से प्रार्थना है, तुम अवश्य बच जाओगे। शालू बहुत गुणी है। उसने तुम्हारे विछोह में बहुत दुःख झेले हैं। तुम उसका पूरा ध्यान रखना।

''आर्या बहुत प्यारी बच्ची है। उसका विवाह खूब धूमधाम से करना। आर्य तो बिलकुल तुम्हारा ही प्रतिरूप है। उसे छाती से लगाने को बहुत मन कर रहा है। उसे खूब आगे बढ़ाना।

''शिवा, अंत में तुमसे सिर्फ इतना वादा करता हूँ कि तुम्हारा बलिदान व्यर्थ नहीं जाएगा। तुम्हारे सपने सच होंगे।

''मैं जा रहा हूँ। तुम लोग मुझे खोजने की कोशिश मत करना।

तुम्हारा अभागा पिता
सोमेश''

ऐसे भाव-प्रवण पत्र को पढ़कर आर्या भावुक हो गई। उसके नयनों के कोरों में दो मोती झिलमिलाने लगे। उसने इन्हें अपने दादा सोमेश को समर्पित करते हुए आँखें पोंछ लीं। पत्र को सँभालकर रख लिया। सबको बताने के लिए एक कहानी बना ली और अतिथि कक्ष का द्वार खोलकर बाहर आ गई।

नित्यकर्म की तरह ही उसने सत्यवान, सावित्री एवं शालू के चरण-स्पर्श किए और उन्हें सूचना दी कि ''अति आवश्यक कार्यवश सोमेश अंकल चले गए हैं। पिताजी रात को गंभीर रूप से अस्वस्थ हो गए, अतः उन्हें अकस्मात् डॉ. शर्मा के यहाँ भरती करवाया है।''

यकायक यह समाचार सुनकर सबको चिंता हो गई। तीनों वहीं चलने की जिद करने लगे। आर्या ने बड़ी मुश्किल से उन्हें रोका और बोली, ''घंटे भर बाद हम सब उनसे मिलने चलेंगे।'' कुछ देर तक उन्हें बहला-फुसलाकर वह चुपके से पिताजी के

पास चली गई। तब तक शिवा को होश आ चुका था। उसने शिवा को भी पूरी पट्टी पढ़ा दी। डॉ. शर्मा को भी बातों-बातों में विश्वास में ले लिया। इधर से आश्वस्त होकर आर्या दादा, दादी एवं अपनी माताजी को पिताजी से मिलाने ले आई।

चिकित्सा कक्ष में शिवा की हालत देखकर सत्यवान, सावित्री एवं शालू अपना आपा खो बैठे। बच्चों की तरह बिलख उठे। आर्या से सब कहाँ सँभलनेवाले थे। वह डॉ. शर्मा को बुला लाई। डॉक्टर साहब ने उनको समझाते हुए कहा कि अब स्थिति खतरे से बाहर है। अचानक पेट में भयंकर दर्द उठा तो पथरी का आपरेशन तुरंत करना पड़ा। समय रहते आर्या इन्हें यहाँ ले आई तो उचित चिकित्सा हो गई, अन्यथा कुछ भी हो सकता था। अब एक-दो दिन में पूरी तरह स्वस्थ हो जाएँगे। तब आप इन्हें घर ले जा सकते हैं। आप लोग निश्चिंत रहें।''

डॉक्टर शर्मा के धीर-गंभीर वक्तव्य ने गहरा असर किया। सबकी आशंकाएँ समाप्त हो गईं।

अगले दो दिनों में शिवा घर लौट आया। उनकी जिंदगी सामान्य रूप से चलने लगी।

सुचित्रा अपनी बहू आर्या के लिए नित नए पकवान भिजवाती। सचिन जब भी मिलता, आर्या को उपहारों से लाद देता। शादी का मुहूर्त नौ महीनों के बाद निकला था। किंतु अभी से जोर-शोर से तैयारियाँ चल रही थीं। आखिर इंतजार की घड़ियाँ खत्म हुईं।

नियत समय पर शुभ मुहूर्त में आर्या व सचिन का विवाह बहुत धूमधाम से हो गया।

विदा बेला में दादा-दादी के पैर छूते ही आर्या के सब्र का बाँध टूट गया। वह अपनी माँ से लिपटकर रोने लगी। शालू तो फेरों के समय से ही रोए जा रही थी। अपनी बिटिया को विदा करते उसका कलेजा फटा जा रहा था। शिवा वहीं खड़ा था। वह माँ-बेटी दोनों के आँसू पोंछने लगा।

पंडितजी कहने लगे, ''मुहूर्त हो गया है, विदा घड़ी में विलंब हो रहा है। बिटिया को शीघ्र कार में बिठाओ।''

आर्या अब अपने पिता के सीने पर सिर रखकर रोने लगी। यह आँसुओं का प्रतिदान-अनुदान भी कितना विलक्षण है, जिससे अपूर्व आनंद की अनुभूति होती है! बिना कुछ बोले शिवा उसका सिर थपथपाता रहा और उसकी आँखों से निकलता नीर भी बिटिया की विदाई में शामिल हो रहा था।

आर्या ने अपनी मुट्ठी खोलकर चुपके से एक पत्र शिवा के हाथ में पकड़ा दिया। शिवा ने उसे यथावत् अपनी पतलून की जेब में डाल लिया। सबने मिलकर आर्या को विदा किया। शिवा और शालू वहीं खड़े थे। आर्या की गाड़ी के पहियों से उड़ती धूल भी बहुत भली लग रही थी। एक तरफ असीम आनंद था बिटिया को योग्य वर को सौंपने

का, दूसरी तरफ अजब सा खालीपन था लाडली के चले जाने का।

सारे कार्यों को निपटाते-निपटाते रात के लगभग तीन-चार बज गए थे। सोने की तैयारी में शिवा रात्रि पोशाक पहन रहा था, तभी उसके हाथ में आर्या का दिया पत्र आया—

"परम पूज्य पिताजी,

सादर चरण-स्पर्श।

"आप मुझे याद करके बिलकुल रोना नहीं। मैं आपसे दूर कहाँ हूँ, यहाँ पास ही तो हूँ। जल्दी-जल्दी मिलने आ जाऊँगी। आप माँ का पूरा ध्यान रखिएगा। उन्हें दवाई लेनी याद नहीं रहती है, कृपया बराबर देते रहिएगा। मेरे कक्ष में मेरी स्टडी टेबल के ऊपर एक विश्वकोश रखा है। उसमें पीले रंग का लिफाफा है, जिसमें एक पत्र है, जो मुझे सोमेश दादाजी के जाने के बाद मिला था। आप कृपया उसे सँभालकर रख लें।"

शिवा ने थके-थके कदमों से आर्या के कक्ष में प्रवेश किया। आर्या की विदाई को मुश्किल से तीन-चार घंटे हुए थे, किंतु कमरे में एकदम सन्नाटा छाया था। वहाँ की एक-एक चीज बहुत उदास लग रही थी। शिवा वहाँ ज्यादा देर खड़ा न रह सका। उसने देखा उसकी टेबल पर एक मोटा सा विश्वकोश रखा था। उसने उसे खोला तो लिफाफा मिल गया। शिवा उसे लेकर अपने कमरे में आ गया। पानी चलने की आवाज से लग रहा था, शालू संभवतया बाथरूम में थी।

शिवा लिफाफा खोलकर पत्र पढ़ने लगा। मोती-सी लिखावट के साथ दिल से लिखा हर शब्द शिवा के दिल में जाकर दर्द पैदा कर रहा था। उसकी आँखों से आँसू गिर रहे थे। उसने पत्र समेटा, पुन: लिफाफे में डाला और अपनी डायरी में रख दिया। वह वहाँ खड़ा-खड़ा रोए जा रहा था। इतने में शालिनी भी बाथरूम से निकल आई। शिवा के आँसुओं को देखकर उसे भी आर्या की याद आने लगी। पति-पत्नी न जाने कितनी देर तक एक-दूसरे से लिपटकर रोते रहे।

कुछ समय पश्चात्...

शिवा को गहरी नींद आ गई। वह स्वप्न-लोक में विचरण करने लगा।

सोमेश पुलिस का मुखबिर बन चुका था। सबसे पहले हथियारों की खेप रुकवाने के लिए उसने पुलिस मुख्यालय सूचना भिजवा दी, इसलिए आधुनिकतम हथियारों का पूरा जखीरा पकड़ा गया।

जो धनराशि इसके बदले दी जानी थी, उसे अपने पास मँगवाकर उसने गढ़चिरौली के गरीब आदिवासियों में बँटवा दी—किसी ने घर खरीदा, किसी ने खेत, किसी ने दवाइयाँ लीं तो किसी ने अपना धंधा शुरू किया।

इसी बीच सोमेश को पता चला कि कोबरा बटालियन भी उसके क्षेत्र में आई हुई

थी। उसने अपना दिल मजबूत करके राजा मुखिया की गुप्त सूचनाएँ वहाँ तक पहुँचा दीं। यह राजा मुखिया—मास्टर माइंड का दायाँ हाथ था, जो नक्सलवाद के द्वारा व्यवस्था परिवर्तन की लड़ाई लड़ रहा था, जिसने केंद्र सरकार को सीधे चुनौती दी थी और नक्सलवाद को सबसे बड़ा खतरा बताने के लिए केंद्रीय नेतृत्व को मजबूर कर दिया था। पिछले पच्चीस वर्षों से वह केंद्र व राज्य सरकारों के खिलाफ देश में अलग-अलग नामों से विभिन्न भागों में सक्रिय रहा था।

राजा मुखिया को पकड़ने की योजना बनाई गई। इस हेतु अब लगभग तीन-चार हजार ग्रामीणों के साथ लेकर पश्चिम बंगाल के जंगल महल इलाके में दबिश बढ़ाई गई और कोबरा बटालियन के जवानों ने उसे मार गिराया।

पुलिस को सोमेश ने कुख्यात नक्सली महिला नेत्री काव्या महतो का सुराग भी भिजवा दिया। उसे भी स्थानीय ग्रामीणों की मदद से दबोचा गया और कोबरा बटालियन ने उसे मार गिराया।

सोमेश ने पीपुल्स लिबरेशन फ्रंट ऑफ इंडिया, पी.एल.एफ.आई. के प्रभावी कमांडर तुड़सा रूचेंडी की सूचना भी सुरक्षा बलों को भिजवा दी। वह अत्याधुनिक हथियारों के संचालन के साथ-साथ आधुनिक संचार प्रणाली का ज्ञाता था। उसके भाषण नए रंगरूटों में जोश पैदा करते थे। उसने लगभग २०० मोबाइल टॉवरों को उड़ा दिया था। एक के बाद एक सफलता हासिल करते हुए कोबरा बटालियन ने उसे भी मार दिया।

इन सब नक्सलवादियों के ऊपर करोड़ों की इनामी राशि थी, जिसे उनके क्षेत्रों में हाथोहाथ सरकार ने भिजवा दिया। यह तमाम रुपया संबंधित ग्रामीणों के विकास हेतु उन्हें दे दिया गया।

पुलिस को सोमेश ने सुदूर इलाकों के नक्सली ठिकानों का पता भी भिजवाया, जहाँ सेना का पहुँचना बेहद जोखिम भरा काम था। ड्रॉन अथवा मानव-रहित छोटे विमानों के हमलों से उन ठिकानों को भी नष्ट कर दिया गया।

यद्यपि 'ऑपरेशन जय हिंद' से नक्सली हेडक्वार्टर एवं अधिकांश लड़ाकों का खात्मा हो गया था। इसके अलावा जिन नक्सली नेता लड़ाकों से नक्सलवाद के पुनः पनपने की संभावना हो सकती थी, उनका भी अब खात्मा हो गया था। अतः एक तरफ का कार्य लगभग पूरा हो गया था।

किंतु इससे भी आवश्यक कार्य था उन परिस्थितियों को समाप्त करना, जिसने सोमेश अर्थात् 'मास्टर माइंड' पैदा किया था।

कुशाग्र बुद्धि सोमेश के पास सशक्त नेटवर्किंग थी, अपूर्व कार्यक्षमता थी। उसे नक्सलवादियों की अकूत धनराशि की जानकारी थी। स्थानीय ईमानदार समाज-सेवी कार्यकर्ताओं के माध्यम से उसने विद्यालय, चिकित्सालय, संचार व्यवस्थाएँ आदि के

काम शुरू करवा दिए। अनेक लोगों को उनकी क्षमताओं के अनुसार रोजगार मिल गए।

वहाँ शांति बहाल होने से स्वयंसेवी संस्थाएँ भी काम करने लगीं। अनेक युवा चिकित्सक, शिक्षक, प्रशासक आदि अपनी सेवाएँ देने वहाँ पहुँच गए। इसका एक कारण और भी था। यहाँ उनका वेतन अन्य स्थानों से सवाया था। एक आकर्षण और भी था कि जो प्रोफेशनल अपने कार्यों से तुरंत अच्छे परिणाम देते एवं उन्हें सप्रमाण प्रस्तुत करते, तो उन्हें तुरंत बोनस भी दिया जाता।

प्रशासन एवं पुलिस दोनों में कहीं पर भी भ्रष्टाचार की गुंजाइश नहीं रही। केंद्र का भय और प्रामाणिक ईमानदार अफसरों की नव-नियुक्ति ने नक्सल प्रभावित क्षेत्रों में विकास की राहों में चार चाँद लगा दिए।

सोमेश ने अपने गाँव नक्सलबाड़ी में अपने स्वतंत्रता सेनानी पिता के नाम पर एक मुख्य सड़क का निर्माण करवाया, अपनी माँ के नाम से चिकित्सालय बनवाया और अपनी पत्नी के नाम पर लड़कियों की उच्च शिक्षा हेतु 'सोमेश सीमा महिला महाविद्यालय' की स्थापना की। अपने पुश्तैनी घर को भी उसने स्मारक बना दिया, जिसका नाम दिया 'शिवालय', जहाँ जरूरतमंद कन्याओं को सिलाई, बुनाई, कढ़ाई का प्रशिक्षण देते हुए अपने पैरों पर खड़ा होना सिखाया जाता था। जल्द ही उसका यह 'आर्या स्वरोजगार केंद्र' बहुत प्रसिद्ध हो गया और इसकी तर्ज पर आसपास ऐसे अनेक प्रशिक्षण केंद्र खुलते गए।

सोमेश को मालूम था कि सीमा को गीत-संगीत में बेहद रुचि थी।

वह उच्च कोटि की कलाकार थी, अत: उसकी स्मृति में आदिवासी कलाओं को जीवित रखने के लिए सोमेश ने 'सीमा प्राचीन कला केंद्र' की भी स्थापना की। अपने परिवार के नाम पर वह समाज हेतु बहुआगामी सृजन कर रहा था।

प्राथमिक पाठशालाओं, सुलभ शौचालयों एवं दलित चिकित्सालयों के निर्माण एवं सफल संचालन का दायित्व प्रशासन भी बखूबी निभा रहा था।

इन सब प्रयासों से अति शीघ्र नक्सली इलाके शांत इलाकों में बदलने लगे और आश्चर्य जनक रूप से वहाँ की विकास दर अन्य राज्यों से बहुत तीव्र थी।

सोमेश को संतोष था कि उसने देश-हित में जितना उससे संभव हुआ उसने अपना प्रयास किया और सबसे बड़ी बात? अपने प्रिय पुत्र शिवा से किया अपना वादा पूरा किया। बस, उसका अब अंतिम कार्य अवशेष रहा था। क्या था यह अंतिम कार्य?

□

फोन की घंटी तीव्रता से घनघना रही थी। उसकी तेज आवाज से गहन स्वप्न-लोक में विचरण कर रहे शिवा की नींद टूट गई। सुबह के लगभग ९ बज गए थे, किंतु नींद से बोझिल पलकें खुल ही नहीं रही थीं। उसने सोचा, शालू फोन उठा लेगी। इधर घंटी

बजती ही जा रही थी। उसने आँखें खोलकर देखा, वहाँ शालू नहीं थी। आखिरकार जबरदस्ती उठकर उसने फोन उठाया और बोला, ''हैलो!''

''हाँ शिवा, मैं सोमेश बोल रहा हूँ, तुम्हारा पिता।''

सोमेश की आवाज सुनते ही उसकी पूरी नींद उड़ गई। वह उठकर बैठ गया और अचकचाता-सा बोला, ''प्रणाम पिताजी!''

''यशस्वी भव।'' सोमेश ने कहा। फिर वह आगे अपनी रौ में बोलता चला गया, ''आर्या का विवाह बहुत धूमधाम से हो गया; मुझे बेहद खुशी है। उसे मेरा आशीर्वाद कहना। मैं इसी दिन का इंतजार कर रहा था··· आज मैं असीम आत्म-संतोष का अनुभव कर रहा हूँ।

''मेरे सभी कार्य संपन्न हो गए। मैंने तुमसे किया हुआ वादा भी पूर्णतया निभा दिया है। मेरे पुराने कार्यों से तुम्हें बहुत दुःख पहुँचा है। हो सके तो मुझे माफ कर देना। शालू, आर्या, आर्यन एवं तुम्हें मेरा असीम आशीर्वाद है।

''आज प्रेस कॉन्फ्रेंस है। उसी में प्रशासन एवं पुलिस कमिश्नर के समक्ष मैं आत्मसमर्पण करने जा रहा हूँ।

''मेरी चिंता करके तुम बिलकुल अधीर न होना। मुझे याद करके कभी मत रोना। हाँ, हो सके तो मुझे क्षमा अवश्य कर देना। क्षमा करना बेटा!···क्षमा करना···।''

ओम अर्हम्!

□

शुभानुशंसाएँ

~ अर्हम् ~

समाज और राष्ट्र के विकास में साहित्य की विशेष भूमिका रहती है। जिस देश का साहित्य समृद्ध नहीं होता, उसे जीवंत देशों की गणना में नहीं लिया जाता। इस दृष्टि से साहित्यिक प्रतिभाओं को तराशने और निखारने की अपेक्षा रहती है।

साहित्य की अनेक विधाएँ प्रचलित हैं। साहित्यकार अपनी रुचि या समय की अपेक्षा के अनुसार विविध विधाओं में साहित्य का सृजन करते रहते हैं। कुछ विधाएँ ये हो सकती हैं—आत्मकथा, जीवन-वृत्त, कहानी-संग्रह, निबंध-संग्रह, उपन्यास आदि।

उपन्यास साहित्य की एक रोचक विधा है। उपन्यास-लेखन की अनेक दृष्टियाँ हैं—ऐतिहासिक, सामाजिक, रोमांटिक, राजनीतिक, धार्मिक आदि।

डॉ. कुसुम लूनिया 'तेरापंथ महिला समाज' की एक प्रतिभा-संपन्न लेखिका हैं। धार्मिक व नैतिक परिवेश में जीनेवाली लेखिका ने आज के युग में अणुव्रत, प्रेक्षाध्यान व जीवन-विज्ञान का महत्त्व समझा है। वह जानती हैं कि हिंसा, आतंकवाद, नक्सलवाद, देशद्रोह आदि मानवीय कमजोरियों पर उपर्युक्त माध्यमों से ही विजय प्राप्त की जा सकती है। इस चिंतन ने उन्हें कलम उठाने की प्रेरणा दी। उनका सकारात्मक चिंतन अहिंसा, त्याग, विराग, राष्ट्रभक्ति आदि मानवीय मूल्यों को उजागर करने का एक प्रयास है। उस प्रयास की निष्पत्ति 'शिखर तक चलो' है। आज की दिशाहीन युवा पीढ़ी को इस उपन्यास से सही दिशा का बोध हो, इसी में लेखिका का लेखन सार्थक है।

डॉ. कुसुम लूनिया सकारात्मक सोच को अभिव्यक्ति देने के लिए अपनी लेखनी को आगे से सशक्त बनाती रहें, यही मंगल कामना है।

—साध्वी प्रमुखा कनकप्रभा

अरविंदर सिंह 'लवली'
ARVINDER SINGH

परिवहन, शिक्षा,
गुरुद्वारा चुनाव एवं गुरुद्वारा प्रशासन विभाग मंत्री
राष्ट्रीय राजधानी क्षेत्र, दिल्ली सरकार

संदेश

मुझे यह जानकर अत्यंत प्रसन्नता हुई है कि आतंकवाद व नक्सलवाद जैसी समसामयिक समस्याओं को केंद्र में रखते हुए डॉ. कुसुम लूनिया ने 'शिखर तक चलो' शीर्षक से उपन्यास लिखा है। अलगाववाद, आतंकवाद एवं नक्सलवाद जैसी समस्याएँ वर्तमान समय में एक चुनौती हैं। उपन्यास के माध्यम से देश और समाज को इन कष्टकारी तत्त्वों को नष्ट करने की प्रेरणा देना सराहनीय कार्य है।

उपन्यास मानवीय मूल्यों के प्रति समाज को जागरूक करने में सहायक होगा, ऐसी मेरा कामना है।

शुभकामनाओं सहित,

— अरविंदर सिंह

मंथन

डॉ. कुसुम लूनिया का उपन्यास 'शिखर तक चलो' एक संघर्षशील एवं जूझते हुए बालक की कहानी है, जो 'शिवा' से 'शक्तिमान' तक की यात्रा का सफर तय करता है। 'शिवा', जिसे बचपन में माता-पिता से दूर रहना पड़ा, गरीब घर में पलकर बड़ा हुआ और अपनी इच्छा-शक्ति के बल पर जो चाहा, उसने हासिल किया। ऐसे संघर्षशील लोगों पर किसी कवि ने कहा है—

"पंथ दुर्गम, तू अकेला, दूर मंजिल, क्या हुआ,
राह चूमेंगी चरण अभियान करना चाहिए।
देखकर संघर्ष जो पीछे हटे, घबरा गए,
ऐसी जवानी को कहीं पर डूब मरना चाहिए॥"

यही वजह थी कि 'शिवा' चाहे पढ़ाई हो या खेल हो, वह अव्वल आता रहा। लेखिका ने इस उपन्यास के माध्यम से 'अणुव्रत सेवा भारती' या 'सर्व-शिक्षा अभियान' के द्वारा चलाए गए सामाजिक कार्यों को बड़े सलीके से इस कहानी में बाँधा है।

देश में बढ़ते आतंकवाद, नक्सलवाद से निबटने की जो योजना 'शिवा' की बेटी

'आर्या' के माध्यम से व्यक्त की गई है, वह काबिल-ए-तारीफ है। तीन पीढ़ियों द्वारा संघर्ष करते हुए आगे बढ़ने की कथा को जिस ताने-बाने से कुसुम ने बुना है, वह कोई कल्पनाशील रचनाकार ही कर सकता है।

लगता है, लेखिका इस उपन्यास के हरेक पात्र से अपना जुड़ाव रखती हैं। तभी वह हर पात्र में समाहित होकर उसके अंदर पनप रहे भावों को लेखनी के जरिए उतार पाई हैं।

उपन्यास में कहीं मानव-मूल्यों पर बातचीत, कहीं जैन दर्शन की चर्चा के जरिए अहिंसा का समर्थन, शाकाहार की वकालत, सबकुछ पिरोया हुआ है। इसके साथ ही कुसुम यह भी मानती हैं कि अहिंसा की रक्षा के लिए की गई हिंसा भी अहिंसक होती है। इसलिए वह नक्सलियों और आतंकियों के हिंसक कारनामों के प्रति कोई क्षमा या दया का भाव नहीं रखती हैं।

कुल मिलाकर अगर मुझे एक पंक्ति में इस उपन्यास के बारे में लिखने को कहा जाए तो मैं यही कह सकता हूँ कि 'अगर आपकी इच्छा-शक्ति प्रबल हो तो आप 'शून्य' से 'विराट्' बन सकते हैं।' मैं इसी बात पर नीरजजी के एक 'मुक्तक' का उल्लेख करना चाहूँगा—

"हम उबलते हैं तो भूचाल उबल जाते हैं,
हम मचलते हैं तो तूफान मचल जाते हैं।
हमको कोशिश न बदलने की करो तुम,
हम बदलते हैं तो इतिहास बदल जाते हैं॥

अंत में, पुनः मैं डॉ. कुसुम लूनिया को इस उपन्यास के लिए बधाई देता हूँ।

—सुरेंद्र शर्मा
सुप्रसिद्ध हास्य-व्यंग्य कवि

सद्‌लक्ष्य

'शिखर तक चलो' में देश और समाज की सामयिक समस्याओं के समाधान का दृढ़ संकल्प ही उपन्यास की मूल विषय-वस्तु परिलक्षित होती है। डॉ. कुसुमजी को अच्छी, कालजयी, प्रेरक कृति के लिए कोटिशः बधाई! कृति की काव्यमय समीक्षा प्रस्तुत है—

'चलो शिखर तक'

तप से जगत् प्रकाशित करना ध्येय रहे जीवन का,
चलो शिखर की ओर सदा सद्‌लक्ष्य रहे जीवन का।

जब साहस, संस्कार कठिन संघर्षों में पलते हैं,
तब पुरुषार्थों के साँचों में क्रांति पथिक ढलते हैं।
घोर निराशा तिमिर कभी जब अंतर को दहलाता,
सिद्धांतों पर अडिग व्यक्ति ही आशादीप जलाता।
आदर्शों के संग जीना कर्तव्य दिव्य जीवन का,
चलो शिखर की ओर सदा सद्लक्ष्य रहे जीवन का…।
अणुव्रत सेवा परोपकार के अनल बीज जब बोती,
तब करने अभिव्यक्त भाव वाणी भी आतुर होती।
मेघ बनी अंतस की पीड़ा जब-जब हृदय गगन में,
खिलें प्रेरणा कुसुम सृजन के पावन मन-उपवन में।
शिवा-शक्ति संगम कल्याणी सूत्र बने जीवन का,
चलो शिखर की ओर सदा सद्लक्ष्य रहे जीवन का…।
राष्ट्रधर्म, युगधर्म, लेखनी का ज्यों धर्म रहा है,
प्रस्तुत कृति में जीवन-दर्शन लेखन मर्म रहा है॥
निर्विकार, निर्भीक भाव कर्तव्यनिष्ठ नायक है,
कुरुक्षेत्र में कलियुग के पौरुष का परिचायक है।
शक्ति-भक्ति समभाव सदा उद्देश्य रहे जीवन का
चलो शिखर की ओर सदा सद्लक्ष्य रहे जीवन का…।
शुभकामना सहित,

—गजेंद्र सोलंकी
(अंतरराष्ट्रीय कवि)

९७-ए, यू. एंड वी. ब्लॉक,
शालीमार बाग, दिल्ली-११००८८

प्रेरक कृति

आज आधुनिकता की दौड़ में व्यक्ति मानवता की बड़ी-बड़ी बातें करता है, व्याख्यान देता है, लेकिन मानवीय गुणों से बहुत दूर होता जा रहा है। यही कारण है कि हमारे देश में ही नहीं बल्कि विश्व के अधिकांश देशों में भिन्न-भिन्न प्रकार की, साधारण ही नहीं, गंभीर समस्याएँ उत्पन्न हो रही हैं और इन समस्याओं से सभी प्रभावित हैं, कोई अछूता नहीं है, जिससे मर्यादाहीन स्वार्थी जीवन, कथनी-करनी में फर्क, अराजकता, लोभ-लालच, पैसे को भगवान् मानना—इसने हमारी जीवन-शैली ही बदल दी है।

इन्हीं सब समस्याओं को उपन्यासकार डॉ. कुसुम लूनिया ने अपने इस उपन्यास 'शिखर तक चलो' में उद्‌भाषित किया है। उपन्यास की शुरुआत एक वैज्ञानिक जल-क्रीड़ा से हुई है, जो बहुत ही नवीन प्रयास है और बहुत रोमांचक लगता है। जल-क्रीड़ा की रोमांचकारी घटना को पढ़ने से ऐसा प्रतीत होता है कि उपन्यासकार ने स्वयं ऐसी विभिन्न क्रीड़ाओं में भाग लिया है या उनका अध्ययन किया है। उपन्यास के नायक सोमेश एवं नायिका सीमा की जल-क्रीड़ाएँ बेहद नई एवं आकर्षक हैं। वहीं सूनामी जैसी भीषण त्रासदी का भी वर्णन करके लोगों को उससे जूझने के लिए सचेत किया है।

पूरे उपन्यास में स्कूली शिक्षा के साथ-साथ कॉलेजों में होनेवाली विभिन्न गतिविधियों व आयोजनों का सरस वर्णन किया है, जिनमें सोमेश का पुत्र शिवा शिक्षा के साथ-साथ खेल-कूद तथा अन्य गतिविधियों में भाग लेकर सदैव अव्वल रहा है, जिससे शिवा ही उपन्यास का मुख्य नायक बन गया। उससे लगता है कि उपन्यासकार का शिक्षा के क्षेत्र से भी बहुत निकट का संबंध रहा है।

कॉलेजों में रैगिंग जैसी अमानवीय बुराइयों को समाप्त करने के लिए सरकारी एवं गैर-सरकारी संगठन तो प्रयास कर ही रहे हैं, लेकिन उपन्यासकार डॉ. कुसुम लूनिया ने बहुत ही सहज तरीके से पात्रों के माध्यम से रैगिंग का विरोध ही नहीं बल्कि समाधान भी सुझाया है।

विभिन्न संस्थाओं एवं विश्वविद्यालयों में शोषण जैसी ज्वलंत समस्या उत्पन्न हो रही है, जिसमें प्रोफेसर एवं मैनेजमेंट के लोग खुलेआम होनहार लड़के-लड़कियों को प्रलोभन देकर उनका शारीरिक एवं मानसिक शोषण करते हैं। इस उपन्यास के नायक शिवा ने ऐसी समस्याओं का समाधान प्रस्तुत किया है।

आज समाज में नई उम्र के युवक-युवतियों में लव-मैरिज की चर्चा तो बहुत है, किंतु युवा पीढ़ी यह नहीं जानती कि सच्चा प्रेम कहते किसे हैं? केवल काम-वासना की भूख ही नहीं, बल्कि उपन्यासकार ने प्रेम का उच्च आदर्श भी प्रस्तुत किया है। शिवा एवं सुचित्रा का प्रेम भी एक आदर्श एवं मर्यादित प्रेम है—"शिवा का अंतर्मन उसे धिक्कारता है— छिह-छिह, क्षणिक प्रलोभन में आकर गुरु-शिष्या की मर्यादा भुला बैठे, क्या यही तुम्हारे उच्चादर्श हैं!"

डॉ. कुसुम लूनिया ने गुरु-शिष्या की मर्यादाओं का अच्छा उदाहरण प्रस्तुत किया है, जो भारतीय संस्कृति व सभ्यता की याद दिलाता है।

उपन्यास में नक्सलवाद जैसी अमानवीय गतिविधियों की समस्याओं पर आकर टिक जाती है। जैसा कि हम सभी देख रहे हैं कि हमारा देश विदेशों की कूटनीति से प्रभावित होता जा रहा है। उपन्यास में नक्सलवाद एवं नक्सलवादियों द्वारा किए जा रहे अमानवीय कृत्यों जैसे जघन्य अपराधों का विस्तृत वर्णन है। नक्सलवादी किस प्रकार

निर्दोष व्यक्तियों, सामान्य जनता और देश की सुरक्षा के लिए तैनात सुरक्षा बलों को यातनाएँ देते हैं—इसे देखना तो दूर रहा, सुनकर ही रोंगटे खड़े हो जाते हैं। इस नक्सलवाद की जड़ें कैसे जमीं, इसका उल्लेख करते हुए इसे समूल नष्ट करने हेतु मार्गदर्शन भी प्रस्तुत किया गया है।

उपन्यास को पढ़ते हुए महसूस होता है कि उपन्यासकार पर पातंजलि योग का भी प्रभाव है। राष्ट्र संत आचार्यश्री तुलसी की शिक्षाओं का भी कम प्रभाव दिखाई नहीं देता है। आचार्यश्री ने जैन धर्म के अनुयायी होते हुए भी समाज, राष्ट्र एवं विश्व के लिए अणुव्रत आंदोलन के माध्यम से जो लोकहितकारी मार्ग दिखाया, वह अतुलनीय है। आचार्यश्री तुलसी की प्रेरणा है—'सादा जीवन, उच्च विचार' तथा 'निज पर शासन, फिर अनुशासन।' अहिंसा एवं अपरिग्रह संबंधी बातों को उपन्यासकार ने विभिन्न पात्रों के माध्यम से कहलवाया है। उन पर जैन धर्म का प्रभाव दिखाई देता है, लेकिन धार्मिक कट्टरवादिता कहीं प्रकट नहीं होती है। लेखिका शिवा की माँ के माध्यम से 'णमोकार मंत्र' के जप की प्रेरणा देती हैं, लेकिन सभी से अपने इष्ट को याद करने की भी बात कहती हैं।

उपन्यास में भाषा का प्रवाह सहज हुआ है और पात्रों की भाषा कथन अनुसार व्यक्त की गई है—"उसके मन में गहरा अंतर्द्वंद्व चलने लगा। जिस मरणांतक कठोर कारावास से अपने पिता को निकालकर लाया, यह उसकी ममता का कर्तव्य था, जिसे उसने बखूबी निभाया। लेकिन अब क्या करे, जन्मभूमि के प्रति अपने फर्ज को कैसे निभाए? संवेदनाओं और संस्कारों की रस्साकशी उसके भीतर-ही-भीतर चलने लगी। वह पसीने से तर-बतर हो गया।"

उपन्यास की कथा बहुत ही सहज रूप से चली है तथा रोचक बनी रही है। यहाँ तक कि पाठक अगले पृष्ठ को पढ़ने के लिए लालायित होगा और जिज्ञासा बनी रहेगी कि अगली घटना क्या होगी? यह उपन्यासकार की प्रतिभा एवं ज्ञान का द्योतक है। यदि पाठक इसे मन से पढ़ेगा तो निश्चय ही उपन्यास के नाम 'शिखर तक चलो' को अपने जीवन में सार्थक कर लेगा।

इसमें उपन्यास विधा का पालन हुआ है और यह धरातल पर लिखा गया है। इसमें उच्च आदर्शों का पालन तो हुआ ही है, पर आधुनिक यथार्थ को भी स्वीकारा गया है। इस प्रकार यथार्थवादिता एवं आदर्शों के अद्भुत समन्वय से सराबोर यह उपन्यास नई पीढ़ी को दिशाबोधक सिद्ध होगा।

अंत में, उपन्यासकार डॉ. कुसुम लूनिया को मेरी हार्दिक शुभकामनाएँ! उन्होंने इस उपन्यास में अथक परिश्रम किया है। समाज में व्याप्त विभिन्न समस्याओं का सिर्फ जिक्र ही नहीं किया बल्कि उनका समाधान निकालने का भी प्रयास किया है। मुझे

आशा और विश्वास है कि वह उच्च कोटि के साहित्य का सृजन करते हुए देश-सेवा करती रहेंगी। इन्हीं शुभकामनाओं के साथ असीम आशीर्वाद।

—**डॉ. सोमदत्त शर्मा**

बी-९७, आनंद विहार, पूर्व उप-निदेशक, रेल मंत्रालय, भारत सरकार

दिल्ली-११००९२

जैसा मैंने देखा

माँ सरस्वती के सरस ज्ञानोद्यान में अनवरत भ्रमण करते हुए असंख्य लोकोत्तर प्रसूनों के पावन पराग को सहजता से चयनित कर उन्हें लोक-मंगल की पुनीत भावना से अपनी नवनवोन्मेषशालिनी प्रज्ञा द्वारा सरल, सरस एवं हृदयाह्लादकारी रूप में मानवता के हित हेतु प्रस्तुत करनेवाली, वैदुष्य की प्रतिमूर्ति डॉ. कुसुम लूनिया की नवकृति 'शिखर तक चलो' को एक समालोचक की दृष्टि से आद्योपांत स्वदृष्टि-पथ में लाने का सुसंयोग प्राप्त हुआ।

उक्त कृति में विदुषी रचयित्री ने वर्तमान युग की सामाजिक, राजनीतिक एवं धार्मिक दशाओं का जो सजीव चित्रण किया है, निस्संदेह वह स्वाभाविकता एवं यथार्थता की कसौटी पर खरा उतरता है। पुस्तक की शैली प्रवाहपूर्ण, गत्यात्मक, रोचक तथा क्रमबद्धता के गुणों से सशक्त है। एक ही कृति में समस्त रसों का इतना सुंदर समन्वय अपने आप में अद्‌भुत है। मुझे पुस्तक पढ़ते समय एक सहृदय पाठक के रूप में ऐसी अनुभूति हुई कि लेखिका की कल्पना-शक्ति के सहज संकेत पर सभी रस अंजलि बाँधे उनकी लेखनी के समक्ष आकर खड़े हो जाते हैं। उन्होंने कहीं भी रसों एवं भावों को कृत्रिम रूप से भरने या आरोपित करने का प्रयास नहीं किया, अपितु वे सभी स्वत: ही सहज रूप से उनकी लेखनी से आबद्ध होकर पाठकों को अपरिमित आनंदानुभूति प्रदान करते हैं।

कृति में जहाँ एक ओर जीवन के प्रत्येक पक्ष को अत्यंत व्यावहारिक रूप से प्रकाशित किया गया है, वहीं सामाजिक एवं पारिवारिक संबंधों के स्नेहिल भावों को भी नैतिक मूल्यों की आधार-धरा पर समाज के नवनिर्माण की कामना से बड़ी ही सतर्कता के साथ उद्‌भासित किया गया है। पूर्णतया प्रचलित भाषा का प्रयोग रचनाकार की लेखन-शैली की अप्रतिम विशेषता है।

संस्कृत के महाकवि भवभूति ने अपने अप्रतिम ग्रंथ 'उत्तररामचरितम्' में कहा है— 'एकोरस: करुणरेव निमित्त भेदात्' अर्थात् करुण रस ही एकमात्र रस है, अन्य रस तो उसके भेद मात्र हैं। इस दृष्टि से लेखिका की इस कृति में करुण रस की जो अभिव्यंजना हुई है, उसमें महाकारुणिक भगवान् महावीर की दिव्य करुणा का विराट् सागर हिलोरें लेता, एक

अद्‌भुत आनंद की अनुभूति कराता है।

पुरातन काल की ऋषिकाओं, ज्ञानमती, बुद्धिमती विदुषी नारियों के संदर्भ में तो बहुत सुना और पढ़ा था, उनकी कृतियों में भी उनके ज्ञान-गौरव के दर्शन किए; लेकिन वर्तमान युग में भी आधुनिक भौतिकतावादी प्रगतिशील समाज के मध्य ऐसी लोक-हितैषिणी ज्ञानधारा को पाकर हम सभी स्वयं को गौरवान्वित अनुभव करते हैं और परमात्मा से प्रार्थना करते हैं कि एक श्रेष्ठ साहित्यकार के रूप में डॉ. कुसुम लूनिया को सतत इसी प्रकार के उत्तमोत्तम साहित्य सृजन की शक्ति प्रदान करें, जिससे यह मानव-समाज मानवत्व से दानवत्व की ओर न जाकर देवत्व की ऊँचाइयों को प्राप्त करते हुए जीवन के परम प्राप्तव्य को प्राप्त कर सके।

स्वस्ति अस्तु

सतत शुभेच्छु

—आचार्य डॉ. नरेंद्र शर्मा

शिखर तक चलो

डॉ. कुसुम लूनिया द्वारा लिखित यह उपन्यास 'शिखर तक चलो' संघर्ष, संस्कार और साहस की वह त्रिवेणी है, जिसमें अवगाहन कर वर्तमान पीढ़ी आदर्श और कर्तव्य का वह भव्य मंदिर बनाएगी, जिसमें आनेवाला कल भोर की रश्मियाँ समेटकर अपने लिए ही नहीं, दुनिया के लिए भी सौ-सौ पंथों का निर्माण करेगा।

शिखर तक चलने को प्रतिबद्ध शिवा का अभियान बचपन की अठखेलियों से शुरू होता है। दुश्मनों को मारने के लिए फौजी बनना चाहता है, 'णमोकार महामंत्र' का बहुत श्रद्धा-भक्ति से पाठ करता है; अंडमान निकोबार में आई सुनामी के कारण अपने माता-पिता से बिछुड़ जाता है। 'होटल सिटी पैलेस' का जूनियर मैनेजर केशव शिवा को लेकर दिल्ली आ जाता है और अपनी बहन सावित्री को सौंप देता है। शिवा सावित्री और उसके पति सत्यवान को ही अपने माता व पिता मान लेता है। यहाँ से शिवा की वास्तविक विकास यात्रा शुरू होती है। अनेक उपलब्धियाँ बटोरते हुए शिवा सब पर अपनी श्रेष्ठता की छाप छोड़ता हुआ १२वीं कक्षा पास करके श्रीराम कॉलेज ऑफ कॉमर्स में प्रवेश ले लेता है। शिवा का गठीला शरीर और तपस्वी जैसा तेज, आँखों में आत्मविश्वास की चमक लिये सब जगह प्रथम ही रहता है। कठिनाइयों में अपने आत्मबल और उत्साह से वह हमेशा अपराजेय है। सत्य की लड़ाई में हमेशा असत्य-अन्याय को पराजित करता है। संघर्ष करने की उसमें अपूर्व क्षमता है। संगठन की बारीकियों से अवगत शिवा सुजाता प्रकरण में राठौर जैसे प्रभावशाली व्यक्ति को परास्त करता है। समाज और राष्ट्र की सेवा में सदैव सन्नद्ध शिवा 'अणुव्रत सेवा भारती' से जुड़कर सर्व-शिक्षा अभियान को सफल बनाता है; नशा-

मुक्ति आंदोलन को पूर्णता तक ले जाता है। मंत्रीजी की कन्या सुचित्रा को पढ़ाते हुए वह सच्चे गुरु की कल्पना को साकार करता है।

यहाँ तक का जीवन शिवा के चरित्र-निर्माण का जीवन था। संघर्ष और कठिनाइयों की आग में तपकर सोना कुंदन बन जाता है। यहाँ से शिवा का और उपन्यास का दूसरा महत्त्वपूर्ण अभियान शुरू होता है। प्रो. कुलकर्णी हत्याकांड में भ्रमवश शिवा को जेल हो गई, पर यहाँ से यह अप्रतिम योद्धा और सुदृढ़ बनकर लौटता है। अपने लेखों में वह लिखता है कि 'जीवन में आनेवाली कठिनाइयों से जीवन में नई ऊर्जा शक्ति का स्फुरण होता है'। 'मानव जीवन की सार्थकता इसी में है कि वह निरंतर शुभ और अच्छे भावों में जिए।'

विवाह के बाद शिवा अपनी पत्नी शालिनी के साथ हनीमून पर कश्मीर जाता है। पर यहाँ भी वह आतंकवादियों की गतिविधियों को अपनी तत्परता से समाप्त करता है। उपन्यास में घटनाक्रम बहुत तेजी से घूमता है। शिवा एक कन्या आर्या का पिता बन जाता है। इसी बीच पश्चिम बंगाल के गौरीपुर गाँव में बादल फटने से भयंकर तबाही आ जाती है। अणुव्रत सेवा भारती के लोग सहायता सामग्री लेकर गौरीपुर गाँव जाते हैं। देश को जहाँ प्राकृतिक आपदाएँ झकझोर रही थीं, कहीं-कहीं आतंकवाद तो कहीं नक्सलवादी माओवादी हिंसक आंदोलन अस्थिरता पैदा कर रहे थे। देश के ४०,००० किलोमीटर के क्षेत्र में ये माओवादी आदिवासी स्वच्छंद घूमते हैं।

लेखिका की सारी कथावस्तु यहाँ आकर नक्सलवाद पर टिक जाती है। वह मानती हैं कि नक्सलवाद के मूल में कोई कानून-व्यवस्था की समस्या नहीं, बल्कि मुख्य रूप से राजनीतिक, आर्थिक, सामाजिक और सांस्कृतिक समस्या रही है, जो दूरदर्शिता के अभाव में परिवर्धित हुई है। आदिवासियों को देश की मुख्य धारा से नहीं जोड़ा गया; राष्ट्र-विरोधी अलगाववादी ताकतों ने उन्हें हवा देकर नक्सलवादी बनने में सहायता की है। लेखिका डॉ. कुसुम लूनिया ने नक्सलवादी आंदोलन का गहन अध्ययन किया है। किस प्रकार और कब-कब, कहाँ-कहाँ इन नक्सलियों ने देश की आम जनता को, प्रशासन/सरकार को हानि पहुँचाई है, इसका व्यापक ब्योरा वर्णित है।

गौरीपुर गाँव जाते हुए सहायता सामग्री को नक्सली पकड़ लेते हैं। सभी कार्यकर्ताओं को कैद कर लेते हैं। लेकिन शिवा अपनी बहादुरी और तत्परता से सभी को सुरक्षित निकाल लेता है, पर स्वयं उनके चंगुल में फँस जाता है। नक्सली कैद में शिवा को घोर यातनाएँ सहन करनी पड़ती हैं। अनेक वर्ष हो जाते हैं। शिवा की पुत्री आर्या भी अब १६-१७ वर्ष की हो जाती है। वह भी पिता के समान तेजस्वी है, योग्य है। वह अपने पिता को कैद से छुड़ाने की भीष्म प्रतिज्ञा करती है और घोर संघर्ष के बाद अंततः पिता को मुक्त करा लेती है।

एक विशिष्ट उद्देश्य लेकर उपन्यास की कथावस्तु आगे बढ़ती है। कथा में पहाड़ी नदी-सा अप्रतिम प्रवाह है, जो अपने उद्गम से निकलकर सीधे लक्ष्य की ओर गतिमान है। एक पल के लिए भी कहीं न भटकाव है और न ठहराव। कई बार लगता है कि अब

क्या होगा, कैसे आगे का रास्ता मिलेगा; पर तुरंत ही कोई हल स्वयं चलकर आ जाता है।

कथा के सभी पात्र तत्पर-सन्नद्ध और कर्तव्यनिष्ठ हैं। कहीं भी शिथिलता या आलस्य नहीं। यदि ऐसा होता तो कथा ही कहीं काँटों में उलझ जाती। लेखिका की यह खूबी है कि उन्होंने जितनी भी घटनाओं का निर्माण किया है, अपने चरित नायक को आगे बढ़ाने, उसकी प्रतिभा को चमकाने में किया है; वह हर परिस्थिति में अपने पात्रों की पीठ थपथपाती चली हैं। वह उनकी नींद सोती हैं और उन्हीं के साथ जागती हैं। उन्होंने हर संभावना को निश्चय में बदलने का साहस/शौर्य दिखाया है; हर परिस्थिति को मन-माफिक मोड़कर अपने लक्ष्य की ओर गतिमान हुई हैं। लक्ष्य की ओर तीव्र गति से बढ़ता हर पात्र कुशल है, तेज-तर्रार और अदम्य साहसी है। लेखिका ने रंग भरी सूची से हर पात्र का भव्य शृंगार किया है।

उपन्यास का शीर्षक 'शिखर तक चलो' बहुत ही प्रेरणादायक है। लक्ष्य की ओर चलनेवाले को बीच में विश्राम कहाँ! उसका गंतव्य जब तक अप्राप्त है तब तक चलना है, सिर्फ चलना है। नक्सली समस्या जितनी भी विकट हो, लेकिन लेखिका का उत्साहपूर्वक गमन भी कम नहीं है। तम और कुहरे का विशाल साम्राज्य धूप की एक नन्ही-सी किरण से ध्वस्त हो जाता है; जबकि लेखिका तो पूरा देदीप्यमान सूरज लेकर निकली हैं। राष्ट्रभक्ति के प्रबल भाव उपन्यास की अंतरधारा है, जीवनी रेखा है। इस उपन्यास का क्लाईमेक्स भी अद्‌भुत है।

कुल मिलाकर यह उपन्यास खूबियों का खजाना है। लेखिका ने सागर से मिले एक मोती से ही नहीं, अनंत मोतियों से इस मंजूषा का शृंगार किया है। मुझे तो यह उपन्यास वह मीठी रोटी लगता है, जो हर तरफ से मीठी है, अमृत की तरह।

मैं इतनी अच्छी रचना के लिए लेखिका को साधुवाद देता हूँ। साथ ही आशीर्वाद देता हूँ कि भविष्य में वह एक-से-एक बढ़िया कृतियों से माँ सरस्वती का भंडार भरें'''।

—डॉ. देवेंद्र आर्य

अध्यक्ष—इंद्रप्रस्थ साहित्य भारती (दिल्ली)

वाणी सदन, बी-९८,
सूर्यनगर, गाजियाबाद

□□□